E. Werner

Um hohen Preis

Roman

E. Werner

Um hohen Preis
Roman

ISBN/EAN: 9783743365216

Hergestellt in Europa, USA, Kanada, Australien, Japan

Cover: Foto ©Andreas Hilbeck / pixelio.de

Manufactured and distributed by brebook publishing software (www.brebook.com)

E. Werner

Um hohen Preis

Um hohen Preis.

Roman

von

E. Werner.

Mit Illustrationen von Fritz Bergen.

MDCCCXC

Stuttgart, Berlin, Leipzig.
Union Deutsche Verlagsgesellschaft.

eller Sonnenschein lag auf der
Landschaft ringsum; der Spiegel
des Sees dehnte sich weit und glän=
zend aus und warf das Bild der
Stadt zurück, die sich in ihrer ganzen
malerischen Schönheit am Ufer erhob,
während das fern aufsteigende Gebirge mit
seinen zackigen Gipfeln und seinen Schnee=
häuptern sich in voller Klarheit zeigte.

Inmitten der villen= und gartenreichen Vorstadt, die sich am
Ufer hinzog, lag eine kleine Besitzung von bescheidenem Ansehen.
Das einstöckige Wohnhaus bot weder viel Raum, noch schien es be=
sonderen Luxus zu bergen. Eine offene, weinumrankte Veranda
bildete fast den einzigen Schmuck desselben; dennoch machte es mit
seinen hellen Mauern und grünen Jalousien einen äußerst freund=
lichen Eindruck, und der nicht große, aber sorgfältig gepflegte
Garten, der sich bis an den Rand des Sees erstreckte, gab dem
kleinen Landsitze noch einen besonderen Reiz.

In der Veranda, die vollen Schutz gegen die Sonnenglut und
selbst einige Kühlung gewährte, gingen zwei Herren, im Gespräch
begriffen, auf und nieder. Der ältere der beiden war ein Mann

von etwa fünfzig Jahren, aber das Alter schien ihm früh genaht zu sein, denn die Gestalt war gebeugt und das Haar bereits vollständig ergraut. Das tief durchfurchte Gesicht verriet, daß Kämpfe und vielleicht Leiden mancher Art darin gewühlt hatten, und der scharfe bittere Zug um die schmalen Lippen gab dem Antlitz ein beinahe feindseliges Gepräge. Nur in dem Auge blitzte noch ein Feuer, das weder Jahre noch Erfahrungen hatten dämpfen können und das einen seltsamen Kontrast zu den grauen Haaren und der gebeugten Haltung bildete.

Sein Gefährte war um vieles jünger, eine schlanke mittelgroße Gestalt mit keineswegs regelmäßigen, aber im höchsten Grade anziehenden Zügen und ernsten blauen Augen. Das hellbraune Haar fiel auf eine schöne klare Stirn; die Gesichtsfarbe zeigte jene leichte Blässe, die, ohne krankhaft zu sein, doch auf angestrengte geistige Thätigkeit deutet, und der vorherrschende Ausdruck war der einer ruhigen Festigkeit, wie man sie bei einem Alter von sieben- oder achtundzwanzig Jahren nur selten ausgeprägt findet. Es konnte kaum einen schärferen Gegensatz geben als diese beiden Männergestalten.

„Also Sie wollen uns wirklich schon jetzt verlassen, Georg?" fragte der ältere im Tone des Bedauerns.

Der junge Mann lächelte. „Schon jetzt? Ich dächte, Herr Doktor, ich hätte Ihre Gastfreundschaft lange genug in Anspruch genommen. Meine Absicht war es nicht, wochenlang zu bleiben, aber Sie nahmen den Fremden, der nichts weiter als eine Universitätsfreundschaft mit Ihrem Sohne geltend machen konnte, so herzlich auf wie einen nahen, lieben Verwandten. Ich werde nie —"

„Nur keinen Dank für das, was mir eine Freude gewesen ist!" unterbrach ihn der Doktor. „Ich fürchte nur, Sie werden die genossene Gastfreundschaft daheim büßen müssen. Man verzeiht dem Assessor Winterfeld schwerlich den Aufenthalt in meinem Hause. Ich habe Ihnen nie verhehlt, daß Ihr Besuch bei uns ein Wagnis ist, das Ihre ganze Stellung gefährden kann."

Der ironische Ton dieser Warnung rief eine flüchtige Röte auf die Stirn des jungen Winterfeld und verschuldete jedenfalls die Lebhaftigkeit, mit der er antwortete: „Ich denke Ihnen bewiesen zu haben, daß ich meine Selbständigkeit unter allen Umständen zu wahren weiß. Meine Stellung legt mir hoffentlich nicht die Verpflichtung auf, Freundschaftsbeziehungen zu meiden, die rein privater Natur sind."

„Nicht? Ich bin vom Gegenteil überzeugt. Es wird sich bei Ihrer Rückkehr ja zeigen. Vergessen Sie nicht, Georg, daß Sie unter dem Regimente eines Raven stehen!"

„Ich glaube nicht, daß mein Chef sich so eingehend um die Ferienreisen seiner Beamten kümmert," sagte Georg ruhig. „Er ist allerdings von einer eisernen Strenge in allem, was den Dienst betrifft, mischt sich aber niemals in Privatverhältnisse. Die Gerechtigkeit muß ich ihm widerfahren lassen, wenn ich auch sonst keineswegs zu seinen Freunden gehöre. Sie wissen ja, ich bin ein entschiedener Gegner der Richtung, die er vertritt, also auch der seinige, wenn ich als sein Untergebener auch vorläufig noch zum Schweigen und Gehorchen verurteilt bin."

„Vorläufig?" wiederholte der Doktor in schneidendem Tone. „Ich sage Ihnen, er wird Sie dauernd Schweigen und Gehorsam lehren, und wenn Sie sich nicht gelehrig zeigen, wird er Sie erdrücken und verderben. Das ist so seine Art, wie die all dieser verächtlichen Emporkömmlinge."

Georg schüttelte ernst den Kopf. „Sie gehen zu weit. Der Freiherr hat viele Feinde, und ich glaube, daß im geheimen sehr viel Haß und Bitterkeit gegen ihn genährt wird — Verachtung aber hat ihm noch niemand zu bieten gewagt."

„Nun wohl, so thue ich es," rief der Doktor mit ausbrechender Heftigkeit. „Und ich habe wahrlich Grund dazu."

Der junge Mann sah ihn schweigend an; dann, nach einer sekundenlangen Pause, legte er die Hand auf seinen Arm.

„Herr Doktor Brunnow, verzeihen Sie eine vielleicht indiskrete Frage. Was liegt eigentlich zwischen Ihnen und meinem Chef? So oft sein Name genannt wird, verraten Sie eine Bitterkeit, die unmöglich nur der politischen Gegnerschaft entstammen kann. Sie scheinen ihn genau zu kennen."

Brunnows Lippen zuckten. „Wir waren einst Jugendfreunde," entgegnete er dumpf.

„Unmöglich!" rief Georg. „Sie und —"

„Freiherr Arno von Raven Excellenz, Gouverneur der —schen Provinz und intimer Freund und Günstling der jetzigen Machthaber," vollendete der Doktor, einen scharfen hohnvollen Nachdruck auf jedes einzelne Wort legend. „Das befremdet Sie, nicht wahr?"

„Allerdings; ich ahnte nichts von einer solchen Beziehung."

„Es liegt auch fast ein halbes Menschenalter dazwischen. Damals hieß er freilich noch einfach Arno Raven und war arm und unbekannt wie ich selber. Wir lernten uns in einer stürmischen, mächtig bewegten Zeit, inmitten der Partei kennen, der wir beide angehörten. Raven mit seinen glänzenden Geistesgaben, seiner rastlosen Energie, hatte sich bald genug zu unsrer aller Führer aufgeworfen. Wir folgten ihm mit blindem Vertrauen, ich vor allem, denn ich liebte ihn wie ich nichts auf der Welt wieder geliebt habe, nicht einmal mein Weib und Kind. Ihm galt die ganze Schwärmerei meiner Jugend; er war mein Vorbild, zu dem ich mit glühender Bewunderung aufblickte, mein Ideal, mein Alles — bis zu dem Tage, wo er mich und uns alle verriet und verließ, wo er die Ehre seinem Ehrgeize opferte und sich mit Leib und Seele unsern Feinden verkaufte, indem er uns dem Verderben preisgab. — Menschenfeindlich nennen mich die klugen Leute, die nie eine Enttäuschung erfahren, nie eine Verzweiflungsstunde durchlebt haben. Wenn ich es bin, so bin ich es an dem Tage geworden, wo ich mit dem Freunde auch den Glauben an die Menschheit verlor."

Er wandte sich in stürmischer Bewegung ab. Man sah es, wie die Erinnerung noch jetzt das ganze Wesen des Mannes in all seinen Tiefen aufwühlte.

„Also ist doch etwas an jenen Gerüchten, die von irgend einem dunklen Punkte in der Vergangenheit des Freiherrn sprechen," bemerkte Georg leise. „Ich vernahm wohl hin und wieder Andeutungen, aber niemand wußte etwas Gewisses darüber. Die Sache ist jedenfalls nie an die Oeffentlichkeit gelangt, denn man kennt Raven nur als den energischen, rücksichtslosen Vertreter der Regierung."

„Die Renegaten sind immer die schlimmsten Verfolger des verlassenen Glaubens," sagte Brunnow finster. „Und in Arno Raven lag von jeher ein verhängnisvolles Element, ein glühender, verzehrender Ehrgeiz. Das war die eigentliche Triebfeder seines Charakters, und das hat ihn auch schließlich zu Falle gebracht. Er träumte immer nur von Macht und Größe; er wollte herrschen, gebieten um jeden Preis, und das ist ihm nun auch geworden. Seine Laufbahn ist geradezu beispiellos. Aus Armut und Dunkelheit stieg er empor von Stufe zu Stufe, von Auszeichnung zu Auszeichnung. Er wurde der Schwiegersohn des Ministers, dessen bevorzugter Günstling er stets gewesen, ließ sich in den Freiherrnstand erheben und ist jetzt der fast allmächtige Gouverneur einer der ersten Provinzen des Landes. Er steht auf der einst nur geträumten Höhe, aber ich, den er in Kerker und Verbannung gejagt, der auf ein Leben voll der herbsten Enttäuschungen zurückblickt und an der

Schwelle des Greisenalters noch mit Existenzsorgen ringen muß — ich tausche nicht mit dieser Höhe. Sie hat ihm seine Ehre gekostet."

Der Sprechende war furchtbar erregt; er brach ab und ging einigemal auf und nieder, um seiner Erregung Herr zu werden. Endlich trat er wieder zu Georg, der schweigend vor sich niedersah.

„Ich habe seit Jahren diesen Punkt nicht berührt," begann er von neuem. „Aber Ihnen war ich Offenheit schuldig. Sie sind keines von jenen blinden, gefügigen Werkzeugen, wie Raven sie braucht, wie er sie allein um sich duldet, und ich fürchte, es wird eine Stunde kommen, wo Sie gezwungen sein werden, ihm den Gehorsam zu verweigern, wenn Sie anders Ihre Ueberzeugung und Ihre Mannesehre retten wollen. Was dann aus Ihnen wird, ist freilich eine andre Frage. Stehen Sie fest, Georg! Durch das Gefühl der Abneigung und Gegnerschaft, das Sie für ihn hegen, klingt etwas wie Bewunderung dieses Mannes, und ich begreife das nur zu gut. Er übte von jeher eine fast dämonische Macht über alles, was mit ihm in Berührung kam. Auch Sie können sich ihr nicht ganz entziehen, und darum mußte ich Sie über diesen Raven aufklären. Sie wissen jetzt, was an ihm ist."

„Dachte ich es doch; da stecken sie schon wieder mitten in der Politik oder in sonstigen unerquicklichen Debatten!" sagte eine Stimme hinter den beiden. „Ich suchte dich im ganzen Hause, Georg. — Guten Tag, Papa!"

Der Sprechende, der jetzt gleichfalls in die Veranda trat, war einige Jahre jünger als Georg, aber größer und stärker gebaut, eine frische, kräftige Erscheinung mit offenen Gesichtszügen, klaren Augen und dichtem, blondem Haar. Er warf einen prüfenden Blick auf das noch immer dunkel gerötete Antlitz seines Vaters und fuhr dann fort:

„Du solltest dich beim Gespräche nicht so aufregen, Papa. Du weißt doch, wie nachteilig das stets auf dich wirkt, und überdies hast du heute schon angestrengt gearbeitet, wie ich sehe."

Damit trat er zu einem mit Büchern und Papieren bedeckten Tische, der in der Veranda stand, und begann in den Schriften zu blättern.

„Laß das liegen, Max!" sagte der Doktor ungeduldig. „Du bringst mir Unordnung in die Manuskripte, und du gibst dich ja doch nicht mit tieferen wissenschaftlichen Studien ab."

„Weil mir die Zeit dazu fehlt," erwiderte Max, die Papiere ruhig wieder hinlegend. „Ein junger Assistenzarzt im Hospital kann nicht tagelang über den Büchern sitzen. Du weißt ja, daß ich alle Hände voll zu thun habe."

„Die Zeit würde sich schon finden," warf Brunnow ein. „Was dir fehlt, ist die Lust."

„Meinetwegen auch die Lust! Mein Studium ist die Praxis, und ich denke damit ebenso weit zu kommen."

„So weit dein Ehrgeiz reicht, allerdings," in dem Tone des Vaters verriet sich eine unverkennbare Geringschätzung. „Du wirst dir jedenfalls eine ausgebreitete Praxis gründen und deinen Beruf als ein einträgliches Handwerk betrachten. Ich zweifle durchaus nicht daran."

Max kämpfte augenscheinlich mit einer aufsteigenden Gereiztheit; dennoch entgegnete er mit ziemlicher Ruhe: „Ich werde mir allerdings so bald wie möglich eine eigene Praxis gründen. Du hättest das schon vor zwanzig Jahren gekonnt, zogst es aber vor, medizinische Werke zu schreiben, die dir neben dem geringen Honorare höchstens die Anerkennung einzelner Fachgenossen eintragen. Der Geschmack ist verschieden."

„So verschieden wie unsre Auffassung des Lebens überhaupt. Du weißt freilich nicht, was es heißt, für die Wissenschaft zu leben und sich ihr zu opfern."

„Ich opfere mich für niemand," sagte Max trotzig. „Ich fülle meinen Platz im Leben gewissenhaft aus und denke damit genug zu thun. Du liebst ja die nutzlosen Aufopferungen, Papa — ich nicht."

„Lassen Sie doch den unverbesserlichen Realisten, Herr Doktor!" mischte sich Georg ein, den der gereizte Ton der beiden eine Scene fürchten ließ, wie sie zwischen Vater und Sohn nicht eben selten war. „Ich habe es längst aufgegeben, ihn zu bekehren. Jetzt aber wollen wir beide Sie nicht länger stören. Max versprach mir schon heute morgen, mich nach seiner Rückkehr auf einem Spaziergange nach dem Wäldchen zu begleiten."

„Jetzt um die Mittagsstunde?" fragte der Doktor befremdet. „Weshalb nicht später?"

In dem Gesichte des jungen Winterfeld zeigte sich eine leichte Verlegenheit, die er jedoch rasch bemeisterte. „Ich habe später noch mit den Vorbereitungen der Abreise zu thun und möchte gern noch einmal den Blick auf den See und die Berge genießen. Das Scheiden wird mir schwer genug."

„Das glaube ich," sagte Max mit einer eigentümlichen, fast boshaften Betonung, brach aber ab, als er dem halb unwilligen, halb bittenden Blicke seines Freundes begegnete.

Brunnow schien der Sache keine Wichtigkeit weiter beizulegen; er winkte einen flüchtigen Abschiedsgruß und trat wieder an seinen Arbeitstisch, während die beiden jungen Männer durch den Garten schritten und, nachdem Max die Gitterthür desselben geöffnet hatte, einen Fußweg einschlugen, der dicht am See entlang führte. Eine Zeit lang schritten sie schweigend vorwärts. Georg schien sehr ernst und nachdenklich, und der junge Arzt war offenbar übler Laune, an

der das eben geführte Gespräch mit dem Vater und die nahe Abreise des Freundes gleichen Anteil haben mochten.

„Das wäre nun also der letzte Tag deines Hierseins," begann
er endlich, „und was habe ich eigentlich davon, wie überhaupt von
deinem Besuche hier? Den halben Tag lang deklamierst du mit
meinem Papa gegen die Zustände in unserm geliebten Vaterlande
im allgemeinen und gegen die Ravensche Diktatorwirtschaft im besonderen, und wenn ich dich endlich glücklich von der Politik entfernt
habe, mißbrauchst du meine Freundschaft in der unverantwortlichsten
Weise, indem du mich bei vierundzwanzig Grad Reaumur in der
Mittagsstunde Schildwach' stehen läßt. Ein höchst angenehmer
Posten!"

„Welch ein Ausdruck!" sagte Georg unwillig. „Ich habe dich
nur gebeten —"

„Dafür zu sorgen, daß du bei deinem, natürlich ganz zufälligen
Zusammentreffen mit Fräulein von Harder ungestört bleibst. Man
nennt das auf deutsch ,Schildwache stehen'. Wieviel solche ,Zu-
fälligkeiten' habt ihr eigentlich schon mit oder ohne meine Statisten-
mitwirkung in Scene gesetzt? Nehmt euch in acht, daß die Frau
Mama nicht hinter diese gemeinsamen Spaziergänge kommt!"

„Du weißt ja, daß mein Urlaub zu Ende ist und daß ich
morgen fort muß," war die etwas kurze Antwort.

Max seufzte leise vor sich hin. „Und deshalb wird es vermutlich heute sehr lange dauern. Nimm es mir nicht übel, Georg
— für euch mag es sehr interessant sein, wenn ihr euch bei Sonne,
Mond und Sternen ewige Treue schwört, aber für den Unbeteilig-
ten ist das äußerst langweilig, noch dazu bei einer Temperatur wie
die heutige. Es ist das heißeste Freundschaftsstück, das ich je einem
Menschen geleistet habe."

Sie hatten inzwischen das nahegelegene „Wäldchen" erreicht,
eine Gruppe von Kastanienbäumen, die einen Wiesengrund am
Ufer des Sees beschattete. Es war ein vielbesuchter und beliebter
Spaziergang der Stadtbewohner, denn man genoß von hier aus
eine prachtvolle Rundsicht, bei der sich der See und das Gebirge in
ihrer ganzen Schönheit zeigten. Jetzt, um die Mittagsstunde, war
der Ort freilich ganz einsam und verlassen. Georg, der voraus-
geeilt war, blieb stehen und spähte erwartungsvoll, aber vergebens
umher. Max schlenderte langsam nach, und da er gleichfalls niemand gewahrte, ließ er sich unter einem der mächtigen Kastanien-
bäume nieder, wo eine Rasenbank gerade an dem schönsten Aus-

sichtspunkte einen natürlichen Ruhesitz bildete. Er lehnte sich in be=
quemster Stellung zurück und beobachtete mit einem Gemisch von
Spott und Mitleiden seinen Freund, dessen fieberhafte Unruhe sich
deutlich verriet.

„Sag einmal, Georg, was soll denn nun eigentlich aus deinem
Liebesroman werden?" begann er nach längerem Schweigen von
neuem.

Der Gefragte runzelte die Stirn. „Ich habe dich schon öfter
gebeten, nicht in solchem Tone davon zu sprechen."

„Ist das etwa nicht zart genug ausgedrückt? Ich dächte, Ro=
mantik genug wäre in deiner Liebe. Ein junger bürgerlicher Be=

amter ohne Vermögen — und eine hochgeborene Baroneß und dereinstige Erbin — heimliche Zusammenkünfte — voraussichtlicher
Widerstand der ganzen Familie — Kämpfe und Aufregungen ohne
Ende — ich gratuliere dir zu all den schönen Dingen. Mir wäre
die Geschichte viel zu unbequem."

„Das glaube ich," sagte Georg mit leisem Spott. „Aber,
lieber Max, in solchen Dingen fehlt dir wirklich die Berechtigung,
mitzusprechen."

„Weil ich eine durch und durch prosaische Natur bin," ergänzte
Max in größter Gemütsruhe. „Das ist mir nun gerade nichts
Neues mehr. Mein Vater gibt es mir oft genug anzuhören, daß
mir die ‚ideale Richtung‘ fehlt. Er hat sich von jeher die redlichste
Mühe gegeben, mir den Idealismus beizubringen, es ging aber
leider nicht. Ich gehöre nun einmal nicht zu den ‚höher organi-
sierten Naturen‘, wie du zum Beispiel. Du bist weit mehr nach
Papas Geschmack, und ich glaube, er würde sich nicht einen Augenblick bedenken, dich als Sohn einzutauschen."

Georg lächelte flüchtig. „Wenn du damit einverstanden bist
— ich hätte nichts dagegen."

„Probiere es erst einmal!" sagte Max trocken. „Gegen dich
ist Papa allerdings ausnahmsweise liebenswürdig, weil er eine
ganz besondere Vorliebe für dich gefaßt hat, im übrigen fehlt ihm
aber nicht viel zum Menschenfeinde. Nichts genügt ihm; alles faßt
er mit der Gereiztheit und Verbitterung auf, die er für unbefriedig-
ten Idealismus hält, und das ist der Grund zum ewigen Kriege
zwischen uns. Er vergibt es mir nicht, daß ich mich in dieser nichts-
nutzigen Welt ganz wohl befinde, während er nie damit fertig werden kann. Unser Verhältnis zu einander wird von Tag zu Tage
unleidlicher."

„Du thust deinem Vater unrecht," begütigte Georg. „Wer
wie er Heimat, Lebensstellung und Freiheit dem geopfert hat, was
ihm Ideal hieß, der hat auch das Recht, einen höheren Maßstab an
Welt und Menschen zu legen."

„Ich bin aber für diesen höheren Maßstab zu kurz geraten,"
erklärte der junge Arzt ärgerlich. „Du entsprichst ihm weit eher;
das hat Papa auch gleich herausgefunden und dich ganz für sich in
Beschlag genommen. Du würdest freilich bedeutend in seiner Achtung
sinken, wenn er ahnte, daß du gleich in den ersten Tagen deines
Hierseins den grenzenlosen Unsinn begangen hast, dich zu verlieben."

„Max, ich bitte dich," unterbrach ihn der Freund in gereiztem

Tone, aber Max war einmal im Zuge mit seinem Aerger und ließ sich durchaus nicht darin stören.

„Ich bleibe dabei, es ist ein Unsinn," sagte er kurz und bündig. „Du mit deinen tiefernsten Lebensansichten, deinem rastlosen Ar= beiten, deinen idealen Zielen — im Grunde höchst überflüssige Dinge, aber du hast sie doch nun einmal — und diese verwöhnte, übermütige Gabriele von Harber, in Reichtum und Ueberfluß auf= gewachsen, in allen nur möglichen aristokratischen Vorurteilen er= zogen! Glaubst du denn wirklich, daß sie jemals auch nur das leiseste Verständnis für deine Interessen haben wird? Ich sage dir, sie gibt dich auf, sobald der Ernst dieser Reiseidylle an sie heran= tritt und der Einfluß der Familie sich geltend macht. Du wirst dein Alles an diese Liebe setzen und deine besten Kräfte im Kampfe mit den Verwandten verschwenden, um schließlich irgend einem Grafen oder Baron geopfert zu werden, der eine standesgemäße Partie für die junge Baroneß ist."

„Nein, nein!" rief Georg mit aufwallender Heftigkeit. „Du kennst Gabriele ja kaum; du hast sie stets nur flüchtig gesehen, ich dagegen" — er hielt plötzlich inne und seine Stimme sank, als er fortfuhr: „Ich weiß es ja, daß noch eine ganz andre Kluft zwischen uns liegt, als die der äußeren Verhältnisse, aber sie ist noch so jung, das Leben hat ihr bisher nur seine Sonnenseite gezeigt — und ich liebe sie grenzenlos."

Max zuckte die Achseln mit einem Ausdrucke, der deutlich ver= riet, daß dieser letzte Grund ihm höchst ungenügend erschien.

„Jeder Mensch hat sein Vergnügen," sagte er phlegmatisch, „das meinige wäre diese grenzenlose Liebe nun gerade nicht, und es kommt auch gar nichts dabei heraus. Uebrigens" — er stand auf — „ist es nun wohl Zeit, daß ich meinen Wachtposten beziehe, denn ich sehe da hinter den Fliederhecken ein helles Kleid auftauchen und dich aufflammen, als ob alle sieben Himmel sich vor dir öffneten. — Georg, thu mir den einzigen Gefallen und vergiß nicht ganz, daß es so etwas wie eine Mittagsstunde in der Welt gibt, und daß gewöhnliche Menschen alsdann zu essen pflegen! Eine höchst un= praktische Idee, dies Rendezvous gerade auf die Mittagszeit zu verlegen! Ich hoffe, du wirst mich zum Dank für meine aufopfernde Freundschaft nicht ganz hungern lassen."

Damit zog sich Max Brunnow zurück. Der junge Winterfeld hörte kaum auf ihn; seine ganze Aufmerksamkeit war der hellen schlanken Gestalt zugewendet, die jetzt am Ausgange des Wäldchens

erschien. Sie flog leicht und graziös über den Rasen hin und stand nach wenigen Minuten an seiner Seite.

„Da bin ich, Georg. Hast du lange gewartet? Es war heute gar nicht möglich, unbemerkt fortzukommen, und beinahe hätte ich es ganz aufgegeben. Aber es wäre doch gar zu grausam gewesen, meinen Ritter umsonst harren zu lassen. Ich glaube, du würdest es mir nun und nimmermehr verzeihen, wenn ich dich ohne feierlichen Abschied abreisen ließe."

Georg hielt die kleine Hand fest, die sich nach flüchtigem Drucke ihm wieder entziehen wollte, und in seiner Stimme lag ein leiser Vorwurf, als er sagte: „So leicht wird dir die Trennung, Gabriele? Hast du denn kein andres Lebewohl für mich, als Scherze und Neckereien?"

Die junge Dame blickte ein wenig erstaunt auf. „Trennung? Aber wir sehen uns ja in vier Wochen wieder."

„In vier Wochen! Scheint dir das eine so kurze Zeit?"

Gabriele lachte. „Es sind gerade viermal sieben Tage. Du wirst sie wohl ertragen müssen. Dann aber kommen wir gleichfalls nach R. Du verkehrst doch öfter mit meinem Vormunde?"

„Mit dem Freiherrn von Raven? Allerdings. Ich gehöre, wie du weißt, zu seiner Kanzlei und habe ihm bisweilen Vortrag zu halten."

„Ich kenne ihn kaum," sagte Gabriele gleichgültig. „Ich sah
ihn immer nur sehr flüchtig, wenn er auf kurze Zeit nach der Resi=
denz kam, das letzte Mal vor drei Jahren. Damals geruhten Ex=
cellenz noch gar keine Notiz von mir zu nehmen, und mich noch ganz
und gar als Kind zu behandeln, obgleich ich schon volle vierzehn
Jahre alt war. Ich war durchaus nicht entzückt von der Aussicht,
künftig in seinem Hause zu leben, bis ich" — sie lächelte schel=
misch — „einen gewissen Georg Winterfeld kennen lernte und von
ihm erfuhr, daß er das Glück habe, einer der Beamten meines
Herrn Vormundes zu sein."

Ueber Georgs Züge glitt ein Ausdruck, als sei er über dieses
„Glück" andrer Meinung. „Du täuschest dich, wenn du daran
irgend eine Hoffnung knüpfst," entgegnete er ernst. „Ich verkehre
nur amtlich mit meinem Chef, und er versteht es, seinen Unter=
gebenen die Grenzen dieses Verkehrs möglichst eng zu ziehen; im
übrigen stehe ich ihm vollständig fern. Ein junger, bürgerlicher
Beamter in vorläufig noch untergeordneter Stellung hat keinen
Zutritt zu den Kreisen des Gouverneurs und darf es schwerlich
wagen, eine nähere Bekanntschaft mit der Baroneß Harder geltend
zu machen. Wir werden uns fern genug sein, auch wenn ich täglich
das Haus betrete, in dem du weilst. Hier, in der Freiheit des
Reiselebens durften wir uns kennen und lieben lernen —"

„Das verdankst du doch im Grunde nur unserm Boote, das
zu rechter Zeit auf die Sandbank fuhr," unterbrach ihn Gabriele.
„Denkst du noch an unsre erste Begegnung, Georg? Mama bildet
sich noch heutigestags ein, damals in Lebensgefahr geschwebt zu
haben und hält dich für ihren Retter, weil du uns glücklich durch
das seichte Wasser ans Land brachtest. Sonst hätte sie dir mit
deinem einfach bürgerlichen Namen auch schwerlich die öfteren Be=
suche gestattet, aber der Lebensretter war natürlich eine Ausnahme.
Wenn sie wüßte, daß er mir bereits eine Liebeserklärung ge=
macht hat!"

Der offenbare Triumph, der in den letzten Worten lag, schien
den jungen Mann zu verletzen; seine Augen hefteten sich forschend
und unruhig auf ihr Antlitz.

„Und wenn die Baronin es nun früher oder später erfährt,
was würdest du thun?"

„Dich ihr in aller Form als meinen künftigen Herrn und
Gemahl vorstellen," erklärte Gabriele mit komischer Feierlichkeit.
„Das würde natürlich eine Explosion geben — Thränen, Vorwürfe,

Nervenzufälle — darin ist Mama besonders stark, aber es thut nichts; sie gibt schließlich doch nach und ich setze immer meinen Willen durch."

Sie warf das alles lachend und mutwillig hin. Es war augenscheinlich, daß der Gedanke an eine Entdeckung, die jedes andre Mädchen erschreckt haben würde, die junge Baroneß Harder höchlich amüsierte. Sie hatte sich auf den Rasensitz niedergelassen und ihren Strohhut abgenommen. Die Sonnenstrahlen, die hie und da durch das dichte Blätterdach der Kastanien drangen, spielten auf dem reichen blonden Haar und dem rosigen Antlitze, aus dem ein Paar große braune Augen lachend und glückselig in die Welt schauten. Das Gesicht mit seinen zarten, lieblichen Formen war ohne Frage von einem bestrickenden Reiz, aber es fehlte ihm jenes Seelenvolle, das dem Menschenantlitz erst seinen höchsten Zauber leiht. Man würde sich vergebens bemüht haben, hinter all diesem neckischen Uebermut und dieser strahlenden Heiterkeit irgend einen Zug zu entdecken, der auf ernstere, tiefere Empfindungen schließen ließ. Aber das minderte nicht den Reiz dieser jugendlichen Erscheinung, an der alles frisches, blühendes Leben und rosige Jugend atmete. Sie erschien wie ein Abglanz der Landschaft da draußen, ebenso sonnig und licht.

Georg blickte mit einem eigentümlichen Gemisch von Unwillen und Zärtlichkeit auf sie nieder. „Gabriele, du behandelst das alles nur wie ein Spiel und hast keine Ahnung von den Kämpfen, die uns bevorstehen," sagte er.

„Fürchtest du diese Kämpfe?"

„Ich?" Die Stirn des jungen Mannes begann sich zu röten. „Ich bin bereit, es mit allen aufzunehmen, wenn du mir nur fest zur Seite stehst. Aber du bist im Irrtum, wenn du auf die gewohnte Nachgiebigkeit deiner Mutter rechnest, hier, wo alle ihre Vorurteile, alle Traditionen ihrer Familie ins Spiel kommen. Und wenn es dir selbst gelänge, sie zu gewinnen — deinen Vormund wird nichts umstimmen. Ich kenne ihn; er wird nie seine Einwilligung geben."

Gabriele lehnte das blonde Köpfchen an den Stamm des Baumes und zerpflückte spielend einige Grashalme. „Ich frage gar nichts nach seiner Einwilligung," erklärte sie. „Ich lasse mir von ihm nichts befehlen oder verbieten. Er soll es einmal versuchen, mich zu zwingen!"

„Es wird dich niemand zwingen," fiel Georg ein, „aber trennen wird man uns. In dem Augenblicke, wo unsre Liebe entdeckt wird, ist auch die Trennung ausgesprochen — das weiß ich, und das allein ist es, was mir Schweigen auferlegt. Du ahnst nicht, wie dieses Geheimnis, das dir so reizend erscheint, dieses ängstliche Verbergen mich peinigt und bemütigt, wie sehr es meiner ganzen Natur zuwider ist. Jetzt zum erstenmal fühle ich, was es heißt, arm und unbekannt zu sein."

„Was thut es denn, daß du arm bist?" fragte Gabriele sorglos. „Ich werde einmal sehr reich sein. Mama sagt es mir täglich, daß ich die einzige Erbin meines Onkels Raven bin."

Georg schwieg und preßte die Lippen fest zusammen, als wolle er eine bittere Empfindung unterdrücken. „Jawohl, du wirst reich sein," sagte er endlich. „Nur allzu reich."

„Ich glaube gar, du willst mir einen Vorwurf daraus machen," schmollte die junge Dame mit sehr ungnädiger Miene.

„Nein, aber es öffnet eine Kluft mehr zwischen uns. Gehörtest du meinem Lebenskreise an, dann dürfte ich offen hintreten und, wenn auch noch nicht deine Hand, doch dein Wort und deine Treue fordern, bis ich dir eine eigene Heimat zu bieten vermag. Jetzt dagegen — was würde der Freiherr von Raven mir wohl antworten, wenn ich es wagte, bei ihm um die Hand seiner Mündel, seiner mutmaßlichen Erbin zu werben? Er vertritt die Stelle deines Vaters; du stehst unter seiner Gewalt."

„Aber doch nur bis zu meiner Mündigkeit. In einigen Jahren hat die vormundschaftliche Gewalt des gestrengen Herrn ein Ende. Dann bin ich frei."

„In einigen Jahren!" wiederholte Georg. „Und wie wirst du dann denken?"

Es lag eine so bange Frage in den Worten, daß Gabriele halb erschreckt und halb beleidigt aufblickte. „Georg, du zweifelst an meiner Liebe?"

Er schloß ihre Hand fest in die seinige. „Ich glaube an dich, meine Gabriele; vertraue auch du mir! Ich bin ja nicht der erste, der sich emporarbeitet, und habe von jeher gelernt, der Zukunft und meiner eigenen Kraft zu vertrauen. Ich will alles an die Zukunft setzen, um beinetwillen. Du sollst dich deiner Wahl nicht zu schämen haben."

„Ja, zur Excellenz mindestens mußt du mich machen," neckte Gabriele. „Ich erwarte ganz bestimmt, daß du auch einmal Gouverneur oder Minister wirst. Hörst du, Georg? Ich will keinen andern Titel."

Georg ließ plötzlich die Hand fallen, die er noch in der seinigen

hielt. Er mochte auf seine mit so tiefer Innigkeit ausgesprochene Beteuerung wohl eine andre Antwort erwartet haben.

„Du verstehst mich nicht. Freilich, wie solltest du auch den Ernst des Lebens kennen, ist er dir doch noch niemals genaht."

„O, ich kann auch ernst sein," versicherte Gabriele. „Ganz außerordentlich ernst. Du kennst meine eigentliche Natur noch gar nicht."

„Möglich!" sagte der junge Mann mit aufquellender Bitterkeit. „Jedenfalls habe ich es nicht verstanden, sie zu wecken."

Gabriele sah recht gut, daß er verletzt war, aber es beliebte ihr durchaus nicht, Notiz davon zu nehmen. Sie fuhr fort zu necken und zu scherzen und erschöpfte ihren ganzen Uebermut. Sie pochte auf eine Macht, die sich oft genug bewährt hatte und auch heute ihre Wirkung nicht verfehlte. Georgs Stirn begann sich zu entwölken; Verstimmung und Vorwurf wollten nicht standhalten vor dem Geplauder jener rosigen Lippen, und als das geliebte Antlitz lächelnd und schelmisch zu ihm aufblickte, da war es vorbei mit dem Widerstande — er lächelte gleichfalls.

Drüben in der Stadt setzten die Glocken zum Mittagsgeläut ein. Die Klänge zogen hell über den See und mahnten das junge Paar zum Aufbruch. Georg zog die Hand der Geliebten leidenschaftlich an seine Lippen; die unmittelbare Nähe der Landhäuser und der Fahrstraße verbot jede weitere Zärtlichkeit.

Gabriele schien die Trennung in der That sehr leicht zu nehmen. Einen Augenblick wurde sie ernster und es schimmerte sogar eine Thräne in ihren braunen Augen, aber in der nächsten Minute war alles schon wieder sonnige Heiterkeit. Sie warf einen letzten Gruß zurück und eilte dann fort. Georgs Augen folgten ihr unverwandt.

„Max hat recht," sagte er träumerisch. „Ich und dieses verwöhnte übermütige Kind des Glückes! Warum muß ich gerade sie lieben, die mir fern steht in so vielem, wo wir uns nahe sein müßten? Ja, warum — ich liebe sie eben."

Die Warnung des Freundes schien trotz aller Zurückweisung doch ein Echo in der Brust des jungen Mannes gefunden zu haben, aber was vermochten Vernunft und Ueberlegung gegen die Leidenschaft, die sein ganzes Wesen erfüllte? Er wußte längst, daß sich gegen den Zauber nicht ankämpfen ließ, der ihn schon bei der ersten Begegnung umsponnen hatte. Er unterlag ihm immer wieder von neuem.

Ich bitte noch einmal, Excellenz, nehmen Sie diese harten Maßregeln zurück! Sie können unmöglich die ganze Stadt für die Ausschreitungen einzelner verantwortlich machen."

„Auch ich bin der Meinung, daß man nicht mit solcher Schärfe vorzugehen braucht. Es wird nicht schwer sein, die Schuldigen herauszufinden und sich ihrer zu versichern."

„Sie sollten der Sache nicht solche Wichtigkeit beilegen, Excellenz. Sie verdient es in der That nicht."

Der Freiherr von Raven, an den all diese Mahnungen und Vorstellungen gerichtet waren, schien sehr wenig davon berührt zu werden, denn er erwiderte mit kalter Höflichkeit:

„Ich bedaure aufrichtig, meine Herren, mich in so vollständigem Widerspruch mit Ihren Ansichten zu befinden, aber ich habe den Entschluß nach reiflicher Ueberlegung gefaßt, und überdies wissen Sie, daß ich niemals eine bereits angeordnete Maßregel zurücknehme. Es bleibt dabei."

Die Herren, welche sich im Regierungsgebäude von R. in dem Empfangszimmer des Gouverneurs befanden, schienen eine längere und lebhafte Konferenz gehabt zu haben; sie waren sämtlich etwas erregt, bis auf den Freiherrn selbst, der mit unerschütterlicher Ruhe in seinem Sessel lehnte.

„Ich sollte meinen," sagte derjenige, welcher zuerst gesprochen, „daß meine Stimme als die des Vertreters der Stadt doch von einigem Gewicht wäre, um so mehr, als diesmal auch der Polizeidirektor auf meiner Seite steht."

„Allerdings," bestätigte der Genannte mit vorsichtiger Zurückhaltung. „Indes bin ich erst zu kurze Zeit in meinem Amte, um die hiesigen Verhältnisse schon eingehend zu kennen. Excellenz werden das jedenfalls besser beurteilen."

„Ich fürchte nur," wandte sich der dritte der Herren, der die Uniform eines Obersten trug, an den Gouverneur, „ich fürchte,

man wird Ihre Strenge mißdeuten und sie als persönliche Besorgnis auffassen."

Um die Lippen des Freiherrn spielte ein verächtliches Lächeln.
„Seien Sie unbesorgt!" entgegnete er. „Man kennt mich in R. zu
gut, um mir Furcht zuzutrauen. Der Vorwurf bleibt mir unter
allen Umständen erspart."

Er erhob sich und gab damit das Zeichen zur Beendigung der
Konferenz. Freiherr Arno von Raven stand im vollsten, reifsten
Mannesalter und war bei seinen sechs- oder siebenundvierzig Jahren
eine imponierende Erscheinung. Die hohe, mächtige Gestalt hatte
schon in ihrem bloßen Auftreten etwas Gebietendes. Die stolzen
energischen Züge waren nicht schön und konnten es auch wohl nie
gewesen sein, aber sie waren bedeutend und charakteristisch in jeder
Linie. In das volle dunkle Haupthaar mischte sich noch kein Grau,
nur an den Schläfen verriet ein leichter Silberglanz, daß die Mitte
des Lebens bereits überschritten war. Dagegen sprach aus den
dunkeln blitzenden Augen noch die ganze Vollkraft dieses Lebens,
aber der Blick hatte etwas Strenges, Finsteres und gewann, sobald
er sich fest auf einen Gegenstand richtete, eine durchbohrende Schärfe.
Die Haltung war ein Gemisch von ruhiger Vornehmheit und un-
nahbarem Stolze. Auch nicht der leiseste Zug verriet den Emporkömmling. Der Mann sah aus, als habe er von jeher nichts andres
gekonnt, als befehlen und herrschen.

„Es handelt sich hier nicht um mich," fuhr er fort. „Solange
die Schmähungen und Drohbriefe mir anonym zugingen, habe ich
sie dem Papierkorb überantwortet, ohne weiteres Gewicht darauf
zu legen. Wenn dergleichen sich aber offen und aller Welt sichtbar
an den Mauern des Regierungsgebäudes findet, wenn man Miene
macht, mich bei meinen Ausfahrten zu insultieren und die Herren
von der Bürgerschaft sich demonstrativ jedes Einschreitens enthalten,
so ist es meine Pflicht, ernstlich vorzugehen. Ich bin die oberste
Behörde der Provinz; dulde ich den Unfug, der sich gegen meine
Person richtet, so gefährde ich damit die Autorität der Regierung,
die zu vertreten ich berufen bin und die ich unter allen Umständen
aufrecht erhalten muß. Ich wiederhole Ihnen, Herr Bürgermeister,
daß ich es bedaure, Polizeimaßregeln verhängen zu müssen, die vielleicht schwer empfunden werden, aber die Stadt hat sich das selbst
zuzuschreiben."

„Wir sind es gewohnt, daß Excellenz sich in solchen Fällen
nie von Rücksichten bestimmen lassen," sagte der Bürgermeister mit

Schärfe. „Es bleibt mir also nur übrig, Ihnen die volle Verant=
wortlichkeit zu lassen — und damit wäre unser Gespräch ja wohl
zu Ende."

Der Freiherr verneigte sich kühl. „Ich wüßte nicht, daß ich
mich jemals der Verantwortung für meine Maßnahmen entzogen
hätte; es wird auch diesmal nicht geschehen. Leben Sie wohl, meine
Herren!"

Der Bürgermeister und der Polizeidirektor verließen das Ge=
mach und schritten durch die weiten Gänge des Regierungsgebäudes
dem Ausgange zu. Auf dem Wege konnte der erstere, ein etwas
cholerischer alter Herr mit grauen Haaren, nicht umhin, seinem lang
zurückgehaltenen Aerger Luft zu machen.

„Also haben wir mit all unsern Bitten, Mahnungen und Vor=
stellungen wieder einmal nichts erreicht, als ein souveränes: ‚Es
bleibt dabei!'" sagte er zu seinem Begleiter. „Auch Sie scheinen
sich diesem berühmten Lieblingswort Seiner Excellenz zu beugen.
Ihr Widerspruch verstummte davor sofort."

Der Polizeidirektor, ein noch jüngerer Mann mit scharfen, klugen Zügen und sehr höflichen Formen, zuckte die Achseln. „Der Freiherr ist oberster Chef der Verwaltung, und da er erklärt hat, mich auf alle Fälle mit seiner Verantwortlichkeit zu decken, so —"

„Fügen Sie sich seinem Willen," ergänzte der andre. „Im Grunde ist das nur natürlich; Sie haben schwerlich Lust, das Schicksal Ihres Amtsvorgängers zu teilen."

„Jedenfalls hoffe ich meiner Stellung besser gewachsen zu sein als er," war die artige, aber bestimmte Antwort. „Soviel ich weiß, wurde mein Vorgänger wegen Unfähigkeit auf einen andern Posten versetzt."

„Da irren Sie sehr. Er fiel, weil er dem Freiherrn von Raven nicht genehm war, und sich bisweilen herausnahm, eine andre Meinung als dieser zu haben. Er mußte dem allmächtigen Willen weichen, der uns nun so lange schon unumschränkt regiert. Das heutige Auftreten unsres Gouverneurs wird Ihnen besser als eine monatelange Amtsdauer gezeigt haben, wie die ‚hiesigen Verhältnisse' eigentlich liegen, und Sie haben bereits Ihre Partei gewählt, wie mir scheint."

Die letzten Worte klangen sehr anzüglich, aber der Polizeidirektor schien das nicht zu bemerken; er lächelte nur verbindlich, ohne etwas zu erwidern, und da sie den Ausgang jetzt erreicht hatten, trennten sich die beiden Herren.

Im Zimmer des Freiherrn war dieser mit dem Oberst zurückgeblieben. Letzterer, der Kommandant des Regiments, das die Garnison von R. bildete, war eine echt militärische Erscheinung, aber trotzdem und trotz seiner Uniform und Orden vermochte er doch nicht den Vergleich mit der gebietenden Gestalt des Gouverneurs auszuhalten, der den einfachen Zivilanzug trug.

„Sie sollten nicht allzu schroff vorgehen, Excellenz," nahm der Oberst das Gespräch wieder auf. „Man sieht höheren Ortes diese fortwährenden Konflikte mit der Bürgerschaft sehr ungern."

„Glauben Sie, daß ich diese Konflikte liebe?" fragte der Freiherr. „Aber Nachgiebigkeit wäre hier Schwäche, und die wird man mir hoffentlich nicht zumuten."

Der andre schüttelte mit dem Ausdruck der Besorgnis den Kopf. „Sie wissen, daß ich einige Wochen lang in der Residenz war," begann er von neuem. „Ich habe viel im Ministerium verkehrt. Im Vertrauen gesagt, die Stimmung ist dort keine für Sie günstige. Man liebt Sie durchaus nicht."

„Das weiß ich," sagte Raven kalt. „Ich bin den Herren von jeher unbequem gewesen. Ich war ihnen nie fügsam, nie devot genug, und überdies können sie mir meine bürgerliche Herkunft nicht verzeihen. Meine Laufbahn war nun einmal nicht zu hindern, aber Sympathie habe ich in jenen Kreisen nie besessen."

„Ebendeshalb sollten Sie vorsichtig sein. Es werden Versuche gemacht, Ihre Stellung zu erschüttern. Man spricht von Willkür, von Uebergriffen, und all Ihre Maßregeln werden in schärfster, oft in gehässigster Weise besprochen und kritisiert. Fürchten Sie nicht die gegen Sie gesponnenen Intriguen?"

„Nein, denn ich bin den maßgebenden Persönlichkeiten allzu notwendig und werde dafür sorgen, daß diese Notwendigkeit bestehen bleibt, trotz meiner ‚Willkür‘ und meiner ‚Uebergriffe‘. Ich kenne am besten die Schwierigkeiten meiner hiesigen Stellung; sie finden so leicht keinen zweiten, der dem ersten Posten in dieser Provinz und in diesem widerspenstigen, ewig oppositionslustigen R. gewachsen ist. Aber ich danke Ihnen trotzdem für die Warnung, die vollständig mit meinen eigenen Nachrichten übereinstimmt."

„Ich wollte Ihnen wenigstens einen Wink geben," sagte der Oberst abbrechend. „Aber jetzt muß ich fort. Sie erwarten heute noch Besuch, wie ich höre."

„Meine Schwägerin, die Baronin Harder, und ihre Tochter," erklärte der Freiherr, seinen Gast bis zur Thür begleitend. „Sie haben einen Teil des Sommers in der Schweiz zugebracht und wollen heute eintreffen. Ich erwarte sie jede Minute."

„Ich habe die Frau Baronin vor einigen Jahren in der Residenz kennen gelernt," warf der Offizier flüchtig hin, „und ich hoffe die Bekanntschaft zu erneuern. Darf ich bitten, der Dame vorläufig meine Empfehlung zu überbringen? Auf Wiedersehen, Excellenz!" —

Eine halbe Stunde später rollte ein Wagen in das Portal des Regierungsgebäudes, und Freiherr von Raven kam die große Haupttreppe herunter, um die erwarteten Gäste zu begrüßen.

„Mein lieber Schwager, wie glücklich bin ich, Sie endlich wieder zu sehen!" rief die im Wagen sitzende Dame, indem sie mit großer Lebhaftigkeit und Zärtlichkeit dem Herantretenden die Hand entgegenstreckte.

„Seien Sie mir willkommen, Mathilde!" sagte Raven mit seiner gewohnten kühlen Artigkeit, die auch nicht um einen Grad wärmer wurde, als er den Schlag öffnete und seiner Schwägerin

beim Aussteigen behilflich war. „Haben Sie eine gute Fahrt ge=
habt? Es war heute etwas zu heiß für die Reise.“

„O, entsetzlich! Die lange Fahrt hat mich völlig nervös ge=
macht. Wir beabsichtigten anfangs, einen Tag in E. auszuruhen,
aber uns trieb die Sehnsucht, unsern teueren Verwandten so bald
wie möglich zu begrüßen.“

Der „teuere Verwandte“ nahm das Kompliment sehr gleich=

gültig hin. „Sie hätten immerhin in E. bleiben sollen," meinte er. „Aber wo ist das Kind — Gabriele?"

Die junge Dame, die soeben den Wagen verließ und, ohne eine Hilfe abzuwarten, leichtfüßig auf den Boden sprang, wurde bei dieser höchst beleidigenden Frage von einer hellen Zornröte über= gossen. Aber auch der Freiherr stutzte und heftete einen langen er= staunten Blick auf das „Kind", das er drei volle Jahre nicht gesehen hatte, und dessen Anblick ihn jetzt sehr zu überraschen schien. Doch sein Erstaunen und Gabrielens Triumph darüber dauerte nicht lange.

„Ich freue mich, dich zu sehen, Gabriele," sagte er ruhig, und sich niederbeugend, berührte er mit den Lippen leicht ihre Stirn. Es war dieselbe flüchtige, gleichgültige Liebkosung, die er einst dem vierzehnjährigen Mädchen hatte zu teil werden lassen, und dabei streiften seine dunkeln, strengen Augen ihr Antlitz mit einem einzigen, aber so scharfen und prüfenden Blicke, als wolle er damit zugleich ihr ganzes Innere ergründen. Dann aber reichte er seiner Schwägerin den Arm, um sie in das obere Stockwerk hinauf zu führen, und überließ es der jungen Dame, ihnen zu folgen.

Die Baronin ergoß sich in einen Strom von Redensarten und Liebenswürdigkeiten, die nur einsilbig beantwortet wurden, aber das hemmte nicht ihren Redefluß, der erst stockte, als sie den Flügel erreicht hatten, in welchem die für die Damen bestimmten Zimmer lagen.

„Das ist Ihre Wohnung, Mathilde," sagte der Freiherr, auf die geöffneten Räume deutend. „Ich hoffe, daß sie nach Ihrem Geschmack ist. Die Klingel ruft die Dienerschaft herbei. Sollten Sie irgend etwas vermissen, so bitte ich, es mir mitzuteilen. Jetzt aber möchte ich Sie allein lassen. Sie und Gabriele sind jedenfalls müde von der Reise und bedürfen der Ruhe. Bei Tische sehen wir uns wieder."

Er ging, offenbar froh, sich der lästigen und unbequemen Pflicht des Empfanges entledigt zu haben. Kaum hatte sich die Thür hinter ihm geschlossen, als die Baronin, nachdem sie die Reise= umhüllung abgelegt, sofort begann, die Umgebung zu mustern. Die vier Zimmer waren mit großer Eleganz, sogar mit Pracht eingerichtet, das Meublement sehr reich, die Vorhänge und Teppiche von den schwersten Stoffen. Ueberall war auf die Ansprüche und Bedürf= nisse vornehmen Besuchs Rücksicht genommen; kurz, es blieb auch nicht das Geringste zu wünschen übrig, und sehr befriedigt kehrte Frau von Harder von ihrem Rundgange zurück, als sie gewahrte, daß ihre Tochter noch in Hut und Reisemantel inmitten des ersten Zimmers stand.

„Willst du denn nicht ablegen, Gabriele?" fragte sie. „Wie findest du die Wohnung? Gott sei Dank, endlich einmal wieder gewohnte Umgebungen, nachdem wir so lange in der Dürftigkeit unsres schweizer Exils geseufzt haben!"

Gabriele achtete nicht auf diese Worte. „Mama, ich mag den Onkel Raven nicht," sagte sie plötzlich mit vollster Entschiedenheit.

Der Ton war so ungewöhnlich, so ganz abweichend von der sonstigen Art der jungen Dame, daß die Mutter sie erstaunt anblickte.

„Aber, Kind, du hast ihn ja kaum gesehen."

„Gleichviel, ich mag ihn nicht. Er behandelt uns mit einer Gleichgültigkeit, einer Herablassung, die geradezu beleidigend ist. Ich begreife nicht, wie du einen solchen Empfang hinnehmen konntest."

„Nicht doch," beruhigte die Baronin, „diese Kürze und Ab= gemessenheit liegt nun einmal in der Art meines Schwagers. Du wirst dich daran gewöhnen, wenn du ihn erst näher kennen und lieben lernst."

„Niemals!" rief Gabriele heftig. „Wie kannst du verlangen, Mama, daß ich den Onkel Arno lieben soll; ich habe ja immer nur Schlimmes von ihm gehört. Du sagtest, er sei ein Tyrann ohne= gleichen; Papa nannte ihn nicht anders als den Emporkömmling, den Glücksritter, und doch wagtet ihr beide niemals, ihm ein un= freundliches Wort zu sagen —"

„Kind, um Gottes willen schweig!" unterbrach sie die Mutter, sich erschrocken umblickend, ob auch niemand die verfänglichen Worte gehört habe. „Vergißt du denn ganz, daß wir vollständig von der Güte deines Oheims abhängen? Er ist unversöhnlich, wo er sich beleidigt glaubt. Du darfst ihm niemals mit einem Widerspruch entgegentreten."

„Weshalb hattet ihr denn alle so großen Respekt vor ihm, wenn er nichts weiter als ein Glücksritter war?" fuhr Gabriele be= harrlich fort. „Warum gab ihm der Großpapa seine Tochter zur Frau? Warum war er immer die Hauptperson in der Familie? — ich begreife das nicht."

„Weiß ich es?" fragte die Baronin mit einem Seufzer. „Die Macht, die dieser Mann ausübt, ist mir von jeher ebenso unerklärlich gewesen, wie die Vorliebe deines Großvaters für ihn. Er, mit seinem bürgerlichen Namen und seiner damals noch so untergeordneten Stellung, hätte den Eintritt in unsre Familie als eine hohe Gunst, als ein unverdientes Glück ansehen müssen, und er nahm es hin, als ob ihm damit nur sein Recht geschähe. Kaum hatte er in unserm Hause festen Fuß gefaßt, als er auch schon alles beherrschte, von meiner Schwester an bis zur Dienerschaft herab, die größere Furcht vor ihm hegte, als vor ihrem Herrn selber. Meinen Vater hatte er so vollständig in der Gewalt, daß nichts ohne seinen Rat und Beistand geschah, und alle übrigen unterbrückte er einfach. Wie es eigentlich geschah, das weiß ich nicht — genug, es geschah, und wie in unserm Familienkreise, so riß er auch in der Gesellschaft und in seiner Carriere die Herrschaft an sich — es wagte niemand ihm entgegenzutreten."

"Nun, mich soll er nicht unterbrücken," rief das junge Mädchen, das Köpfchen trotzig zurückwerfend. "O, er dachte auch mich zu schrecken mit seinen finstern Augen, die sich so tief einbohren, als wollten sie die geheimsten Gedanken aus der Seele lesen, aber ich fürchte mich ganz und gar nicht davor. Wir wollen doch sehen, ob er auch mich zwingt, wie all die andern."

Die Baronin erschrak; sie fürchtete nicht mit Unrecht, ihre sehr verzogene Tochter, die der Mutter gegenüber eine unbedingte Herrschaft behauptete und überhaupt nicht gewohnt war, sich Zwang aufzuerlegen, werde auch dem Freiherrn gegenüber ihrem Eigensinne die Zügel schießen lassen. Sie erschöpfte sich daher in Bitten und Vorstellungen, aber vergebens — Fräulein Gabriele schien ein eigenes Vergnügen in dem ausgesprochenen Trotze gegen ihren Vormund zu finden und war durchaus nicht geneigt, die bereits eingenommene kriegerische Stellung ihm gegenüber aufzugeben. Ueberdies war sie schon ungewöhnlich lange ernst gewesen und kehrte nun schleunigst zu dem alten Uebermute zurück.

"Mama, ich glaube, du fürchtest dich im vollen Ernste vor diesem Werwolf von Onkel," rief sie fröhlich auflachend. "Da bin ich tapferer. Ich trete ihm gerade unter die Augen, und — verlaß dich darauf! — mich verschlingt er nicht."

Das Regierungsgebäude von R. war ein ehemaliges Schloß und lange Jahre hindurch der Wohnsitz einer fürstlichen Familie gewesen. Später war es an den Staat gefallen und diente jetzt zum Sitz der Provinzialregierung und zum Aufenthalte des jeweiligen Gouverneurs. Das große, weitläufige Gebäude lag auf einer Anhöhe, oberhalb der Stadt, und hatte sich trotz seiner jetzigen Bestimmung noch einen Teil seines mittelalterlichen Ansehens bewahrt. Die vorspringenden Türme und Erker und die hohe, die ganze Umgebung beherrschende Lage gaben ihm etwas Malerisches. Die alten Mauern und Befestigungen waren freilich schon längst der Neuzeit gewichen, aber dafür umrauschte jetzt ein ganzer Wald prächtiger Bäume den Schloßberg, an dessen Vorderseite ein breiter, bequemer Weg in die Stadt hinunter führte. Von den Fenstern des Schlosses, das sich stolz und mächtig über die Baumwipfel emporhob, genoß man den vollen Blick über die Stadt und das ganze weite Thal, das die Berge wie mit einem Kranze umgaben. Das Hauptgebäude war ausschließlich zur Verfügung des Gouverneurs gestellt, der das obere Stockwerk bewohnte, während sich in dem unteren seine Kanzlei befand; die beiden Seitenflügel enthielten die übrigen Bureaus und die Dienstwohnungen einzelner Beamten.

Trotz dieser Einrichtung war auch dem Inneren sein altertümlicher
Charakter geblieben, der sich nicht verwischen ließ, weil er in der
Bauart lag. Die gewölbten Zimmer mit ihren tiefen Thür= und
Fensternischen gehörten noch dem vorigen Jahrhunderte an; lange,
düstere Bogengänge und Galerien kreuzten sich in den verschiedensten
Richtungen; hallende Steintreppen führten von einem Stockwerke
in das andre, und der alte Schloßhof wie der ehemalige Schloß=
garten waren noch ganz in ihrer ursprünglichen Gestalt erhalten.
Jedenfalls war und blieb das „Schloß", wie es kurzweg in der
ganzen Umgegend genannt wurde, eine Zierde der Stadt.

Der jetzige Gouverneur bekleidete schon seit einer ganzen Reihe
von Jahren seinen Posten. Hätte man nicht gewußt, daß er der
Sohn eines mittellosen, früh verstorbenen Subalternbeamten war,
man würde an seiner bürgerlichen Herkunft gezweifelt haben, denn
sein Auftreten und seine Art zu leben waren so durch und durch
aristokratisch, wie der Eindruck seiner Persönlichkeit. Wie Raven
eigentlich der Günstling des damals allmächtigen Ministers geworden
war, dem er seine spätere Laufbahn verdankte, das wußte niemand.
Vermutlich hatte der Scharfblick des Ministers in dem jungen
Manne eine ungewöhnliche Begabung entdeckt. Einige wollten auch
wissen, daß noch andre geheime Beweggründe dabei mitgewirkt
hätten; genug, er wurde urplötzlich zum Sekretär Seiner Excellenz
ernannt und hatte in dieser Eigenschaft nun freilich mehr Gelegen=
heit, seine Fähigkeiten zu entwickeln, als in der bisherigen unter=
geordneten Stellung. Der Sekretär avancierte bald genug zum
Vertrauten seines Chefs, der ihn bei jeder Gelegenheit bevorzugte
und beförderte und ihm sogar seinen Familienkreis öffnete. Die
unteren Stufen des Beamtentums wurden rasch überwunden, und
eines Tages wurden die vornehmen Kreise der Residenz mit der
anfangs kaum geglaubten Nachricht überrascht, daß die älteste Tochter
des Ministers sich dem jungen Ministerialrat verlobt habe. Aller=
dings erfolgte bald darauf dessen Erhebung in den Freiherrnstand,
und damit war ihm die große Carriere geöffnet.

Der Schwiegersohn des einflußreichen Mannes fand überall
die Bahn frei, aber es war nicht bloß allein, was ihn so schwindelnd
schnell emportrug. Seine in der That glänzende Begabung schien
jetzt erst ihr eigentliches Feld gefunden zu haben und zeigte sich
bald in einer Weise, die jede Begünstigung von andrer Seite über=
flüssig machte. Schon nach wenigen Jahren fand man die „Unbe=
greiflichkeit" des Ministers, der, statt sich dieser Heirat zu wider=

setzen, sie begünstigt hatte, vollkommen begreiflich; er kannte seinen Schwiegersohn; er wußte, was von dessen Zukunft zu erwarten war, und seine Tochter spielte als Frau von Raven jedenfalls eine glänzendere Rolle, als ihre Schwester, die einen Baron von altem Adel, aber sehr unbedeutender Persönlichkeit geheiratet hatte.

Als der Freiherr auf den wichtigen und verantwortungsreichen Posten in R. berufen wurde, fand er dort sehr schwierige Verhältnisse vor. Der Sturm, der vor einigen Jahren das ganze Land erschütterte, hatte zwar ausgetobt, aber verschiedene Anzeichen verrieten, daß er nur zurückgedrängt, nicht bewältigt worden war. In der —schen Provinz besonders gärte es noch überall, und die Provinzialhauptstadt, das große und volkreiche R., stand an der Spitze der Opposition, die sich gegen die Regierung richtete. Verschiedene hohe Beamte, die rasch aufeinander gefolgt waren, hatten es vergebens versucht, diesen Zuständen ein Ende zu machen; es fehlte ihnen entweder die nötige Entschiedenheit oder die nötige Vollmacht, und sie beschränkten sich auf Vermittelungen, welche die augenblicklichen Streitigkeiten zwar beilegten, den Zwiespalt selbst aber in seiner vollen Schärfe bestehen ließen. Da wurde Raven zum Chef der Verwaltung ernannt, und Stadt und Provinz mußten es bald genug empfinden, in wessen Hand die Zügel jetzt lagen. Der neue Gouverneur ging mit einer Energie, aber auch mit einer Rücksichtslosigkeit vor, die einen wahren Sturm gegen ihn entfesselte. Widerspruch, Proteste, Klagen bei der Regierung jagten einander förmlich, aber die letztere wußte zu gut, was sie an ihrem Vertreter hatte, um ihn nicht mit voller Macht zu stützen. Ein andrer hätte wahrscheinlich die grenzenlose Unpopularität gescheut, die ihm aus diesem Vorgehen erwuchs, oder wäre den endlosen Widerwärtigkeiten und Schwierigkeiten gewichen, die man ihm infolgedessen bereitete — Raven blieb auf seinem Posten. Er war ein Mann, der in jeder Lebenslage den Kampf eher aufsuchte, als daß er ihn mied, und seine im Grunde despotisch angelegte Natur fand gerade hier volle Gelegenheit zu ihrer Entfaltung. Er kümmerte sich nicht viel darum, ob seine Maßregeln in den gesetzlichen Schranken blieben, und setzte all den gegen ihn geschleuderten Vorwürfen von Willkür und Gewalt sein unerschütterliches „Es bleibt dabei!" entgegen. Damit erzwang er denn auch in der That die Unterwerfung der widerstrebenden Elemente. Stadt und Provinz sahen endlich ein, daß sie den Kampf mit einem Manne nicht durchführen konnten, der nicht ihre Rechte, sondern seine Macht zur Richtschnur seines Handelns nahm; zum offenen

Widerstande war die Zeit nicht angethan. Die eben mit voller
Macht hereinbrechende Reaktionsperiode unterdrückte ihn im Keime;
man fügte sich also, zwar grollend und widerwillig, aber man fügte
sich doch, und der Gouverneur, dem seine Aufgabe so vorzüglich gelungen war, wurde mit Auszeichnungen überhäuft.

Seitdem waren Jahre vergangen; man hatte sich schließlich
an das despotische Regiment des Freiherrn gewöhnt und dieser hatte
sich die Achtung erzwungen, die einem energischen, konsequenten
Charakter nie versagt wird, selbst wo man ihn als Feind betrachtet.
Ueberdies verdankte man ihm eine ganze Reihe von Verbesserungen
und Reformen, denen selbst seine Gegner den Beifall nicht vorent-
halten konnten. Der in politischer Hinsicht so viel gehaßte und an-
gefeindete Mann wurde auf anderm Gebiete der Wohlthäter der
ihm anvertrauten Provinz, ihr unermüdlicher Vertreter, wo es galt,
gemeinnützige Einrichtungen ins Leben zu rufen oder durchzuführen.
Seine mächtige Thatkraft, so verderblich auf der einen Seite, wirkte
auf der andern entschieden segensreich. Er trat überall ein, wo es
galt, die Industrie, den Landbau, den Wohlstand überhaupt zu
heben, und knüpfte dadurch eine Menge von Interessen an seine
Person, die in ihm ihren eifrigsten Förderer sahen und ihm mit der
Zeit einen Anhang schufen, der fast so groß war, wie die Zahl
seiner Gegner. Seine Verwaltung war ein Muster von Ordnung,
Unbestechlichkeit und strenger Disziplin, und seine neuen Schöpfungen,
mit praktischem Scharfblick entworfen und mit fester Hand durch-
geführt, blühten überall mächtig empor.

Der Gouverneur lebte auf großem Fuße, da ihm außer seinem
Einkommen noch ein bedeutendes Vermögen zur Seite stand. Sein
verstorbener Schwiegervater war sehr reich gewesen und nach dessen
Tode fiel das Vermögen an seine beiden Töchter, Frau von Raven
und die Baronin Harder. Die Ehe des Freiherrn war eines jener
Konvenienzverhältnisse, wie man sie oft in der großen Welt findet.
Raven hatte sich bei seiner Wahl einzig und allein von der Berechnung leiten lassen, aber er vergaß es nicht, daß diese Verbindung
ihm seine Laufbahn geöffnet, und seine Gemahlin hatte sich nie über
einen Mangel an Artigkeit und Rücksicht von seiner Seite zu beklagen; die Neigung, welche so vollständig fehlte, vermißte sie nicht.
Frau von Raven war eine geistig sehr untergeordnete Natur, die
wohl überhaupt keine Neigung einflößen konnte; sie hatte dem
Günstling ihres Vaters, von dem sie täglich hörte, daß ihm eine bedeutende Zukunft bevorstehe, ihre Hand nicht versagt, und da sich

diese Vorhersagung erfüllte, so blieb ihr nichts zu wünschen übrig.
Der Gemahl erfüllte freigebig all ihre Ansprüche an einen glänzen=
den Haushalt, prachtvolle Toilette und hohe Lebensstellung, also
kam es auch niemals zu einem Zwiespalt zwischen ihnen, und im
übrigen lebten sie auf vornehmem Fuße, so getrennt und fremd
wie nur möglich. Die in den Augen der Welt musterhafte, aber kin=
derlose Ehe hatte vor sieben Jahren mit dem Tode der Frau von
Raven ihr Ende gefunden, und der Freiherr, dem laut Testament
das ganze Vermögen zufiel, schritt zu keiner zweiten Vermählung.
Der stolze, immer nur mit seinen ehrgeizigen Plänen beschäftigte
Mann hatte niemals Empfänglichkeit für die Liebe und die Freuden
der Häuslichkeit gehabt und hätte wahrscheinlich nie geheiratet, wäre
die Heirat ihm nicht eine Staffel zum Emporsteigen gewesen. Da
dieser Grund nun fortfiel, dachte er nicht daran, sich von neuem zu
fesseln, und jetzt, wo er am Ende der Vierzig stand, war ja über=
haupt keine Rede mehr davon.

Es war am Morgen nach der Ankunft der Baronin Harder
und ihrer Tochter, als die erstere sich mit ihrem Schwager in dem
kleinen Salon ihrer Wohnung befand. Die Baronin zeigte noch
Spuren einstiger Schönheit, war aber bereits vollständig verblüht.
Die Menge der aufgewendeten Toilettenkünste mochte vielleicht noch
abends beim Kerzenschein ihre trügerische Wirkung thun, das helle
Tageslicht aber enthüllte die Wahrheit unbarmherzig dem Auge des
Freiherrn, der ihr gegenüber saß.

„Ich kann Ihnen die Auseinandersetzung nicht ersparen, Mat=
hilde," sagte er, „wenn ich auch begreife, wie peinlich sie Ihnen ist,
aber einmal wenigstens muß die Sache zwischen uns erörtert werden.
Auf Ihren Wunsch habe ich es unternommen, den Nachlaß des
Barons zu ordnen, soweit sich das von hier aus thun ließ. Es
war ein Chaos, das ich kaum mit Hilfe Ihres Rechtsanwaltes be=
wältigen konnte; jetzt endlich ist es geschehen. Ich habe Ihnen
das Resultat bereits nach der Schweiz gemeldet."

Die Baronin drückte ihr Taschentuch an die Augen. „Ein
trostloses Resultat!"

„Aber kein unerwartetes! Es ist leider nicht möglich gewesen,
Ihnen auch nur einen geringen Teil des Vermögens zu retten.
Ich gab Ihnen den Rat, auf einige Zeit ins Ausland zu gehen,
denn es wäre für Sie doch zu bemütigend gewesen, den Verkauf
Ihres Hotels und die Auflösung Ihres ganzen Haushaltes in der
Residenz mit ansehen zu müssen. Ihre Entfernung ließ diesen Akt

der Notwendigkeit mehr als freien Entschluß erscheinen, und ich habe
dafür gesorgt, daß man in der Gesellschaft so wenig wie möglich von
der Lage der Dinge erfuhr. Jedenfalls ist die Ehre des Namens
gewahrt, den Sie und Gabriele tragen, und Sie brauchen nicht zu
fürchten, daß er von einem der Gläubiger an den Pranger ge=
stellt wird."

„Ich weiß, welch große persönliche Opfer Sie gebracht haben,"
sagte Frau von Harber. „Mein Rechtsanwalt hat mir ausführlich
geschrieben — Arno, ich danke Ihnen."

Es war wohl eine Aufwallung wirklichen Gefühls, mit dem sie
ihm die Hand hinstreckte, aber die abwehrende Bewegung des Frei=
herrn war so eisig, daß jede wärmere Empfindung davor erstarb.

„Ich that nur, was das Andenken meines Schwiegervaters
mir zur Pflicht machte," entgegnete er. „Seine Tochter und seine
Enkelin haben unter allen Umständen Anspruch auf meinen Schutz,
und ihr Name mußte um jeden Preis rein erhalten werden. Diesen
Rücksichten habe ich die Opfer gebracht, nicht Gefühlsregungen, zu
denen ich keine Ursache hatte, denn Sie wissen, der verstorbene
Baron und ich waren alles andre, nur nicht Freunde."

„Ich habe diese Entfremdung stets tief beklagt," versicherte
die Baronin. „Mein Gatte suchte in den letzten Jahren vergebens
eine Annäherung. Sie waren es, der sich völlig unzugänglich zeigte.
Konnte er Ihnen einen höheren Beweis seiner Achtung, seines
Vertrauens geben, als den, sein Teuerstes Ihren Händen anzuver=
trauen? Er ernannte Sie auf seinem Sterbebette zum Vormunde
Gabrielens."

„Das heißt, nachdem er sich ruiniert hatte, überließ er die
Sorge für Weib und Kind mir, den er im Leben bei jeder Gelegen=
heit angefeindet. Ich weiß, wie hoch ich diesen Beweis des Ver=
trauens zu schätzen habe."

Die Baronin nahm wieder ihre Zuflucht zu dem Taschentuch.
„Arno, Sie wissen nicht, wie grausam Ihre Worte sind. Haben Sie
denn keine Schonung für die Gefühle einer schwergebeugten Witwe?"

Statt aller Antwort glitt der Blick des Freiherrn langsam
über das elegante graue Seidenkleid der Dame hin. Sie hatte
pünktlich mit Ablauf des Witwenjahres die Trauer abgelegt, da sie
wußte, daß Schwarz sie sehr unvorteilhaft kleidete. Der unverkenn=
bare Spott, der in dem Blicke ihres Schwagers lag, rief aber doch
eine leichte Röte des Aergers oder der Verlegenheit auf ihrem
Antlitz hervor, als sie fortfuhr:

„Ich fange jetzt erst an, nach der furchtbaren Katastrophe
wieder aufzuatmen. Wenn Sie ahnten, welche Sorgen und De=
mütigungen ihr vorangingen, welche Verluste von allen Seiten auf
uns einstürmten — es war entsetzlich."

Um die Lippen des Freiherrn zuckte es wie bitterer Sarkas=
mus. Er wußte sehr gut, daß die Verluste des Barons am Spiel=
tisch entstanden waren und daß die Sorgen seiner Gemahlin darin
bestanden, mit ihrer Toilette und ihren Equipagen alle übrigen
Damen der Residenz zu verdunkeln. Die Baronin hatte bei dem

Tode des Ministers das gleiche Vermögen empfangen wie ihre
Schwester; es war bis auf den letzten Rest verschwendet worden,
während das der Frau von Raven sich noch unangetastet in den
Händen ihres Gatten befand.

„Genug!" sagte er abbrechend. „Lassen wir diesen unerquick=
lichen Gegenstand fallen! Ich habe Ihnen mein Haus angeboten
und freue mich, daß Sie den Vorschlag annahmen. Seit dem Tode
meiner Frau habe ich mich mit Fremden behelfen müssen, die wohl
dem Haushalte vorstehen, aber doch nicht den Ansprüchen genügen
konnten, die man an die Dame des Hauses stellt. Sie verstehen und
lieben die Repräsentation, Mathilde, und ich habe gerade in dieser
Beziehung viel vermißt. Unsre beiderseitigen Interessen begegnen
sich also, und ich denke, wir werden miteinander zufrieden sein."

Seine Worte klangen sehr kalt und gemessen. Freiherr von Raven schien durchaus nicht geneigt, in der Rolle eines Retters und Wohlthäters seiner Verwandten, der er in der That war, zu glänzen; er behandelte die Sache durchaus geschäftsmäßig.

„Ich werde mich bemühen, Ihren Wünschen nachzukommen," versicherte Frau von Harder, indem sie dem Beispiele ihres Schwagers folgte, der sich erhob und an das Fenster trat. Er richtete noch einige gleichgültige Fragen an sie, ob die Einrichtung, die Bedienung nach ihren Wünschen sei, ob sie irgend etwas vermisse, aber er hörte kaum auf den Schwall von Worten, mit denen die Dame beteuerte, daß sie alles entzückend finde ... seine Aufmerksamkeit war auf etwas ganz andres gerichtet.

Unmittelbar unter dem Fenster befand sich ein Gärtchen, das zur Wohnung des Kastellans gehörte; dort promenierte Fräulein Gabriele, oder vielmehr sie jagte sich mit den beiden Kindern des Kastellans umher, denn diese Wendung hatte die Promenade schließlich genommen. Als die junge Dame den Morgenspaziergang unternahm, um sich mit den neuen Umgebungen vertraut zu machen, wie sie ihrer Mutter sagte, interessierte sie sich zunächst nur für einen gewissen Teil dieser Umgebungen. Sie mußte, daß Georg Winterfeld täglich das Regierungsgebäude betrat; es galt also, die Möglichkeit einer öfteren Begegnung ausfindig zu machen, von der Georg behauptete, daß sie äußerst schwierig sei. Gabriele teilte diese Ansicht durchaus nicht, und ihre Rekognoszierung war daher vorläufig nur auf die Entdeckung gerichtet, wo die Kanzlei des Freiherrn, in welcher der junge Beamte arbeitete, denn eigentlich liege. Dabei kamen ihr aber der kleine siebenjährige Knabe des Kastellans und dessen Schwesterchen in den Weg, mit denen sie sofort Bekanntschaft machte. Die lebhaften, munteren Kinder erwiderten die Freundlichkeit der jungen Dame mit großer Zutraulichkeit, und bei der letzteren drängte die neue Bekanntschaft bald jeden Gedanken an ihren Entdeckungszug, und leider auch an den, dem er galt, in den Hintergrund. Sie ließ sich von den Kleinen in das Gärtchen ziehen, das hinter der Kastellanswohnung, getrennt vom eigentlichen Schloßgarten, lag; sie bewunderte mit den Kindern die Gesträuche und Blumenbeete und wurde immer vertrauter mit ihnen; nach kaum einer Viertelstunde war bereits ein mit dem nötigen Lärm versehenes Spiel im Gange, bei dem Fräulein Gabriele genau ebensoviel leistete, wie ihre kleinen Spielgefährten. Sie sprang ihnen nach über die Beete und neckte sie auf alle nur mögliche Weise. So unpassend

das nun auch für ein siebzehnjähriges Fräulein und für die Nichte
des Gouverneurs sein mochte, so reizend war der Anblick für einen
unbefangenen Beobachter. Jede Bewegung des jungen Mädchens
war von einer unbewußten, natürlichen Grazie; die schlanke Gestalt
in dem weißen Morgenkleide gaukelte wie ein Lichtstrahl zwischen
den dunkeln Bäumen auf und nieder. Die eine der schweren, blonden
Flechten hatte sich bei dem übermütigen Spiel gelöst und sank in
ihrer ganzen reichen Fülle über die Schulter, während das frohe
Lachen und der Jubel der Kinder bis hinauf zu den Fenstern des
Schlosses drang.

Die dort stehende Baronin entsetzte sich freilich über diese Form=
losigkeit, und das um so mehr, als sie sah, daß der Freiherr die
Scene dort unten unverwandt beobachtete. Was mußte der stolze,
etikettenstrenge Raven von der Erziehung einer jungen Dame den=
ken, die sich vor seinen Augen solche Freiheiten herausnahm! Die
Baronin fürchtete jeden Augenblick eine der gewohnten scharfen
Aeußerungen ihres Schwagers vernehmen zu müssen und bemühte
sich, den üblen Eindruck so viel wie möglich zu verwischen.

„Gabriele ist bisweilen noch unglaublich kindisch," klagte sie.
„Es ist ganz unmöglich, ihr begreiflich zu machen, daß sich dergleichen
Kindereien für eine junge Dame ihres Alters nicht schicken. Ich
fürchte beinahe ihren Eintritt in die Gesellschaft, der durch den Tod
des Vaters noch um ein Jahr hinausgeschoben wurde. Sie ist im
stande, dergleichen Zwanglosigkeiten auch auf das Salonleben zu
übertragen."

„Lassen Sie doch dem Kinde seine Unbefangenheit!" sagte
der Freiherr, ohne den Blick von der Gruppe abzuwenden. „Sie
wird noch früh genug lernen, Weltdame zu sein; jetzt wäre es wirk=
lich schade darum — das Mädchen ist ja der verkörperte Sonnen=
strahl."

Die Baronin horchte auf. Es war das erste Mal, daß sie einen
wärmeren Ton von den Lippen ihres Schwagers hörte und in seinem
Auge etwas andres sah als eisige Zurückhaltung. Er fand offenbar
Wohlgefallen an dem Uebermute Gabrielens, und die kluge Frau
beschloß, das sofort zu benutzen, um über einen Punkt ins klare
zu kommen, der ihr sehr am Herzen lag.

„Mein armes Kind!" seufzte sie mit gut gespielter Rührung.
„Es eilt noch so sorglos durch das Leben und ahnt nicht, welche
ernste, vielleicht traurige Zukunft ihm aufbehalten ist. Ein armes
Fräulein: das ist ein bitteres Los, doppelt bitter, wenn man, wie
Gabriele, mit Hoffnungen und Ansprüchen an das Leben erzogen
ist. Sie wird es bald genug empfinden lernen."

Das Manöver glückte wider alles Erwarten. Der sonst so
unzugängliche Raven schien augenblicklich in ungewöhnlich nach=
giebiger Stimmung zu sein, denn er wandte sich um und sagte rasch
und bestimmt:

„Was sprechen Sie denn von einer traurigen Zukunft, Mat=
hilde? Sie wissen ja, daß ich kinderlos und ohne eigene Verwandte
bin. Gabriele ist meine Erbin, und da kann von Armut füglich nicht
die Rede sein."

Ein Blitz des Triumphes leuchtete in den Augen der Baronin, als sie endlich die so lange ersehnte Gewißheit erhielt.

„Sie haben sich bisher noch nie über diesen Punkt ausgesprochen," bemerkte sie, mühsam ihre Freude verbergend, „und ich wagte ihn begreiflicherweise nicht zu berühren. Die ganze Sache lag mir überhaupt so fern —"

„Sollten Sie wirklich noch niemals den Fall meines Todes und mein Testament in den Kreis Ihrer Erwägungen gezogen haben?" unterbrach sie der Freiherr — er ließ seinem vorhin unterdrückten Spott jetzt vollständig den Zügel schießen.

„Aber, bester Schwager, wie können Sie so etwas nur glauben!" rief die Dame mit tiefbeleidigter Miene.

Er beachtete den Empörungsschrei nicht im geringsten, sondern fuhr ruhig fort:

„Hoffentlich haben Sie nicht mit Gabriele darüber gesprochen," — er wußte nicht, daß dies beinahe täglich geschah — „ich wünsche nicht, daß ihr jetzt schon gelehrt wird, sich als reiche Erbin zu betrachten, und noch weniger wünsche ich, daß das siebzehnjährige Mädchen mein Testament und mein Vermögen zum Gegenstand von Berechnungen macht, die ich von — andrer Seite sehr natürlich finde."

Die Baronin stieß einen Seufzer aus. „Immer und ewig finde ich bei Ihnen Mißdeutungen. Sie verdächtigen sogar die Regungen der Mutterliebe, die ohne eigenen Wunsch nur für die Zukunft ihres einzigen Kindes bangt."

„Durchaus nicht," sagte Raven ungeduldig und offenbar gelangweilt von dem Gespräche. „Sie hören ja, daß ich diese Regungen für sehr natürlich halte, und deshalb wiederhole ich Ihnen meine Zusicherung. Da das gesamte Vermögen von meinem Schwiegervater stammt, so soll es auch dereinst an seine Enkelin fallen. Wenn sich Gabriele, wie es wahrscheinlich ist, noch bei meinen Lebzeiten vermählt, so werde ich für die Mitgift Sorge tragen; nach meinem Tode ist sie, wie gesagt, meine alleinige Erbin." Der Nachdruck, mit dem er das Wort hervorhob, zeigte der Baronin, daß sie für ihre Person nichts zu hoffen habe; indessen war mit der Zukunft der Tochter ja auch die ihrige gesichert und damit ihr Hauptzweck erreicht. Die kaum durch äußere Höflichkeitsformen verschleierte Verachtung, mit welcher der Freiherr sie behandelte und die der feine Instinkt Gabrielens sogleich beim ersten Empfange herausgefunden, wurde von der Mutter entweder nicht gefühlt oder nicht beachtet. Sie war sich bewußt, ihrem Schwager ebensowenig

Sympathie entgegen zu bringen, wie er ihr, und sie beugte sich nur der Notwendigkeit, wenn sie seine Schroffheit mit der äußersten Liebenswürdigkeit vergalt, aber die Aussicht, an der Spitze eines so glänzenden Haushaltes zu stehen, wie der Gouverneur ihn führte, als seine Verwandte hier in R. die erste Rolle zu spielen und in allen Zirkeln den Vortritt zu haben, söhnte sie einigermaßen mit dieser Notwendigkeit aus.

Als Naven einige Minuten später durch das Vorzimmer schritt, dessen Fenster nach derselben Seite hin lagen, hielt er noch einen Augenblick inne und warf einen flüchtigen Blick hinab.

„Daß das Kind auch solchen Eltern und solcher Erziehung anheimfallen mußte!" sagte er halblaut. „Wie lange wird es dauern, so ist Gabriele eine Kokette, wie ihre Mutter, die nichts weiter kennt, als Toilette, Intriguen und Salonklatschereien — schade um das Kind!"

Die Regierungskanzlei, nach welcher der Gouverneur sich jetzt begab, lag, wie schon erwähnt, im unteren Stockwerke des Schlosses. Er pflegte die meisten Sachen zwar in seinem eigenen Arbeitszimmer zu erledigen, betrat aber sehr oft die Kanzlei und die übrigen Verwaltungsbureaux. Die dort arbeitenden Beamten waren nie sicher vor dem stets plötzlichen und unerwarteten Erscheinen ihres Chefs, dessen scharfen Augen nie die geringste Unregelmäßigkeit entging. Wer sich auf einer solchen betreffen ließ, mußte, gleichviel, ob seine Stellung hervorragend oder untergeordnet war, die schärfste Zurechtweisung von seiten des Chefs hinnehmen, der alles so viel wie möglich persönlich leitete und die eiserne Disziplin, welche seine Verwaltung auszeichnete, auch auf seine Bureaux übertrug.

Die Bureaustunden hatten längst begonnen, und die Beamten waren sämtlich auf ihren Plätzen, als der Freiherr eintrat und mit leichtem Grüßen durch die Räume schritt. Einzelne der Abteilungen überflog er nur mit einem kurzen, prüfenden Blicke; bei andern blieb er stehen, warf hier eine Frage, dort eine Bemerkung hin und ließ sich hin und wieder ein Schriftstück reichen. Sein Verkehr mit den Untergebenen war gemessen, aber höflich, und doch sah man es den Gesichtern der Herren an, wie sehr sie das Stirnrunzeln des Chefs fürchteten. Als dieser das letzte Zimmer betrat, erhob sich ein älterer Herr, der dort allein arbeitete, ehrfurchtsvoll von seinem Pulte.

Es war eine lange, hagere Gestalt mit steifer Haltung und einem faltenreichen, sehr würdevollen Gesichte. Das graue Haar war mit größter Sorgfalt geordnet, und dieselbe peinliche Sorgfalt verriet sich auch in dem feinen schwarzen Anzuge, der nicht das geringste Fältchen oder Stäubchen zeigte, während eine hohe weiße Halsbinde von ganz ungewöhnlichem Umfang ihrem Träger etwas ungemein Feierliches gab.

„Guten Morgen, lieber Hofrat!" sagte der Freiherr mit mehr Freundlichkeit, als sonst in seiner Art lag, während er zugleich mit einer Handbewegung den Genannten aufforderte, ihm in das seit-

wärts liegende Kabinett zu folgen, wo er gewöhnlich die einzelnen Beamten empfing. „Ich bin froh, daß Sie wieder zurück sind; ich habe Sie in den wenigen Tagen Ihrer Abwesenheit recht vermißt."

Hofrat Moser, der Chef der Bureauverwaltung, nahm mit sichtlicher Genugthuung dieses Zeugnis seiner Unentbehrlichkeit hin.

„Ich habe die Rückkehr so viel wie möglich beeilt," entgegnete er. „Excellenz wissen ja, daß ich den Urlaub nur erbat, um meine Tochter aus dem Kloster abzuholen. Ich hatte bereits die Ehre, sie vorzustellen, als wir Excellenz gestern in der Galerie begegneten."

„Mir scheint, Sie haben das junge Mädchen zu lange in der geistlichen Obhut gelassen," warf Raven hin, „sie macht ja jetzt schon

ben Eindruck einer Nonne. Ich fürchte, die Klostererziehung hat sie
vollständig verdorben."

Der Hofrat zog die Augenbrauen in die Höhe und blickte mit
dem Ausdrucke starren Entsetzens seinen Chef an. „Wie meinen
Excellenz?"

„Ich meine, für die Welt verdorben," verbesserte der Freiherr,
auf dessen Lippen ein kaum bemerkbares Spottlächeln erschien, als
er dieses Entsetzen gewahrte.

„Ah so! Ja freilich, da haben Excellenz recht —" Der Hof=
rat ließ nie eine Gelegenheit vorbei, den Titel seines Chefs zu
nennen und wenn er ihn dreimal in einem Satze hätte wiederholen
sollen. „Aber der Sinn meiner Agnes war von jeher dem Welt=
lichen abgewendet, und in kurzem wird sie sich vollständig davon
lossagen. Sie hat sich entschlossen, den Schleier zu nehmen."

Der Freiherr hatte einige Papiere zur Hand genommen und
durchflog dieselben, während er zugleich ruhig das Gespräch mit
dem Beamten fortsetzte, der sich allein von allen übrigen einer
größern Vertraulichkeit bei ihm zu erfreuen schien.

„Nun, das ist gerade nicht überraschend," bemerkte er. „Wenn
man ein junges Mädchen vom vierzehnten bis zum siebzehnten
Jahre im Kloster läßt, muß man auf solche Entschlüsse gefaßt sein.
Sind Sie denn damit einverstanden?"

„Es wird mir schwer, mein einziges Kind für immer zu ent=
behren," sagte der Hofrat feierlich, „aber fern sei es von mir, einer
so heiligen Bestimmung hindernd in den Weg zu treten. Ich habe
eingewilligt; meine Tochter wird noch auf einige Monate in mein
Haus und in die Welt zurückkehren, um dann ihr Noviziat in dem
Kloster anzutreten, wo sie bisher Pensionärin gewesen ist. Die
hochwürdigste Frau Aebtissin wünscht, daß auch der geringste Schein
des Zwanges vermieden wird."

„Die Frau Aebtissin wird ihres Zöglings wohl sicher sein,"
meinte der Freiherr, mit einer Ironie, die seinem Zuhörer zum
Glück entging. „Wenn es übrigens der eigene Wunsch und
Wille des jungen Mädchens ist, so läßt sich nichts dagegen ein=
wenden. Ich bedauere nur Sie, der Sie in der Tochter eine Stütze
Ihres Alters zu finden hofften und sie nun den Nonnen abtreten
müssen."

„Dem Himmel!" berichtigte der alte Herr mit einem frommen
Aufblick, „und davor müssen die Rechte des Vaters natürlich zu=
rücktreten."

„Natürlich! — Und jetzt zu den Geschäften! Liegt irgend
etwas von Bedeutung vor?"

„Die Meldung des Polizeidirektors —"

„Ich weiß. Man erhebt in der Stadt unglaublichen Lärm über
die neuen Maßregeln. Man wird sich fügen. Was gibt es noch?"

„Den bereits besprochenen ausführlichen Bericht an das Mini=
sterium. Wen bestimmen Excellenz dazu?"

Raven dachte einen Augenblick nach. „Den Assessor Winterfeld."

„Assessor Winterfeld?" wiederholte der Hofrat in sehr ge=
dehntem Tone.

„Ja, ich wünsche ihm Gelegenheit zu geben, sich auszuzeichnen
oder doch wenigstens bemerkbar zu machen. Er ist trotz seiner
Jugend einer der fähigsten und tüchtigsten Beamten."

„Aber nicht loyal, Excellenz, durchaus nicht loyal genug! Er
hat eine ausgesprochen liberale Richtung und neigt sich der Oppo=
sition zu, die jetzt —"

„Das thun die jüngeren Beamten alle," fiel der Freiherr
ein. „Die Herren sind sämtlich Weltverbesserer und halten es für
charaktervoll, hin und wieder zu opponieren, aber das gibt sich mit
der Beförderung. Schon mit dem Rat pflegt es gewöhnlich aufzu=
hören, und Assessor Winterfeld wird darin keine Ausnahme sein."

Der Hofrat schüttelte bedenklich den Kopf. „Was seine Fähig=
keiten und seine Persönlichkeit betrifft, so teile ich vollkommen die
schmeichelhafte Meinung Euer Excellenz über ihn, aber es sind mir
Dinge über den Assessor zu Ohren gekommen — Dinge, die von
der höchsten Illoyalität zeugen. Es steht leider fest, daß er bei
Gelegenheit seines jüngsten Urlaubs in der Schweiz die verdächtig=
sten Beziehungen angeknüpft und den intimsten Umgang mit allerlei
Demagogen und Revolutionären gehabt hat."

„Daran glaube ich nicht," sagte der Freiherr mit Entschieden=
heit. „Winterfeld ist nicht der Mann, der seine Zukunft so nutzlos
und zwecklos aufs Spiel setzt; er ist überhaupt keine extravagante
Natur, für die solche Versuchungen gefährlich werden könnten. Die
Sache hängt vermutlich anders zusammen; ich werde sie untersuchen.
Hinsichtlich des Berichtes bleibt es bei meiner Bestimmung. Bitte,
rufen Sie den Assessor zu mir!"

Der Hofrat ging, und wenige Minuten später trat Georg
Winterfeld ein. Der junge Beamte wußte, daß ihm mit dem Auf=
trage, den er jetzt empfing, eine Auszeichnung vor seinen Kollegen
zu teil wurde, aber diese offenbare Bevorzugung schien ihn eher zu

drücken, als zu erfreuen. Er nahm mit ruhiger Aufmerksamkeit die Weisungen seines Chefs hin. Die kurzen, sachlichen Andeutungen desselben fanden bei ihm das vollste Verständnis, einzelne Winke, die er zu geben für nötig fand, die schnellste Auffassung, und die wenigen, aber treffenden Bemerkungen des jungen Mannes zeigten, wie vollständig er mit der ihm übertragenen Sache vertraut war. Raven hatte zu oft mit der Schwerfälligkeit und Unfähigkeit seiner Beamten zu kämpfen, um nicht die Annehmlichkeit zu empfinden, in wenigen Worten verstanden zu werden, wo er sich sonst zu ausführlichen Auseinandersetzungen herbeilassen mußte; er war sichtlich zufrieden. Die Angelegenheit war in verhältnismäßig kurzer Zeit erledigt, und Georg, der bereits ein Papier mit verschiedenen Notizen seines Chefs in der Hand hielt, wartete auf ein Zeichen der Entlassung.

„Noch eins!" sagte der Freiherr, ohne den ruhigen Geschäftston zu ändern, in welchem er bisher gesprochen. „Sie haben den Urlaub, den Sie vor einigen Wochen nahmen, in der Schweiz zugebracht?"

„Ja, Excellenz."

„Man behauptet, Sie hätten dort gewisse Verbindungen aufgesucht oder doch wenigstens angeknüpft, die mit Ihrer Stellung als Beamter unvereinbar sind. Was ist an der Sache?"

Der Blick des Freiherrn ruhte mit seiner ganzen, von den Untergebenen so sehr gefürchteten Schärfe auf dem jungen Beamten, aber dieser zeigte weder Bestürzung noch Verlegenheit.

„Ich habe einen Universitätsfreund in Z. aufgesucht," erwiderte er ruhig, „und bin auf dessen wiederholte, herzliche Einladung im Hause seines Vaters geblieben, der allerdings politischer Flüchtling ist."

Raven runzelte die Stirn. „Das war eine Unvorsichtigkeit, die ich bei Ihnen am wenigsten vorausgesetzt hätte. Sie mußten sich sagen, daß ein solcher Besuch notwendig bemerkt und verdächtigt werden mußte."

„Es war ein Freundschaftsbesuch, nichts weiter. Ich kann mein Wort darauf geben, daß er auch nicht die entfernteste politische Beziehung hatte; es handelte sich um reine Privatverhältnisse."

„Gleichviel, Sie haben Rücksicht auf Ihre Stellung zu nehmen. Die Freundschaft mit dem Sohne eines politisch Kompromittierten könnte allenfalls noch als unverfänglich gelten, wenn sie Ihnen auch schwerlich als Empfehlung für Ihre Carriere dienen dürfte, den Verkehr mit dem Vater aber und den Aufenthalt in seinem Hause mußten Sie unter allen Umständen vermeiden. — Wie ist der Name jenes Mannes?"

„Doktor Rudolf Brunnow." Der Name kam fest und klar von den Lippen Georgs, und jetzt war er es, der das Antlitz seines Chefs unverwandt beobachtete. Er sah, wie etwas darin aufzuckte, unheimlich und gewaltsam, wie eine jähe Blässe die ehernen Züge überflog und die Lippen sich fest aufeinander preßten, aber das alles kam und ging mit Blitzesschnelle. Schon in der nächsten Minute siegte die Selbstbeherrschung des Mannes, der gewohnt war, seiner Umgebung stets ein unbewegtes Gesicht zu zeigen und für sie un= durchdringlich zu sein.

„Rudolf Brunnow — so?" wiederholte er langsam.

„Ich weiß nicht, ob Excellenz den Namen kennen?" wagte
Georg zu fragen, aber er bereute sofort seine Uebereilung. Die
Augen des Freiherrn begegneten den seinigen, oder vielmehr, wie
Gabriele zu sagen pflegte, sie bohrten sich so tief ein, als wollten
sie die geheimsten Gedanken aus der Seele lesen. Es lag ein
finsteres, drohendes Forschen in diesem Blicke, welcher den jungen
Mann warnte, auch nur einen einzigen Schritt weiter zu gehen; er
hatte das Gefühl, als stände er an einem Abgrunde.

„Sie sind mit dem Sohne des Doktor Brunnow eng befreun=
det?" begann der Freiherr nach einer sekundenlangen Pause, ohne
die letzte Frage zu beachten, „also auch wohl mit dem Vater?"

„Ich habe ihn erst jetzt kennen gelernt und in ihm einen trotz
mancher Schroffheit und Bitterkeit doch durchaus verehrungswür=
digen Charakter gefunden, dem meine volle Sympathie gehört."

„Sie thäten besser, das nicht so offen auszusprechen," sagte
Raven in eisigem Tone. „Sie sind Beamter eines Staates, der
über solche Persönlichkeiten ein für allemal den Stab gebrochen hat
und sie noch jetzt unnachsichtlich verdammt. Sie können und dürfen
nicht in vertraulicher Weise mit denen verkehren, die sich offen zu
seinen Feinden bekennen. Ihre Stellung legt Ihnen Pflichten auf,
vor denen derartige Freundschafts= und Gefühlsregungen zurück=
treten müssen. Merken Sie sich das, Herr Assessor!"

Georg schwieg; er verstand die Drohung, die sich hinter dieser
eisigen Ruhe barg; sie galt nicht dem Beamten, sondern dem Mit=
wisser einer Vergangenheit, die Freiherr von Raven wahrscheinlich
längst begraben und vergessen wähnte und die sich jetzt so urplötzlich
vor seinen Augen erhob. Jedenfalls vermochte die Erinnerung
daran den Freiherrn nicht länger als einen Augenblick zu erschüttern,
und als er sich jetzt erhob und entlassend mit der Hand winkte, lag
wieder der alte unnahbare Stolz in seiner Haltung.

„Sie sind jetzt gewarnt. Was bisher vorgefallen ist, mag als
eine Uebereilung gelten; was Sie in Zukunft thun, geschieht auf
Ihre Gefahr." —

Georg verbeugte sich schweigend und verließ das Gemach. Er
fühlte wieder, wie so oft schon, daß Doktor Brunnow recht gehabt,
als er ihn vor der dämonischen Macht des einstigen Freundes warnte
Der junge Mann mit seinem hohen Ehrgefühl und seinen reinen
Grundsätzen hatte sich nach jener inhaltschweren Eröffnung berechtigt
geglaubt, den Verräter seiner Freunde und seiner Ueberzeugung

aus tiefster Seele zu verachten, aber das wollte ihm nicht mehr gelingen, seit er wieder in den Bannkreis jener mächtigen Persön= lichkeit getreten war. Die Verachtung wollte nicht standhalten vor jenen Augen, die so gebieterisch Gehorsam und Ehrfurcht heischten; sie schien abzugleiten von dem Manne, der das schuldige Haupt so hoch und stolz trug, als erkenne er überhaupt keinen Richter über sich. So wenig sich Georg von der hohen Stellung und dem herri= schen Wesen seines Vorgesetzten imponieren ließ, so wenig vermochte er sich dessen geistiger Ueberlegenheit zu entziehen. Und doch mußte er, daß ihm früher oder später ein erbitterter Kampf mit dem Frei= herrn bevorstand, der mit der Entscheidung über die Zukunft Ga= brielens auch sein Lebensglück in der Hand hielt. Auf die Dauer konnte das Geheimnis ja doch nicht bewahrt bleiben — und was dann? Vor den Augen des jungen Mannes tauchte das Bild der Geliebten auf, die seit gestern mit ihm unter demselben Dache weilte, ohne daß es ihm möglich gewesen war, sie auch nur zu sehen, und daneben das eiserne, unerbittliche Antlitz dessen, den er soeben verlassen — er ahnte erst jetzt, wie schwer der Kampf war, mit dem er sich seine Liebe und sein Glück erobern mußte.

––––––

Einige Wochen waren vergangen. Die Baronin Harder und ihre Tochter hatten die nötigen Besuche zur Anknüpfung des gesellschaftlichen Verkehrs gemacht und empfangen, und erstere bemerkte mit Befriedigung die große Rücksicht und Aufmerksamkeit, die man ihr um des Gouverneurs willen überall erwies. Noch mehr befriedigte sie die Entdeckung, daß ihr Schwager in der That nichts weiter von ihr verlangte, als die Repräsentation seines Hauses; es wurden ihr keinerlei lästige und unbequeme Pflichten zugemutet, wie sie im Anfange gefürchtet. Die Sorge und Verantwortlichkeit für das große, streng geregelte Hauswesen lag nach wie vor in den Händen eines alten Haushofmeisters, der schon seit langen Jahren dieses Amt verwaltete und alles ordnete und leitete, während er nur seinem Herrn selbst Rechenschaft darüber ablegte. Der Freiherr mochte zu tiefe Einblicke in den Residenzhaushalt seiner Schwägerin gethan haben, um ihr in dieser Hinsicht irgend eine Selbständigkeit zu gestatten. Sie vertrat der Gesellschaft gegenüber die Dame des Hauses, war aber eigentlich nur Gast in demselben. Eine andre Frau hätte die Stellung, in die sie dadurch gedrängt wurde, als eine Demütigung empfunden, der Baronin aber lag eigentliche Herrschsucht ebenso fern, wie der Begriff von Pflichten; sie war viel zu oberflächlich, um beides zu kennen. Ihre Lage gestaltete sich weit angenehmer, als sie nach der Katastrophe, die dem Tode des Barons folgte, hoffen durfte: sie lebte mit ihrer Tochter in glänzenden Umgebungen; der Freiherr hatte ihr eine ziemlich bedeutende Summe für ihre persönlichen Ausgaben zugesichert; Gabriele war seine anerkannte Erbin — da ließ sich schon der Zwang ertragen, den das Zusammenleben nun einmal unvermeidlich mit sich brachte.

Auch Gabriele hatte sich schnell mit der neuen Umgebung vertraut gemacht. Der vornehme, großartige Zuschnitt des Ravenschen Hauses, die peinliche Pünktlichkeit und die strengen Formen, welche überall vorherrschten, die unbedingte Ehrfurcht der Dienerschaft, für die jeder Wink des Herrn ein Befehl war, das alles imponierte der jungen Dame ebensosehr, wie es sie befremdete. Es stand im schärfsten Gegensatze zu dem elterlichen Haushalte in der Residenz, wo neben dem größten Glanze auch die größte Unordnung herrschte, wo die Diener sich Unzuverlässigkeiten und Respektwidrigkeiten aller Art erlaubten und das Familienleben in der Jagd nach Zerstreuungen unterging. Dazu kamen später, als die Schuldenlast sich häufte und die Verlegenheiten immer bringender wurden, die heftigsten und unzartesten Scenen zwischen dem Baron und seiner Gemahlin, wo jedes dem andern Verschwendung vorwarf, ohne daß dieser jemals gesteuert wurde. Die halberwachsene Tochter war nur zu oft Zeuge solcher Scenen gewesen; gleichzeitig verzogen und vernachlässigt von den Eltern, die gern mit dem hübschen Kinde Staat machten, sich aber sonst so gut wie gar nicht um dasselbe kümmerten, fehlte ihr jede

ernstere Lebensrichtung. Selbst die Ereignisse des letzten Jahres, der Tod des Vaters und die bald darauf hereinbrechende Vermögenskatastrophe, waren fast spurlos an dem jungen Mädchen vorübergegangen, das in seinem sorglosen Leichtsinn gar keine Empfänglichkeit für den Schmerz hatte. Aber so viel Urteilskraft besaß Gabriele doch, zu sehen, daß es in dem Hause des „Emporkömmlings" sehr viel vornehmer und aristokratischer zuging, als in dem ihrer Eltern, und sie ärgerte die Mutter oft genug mit Bemerkungen über diesen Punkt.

Die Baronin saß auf dem kleinen Sofa ihres Wohnzimmers

und blätterte in den Modeblättern. In den nächsten Tagen sollte eine größere Festlichkeit bei dem Gouverneur stattfinden; die höchst wichtige Toilettenfrage harrte also der Entscheidung, und Mutter und Tochter gaben sich mit dem größten Eifer dem für sie so interessanten Studium hin.

„Mama," sagte Gabriele, die neben der Mutter saß und gleichfalls einige der Modeblätter in der Hand hielt, „Onkel Arno erklärte gestern diese großen Gesellschaften für eine lästige Pflicht, die seine Stellung ihm auferlege. Er findet nicht das mindeste Vergnügen daran."

Die Baronin zuckte die Achseln. „Er findet an nichts Vergnügen, als an der Arbeit. Ich habe nie einen Mann gesehen, der sich so wenig Ruhe und Erholung gönnt, wie mein Schwager."

„Ruhe?" wiederholte Gabriele. „Als ob er die Ruhe überhaupt kennte oder auch nur ertrüge! In den frühesten Morgenstunden sitzt er schon an seinem Schreibtisch, und abends sehe ich oft noch um Mitternacht Licht in seinem Arbeitszimmer. Bald ist er in der Kanzlei, bald in den Bureaus; dann wieder fährt er aus, nimmt Besichtigungen vor und inspiziert Gott weiß was für Dinge; dazwischen empfängt er alle möglichen Leute, hört Vorträge an, gibt Befehle — ich glaube, er allein leistet so viel, wie all seine übrigen Beamten zusammengenommen."

„Ja, er war stets eine rastlose Natur," bestätigte die Baronin. „Meine Schwester erklärte oft, es mache sie schon nervös, an diese unausgesetzte, ruhelose Thätigkeit ihres Mannes auch nur zu denken."

Gabriele stützte den Kopf in die Hand und sah nachdenkend vor sich hin. „Mama," begann sie plötzlich wieder, „die Ehe deiner Schwester muß recht langweilig gewesen sein."

„Langweilig? Wie kommst du darauf?"

„Nun, ich meine nur: nach allem, was man hier im Schlosse davon hört. Die Tante bewohnte den rechten Flügel und der Onkel den linken; er kam oft wochenlang nicht in ihre Zimmer und sie niemals in die seinigen; ich glaube, sie speisten nicht einmal zusammen. Jedes hatte seine eigene Equipage und Dienerschaft. Jedes ging und fuhr auf eigene Hand aus, ohne nach dem andern auch nur zu fragen — es muß ein ganz seltsames Leben gewesen sein."

„Du bist im Irrtum," entgegnete die Mutter, für welche diese Art zu leben offenbar gar nichts Abschreckendes hatte. „Es war eine durchaus glückliche Ehe. Meine Schwester hatte sich nie über ihren Gemahl zu beklagen, der jeden ihrer Wünsche erfüllte. Die Glückliche hat niemals die Bitterkeiten und Scenen kennen gelernt, die ich in den letzten Jahren nur allzuoft ertragen mußte."

„Ja, du hast dich freilich sehr oft mit dem Papa gezankt," sagte Gabriele naiv. „Onkel Arno hat das sicher nie gethan, aber er hat sich auch nie um seine Frau gekümmert. Und er kümmert sich doch sonst um alles mögliche, sogar um meine frühere Erziehung. Es war sehr unartig von ihm, neulich in deiner Gegenwart zu sagen, er finde meine Bildung sehr lückenhaft und vernachlässigt, und man sehe es auf den ersten Blick, daß ich stets nur den Bonnen und Gouvernanten überlassen worden sei."

„Ich bin leider an solche Rücksichtslosigkeiten von seiner Seite gewöhnt," erklärte die Baronin mit einem Seufzer, der sie aber durchaus nicht hinderte, das Modell einer Robe sehr genau zu betrachten. „Daß ich sie ertrage, ist ein Opfer, das ich einzig und allein deiner Zukunft bringe, mein Kind."

Die Tochter schien nicht besonders gerührt von dieser mütterlichen Fürsorge. „Wie ein kleines Schulmädchen bin ich examiniert worden," schmollte sie weiter. „Er hat mich mit seinen Kreuz- und Querfragen so in die Enge getrieben, daß ich nicht mehr aus noch ein wußte, und dann zuckte er die Achseln und dekretierte mir noch alle möglichen Unterrichtsstunden. Mit siebzehn Jahren noch Unterricht nehmen! Er will mir Lehrer aus der Stadt kommen lassen, aber ich werde ihm gerade heraus erklären, daß das ganz und gar nicht notwendig ist."

Die Mutter sah erschrocken von ihren Modejournalen auf. „Um des Himmels willen, laß das bleiben! Du stehst ja schon in fortwährender Opposition gegen deinen Vormund, und ich schwebe oft genug in Todesangst, daß dein Eigensinn und Uebermut ihn endlich einmal reizen wird. Bis jetzt hat er dein Benehmen freilich mit einer mir unbegreiflichen Geduld hingenommen, er, der sonst nie einen Widerspruch duldet."

„Ich sähe es weit lieber, wenn er einmal zornig würde," rief

Gabriele in gereiztem Tone. „Ich ertrage es nicht, wenn er so von seiner Höhe auf mich herablächelt, als wäre ich ein viel zu un= bedeutendes Kind, um ihn reizen oder ärgern zu können, und er lächelt immer, wenn ich das versuche. Und wenn er mir vollends die Gnade erweist, mich auf die Stirn zu küssen, möchte ich am liebsten davonlaufen."

„Gabriele, ich bitte dich —"

„Ja, Mama, ich kann mir nicht helfen. So oft ich in Onkel Arnos Nähe komme, ist es mir, als müsse ich mich wehren, mit allen Kräften wehren, gegen irgend etwas, das von ihm ausgeht. Ich weiß nicht, was es ist, aber es peinigt und quält mich. Ich kann mit ihm nicht verkehren wie mit andern Menschen, und — ich will es auch nicht."

Es klang ein ganz entschiedener Trotz aus den letzten Worten der jungen Dame; sie nahm Hut und Sonnenschirm vom Tische und machte sich zum Gehen fertig.

„Wo willst du denn hin?" fragte die Mutter.

„Nur auf eine halbe Stunde in den Garten; es ist zu heiß in den Zimmern."

Die Baronin widersprach und wollte vor allen Dingen die Toilettenfrage entschieden wissen, aber Gabriele schien heute alles Interesse daran verloren zu haben, und war überhaupt viel zu sehr gewohnt, ihren Launen zu folgen, um den Einwand zu be= achten. In der nächsten Minute eilte sie davon. —

Der Garten lag an der Rückseite des Schlosses, dessen Mauern ihn auf der einen Seite begrenzten, während er sich auf der andern bis an den Rand des hier steil abfallenden Schloßberges erstreckte. Die hohe Befestigungsmauer, welche ihn einst auch nach dieser Richtung hin abschloß, war niedergelegt worden, und über die niedrige Brüstung, die ein dichtes Epheugeflecht umzogen hielt, schweifte der Blick ungehindert ins Freie. Das Thal that sich dort in seiner ganzen Weite auf und entfaltete, von hier aus gesehen, seine eigentümlich malerischen Reize; der Schloßberg war weithin berühmt wegen dieser Aussicht. Der Garten selbst verriet noch überall den ehemaligen Burggarten. Etwas eng, etwas düster und sehr beschränkt im Raume, hatte er weder viel Sonnenschein, noch viel Blumenpracht, besaß aber dafür einen andern selteneren Reiz: herrliche, uralte Linden beschatteten ihn und wehrten jeden Einblick, selbst vom Schlosse aus. Sie sahen ernst nieder auf die jüngere Generation, die, auf den ehemaligen Wällen und Befestigungen aufgewachsen, mit ihren schlanken Stämmen und ihrem frischen Grün den Schloßberg schmückte. Jene alten Baumriesen wurzelten freilich länger als ein Jahrhundert in diesem Boden; die riesigen Stämme hatten schon manchen Sturm ausgehalten, und die mächtigen Aeste der Kronen flochten sich ineinander zu einem einzigen dichten Laubdache, das nur selten einen Sonnenstrahl hindurchließ. Es breitete tiefen, kühlen Schatten über den ganzen Raum, dem die Blumen fast vollständig fehlten. Nur einzelne Gebüschgruppen erhoben sich auf dem grünen Rasen, und inmitten desselben rauschte ein Brunnen. Es war eine Fontäne im Geschmacke des vorigen Jahrhunderts, mit alten, halbverwitterten Steinfiguren, die in seltsam phantastischer Auffassung Nixen und Wassergeister darstellten. Dunkles, feuchtes Moos bedeckte die steinernen Häupter und Arme, die eine Muschelschale stützten, aus welcher der Wasserstrahl emporstieg, um dann in tausend einzelnen Strahlen und Tropfen in das mächtige Bassin niederzurieseln. Auch hier überwucherte eine dichte, grüne Moosdecke das graue Gestein und gab dem sonst so krystallhellen Wasser eine eigentümlich dunkle Färbung. Der „Nixenbrunnen", wie er nach den Steingruppen hieß, die ihn schmückten, stammte aus der frühesten Zeit des Schlosses und spielte noch jetzt eine gewisse Rolle in der Umgegend. Es knüpfte sich irgend eine alte Sage daran, die dem Quell eine heilbringende Kraft lieh, und trotz Neuzeit und Aufklärung und obgleich das alte Bergschloß längst ein modernes Regierungsgebäude geworden war, behauptete sich jene Kraft in dem Aberglauben des Volkes.

Man schöpfte an gewissen Tagen des Jahres das Wasser; man gebrauchte es als Mittel gegen Krankheit, als Arznei für allerlei Leiden, zum großen Mißvergnügen des Gouverneurs, der schon mehreremal diesem Unfuge energisch entgegengetreten war. Er hatte sogar den Schloßgarten schließen lassen, der früher jedermann zugänglich war, und verboten, irgend einem Fremden den Zutritt zu gestatten, aber dieses Verbot hatte die entgegengesetzte Wirkung. Das Volk hielt eigensinnig fest an seinem Aberglauben und klammerte sich um so zäher an den Gegenstand desselben. Die Schloßdienerschaft wurde bald mit Bitten, bald mit Geschenken bestochen, um heimlich zu dulden, was sie nicht offen durfte geschehen lassen, und das Wasser des Schloßbrunnens galt nach wie vor als so heilkräftig wie nur irgend ein Weihwasser, wiewohl es doch offenbar unter dem Schutze der heidnischen Nixengottheiten stand.

Gabriele hatte gleichfalls von diesen Dingen gehört, durch den

Freiherrn selbst, der sich oft mit heftigem Unwillen darüber äußerte, und vielleicht war es die von der Mutter so gefürchtete fort= während Opposition gegen den Vormund, welche die junge Dame bestimmte, gerade hier ihren Lieblingsplatz zu wählen. Auch heute hatte sie ihn aufgesucht, aber weder der Nixenbrunnen selbst, noch die weite Aussicht, welche sich drüben an der freien Seite des Gartens aufthat, vermochte sie zu fesseln. Gabriele war übler Laune und sie hatte allen Grund dazu. Nach der schrankenlosen Freiheit, die sie in Z. genossen, konnte sie sich durchaus nicht mit den strengen Formen des Ravenschen Hauses befreunden, um so weniger, als diese Formen die gehofften öfteren Begegnungen mit Georg Winterfeld unmöglich machten. Das junge Paar war in R. fast vollständig getrennt und mußte sich, ein zufälliges Zusammen= treffen vor Zeugen abgerechnet, mit einem flüchtigen Sehen aus der Ferne oder einem Gruße begnügen, den Georg verstohlen zu den Fenstern hinaufsandte. Er hatte freilich eine Annäherung ver= sucht und den Damen einen kurzen Besuch gemacht, zu dem die frühere Bekanntschaft ihn berechtigte. Die Baronin hätte auch nichts dagegen gehabt, den liebenswürdigen jungen Mann auch hier öfter zu empfangen, aber Raven gab seiner Schwägerin einen sehr deut= lichen Wink, daß er keinen näheren Verkehr zwischen den Damen seines Hauses und einem seiner jungen Beamten wünsche, der noch gar keinen Anspruch auf solch eine Auszeichnung habe. Infolge= dessen wurde der Besuch zwar angenommen, aber es erfolgte keine Einladung, ihn zu wiederholen, und damit war der Versuch ge= scheitert.

Es war freilich mehr Ungeduld als Schmerz, womit Gabriele den Zwang ertrug, der sie hier von allen Seiten umgab. Seit der Freiherr sie so vollständig zu der Kinderrolle verurteilte, vermißte sie sehr die zarte und doch leidenschaftliche Huldigung Georgs, die sie früher als selbstverständlich hingenommen hatte. Er fand ihre Bildung nicht „lückenhaft und vernachlässigt"; er examinierte sie nicht und mutete ihr keine Unterrichtsstunden zu, wie der Vormund, der so gar nicht wußte, wie man junge Damen ihres Alters eigent= lich zu behandeln habe. Für Georg war sie die Geliebte, das an= gebetete Ideal; ihn beglückte schon ein Gruß, den sie ihm aus der Ferne zuwarf — trotzdem war sie auch auf ihn böse. Warum ver= suchte er nicht energischer die Schranken zu durchbrechen, die sie von= einander trennten? warum hielt er sich in so ehrerbietiger Ent= fernung? warum schrieb er ihr nicht wenigstens? Das junge Mäd=

„Nun, Gabriele, suchst du die Geheimnisse des Nixenbrunnens zu ergründen?"
sagte plötzlich eine Stimme. (S. 58.)

chen war noch viel zu kindisch und unerfahren, um die zarte Rücksicht zu würdigen, mit der Georg alles vermied, was nur den geringsten Schatten auf sie werfen konnte, mit der er Trennung und Ent= fernung ertrug, ehe er irgend etwas unternahm, was ihren Ruf gefährdete.

„Nun, Gabriele, suchst du die Geheimnisse des Nixenbrunnens zu ergründen?" sagte plötzlich eine Stimme. Sie wandte sich rasch um. Freiherr von Raven stand vor ihr. Er mußte soeben erst aus dem Gebüsche hervorgetreten sein; es geschah überhaupt nur höchst selten, daß er den Garten betrat. Ihm fehlte sowohl die Zeit, wie die Lust zu einsamen Spaziergängen. Auch heute mußte ihn etwas Besonderes herführen, denn er schritt sofort auf die Fontäne zu und begann sie aufmerksam von allen Seiten zu besichtigen.

„Nun, Onkel Arno, mit d e n Geheimnissen mußt du ja besser vertraut sein, als ich," gab Gabriele lachend zur Antwort. „Ich bin noch fremd hier, und du wohnst schon lange im Schlosse."

„Glaubst du, daß ich Zeit habe, mich um Kindermärchen zu kümmern?"

Der verächtliche Ton der Worte reizte die junge Dame un= willkürlich. „Du hast wohl niemals die Kindermärchen geliebt?" fragte sie. „Auch als Knabe nicht?"

„Auch als Knabe nicht! Ich hatte schon damals Besseres zu denken."

Gabriele sah zu ihm auf; dieses stolze strenge Antlitz mit dem Ausdruck finsteren Ernstes sah freilich nicht aus, als hätte es je die Märchenpoesie der Kindheit gekannt oder geliebt.

„Trotzdem gilt mein Besuch heute dem Nixenbrunnen," fuhr er fort. „Ich habe Befehl gegeben, ihn abzubrechen und den Quell zu verstopfen, will mich aber zuvor überzeugen, ob die Anlagen nicht darunter leiden, und ob deswegen Vorkehrungen getroffen werden müssen."

Gabriele fuhr erschrocken und empört auf. „Der Brunnen soll vernichtet werden? Weshalb denn?"

„Weil ich endlich des Unfugs müde bin, der damit getrieben wird. Der lächerliche Aberglaube ist nicht auszurotten. Trotz meines strengen Verbotes wird fortwährend heimlich Wasser aus dem Brunnen geschöpft und damit dem Unsinn wieder neue Nahrung gegeben. Es ist die höchste Zeit, der Sache ein Ende zu machen, und das kann nur geschehen, wenn dem Aberglauben der Gegen= stand genommen wird, an den er sich klammert. Es thut mir leid, daß eine alte Merkwürdigkeit des Schlosses dabei zum Opfer fallen muß, aber gleichviel — sie muß fallen."

„Aber dann wird dem Garten seine schönste Zierde geraubt," rief Gabriele. „Gerade dieses einsame Sprühen und Rauschen des Brunnens gab ihm den höchsten Reiz. Und das silberhelle Wasser soll auf immer in die dunkle Erde gebannt werden? Das ist ab= scheulich, Onkel Arno; das leide ich nicht."

Raven, der noch immer mit der Besichtigung des Brunnens beschäftigt war, wandte langsam den Kopf nach ihr.

„Du leidest es nicht?" fragte er, sie scharf anblickend, aber es war nicht jener drohende, gebieterische Blick, mit dem er sonst jeden Widerspruch zu Boden schmetterte. Es dämmerte sogar ein leises Lächeln in seinem Gesichte auf. „Dann wird freilich nichts übrigbleiben, als daß ich meinen Befehl zurückziehe; es wäre freilich das erste Mal, daß so etwas geschieht. — Glaubst du denn wirk= lich, Kind, ich werde deinem romantischen Bedenken einen meiner Entschlüsse opfern?"

Das war wieder das überlegene, halb spöttische, halb mitleidige Lächeln, das Gabriele stets zur Verzweiflung brachte, und der Aus= druck „Kind" that es nicht minder. Tief verletzt in ihrer siebzehn= jährigen Würde, zog sie es vor, gar nicht zu antworten, und be= gnügte sich, ihrem Vormund einen entrüsteten Blick zuzuwerfen.

„Du thust ja, als ob dir mit der Wegnahme des Brunnens eine persönliche Beleidigung geschehe," sagte der Freiherr. „Mir scheint, du hegst noch den ganzen Respekt der Kinderstube vor den Ammenmärchen und fürchtest dich im vollen Ernste vor dem gespen= stischen Nixenvolk."

„Ich wollte, die Nixen rächten sich für den Spott und für die angedrohte Vernichtung," rief Gabriele mit einem Tone, der mut= willig sein sollte, aber sehr gereizt klang. „Mich freilich würde ihre Rache nicht treffen."

„Aber mich, meinst du?" ergänzte Raven sarkastisch. „Sei ruhig, Kind! Dergleichen droht nur poetischen Mondscheinnaturen. An mir möchte sich dieser Nixenzauber doch wohl umsonst versuchen."

Sie standen unmittelbar am Rande der Fontäne; das Wasser rauschte und rieselte eintönig aus der Muschelschale nieder, plötzlich aber gab ein Windhauch dem Strahle eine andre Richtung; er sprühte seitwärts, und ein funkelnder Tropfenregen ergoß sich gleich= zeitig über den Freiherrn und Gabriele. Sie sprang mit einem leichten Aufschrei zurück. Raven blieb gelassen stehen.

„Das traf uns beide," sagte er. „Deine Nixen scheinen sehr unparteiischer Natur zu sein. Sie strecken nach Feind und Freund ihre nassen Arme."

Die junge Dame war nach der Bank geflüchtet und trocknete mit dem Taschentuche die Tropfen von ihrem Kleide. Der Spott ärgerte sie unbeschreiblich, gleichwohl wußte sie ihm nichts entgegenzusetzen. Jedem andern gegenüber wäre sie auf den Scherz eingegangen und hätte aus dem Zufall eine Neckerei gemacht — hier konnte sie es nicht. Der Scherz des Freiherrn war immer Sarkasmus; sein Lächeln schloß nie eine Spur von Heiterkeit in sich, und es war höchstens Spott, der auf Augenblicke den gewohnten Ernst seiner Züge verdrängte. Er schüttelte mit einer raschen Bewegung die Tropfen ab, die auch ihn überschüttet hatten, und trat dann gleichfalls zur Bank, während er fortfuhr:

„Es thut mir leid, daß ich dir deinen Lieblingsplatz nehmen muß, aber das Urteil über den Brunnen ist nun einmal gesprochen. Du wirst dich darein finden müssen."

Gabriele warf einen Blick auf die Fontäne, deren träumerisches Rauschen vom ersten Tage an einen geheimnisvollen Reiz auf sie geübt hatte. Sie kämpfte fast mit dem Weinen, als sie antwortete:

„Ich weiß es ja, daß du nicht danach fragst, ob deine Befehle jemandem wehe thun, und daß es ganz umsonst ist, dich zu bitten. Du hörst niemals auf eine Bitte."

Raven kreuzte ruhig die Arme. „So? Weißt du das bereits?"

„Ja, und es bittet dich auch niemand. Sie fürchten sich ja alle vor dir, die Dienerschaft, deine Beamten, die Mama sogar, nur ich —"

„Du fürchtest dich nicht?"

„Nein!"

Das Wort kam sehr trotzig und entschieden von den Lippen der jungen Dame; sie schien wieder einmal in kriegerischer Stimmung und fest entschlossen zu sein, den gefürchteten Vormund zu reizen, aber vergebens; er blieb vollkommen gelassen und schien den Widerspruchsgeist seines Mündels eher belustigend als beleidigend zu finden.

„Ein Glück, daß deine Mutter nicht zugegen ist!" bemerkte er. „Sie würde wieder in Todesangst geraten über den Trotzkopf, der sich so gar nicht der Notwendigkeit fügen will, wie sie es mit großer Selbstverleugnung thut. Du solltest dir an ihr ein Beispiel nehmen."

„O ja, Mama ist die Nachgiebigkeit selbst gegen dich," rief Gabriele, immer erregter werdend, „und sie mutet das auch mir

zu. Aber ich will nicht heucheln und lieben kann ich dich nicht, Onkel
Arno, denn du bist nicht gut gegen uns und bist es nie gewesen.
Gleich dein erster Empfang war so demütigend, daß ich am liebsten
sofort wieder abgereist wäre, und seitdem hast du uns täglich und
stündlich empfinden lassen, daß wir von dir abhängig sind. Du be=
handelst meine Mama mit einer Nichtachtung, die mir oft genug
das Blut ins Gesicht treibt. Du sprichst in wegwerfender Weise
von meinem Papa, von ihm, der tot ist und sich nicht mehr ver=
teidigen kann, und mich behandelst du wie ein Spielzeug, mit dem
man es überhaupt nicht ernst nimmt. Du hast uns aufgenommen,
und wir leben in deinem Schlosse, wo alles viel reicher und glänzen=
der ist, als in meinem Elternhause, aber ich wäre doch weit lieber
in unserm schweizer Exil, wie Mama es nennt, in unserm kleinen
Landhause am See, wo alles so einfach und bescheiden war, wo wir
kaum das Notwendige hatten, aber wo wir frei waren von dir und
deiner Tyrannei. Mama verlangt, ich soll sie geduldig ertragen,
weil du reich bist und meine Zukunft von dir abhängt, aber ich will
dein Vermögen nicht; ich frage nicht danach, ob du mich zur Erbin
einsetzest. Ich möchte fort von hier, je eher, desto lieber."

Sie war aufgesprungen und stand jetzt in leidenschaftlicher
Erregung vor ihm, den kleinen Fuß energisch vorgesetzt, die Augen
voll Thränen des Zornes und der Erbitterung, aber es lag doch
mehr in diesem stürmischen Ausbruch als nur der Trotz eines eigen=
sinnigen Kindes. Jedes Wort verriet die tiefste, innerste Gekränkt=
heit, und es war nur allzuviel Wahres in den Anklagen, die sie dem
Vormunde so kühn ins Antlitz schleuderte.

Raven hatte sie mit keiner Silbe unterbrochen; er sah sie unver=
wandt an, und als sie jetzt schwieg und die Hände tiefatmend gegen die
Brust preßte, während ein Thränenstrom aus ihren Augen stürzte,
beugte er sich plötzlich zu ihr nieder und sagte mit tiefem Ernste:
„Weine nicht, Gabriele! Dir wenigstens habe ich unrecht gethan."

Gabrielens Thränen stockten; jetzt, wo sie zur Besinnung kam,
wurde ihr erst die ganze Unvorsichtigkeit ihrer Worte klar. Sie hatte
sicher einen Ausbruch des Zornes erwartet — und nun statt dessen
diese unbegreifliche Ruhe; stumm, fast scheu sah sie zu Boden.

„Also du willst mein Vermögen nicht?" fuhr der Freiherr fort.
„Was weißt du denn überhaupt davon, wen ich zu meinem Erben
einzusetzen denke? Ich habe dir meines Wissens niemals etwas
darüber mitgeteilt, und doch scheint es Gegenstand sehr eingehender
Erörterungen zwischen dir und deiner Mutter gewesen zu sein."

Das junge Mädchen wurde glühend rot. „Ich weiß nicht — wir haben nie —"

„Laß den Versuch, es zu leugnen, Kind!" unterbrach sie Naven. „Noch hast du die Unwahrheit so wenig gelernt, wie die Berechnung; sonst würdest du mir nicht so gegenübertreten. Ich zürne dir deshalb nicht; den Trotz kann ich dir verzeihen; die planmäßige Berechnung und Heuchelei hätte ich bei deinen siebzehn Jahren nie verziehen. Gott sei Dank, die Erziehung hat noch nicht so viel verdorben, wie ich fürchtete."

Er nahm ruhig, als wäre nichts vorgefallen, ihre Hand, zog sie auf die Bank nieder und setzte sich neben sie. Gabriele machte einen Versuch, seitwärts zu rücken.

„Nun, du wirst mir doch gestatten, deine Kriegserklärung in aller Form entgegenzunehmen?" sagte der Freiherr. „Deine Mutter wird sich ihr freilich nicht anschließen, wenigstens nicht in so offener Weise. Sie hat dir jedenfalls größere Liebenswürdigkeit gegen den ‚Emporkömmling' zur Pflicht gemacht."

„Wie meinst du?" fragte das junge Mädchen betreten.

„Nun, das kann dir doch unmöglich fremd sein. Soviel ich weiß, war es die ausschließliche Bezeichnung meiner Persönlichkeit in deinem Elternhause."

Diesmal hielt Gabriele tapfer den scharfen Blick aus, der auf ihrem Gesichte ruhte. „Ich weiß, meine Eltern liebten dich nicht," entgegnete sie. „Du hast ihnen aber auch von jeher feindlich gegenüber gestanden."

„Ich ihnen? Oder sie mir? Doch das kommt schließlich auf eins heraus. Das sind Dinge, die du noch nicht beurteilen kannst, Gabriele. Du hast keine Ahnung davon, was es heißt, mit einer Lebensstellung, wie die meinige war, in eine hocharistokratische Familie und in deren Gesellschaftskreise zu treten. Ich habe dort stets nur einen Freund gehabt, deinen Großvater: bei allen andern habe ich mir meinen Platz erst erobern müssen, und dazu gibt es nur zwei Wege. Entweder man beugt sich geduldig all den Demütigungen, die auf das Haupt des Emporkömmlings gehäuft werden, man zeigt sich tief durchdrungen von der hohen Ehre, deren man gewürdigt ist, und begnügt sich damit, geduldet zu sein — danach war meine Natur nicht geartet. Oder man wirft sich zum Herrn der ganzen Gesellschaft auf, läßt sie fühlen, daß es noch eine andre Macht gibt als die ihrer Stammbäume, und setzt bei jeder Gelegenheit ihrer Ueberhebung und ihren Vorurteilen den Fuß auf den

Nacken; dann lernen sie sich beugen. Es ist im allgemeinen viel leichter, die Menschen zu unterdrücken, als man glaubt; man muß nur verstehen, ihnen zu imponieren, darin liegt das ganze Geheimnis des Erfolges."

Gabriele schüttelte leise den Kopf. „Das sind harte Grundsätze."

„Das sind die Erfahrungen der dreißig Jahre, die ich vor dir voraus habe. Denkst du, ich habe nicht auch meine Ideale gehabt, meine Träume und meine Begeisterung? Denkst du, es hat hier nicht auch geflammt mit all den heißen Empfindungen der Jugend? Aber das nimmt ein Ende, wenn man im Leben vorwärts schreitet. In eine Laufbahn wie die meinige konnte ich die Träume nicht mit hinübernehmen. Sie halten am Boden fest, und ich wollte emporsteigen und bin emporgestiegen. Ich habe freilich einen hohen Preis dafür gezahlt, zu hoch vielleicht — gleichviel, ich habe es erreicht."

„Und bist du glücklich dadurch geworden?" Die Frage kam fast unwillkürlich von den Lippen des jungen Mädchens.

Raven zuckte die Achseln. „Glücklich! Das Leben ist ein Kampf, keine Glückseligkeit. Man wirft den Gegner oder wird geworfen; ein Drittes gibt es nicht. Du freilich siehst das alles noch mit andern Augen an. Dir ist das Leben noch ein Sonnentag, wie er da draußen leuchtet. Du glaubst noch, daß dort in jener schimmernden Ferne, hinter jenen blauen Bergen ein ganzes Eden voll Glück und Seligkeit liegt — du täuschest dich, Kind. Die goldene Sonne scheint über unendlich viel Jammer und Erbärmlichkeit, und hinter den blauen Bergen ist auch nichts weiter, als der mühselige Weg von der Wiege zum Grabe, den wir uns noch mit so viel Haß und Streit würzen. Das Leben ist nur dazu da, um jeden Tag neu überwunden zu werden, und die Menschen — um sie zu verachten."

Es lag eine unbeschreibliche Härte und Herbheit in diesen Worten, aber auch die ganze Entschiedenheit des Mannes, der einen ihm unerschütterlich gewordenen Glaubenssatz ausspricht. Die tiefe Bitterkeit freilich, welche hindurchwehte, entging dem jungen Mädchen, das halb beklommen und halb empört zuhörte.

„Aber schließlich kommt doch die Zeit, wo man dieses ewigen Kampfes überdrüssig wird," fuhr Raven fort, „wo man sich fragt, ob die einst erträumte Höhe es denn wert war, sein Alles dafür einzusetzen, wo man die Summe all dieses ruhelosen Jagens und Ringens, all dieser Erfolge zieht und des ganzen Spiels herzlich müde wird. Ich bin oft müde — recht müde."

Er lehnte sich zurück und sah in die Ferne hinaus; es lag ein

finsterer Schmerz in diesem Blicke, und die tiefe Müdigkeit, von der
er sprach, verriet sich auch in seiner Stimme. Gabriele schwieg,
aufs höchste betroffen von der tiefernsten Wendung, die das Ge=
spräch genommen hatte, das auch sie auf ganz unbekannte Bahnen
führte. Sie hatte bisher nur den eisernen, unzugänglichen Mann
gekannt, mit seiner kalten Ruhe und seinem Gebietertone. Selbst
sein Benehmen gegen sie war immer nur die Herablassung zu dem
Ideenkreise eines Kindes gewesen; er hatte nie anders zu ihr ge=
sprochen, als in jener halb gütigen, halb spottenden Weise, in der
auch heute ihr Gespräch begann. Zum erstenmal öffnete sich diese
sonst so streng verschlossene Natur in einem Augenblick der Selbst=
vergessenheit; Gabriele sah in eine Tiefe, die sie nicht geahnt hatte,
und die sich auch wohl keinem andern aufthat, aber sie fühlte instinkt=
mäßig, daß sie nicht daran rühren und nicht heraufbeschwören durfte,
was sich da unten regte.

Es folgte eine lange Pause. Beide blickten schweigend in die
weite Landschaft hinaus, die in dem heißen Lichte eines der letzten
Augusttage vor ihnen lag. Der Sommer schien vor seinem Scheiden
noch einmal all seine Glut und Pracht über die Erde auszuschütten.
Der hellste Sonnenschein umfloß die altertümliche Stadt, die mit
ihren Häusern und Türmen sich am Fuß des Schloßberges aus=
breitete; er lag über all den Wiesen und Feldern, über all den Ort=
schaften, die sich bald näher, bald ferner dem Auge zeigten, und blitzte
in den Wellen des Flusses, der in mächtigen Windungen durch das
Thal zog. Um dasselbe schlossen sich die Berge, wie zu einem Kranze,
bald in weichgeschwungenen Linien, bald in zackig kühnen Formen
aufstrebend, mit grünen Triften und dunklen Wäldern, aus denen
hie und da eine weiße Wallfahrtskirche hervorleuchtete oder eine
altersgraue Bergfeste sich erhob. Ganz in der Ferne stieg in blauen
Duft verloren das Hochgebirge auf, das als erhabener Hintergrund
den Horizont begrenzte, und über dem allem lächelte ein tiefblauer
Himmel und schwebte golbiger Sonnenduft, der den ganzen Aether
zu erfüllen schien. Es war einer jener Tage, wo alles wie in Licht
und Glanz getaucht, alles davon überflutet ist, als gäbe es auf der
ganzen Welt nichts weiter als nur Sonnenschein.

Es konnte keinen schärferen Gegensatz geben, als diese sonnige
Landschaft und den tiefen, kühlen Schatten des Schloßgartens in
seiner düstern Einsamkeit. Die riesigen Kronen der Linden, mit
ihren dicht verschlungenen Aesten, hielten den ganzen Raum wie
mit einer grünen Dämmerung umsponnen und unter den hohen

Baumwipfeln rauschte einförmig die Fontäne. In ewigem Wechsel stieg der helle Strahl empor, um dann tausendfach zersprüht wieder niederzusinken. Bisweilen, wenn ein Sonnenstrahl, der sich hier unten verlor, die fallenden Tropfen streifte, funkelte und glänzte es, wie mit Diamantenpracht, aber sie erlosch schon im nächsten Moment. Alles lag wieder im kühlen Schatten und durch den nebelhaften Wasserschleier blickten die grauen Gestalten der Nixen mit ben langen Haaren und den steinernen Häuptern gespenstisch hindurch.

Die stille, schwüle Mittagsstunde schien alles in träumerischer

Ruhe zu wiegen; kein Vogel flatterte auf; kein Blatt regte sich
mehr, nur der Nixenbrunnen rauschte geheimnisvoll durch die tiefe
Stille. Es war die Sprache des Quelles, der seit undenklichen Zei=
ten hier auf dem Schloßberge rieselte, und seit länger als einem
Jahrhundert in diesem Steingewand, in das man ihn gezwungen,
der treue Gefährte des Schloßgartens gewesen war. Auch an ihm
waren jene Zeiten vorübergerauscht, die einst die alte Bergfeste ge=
schaut hatte, die ursprünglich an der Stelle des Schlosses stand,
wilde, gewaltthätige Zeiten, voll Kampf und Streit, voll Sieg und
Niederlage und dann wieder Jahre des Glanzes und der Pracht,
als der Fürstensitz sich hier erhob. Weltereignisse waren vorüber=
gezogen; Geschlechter waren gekommen und gegangen, bis endlich
die neue Zeit kam, die allem eine andre Gestalt gab. Allem, nur
dem Quell des Schloßberges nicht, um den Sage und Aberglauben
eine heilige Schutzmauer gewoben hatten. Aber jetzt war auch seine
Zeit gekommen; die alten Steinbilder, welche ihn so lange schützend
umgaben, sollten fallen, und er selbst sollte niedersteigen aus dem
hellen Tageslichte in die dunkle Erde, um dort auf immer gebannt
zu bleiben.

Ob es Klagen oder Erinnerungen waren, die der Quell flüsterte,
sein träumerisches Rauschen übte eine seltsame Macht auf den ern=
sten, finsteren Mann, der nie das einsame Träumen und seine Poesie
gekannt hatte, wie auf das junge, blühende Mädchen an seiner Seite,
das bisher lachend und spielend durch das Leben geflattert war, ohne
seinen Ernst auch nur zu ahnen. Es löste all jenes heiße Ringen
und Streben, all diese frohen Kinderträume in eine einzige rätsel=
hafte Empfindung, welche die beiden halb süß und halb beängstigend
umspann. Unter diesem einförmigen und doch so melodischen Rieseln
und Rauschen wich die Welt da draußen mit ihrer schimmernden
Ferne und ihrem leuchtenden Sonnengold weit und weiter zurück,
und endlich versank sie ganz. Dann legte es sich um die beiden
Zurückgebliebenen wie düstere Schatten, wie kühle Wasserschleier,
und sie wurden fortgezogen, weit fort in geheimnisvoll dämmernde
Tiefen, wohin kein Laut des Lebens mehr drang, wo alles Ringen
und Sehnen, alles Glück und Weh erstarb in einem tiefen, tiefen
Traum, und mitten in dem Traume vernahmen sie wieder das leise,
geisterhafte Singen des Quelles, das wie aus endloser Ferne zu
ihnen niedertönte. —

Unten in der Stadt setzten die Glocken zum Mittagsgeläut
ein. Die weichen, hellen Klänge schwebten herauf zu dem Schloß=

berge, und vor diesem Laut zerrannen die seltsamen Gebilde, welche jenes Rauschen gesponnen. Raven sah auf, als sei er unangenehm geweckt worden, während Gabriele sich rasch erhob und mit einer Bewegung, die fast der Flucht glich, an die epheuumrankte Mauer= brüstung trat, um dort vorgebeugt den Klängen zu lauschen. Sie zogen weithin durch die stille Luft, wie damals am Seeufer, als sie mit Georg — Gabriele vollendete den Gedanken nicht. Warum drängte sich auf einmal Georgs Name wie mit einem Vorwurf in ihr Gedächtnis? Warum stand sein Bild plötzlich so deutlich vor ihr, als wolle es seine Rechte wahren und behaupten? Damals, als sie unter Scherz und Lachen von ihm Abschied nahm, hatten ihr die Glockenklänge gar nichts gesagt; heute durchzuckte es sie bei der Erinnerung jäh und schmerzlich, wie eine Mahnung, sich nicht wie= der fortziehen zu lassen aus dem goldenen Sonnenlicht in unbekannte Tiefen, wie eine Warnung vor irgend einer dunkel geahnten Gefahr, die ihre Kreise um sich zog. Ihr war unbeschreiblich bang zu Mute.

Auch der Freiherr hatte sich erhoben und trat jetzt zu ihr. „Du flüchtest ja förmlich," sagte er langsam. „Wovor denn? Vor mir vielleicht?"

Gabriele versuchte mit einem Lächeln ihrer Bangigkeit Herr zu werden, als sie erwiderte: „Vor dem Rauschen des Nixen= brunnens; es klingt so gespenstisch in der stillen Mittagsstunde."

„Und doch hast du gerade ihn zum Lieblingsplatze gewählt?"

„Er ist ja die längste Zeit gewesen. Vielleicht verwandelt dein Befehl ihn morgen schon in ein wüstes Chaos von Erde und Steinen, und —"

„Und ich frage nicht danach, ob meine Befehle jemand wehe thun," vollendete Raven, als sie inne hielt. „Das mag sein, aber — liebst du den Quell wirklich so sehr, Gabriele? Würde es dir im Ernst wehe thun, ihn vernichtet zu sehen?"

„Ja," sagte Gabriele leise und hob das Auge empor; ihr Mund sprach keine Bitte aus, aber die Augen, in denen eine Thräne schimmerte, baten heiß und innig für den bedrohten Quell.

Raven schwieg und wandte sich ab; einige Minuten lang stand er wortlos an ihrer Seite, dann begann er von neuem:

„Ich habe dich vorhin erschreckt mit meinen herben Lebensan= sichten. Wer sagt denn aber, daß du sie teilen sollst? Ich vergaß, daß die Jugend ein Recht auf Träume hat, und daß es grausam ist, sie ihr zu nehmen. Glaube du immerhin noch an die goldene Zukunftsferne, an die Verheißung jener blauen Berge! Du darfst

noch der Welt und den Menschen vertrauen, und du wirst auch
schwerlich je ihren Haß erfahren."

Seine Stimme klang eigentümlich weich und verschleiert, und
aus dem Blicke, der so düster auf dem jungen Mädchen ruhte, war
alle Härte und Strenge gewichen, aber Arno Raven war nicht lange
solchen Regungen zugänglich, und es schien auch, als dürfe er sich
ihnen überhaupt nicht hingeben, denn gerade jetzt ertönten Schritte
hinter ihnen, und als sie sich umwendeten, trat der Kastellan des
Schlosses mit einem älteren Manne, der dem Handwerkerstande anzugehören schien, in den Garten. Beide blieben stehen, als sie den
Gouverneur gewahrten, und grüßten ehrerbietig.

Raven hatte schnell die ungewohnte Weichheit abgeschüttelt.
„Was gibt es?" fragte er, wieder ganz in dem kurzen, gebieterischen
Tone, der ihm eigen war.

„Excellenz haben befohlen, den Nixenbrunnen abzubrechen und
den Quell zu verstopfen," nahm der Handwerker das Wort. „Es sollte
heute noch geschehen; meine Leute kommen in einer halben Stunde; ich
wollte nur nachsehen, ob die Arbeit viel Zeit und Mühe kosten wird."

Der Freiherr sah auf den Brunnen und dann auf Gabriele,
die noch an seiner Seite stand; es war ein kaum merkliches, sekun-
denlanges Zögern.

„Schicken Sie die Leute zurück!" befahl er dann, „die Arbeit
ist nicht mehr nötig."

„Wie meinen Excellenz?" fragte der Handwerker erstaunt.

„Die Wegnahme des Brunnens würde den Garten schädigen;
er bleibt stehen. Ich werde andre Bestimmungen treffen."

Ein Wink mit der Hand verabschiedete die beiden Männer;
sie wagten natürlich keinen Widerspruch, aber die Verwunderung
prägte sich deutlich auf ihren Gesichtern aus, als sie den Garten
verließen. Es war das erste Mal, daß ein mit so großer Bestimmtheit gegebener Befehl des Gouverneurs zurückgezogen wurde.

Raven war an den Rand der Fontäne getreten und blickte in
den fallenden Tropfenregen. Gabriele stand noch drüben an der
Mauerbrüstung; jetzt kam sie langsam, zögernd näher und streckte
ihm dann plötzlich beide Hände hin.

„Ich danke dir."

Er lächelte, aber nicht mit dem gewohnten Sarkasmus —
diesmal flog es wie Sonnenschein über seine Züge, als er die dargebotene Hand ergriff und zugleich mit der Linken sanft Gabrielens
Haupt emporhob, um ihre Stirn zu küssen. Das war durchaus

nichts Außergewöhnliches. Er pflegte es stets zu thun, wenn sie ihm beim Frühstücke den Morgengruß brachte, und sie hatte es bisher ebenso unbefangen hingenommen, wie der Vormund kühl und ernst von seinem väterlichen Rechte Gebrauch machte. Heute zum erstenmal wich das junge Mädchen unwillkürlich zurück, und Raven fühlte, wie die Hand, die er in der seinigen hielt, leise bebte. Er richtete sich plötzlich empor, ohne daß seine Lippen ihre Stirn berührt hatten, und ließ die Hand fallen.

„Du hast recht," sagte er gepreßt. „Das Rauschen des Nixenbrunnens hat etwas Geisterhaftes — laß uns gehen!"

Sie wandten sich zum Gehen. Hinter ihnen rauschte und rieselte der Quell und warf unermüdlich seine weißen Wasserschleier empor. Die drohende Vernichtung war ja nun abgewendet; die Bitte jener braunen Augen und die Thräne darin hatte ihn gerettet, und der ernste, kalte Mann, der die Höhe des Lebens längst überschritten hatte, fühlte es vielleicht in diesem Augenblicke, daß er auch nicht gefeit war gegen den „Nixenzauber".

Georg Winterfeld saß in seiner Wohnung am Schreibtische. Er sah angegriffen, fast leidend aus; die kurze Frische, welche die Reise seinem Aeußeren gegeben, war längst wieder geschwunden, und die Blässe, welche selbst damals die feinen, durchgeistigten Züge des jungen Mannes deckte, war noch um einen Schein tiefer geworden. Er mutete sich in der That bisweilen allzuviel in der Arbeit zu — die Pflichten seiner Stellung nahmen ihn schon hinreichend in Anspruch, aber trotzdem benutzte er jede freie Stunde, um sich mit rastlosem Eifer allen möglichen Studien hinzugeben, die ihm in seiner Laufbahn förderlich sein konnten. Georg arbeitete oft genug auf Kosten seiner Gesundheit; ihn trieb ein edlerer Sporn, als der Ehrgeiz; mit jedem Schritte, den er vorwärts that, minderte sich ja die Kluft, die ihn von der Geliebten trennte, und er war sich trotz aller persönlichen Bescheidenheit doch zu sehr seiner Kraft und seines Wertes bewußt, um nicht die zuversichtliche Hoffnung zu hegen, daß diese Kluft sich einst ganz ausfüllen werde. Seine Kollegen, die sich meist auf ihre pflichtmäßigen Leistungen in den Bureaustunden beschränkten, wußten kaum von dieser stillen, angestrengten Thätigkeit des Assessors, der nie darüber sprach; nur das durchbringende Auge seines Chefs hatte herausgefunden, welch eine Summe von Arbeitskraft und Begabung in dem jungen Beamten lag, so wenig dieser auch bisher Gelegenheit gefunden hatte, sie nach außen hin zu bethätigen.

Georg benutzte mit Vorliebe die Morgenstunden zum Arbeiten; auch heute saß er über ein juristisches Werk gebeugt und hatte sich so darin vertieft, daß er das Oeffnen der Thür im vorderen Zimmer vollständig überhörte. Erst als eine bekannte Stimme sagte: „Bemühen Sie sich nicht! Ich finde schon allein den Weg zu dem Herrn Assessor," fuhr er auf. In dem gleichen Augenblicke trat der Ankömmling auch schon ein.

„Guten Morgen, Georg! Da bin ich."

„Max! Iſt es möglich? Wie kommſt du nach R.?" rief Georg
freudig überraſcht, dem Freunde entgegeneilend.

„Geradeswegs von zu Hauſe," verſetzte dieſer, die Begrüßung
ebenſo herzlich erwidernd. „Ich bin erſt vor einer halben Stunde
im Gaſthofe angelangt und habe mich ſogleich auf den Weg zu dir
gemacht."

„Aber weshalb ſchriebſt du mir denn nicht einige Zeilen?
Wollteſt du mich überraſchen?"

„Das nicht, die Reiſe war vielmehr eine Art Ueberraſchung
für mich, denn es ſind durchaus keine idealen Freundſchaftsgefühle,
die mich herführen, wie du dir vielleicht ſchmeichelſt, ſondern eine
höchſt reale Erbſchaftsangelegenheit. Aber vor allen Dingen —
wie geht es dir? Du ſiehſt blaß aus — natürlich, wenn man ſchon
am frühen Morgen über den Büchern ſitzt — Georg, du biſt un-
verbeſſerlich."

Georg wehrte lachend die Hand des Freundes ab, der nach
ſeinem Pulſe greifen wollte, und zog ihn auf das Sofa. „Laß
nur den Doktor beiſeite! Ich befinde mich vortrefflich. Alſo eine
Erbſchaftsangelegenheit führt dich her? Sind euch Reichtümer zu-
gefallen?"

„Das gerade nicht," ſagte Max. „Nur ein ſehr beſcheidenes
Vermögen, der Nachlaß eines alten Vetters, der hier in der Umgegend von R. ein kleines Gut beſaß. Ich habe ihn nie gekannt.
Er war mit meinem Vater wegen deſſen politiſcher Vergangenheit
vollſtändig zerfallen. Jetzt iſt er ohne Teſtament und ohne direkte
Erben geſtorben, und Papa erhielt, als der nächſte lebende Verwandte, vom hieſigen Gericht die Aufforderung, ſeine Rechte geltend
zu machen. Er perſönlich kann das nun freilich nicht; du weißt ja,
daß er ſein Vaterland nicht betreten darf, ohne ſofort wieder in die
Feſtung zu wandern, die er einſt auf dem etwas ungewöhnlichen
Wege der Strickleiter verlaſſen hat; das damalige Urteil hängt ja
noch immer über ſeinem Haupte. Alſo hat er mich als ſeinen Vertreter geſchickt."

„Du haſt doch hinreichende Vollmacht?" warf der Aſſeſſor ein.

„Die ausgedehnteſte, aber trotzdem wird es Weitläufigkeiten
und Formalitäten genug geben. Papas damalige Flucht und
dauernde Entfernung verwickeln die Sache einigermaßen, und mein
berüchtigter Demagogenname wird die Herren vom Gericht auch
gerade nicht zu beſonders liebenswürdigem Entgegenkommen ver-
anlaſſen. Ich habe in dieſer Vorausſicht einen längeren Urlaub

genommen und denke bis zur Erledigung der Sache in N. zu bleiben. Ich rechne sehr auf deinen juristischen Rat und Beistand."

„Ich stehe dir ganz zur Verfügung. Vor allen Dingen aber gib dein Quartier im Gasthofe auf und komme zu mir! Ich habe Raum genug."

„Das werde ich mit deiner Erlaubnis nicht thun," sagte Max trocken.

„Weshalb nicht?"

„Weil ich dir keine Unannehmlichkeiten mit deinen Vorgesetzten zuziehen will. Oder kannst du mir versichern, daß dein Besuch bei uns ganz unbemerkt und ungerügt vorüber gegangen ist?"

Georg sah zu Boden. „Ich habe allerdings einige scharfe Worte von meinem Chef hinnehmen müssen, aber die Bevormundung und die Rücksicht auf meine Stellung hat ihre Grenzen. Meine Freundschaftsbeziehungen opfere ich ihr nicht."

„Das brauchst du auch nicht," erklärte der junge Arzt, „aber du brauchst den Konflikt auch nicht herauszufordern. Du weißt, ich halte gar nichts von den nutzlosen Aufopferungen, und deine Einladung ist eine solche. Keine Einwendung, Georg! Ich bleibe unbedingt im Gasthofe. Du kompromittierst dich schon genug in den Augen aller loyalen Gemüter, wenn du mich nicht als Freund verleugnest."

Die Weigerung wurde in so bestimmtem Tone ausgesprochen, daß Georg einsah, wie nutzlos jeder fernere Versuch sein würde; er fügte sich also.

„Nun, so laß mich dir wenigstens zu der Erbschaft gratulieren," nahm er wieder das Wort. „Sie ist, wenn auch nicht bedeutend, doch immer von Wichtigkeit für euch."

„Gewiß„ und das hauptsächlich um meines Vaters willen. Er kann sich nun ungestört seiner geliebten Wissenschaft hingeben, ohne daß die Existenzfrage ewig für ihn im Vordergrunde steht. Auch ich gewinne dadurch eine langgewünschte Selbständigkeit. Ich hätte längst schon meine Stellung aufgegeben, wäre es nicht notwendig gewesen, unsrem Haushalt ein festes Einkommen zu sichern, das er nun entbehren kann. Ich werde mir jetzt eine Praxis gründen und mich verheiraten."

„Du willst heiraten?" fragte Georg erstaunt.

„Natürlich will ich das. Eine Frau muß der Mensch doch haben — das gehört zur Bequemlichkeit."

„Aber wen willst du denn heiraten?"

„Das weiß ich noch nicht. Sobald ich einen eigenen Herd habe, halte ich Umschau und führe die Braut heim."

„Doch wohl eine von den Töchtern des Schweizerlandes?"

„Gewiß! Ich schätze die tüchtige praktische Natur dieses Volkes sehr hoch, wenn auch bisweilen einige Derbheiten mit unterlaufen. Zartheit kann ich bei meiner Frau ohnehin nicht brauchen; Eheleute müssen zu einander passen."

„Du gehst ja sehr gründlich zu Werke," spottete Georg. „Du hast dir wohl ein förmliches Programm zurecht gemacht, mit all den Eigenschaften, die deine zukünftige Frau besitzen muß? Also Paragraph eins —?"

„Vermögen!" sagte Max lakonisch. „Ja, da empören sich nun wieder deine idealistischen Gefühle. Vermögen ist unerläßlich. Zweitens: praktische Hausfrauenerziehung — das ist ebenso wichtig, wenn man ein bequemes Leben führen will. Drittens: blühende Gesundheit; ein Arzt, der sich mit allen möglichen Krankheiten herumschlägt, will nicht auch in seinem Hause den Doktor spielen. Viertens: —"

„Um Gottes willen höre auf!" unterbrach ihn der Freund. „Ich glaube, du hast ein Dutzend Paragraphen für dein Eheglück nötig. Die Liebe steht wohl in keinem derselben?"

„Die Liebe kommt nach der Hochzeit," versetzte der junge Arzt zuversichtlich. „Bei vernünftigen Leuten wenigstens, und die besten Ehen sind die, welche mit genauer Berechnung der Charaktere und Verhältnisse geschlossen werden. Sobald das Programm stimmt, mache ich meinen Antrag und heirate. Punktum!"

Georg lächelte ein wenig schmerzlich, als er seine Hand auf die Schulter des Freundes legte. „Mein lieber Max, ich weiß sehr gut, wem deine ganze Predigt gilt; sie nützt leider nichts. Du freilich wirst das nicht eher einsehen, bis dir irgend eine Leidenschaft einen Strich durch deine sämtlichen Paragraphen und durch dein Punktum macht."

„Bitte, ich bin kein Schwärmer," widersprach Max. „Die Schwärmerei überlasse ich gewissen andern Leuten. Wie steht es denn eigentlich mit der deinigen? Habe ich auch hier Aussicht auf den Posten als Vertrauter und auf gelegentliche Verwendung als Schildwache? Ich stehe zu Befehl."

Georg seufzte. „Nein, Max, davon ist keine Rede. Ich sehe Gabriele ja kaum und habe sie erst ein einziges Mal in Gegenwart ihrer Mutter gesprochen. Der Gouverneur hat einen förmlichen

Wall vornehmer Abgeschlossenheit um sich und sein ganzes Haus gezogen; es ist unmöglich, ihn zu durchbrechen."

„Armer Junge!" sagte Max mitleidig. „Nun kann ich mir auch dein elegisches Aussehen erklären. Siehst du, das kommt davon, wenn man solche Dinge allzu gefühlvoll nimmt. Davor schützen mich mein Programm und meine Paragraphen, die du wirklich ganz unnötig verspottest."

Georg zog die Uhr und warf einen Blick darauf. „Verzeihe! Ich muß jetzt in die Kanzlei. Unsre Bureaustunde beginnt bald. Von drei Uhr an bin ich aber frei und suche dich dann sofort auf. Soll ich dich nach deinem Gasthofe bringen?"

Der junge Arzt zog es vor, seinen Freund nach dem Regierungsgebäude zu begleiten, und die beiden machten sich auf den Weg. Sie schritten in lebhaftem Gespräche durch die Straßen und holten am Fuße des Schloßberges den Hofrat Moser ein. Dieser wohnte zwar im Regierungsgebäude selbst, pflegte aber morgens vor Beginn der Bureaustunden einen Spaziergang zu machen, von dem er jetzt eben zurückkehrte. Er schritt wie gewöhnlich langsam, steif und feierlich dahin, das Kinn in die weiße Halsbinde vergraben, und erwiderte mit vieler Würde den Gruß seines jungen Untergebenen.

„Sie sehen angegriffen aus, Herr Assessor," sagte er in wohlwollendem Tone. „Sogar Excellenz haben das bemerkt und sprachen mit mir darüber. Excellenz meinten, Sie arbeiteten zu viel und würden damit Ihre Gesundheit untergraben. Man kann auch des Guten zu viel thun; Sie sollten sich schonen."

„Das predige ich meinem Freunde oft genug," fiel Max ein, „aber immer ohne Erfolg. Erst heute, am frühen Morgen, habe ich ihn wieder vom Schreibtische aufjagen müssen. Er schlägt all meine ärztlichen Ratschläge in den Wind."

„Sie sind Arzt?" fragte der Hofrat; er erwartete offenbar eine Vorstellung des ihm gänzlich unbekannten jungen Mannes.

„Mein Freund, Doktor Brunnow," sagte Georg. „Herr Hofrat Moser."

Der Hofrat tauchte plötzlich aus seiner weißen Halsbinde empor. „Brunnow — Brunnow," wiederholte er.

„Ist Ihnen der Name bekannt, Herr Hofrat?" fragte Max ruhig.

Aus dem Gesichte des alten Herrn war alles Wohlwollen verschwunden; es prägte sich eine Art von Entsetzen darauf aus, als er in scharfem Tone erwiderte:

„Der Name ist in früheren
Zeiten oft genannt worden, zuerst bei der
Rebellion, dann vor den Gerichten und später auf der Festung, bei
der Flucht eines Gefangenen. Ich hoffe, Sie stehen in keiner Beziehung zu jenem Doktor Brunnow, den ich meine.“

„Doch,“ sagte der junge Arzt mit einer sehr artigen Ver-
beugung, „in der allernächsten. Doktor Brunnow ist mein Vater.“

Der Hofrat wich schleunigst einige Schritt zurück, als müsse
er sich vor einer etwaigen Berührung in Sicherheit bringen. Dann
wandte er dem jungen Manne den Rücken und konzentrierte seinen
ganzen entsetzensvollen Zorn auf Georg.

„Herr Assessor Winterfeld,“ begann er in vernichtendem Tone,
„es gibt Beamte — sogar ganz tüchtige und fähige Beamte — die
gleichwohl die erste und heiligste Pflicht des Staatsdieners nicht kennen
oder nicht kennen wollen, die Loyalität. Kennen Sie solche Beamte?“

Georg geriet in einige Verlegenheit.

„Ich weiß nicht —"

„Nun, ich kenne sie," sagte der Hofrat mit einer unheimlichen Feierlichkeit, „und ich beklage sie, denn sie sind meist nur das Opfer der Verführung und des bösen Beispiels."

Der junge Beamte runzelte die Stirn; er war allerdings an ähnliche salbungsvolle Predigten seines Vorgesetzten gewöhnt, aber jetzt, in Gegenwart seines Freundes, fühlte er doch das Peinliche derselben und erwiderte daher gereizt:

„Seien Sie überzeugt, Herr Hofrat, daß ich meine Pflichten kenne, aber darüber hinaus —"

„Ja, ich weiß, die jungen Herren sind sämtlich Weltverbesserer und halten es für charaktervoll, Opposition zu machen," unterbrach ihn Moser, der es sehr liebte, die Worte seines Chefs, die für ihn Orakelsprüche waren, bei passender und unpassender Gelegenheit anzubringen, „aber das ist gefährlich, denn die Opposition führt schließlich zur Revolution, und die Revolution" — der Hofrat schauderte — „ist etwas Schreckliches."

„Etwas sehr Schreckliches, Herr Hofrat!" sagte Max mit Nachdruck.

„Finden Sie das?" fragte Moser, etwas aus der Fassung gebracht durch diese unerwartete Zustimmung.

„Ganz unbedingt, und ich finde es überdies sehr verdienstlich, daß Sie meinem Freunde ins Gewissen reden. Ich habe es ihm auch oft gesagt; er ist lange nicht loyal genug."

Der Hofrat stand ganz starr bei diesen mit unverwüstlichem Ernst gesprochenen Worten. Er war im Begriff zu antworten, vergrub aber plötzlich sein Kinn in die Halsbinde und nahm eine unterwürfige Haltung an.

„Seine Excellenz!" sagte er halblaut und zog ehrfurchtsvoll den Hut.

Es war in der That der Gouverneur, der vom Schlosse kam und sich zu Fuße in die Stadt begab. Er erwiderte den Gruß der Herren in seiner kühlen abgemessenen Weise, streifte mit einem flüchtigen Blicke den jungen Brunnow und wandte sich dann zu Moser.

„Gut, daß ich Sie treffe, lieber Hofrat! Ich wollte Ihnen noch etwas mitteilen — begleiten Sie mich auf einige Minuten!"

Der Hofrat schloß sich seinem Chef an und beide schlugen die Richtung nach der Stadt ein, während die jungen Männer ihren Weg nach dem Schlosse fortsetzten.

„Das ist also euer Despot?" fragte Max, als sie außer Hör=
weite waren. „Der vielgeschmähte und vielgefürchtete Raven!
Eine imponierende Erscheinung ist er — das muß man ihm lassen.
Eine Haltung und ein Anstand, die einem Fürsten gar nicht übel
stehen würden, und dazu dieser Herrscherblick, mit dem er mich
streifte. Man sieht es, der Mann versteht zu befehlen."

„Und zu unterdrücken," setzte Georg mit Bitterkeit hinzu.
„Davon haben wir erst kürzlich wieder eine neue Probe erhalten.
Die ganze Stadt ist in Gärung wegen der unerhörten Polizei=
maßregeln, die er über sie verhängt hat. Er will mit Gewalt die
Opposition niederschlagen, die sich immer mächtiger und drohender
zu regen beginnt. Es ist ein Schlag ins Gesicht, den er der gesamten
Bürgerschaft versetzt."

„Und die guten Bürger von R. lassen sich das ruhig ge=
fallen?"

Georg warf vorsichtig einen Blick um sich. Der Weg war
völlig leer und das Gespräch sicher vor unberufenen Ohren; dennoch
senkte der junge Mann die Stimme.

„Was sollen sie denn thun? Etwa rebellieren gegen den von
der Regierung eingesetzten Gouverneur? Das würde die schwersten
Folgen nach sich ziehen, und doch handelt es sich vielleicht nur dar=
um, dieser Regierung die Wahrheit zu enthüllen und all die Will=
kür, all die Gewaltakte, mit denen ihr Vertreter seine Vollmacht miß=
braucht, vor dem ganzen Lande aufzudecken. Geschähe dies, dann
müßte sie ihn fallen lassen."

„Oder sie beseitigt statt dessen den unbequemen Warner. Es
wäre nicht das erste Mal, daß so etwas geschieht, und dieser Raven
sieht nicht aus, als ob er sich leicht stürzen ließe; mindestens reißt
er in seinem Sturze alles ihm Feindliche mit sich hinunter."

„Und doch muß es früher oder später geschehen," sagte Georg
entschlossen. „Es wird sich doch endlich ein Mutiger finden!"

Der junge Arzt stutzte und richtete einen forschenden Blick auf
seinen Freund. „Der wirst du doch nicht etwa sein? Sei kein
Thor, Georg, und wirf dich nicht allein für alle andern in die
Schanze! Es kann dich Stellung und Existenz kosten, und über=
dies — hast du vergessen, daß der Freiherr der Vormund deiner
angebeteten Gabriele ist? Wenn du ihn reizest, so hat er Mittel
genug in den Händen, dein Lebensglück auf immer zu vernichten."

„Er wird es ohnehin thun," versetzte Georg düster. „Er wird
jedenfalls versuchen, seine Mündel bald und glänzend zu vermählen,

und sobald er erfährt, daß ich es bin, der dabei im Wege steht, habe ich alles von ihm zu gewärtigen."

„Und mit dem ist sicherlich nicht leicht zu kämpfen," fiel Max ein. „Ich begreife es, daß du ihn in doppelter Beziehung haffest."

„Haffen? Ich bewundere vieles an ihm und die Stadt und die Provinz danken ihm vieles. Seine mächtige Energie hat überall neue Hilfsquellen aufgedeckt, überall neue Kräfte erweckt und dienst= bar gemacht, aber er hat auch mit eiserner Hand jede Freiheits= regung niedergehalten und erstickt. Die Reaktionsperiode verdankt ihm ihre schlimmsten Triumphe."

„Sie geht ja jetzt zu Ende," warf Max ein.

„Ja, Gott sei Dank — sie geht zu Ende. Das alte System wankt bereits in all seinen Fugen und seine Diener suchen einzu= lenken, um zu retten, was noch zu retten ist. Nur Raven allein hält noch mit starrer Konsequenz fest an der Vergangenheit; er läßt sich nicht die geringste Nachgiebigkeit, nicht das kleinste Zugeständnis abringen und hört keine der warnenden Stimmen, die doch auch zu ihm bringen. Ist das Verblendung oder Charakterfestigkeit? Ich begreife es nicht."

„Charakterfestigkeit — bei einem Renegaten?"

Georg sah gedankenvoll vor sich nieder; plötzlich sagte er: „Max, es gibt Augenblicke, wo ich eher an den Worten deines Vaters zweifeln, als meinem Chef etwas Ehrloses zutrauen möchte. Ein Verbrechen der Herrschsucht, der Leidenschaft kann er begehen, aber gemeinen, niedrigen Verrat an seinen Freunden — jeder Zug in dem Manne spricht dagegen."

„Und doch hat er ihn begangen. Glaubst du, mein Vater würde sein einstiges Idol so grenzenlos hart verurteilen, ohne voll= gültige Beweise? Was bedarf es ihrer auch? Das Leben dieses Arno Raven ist Beweis genug. Er war einst ein glühender Frei= heitsschwärmer — was ist er jetzt?"

„Du hast recht, und doch — laß uns abbrechen! wir sind am Schlosse."

Sie hatten in der That das Regierungsgebäude erreicht und mußten sich hier trennen. Es wurde noch rasch eine Verabredung für den Nachmittag getroffen; dann begab sich Georg in die Kanzlei, und Max, der keine Eile hatte, in die Stadt zurückzukehren, nahm erst noch flüchtig das Schloß in Augenschein, das für Fremde aller= dings eine der Sehenswürdigkeiten von R. bildet. Der junge Arzt kümmerte sich zwar herzlich wenig um Baustil und altertümliche

Romantik, aber das Schloß interessierte ihn seines jetzigen Bewohners wegen. Er streifte also durch die Bogengänge und Galerien, soweit sie zugänglich waren, und wollte endlich wieder zurückkehren, irrte sich aber und geriet, statt den Ausgang zu gewinnen, in einen der Seitenflügel. Er bemerkte den Irrtum erst, als er einen Korridor betrat, der zweifellos zu einer Wohnung führte, und war gerade im Begriffe, umzukehren, als die Thür jener Wohnung sich öffnete und eine ältere Frau heraussah.

„Da sind Sie ja, Herr Doktor," sagte sie erfreut. „Bitte, treten Sie nur ein! Das Fräulein wartet schon."

„Auf mich?" fragte Max, erstaunt über diese vertrauliche Begrüßung.

„Gewiß. Sie sind doch der Arzt?"

„Der bin ich allerdings."

„Nun, dann kommen Sie nur herein! Ich werde Sie dem Fräulein melden." Damit verschwand die Frau, dem Anscheine nach eine Wirtschafterin oder Beschließerin, während Max in dem Vorzimmer blieb, wohin sie ihn genötigt hatte.

„Das nenne ich Glück," sagte er halblaut. „Gleich bei den ersten Schritten, die ich hier in N. thue, fällt mir ganz unvermutet eine Praxis in den Schoß. Sehen wir zu, wie die Sache sich entwickelt!"

Sie entwickelte sich ziemlich rasch. Schon nach einigen Minuten kam die Frau zurück und führte ihn in ein behaglich und freundlich ausgestattetes Wohnzimmer, wo eine junge Dame sich bei seinem Eintritt von ihrem Platze am Fenster erhob und ihm entgegenkam.

Es war noch ein sehr junges Mädchen, vielleicht sechzehn oder siebzehn Jahre alt, hoch und schlank gewachsen, aber von sehr kränklichem Aussehen. Eine durchsichtige Bläße bedeckte das nicht gerade schöne, aber zarte und angenehme Gesicht. Um die Augen zogen sich bläuliche Schatten, während Wangen und Lippen kaum eine Spur von Röte zeigten. Die Kleidung war von einer fast übertriebenen Einfachheit und durchaus klösterlichem Zuschnitte. Das schwarze Kleid, ohne die geringste Verzierung, schloß hoch am Halse und dicht an den Handgelenken. Ein schwarzes Spitzentuch verhüllte vollständig das Haupt, so daß nur ein schmaler Streifen des glattgescheitelten dunklen Haares sichtbar wurde. Die Haltung der jungen Dame war sehr schüchtern und verlegen, als sie mit niedergeschlagenen Augen vor dem Arzte stand, ohne ein Wort zu sprechen.

„Sie wünschen ärztlichen Rat, mein Fräulein?" fragte Max endlich, nachdem er vergebens auf eine Anrede gewartet hatte. „Ich stehe Ihnen zu Diensten."

Bei dem Klange seiner Stimme hob das junge Mädchen die Augen empor, ein Paar ausdrucksvolle dunkle Augen, senkte sie aber schnell wieder und trat mit offenbarer Aengstlichkeit einen Schritt zurück. Auch ihrer älteren Gefährtin schien bei genauerer Betrachtung das jugendliche Aussehen des Doktors Bedenken zu erregen, denn sie verweilte dicht neben ihrer Schutzbefohlenen, die jetzt mit leiser, weich klingender Stimme antwortete:

„Mein Vater wünscht, daß ich den Rat eines Arztes in Anspruch nehme. Es ist gewiß nicht notwendig; ich fühle mich nicht eigentlich krank."

„Sie sind es aber gründlich," fiel die Aeltere ein, die mehr zur Familie als zur Dienerschaft zu gehören schien. „Und der Herr Hofrat besteht doch nun einmal darauf."

„Herr Hofrat Moser?" fragte Max, dem urplötzlich ein Licht aufging, in wessen Haus ihn der Zufall geführt hatte.

„Ja. Haben Sie ihn denn nicht gesprochen?"

„Vor zehn Minuten, ehe ich hieher kam," erklärte der junge Arzt, mühsam das Lachen unterdrückend. Er vergegenwärtigte sich das entsetzte Zurückweichen des loyalen Hofrates, als der Name seines Vaters genannt wurde. Unter andern Umständen würde er den Irrtum wohl aufgeklärt haben, jetzt aber dachte er nur an den Aerger des alten Herrn, der ihn so ungnädig behandelt hatte, wenn er den Demagogensprößling in seiner eigenen Wohnung entdecken würde. Brunnow beschloß auf alle Fälle seinen Platz zu behaupten.

„Sie sehen aber doch leidend aus, mein Fräulein," nahm er wieder das Wort, indem er ihre Hand ergriff und den Puls aufmerksam prüfte. „Wollen Sie mir einige Fragen erlauben?"

Das Examen begann. Sobald Max einen Patienten vor sich hatte, war er nichts weiter als Arzt, den nur der vorliegende Krankheitsfall interessierte; auch jetzt traten alle übermütigen Regungen davor zurück. Er stellte seine Fragen kurz, knapp und klar, ohne viel Worte zu machen, ohne sich irgendwie von der Sache zu entfernen, und das schien seiner jungen Patientin allmählich Vertrauen einzuflößen. Sie wurde unbefangener, ausführlicher in ihren Antworten und sah sich nicht mehr bei jedem Worte ängstlich nach ihrer Beschützerin um. Endlich war das Examen zu Ende, und Max schien davon befriedigt zu sein.

„Ich glaube nicht, daß ein Grund zu ernsten Besorgnissen vor-
liegt," sagte er. „Ihr Leiden scheint nervöser Natur zu sein, vielleicht durch geistige Ueberreizung veranlaßt und durch Mangel an
Luft und Bewegung verschlimmert."

„Jawohl," mischte sich die Wirtschafterin ein, die augenscheinlich gewohnt war, überall mitzusprechen. „Fräulein Agnes macht
sich gar keine Bewegung und kommt nie ins Freie, den täglichen
Gang in die Frühmesse ausgenommen. Ich habe immer gesagt,
daß das Beten, Kasteien und Fasten —"

„Aber Christine!" unterbrach sie das junge Mädchen bittend.

„Ach was, dem Doktor muß man beichten," versetzte Christine.
„Das Fräulein übertreibt es wirklich mit der Frömmigkeit, Herr
Doktor, und liegt den ganzen Tag auf den Knieen."

„Das ist sehr unzuträglich; das müssen Sie unterlassen," sagte der junge Arzt gebieterisch.

Fräulein Agnes sah mit einem Ausdrucke des Schreckens auf, als traue sie ihren eigenen Ohren nicht.

„Herr Doktor —"

„Auch der tägliche Gang zur Frühmesse muß unterbleiben," fuhr Max mit der gleichen Entschiedenheit fort, ohne den Einwand zu beachten. „Sie haben allen Grund, sich vor Erkältungen zu hüten, und die Morgen werden schon herbstlich kühl. Das Fasten aber verbiete ich ein für allemal ganz entschieden; es ist geradezu Gift für Ihren Zustand."

„Aber, Herr Doktor," sagte das junge Mädchen zum zweiten= mal, doch auch dieser Widerspruch fand kein Gehör. Max ließ sich durchaus nicht beirren.

„Dagegen verordne ich Ihnen täglich einen längeren Spazier= gang, aber in der Mittagsstunde, möglichst viel Luft, Bewegung und auch Zerstreuung. Die Wintervergnügungen nehmen ja bald ihren Anfang. Sie dürfen freilich nicht allzuviel tanzen."

Jetzt zog sich Agnes mit der gleichen Schnelligkeit zurück, wie vorhin ihr Vater — um mindestens drei Schritt. „Tanzen?" wiederholte sie ganz außer sich. „Tanzen?"

„Ja, warum denn nicht? Das thun alle junge Mädchen. Sie werden doch nicht allein eine Ausnahme machen wollen?"

„Ich habe nie getanzt," versetzte sie schnell und mit so viel Entschiedenheit, wie die weiche Stimme nur zuließ, „ich habe mich stets fern von den weltlichen Zerstreuungen gehalten. Sie sind sündhaft und ich verabscheue sie."

„Nun, Sie sollten es doch erst einmal probieren," meinte der junge Arzt wohlwollend. „Doch dergleichen Verordnungen gehen über meine ärztlichen Befugnisse hinaus. Ich werde Ihnen vorläufig eine Arznei verschreiben und in wenigen Tagen wieder vorsprechen; dann wollen wir weiter sehen. Haben Sie Papier und Feder zur Hand?"

Christine brachte beides, und er setzte sich zum Schreiben nieder. Agnes war an das Fenster geflüchtet und faltete, mit dem deutlichen Ausdruck des Entsetzens in den Zügen, die Hände. Als das Rezept fertig war, trat Max wieder zu ihr und löste ohne Umstände die gefalteten Hände, um nochmals den Puls zu prüfen.

„So! Und nun bitte ich, daß meine Verordnungen pünktlich befolgt werden; dann wird sich hoffentlich bald Besserung einstellen. Leben Sie wohl, mein Fräulein!"

Er ging. Christine schloß die Thür hinter ihm zu und kam dann zurück. „Der versteht es," sagte sie. „Der befiehlt und kommandiert ja, als wäre er allein hier Herr und Meister. Wie finden Sie denn eigentlich den Doktor, Fräulein?"

„Ich finde ihn sehr gottlos," erklärte Fräulein Agnes mit Nachdruck.

„Ja, die Aerzte sind alle nicht fromm," meinte Christine.

„Und noch so sehr jung!" fuhr Agnes fort, in einem Tone, als hätte sie damit die schwerste Anklage ausgesprochen.

„Ich habe ihn mir auch älter gedacht. Aber gescheit sieht er aus und pünktlich ist er auch. Um neun Uhr hatte er seinen Besuch angekündigt, und Schlag neun Uhr stand er im Korridor. Ich begreife nur nicht, wo der Herr Hofrat bleibt; er muß irgend eine Abhaltung gehabt haben, denn er wollte doch zugegen sein."

„Der Doktor hat meinen Vater gesprochen. Meinst du denn, Christine, daß ich die Arznei nehmen soll?"

„Nun, gewiß! Deshalb haben wir ja den Doktor kommen lassen. Mir gefällt er trotz seiner kurz angebundenen Art. Geben Sie acht, Fräulein — der stellt Sie wieder her."

Es blieb unentschieden, ob Agnes derselben Meinung war oder nicht. Sie hatte das Rezept in die Hand genommen und sah darauf nieder; endlich legte sie es beiseite und sagte ernsthaft: „Wenn er nur nicht so gottlos wäre!" —

Max stieg gerade die Treppe hinunter, als er einem älteren Herrn begegnete, der hinaufstieg. Derselbe trug eine goldene Brille, einen Stock mit einem vergoldeten Knopfe und hatte einen äußerst wichtigen Gesichtsausdruck. Der junge Arzt blieb stehen und sah ihm nach.

„Ich wette darauf, das ist mein verehrter Kollege, der den angekündigten Besuch macht. Jetzt wird er sich den Kopf darüber zerbrechen, wer es ist, der ihm die Praxis so vor der Nase weggenommen hat. Und nun erst der Aerger dieses feierlichen, urloyalen Hofrats, wenn er die Geschichte erfährt und meinen Namen auf dem Rezepte liest! Ich wollte, ich könnte mich ihm in meiner neuen Eigenschaft als sein Hausarzt vorstellen."

Der boshafte Wunsch sollte in Erfüllung gehen; am Fuße des Schloßberges traf Max mit dem Hofrate zusammen, der „Excellenz" pflichtgemäß begleitet hatte und nun zurückkam. Sein Blick war kaum auf den Demagogensprößling gefallen, als er Miene machte, die unloyale Begegnung zu vermeiden und aus=

zuweichen, der junge Arzt aber trat mit der größten Artigkeit auf
ihn zu.

„Ich freue mich sehr, Sie nochmals zu sehen, Herr Hofrat,"
begann er. „Ich komme soeben von Ihrem Fräulein Tochter."

Diesmal schoß das Gesicht des Hofrates förmlich aus der
weißen Halsbinde empor. „Von meiner Tochter?" wiederholte er.

„Ja, von Fräulein Moser. Ich kann Ihnen die Beruhigung
geben, daß der Zustand der jungen Dame nicht gefährlich ist, wenn
die Patientin auch großer Schonung und Pflege bedarf. Sie ist
allerdings sehr nervös, indessen —"

„Herr, wie kommen Sie zu meiner Tochter?" rief der Hofrat.

„Indessen, das wird sich bei geeigneter Behandlung geben,"
fuhr Max fort, ohne sich in seiner Rede im geringsten stören zu
lassen. „Ich habe vorläufig eine Arznei verordnet, von der ich mir
die beste Wirkung verspreche, und komme in einigen Tagen wieder,
um nach dem Fräulein zu sehen."

„Ich habe Sie aber gar nicht gerufen," sagte der Hofrat, dem
es jetzt ganz wirr im Kopfe zu werden begann, da er sich den
Zusammenhang des ihm Berichteten gar nicht erklären konnte.

„Bitte, ich wurde gerufen," sagte Max. „Fragen Sie nur
Frau Christine! Wie gesagt, ich hoffe sehr viel von der Arznei und
komme übermorgen wieder. Bitte, keinen Dank, Herr Hofrat! Es
geschieht mit dem größten Vergnügen. Wollen Sie mich dem Fräu‐
lein empfehlen? Auf Wiedersehen!"

Hofrat Moser stand einige Sekunden lang starr, wie eine
Bildsäule, dann aber eilte er im Sturmschritt nach seiner Wohnung,
um dort die Aufklärung des Rätsels zu suchen, während der junge
Arzt lachend den Weg nach der Stadt einschlug.

Das ganze erste Stockwerk des Regierungsgebäudes war glänzend erleuchtet. Bei dem Gouverneur fand alljährlich am Geburtstage des Landesherrn eine große Festlichkeit statt, wo die Elite der Stadt und der Umgegend zu erscheinen pflegte. Diesmal sollte sich dem üblichen Empfange noch ein Ball anschließen, eine Neuerung, die man wohl hauptsächlich der Anwesenheit der Baronin Harder und ihrer Tochter verdankte, die aber von der Damenwelt Rs. entschieden beifällig aufgenommen wurde.

Es war noch zu früh für die Ankunft der Gäste, aber die Festräume strahlten schon in vollem Glanze und die Diener hatten sich, nachdem die letzten Vorbereitungen beendigt waren, in die Vorzimmer zurückgezogen. Gabriele war mit der Toilette früher fertig geworden als ihre Mutter, die noch immer die Geduld ihres Kammermädchens auf eine harte Probe stellte und fortwährend an dem Anzuge zu ändern und zu bessern fand. Die junge Baronesse betrat also allein den kleinen Salon, am Anfange jener Zimmerreihe, die nur bei festlichen Gelegenheiten geöffnet wurde. Die Hauptwand dieses Salons schmückte ein Bild, dessen reich vergoldeter Rahmen sich wirkungsvoll von der dunklen Sammettapete abhob. Es stellte die verstorbene Gemahlin des Freiherrn von Raven dar und war von einem der berühmtesten Künstler gemalt. Aber auch dessen Hand hatte es nicht vermocht, den nicht unangenehmen, aber völlig apathischen und geistlosen Zügen irgend ein Interesse zu verleihen; eine gewisse Vornehmheit der Haltung und eine überreiche Toiletteentfaltung war das einzige, was den Beschauer flüchtig zu fesseln vermochte. Wer dieses Bild sah und sich daneben die bedeutende, energische Persönlichkeit des Freiherrn vergegenwärtigte, der fühlte heraus, wie tief die geistige Kluft zwischen den beiden Gatten, wie unmöglich eine gegenseitige Annäherung derselben gewesen sein mußte.

Gabriele war vor dem Bilde stehen geblieben und betrachtete
es noch, als sich die Thür öffnete, die am Ende der langen Zimmer=
flucht zu den Gemächern des Freiherrn führte. Raven selbst trat
heraus. Er war heute, zu Ehren des Tages, in voller Galakleidung,
und die reiche Hoftracht mit dem breiten Ordensbande über der
Brust hob noch das Imponierende seiner Erscheinung, als er lang=
sam, in gewohnter stolzer Haltung durch die Säle schritt und sich
dem jungen Mädchen näherte.

„Sieh da, Gabriele! Schon fertig? Was stehst du so nach=
denkend hier vor dem Bilde?"

Es sprach ein deutliches Mißvergnügen aus den letzten Worten.
Gabriele bemerkte es nicht; sie antwortete unbefangen: „Ich wundere
mich, das Porträt der Tante hier zu finden. Hast du denn in deinen
eigenen Zimmern keinen Raum dafür?"

„Nein!" war die kurze, aber sehr bestimmte Antwort.

„Aber die Gesellschafträume werden ja kaum einigemal im Jahre geöffnet. Weshalb hängt das Bild nicht in deinem Arbeitszimmer?"

„Wozu das?" fragte Raven kalt. „Deine Tante hat es nie betreten. Ich habe ihr Porträt in die Salons bringen lassen, wo es jedenfalls besser an seinem Platze ist. — Wie gefallen dir die Festräume des Schlosses? Du siehst sie ja zum erstenmal in voller Beleuchtung."

Sein jähes Abbrechen verriet, wie lästig ihm das Gespräch war. Er nahm ohne weiteres den Arm Gabrielens, führte sie weg von dem „Porträt ihrer Tante", und begann mit ihr eine Wanderung durch die Gemächer, um ihr verschiedenes zu zeigen und zu erklären. Die Flügelthüren waren überall weit zurückgeschlagen, und man übersah die ganze Reihe der Zimmer und Säle. Es waren wahrhaft fürstliche Räume, die dem Gouverneur zu Gebote standen, und ihnen entsprach die schwere, etwas altertümliche Pracht der Einrichtung. Die reichen Wand- und Deckenverzierungen, die tiefen Fensternischen und hohen Marmorkamine gehörten noch der früheren Zeit des Schlosses an. Man hatte sie unverändert gelassen, aber dazu gesellten sich kostbare Damast- und Atlastapeten, schwere Sammetvorhänge, reiche Vergoldungen, und das alles, strahlend im hellsten Kerzenglanz, machte einen wahrhaft blendenden Eindruck.

Die junge Baroneß Harber war am wenigsten geschaffen, sich solchen Eindrücken zu entziehen. Sie gab sich ihnen mit voller Seele hin, während sie, ganz erfüllt von Freude und Erwartung, an der Seite ihres Vormundes dahinschritt. Sie hatte ihm gegenüber schnell genug die frühere Unbefangenheit wiedergefunden. Jene seltsame Stunde am Nixenbrunnen war längst vergessen, ebenso wie der flüchtige Ernst, den sie wachgerufen. Das war wie ein Traum vorübergegangen und schnell und spurlos wie ein Traum auch wieder verschwunden. Auf diesem sonnenhellen Grunde haftete nun einmal nichts, was einem Schatten ähnlich sah. Gabriele empfand es allerdings, daß der Freiherr seit jenem Tage eine ganz ungewohnte Güte und Nachgiebigkeit gegen sie zeigte, hatte er doch den heutigen Ball nur beschlossen, um, wie er sagte, gewissen tanzlustigen Füßchen Gelegenheit zu geben, sich endlich einmal müde zu tanzen. Das war unerhört bei ihm, der alle Festlichkeiten nur als lästige Etikettenpflichten betrachtete, aber die junge Dame war es so gewohnt, von den Eltern und der Umgebung verzogen zu werden, daß ihr das alles nicht besonders auffiel. Sie nahm die Güte ihres Vormundes hin, wie sie früher seine Strenge aufgenommen hatte, mit dem Uebermute und der Launenhaftigkeit eines Kindes, und heute drängte nun vollends der Gedanke an das kommende Fest alles übrige bei ihr in den Hintergrund. Sie sprühte von allerlei neckischen Einfällen, und ihr helles Lachen klang immer wieder von neuem durch die feierliche Stille der Prachträume.

Raven war ernst und schweigsam wie gewöhnlich, aber er hörte mit offenbarem Vergnügen dem Geplauder zu, und dabei haftete sein Blick wie selbstvergessen auf dem jungen Wesen, das so rosig blühend an seinem Arme hing und mit den leuchtenden, glück=strahlenden Augen zu ihm aufblickte. Gabriele hatte nie reizender ausgesehen, als an diesem Abende, in dem duftigen weißen Ball=anzuge, durch den sich hie und da blühende Gewinde schlangen und mit dem vollen Blütenkranze in den blonden Haaren; ihre ganze Erscheinung war von einem so bestrickenden Zauber, von einer so taufrischen Anmut, als sei eine der luftigen, neckischen Elfengestalten der Sage lebendig geworden. In dem Lichtmeer, das heute durch die Säle floß, war sie das Hellste und Lichteste von allem.

Sie hatten ihren Rundgang beendet und betraten jetzt den großen Empfangssalon, der mit den Porträts verschiedener histori=scher und fürstlicher Persönlichkeiten geschmückt war. Der blendende Glanz der Kronleuchter floß nieder auf die prachtvollen, aber noch völlig öden Räume, die trotz des festlichen Schmuckes in ihrer Leere und Stille einen beinahe unheimlichen Eindruck machten. Man ver=nahm nichts, als den Schritt des Freiherrn und das Rauschen des Kleides seiner Begleiterin.

„Wir sind wirklich wie in einem verzauberten Schlosse," sagte Gabriele mutwillig. „Die einzigen lebenden Wesen in all der toten Pracht ringsum. Ich habe nicht geglaubt, daß dir so viel Glanz zu Gebote stände, Onkel Arno; es muß doch schön sein, sich als Herr darüber zu fühlen."

Der Freiherr sandte einen prüfenden, aber sehr gleichgültigen Blick durch die Gemächer, als er antwortete: „Du findest das wohl sehr beneidenswert? Ich habe von jeher auf diese Seite meiner Stellung wenig Gewicht gelegt."

„Auch auf diese nicht?" Gabriele deutete auf das Ordens=band. Es war einer der höchsten Orden des Landes, denn der Frei=herr trug eine Auszeichnung, wie sie nur in den seltensten Fällen gewährt wurde.

„Auch darauf nicht," sagte Raven ruhig, „obwohl ich beides nicht entbehren möchte. Der äußere Glanz ist nun einmal unzertrennlich von jeder Machtsphäre; den meisten Menschen verkörpert sie sich ja nur in solchen Aeußerlichkeiten; also muß man ihnen Rechnung tragen. Ich habe das von jeher gethan, aber mein Streben selbst ging nach andern Zielen."

„Die du doch auch erreicht hast, wie alles im Leben."

Der Freiherr schwieg einige Sekunden lang. Es war ein rätselhafter Ausdruck, mit dem sein Auge auf dem Antlitze des jungen Mädchens ruhte, als er endlich entgegnete:

„Ich habe viel erreicht. Alles — nein!"

„Willst du noch höher hinauf?" fragte Gabriele mit naiver Verwunderung.

Er lächelte. „Nein, diesmal möchte ich um zwanzig Jahre rückwärts schreiten."

„Und weshalb denn?"

„Um wieder jung zu sein. Ich habe es in der letzten Zeit oft genug empfunden, daß ich — alt geworden bin."

Die junge Baroneß deutete neckend auf den großen Wand=spiegel, der sich ihnen gerade gegenüber befand. „Sieh dorthin, Onkel Arno, und dann sage es noch einmal, daß du alt bist!"

Raven folgte der Richtung ihrer Hand. Das helle Glas warf in voller Klarheit sein Bild zurück, die hohe gebietende Gestalt in reifster Manneskraft. Er musterte es mit einem Gemisch von Be=friedigung und leiser Unruhe.

„Und doch stehe ich bereits an der Schwelle der Fünfzig," sagte er langsam. „Weißt du das, Gabriele?"

„Gewiß! Aber weshalb legst du einen solchen Nachdruck darauf? Du fühlst doch sicher noch nicht einen einzigen Vorboten des Alters."

„Ebendeshalb komme ich bisweilen in Versuchung, es zu ver=gessen, und das kann unter Umständen gefährlich werden. Du solltest mich am wenigsten dazu ermutigen."

Raven brach plötzlich ab, als er den fragenden Blick des jungen Mädchens gewahrte, das die Aeußerung offenbar nicht ver=stand. Er wandte sich weg von dem Spiegel und fuhr in leichterem Tone fort:

„Es gefällt dir also bei mir im Schlosse?"

„Wenn alles so licht und hell ist wie heute abend, gewiß," versicherte Gabriele. „Am Tage finde ich das Schloß recht düster. Diese hohen Wölbungen, diese tiefen Nischen und breiten Pfeiler geben nichts als Schatten, und dein Arbeitszimmer ist nun vollends der düsterste Ort, den ich kenne. Die schweren Vorhänge lassen ja auch nicht einen einzigen Sonnenstrahl hinein."

„Die Sonne stört mich beim Arbeiten," wandte der Frei=herr ein.

Die junge Dame warf ärgerlich das Köpfchen zurück. „Aber, mein Gott, man lebt doch nicht bloß, um zu arbeiten."

„Es gibt aber Naturen, denen die Arbeit Notwendigkeit und Bedürfnis ist, wie mir zum Beispiel. Ein Schmetterling, wie du, begreift das freilich nicht. Der fliegt und flattert im Sonnenschein, glänzt in tausend Farben — und ist hin, sobald der bunte Staub von den Flügeln fällt. Es ist etwas Schönes, aber auch etwas Vergängliches um solch ein Schmetterlingsdasein."

Es lag wieder etwas von dem alten Sarkasmus in den letzten Worten des Freiherrn. Gabriele nahm eine höchst beleidigte Miene an.

„Ah so, du meinst, ich bin auch so ein buntes Nichts? Nicht wahr, Onkel Arno?"

„Ich meine, daß es ein Unrecht wäre, von dir zu verlangen, du solltest Leiden oder Kämpfen gewachsen sein," sagte Raven ernster. „Wesen wie du sind nun einmal nur für Glück und Sonnenschein geschaffen und können in keinem andern Elemente leben. Die Arbeit und den Kampf überlasse mir und meinesgleichen! Es ist auch eine Bestimmung, der Sonnenstrahl für seine Umgebung zu sein und alles Dunkle licht und hell zu machen; du hast ganz recht, es ist thöricht, ihn so streng zu verbannen, aus Furcht, man könne dadurch geblendet werden. Warum soll er nicht auch einmal den Herbst vergolden?"

Er hatte sich zu dem jungen Mädchen niedergebeugt und sah ihr tief ins Auge, als die Flügelthüren geräuschvoll geöffnet wurden und die Baronin Harder über die Schwelle rauschte. Der Freiherr richtete sich jäh empor und warf seiner Schwägerin einen nichts weniger als freundschaftlichen Blick zu, den sie zum Glück nicht gewahrte. Sie passierte gerade den großen Wandspiegel und prüfte darin den Eindruck ihrer Erscheinung. Die Dame hatte von der Freigebigkeit ihres Schwagers einen sehr ausgiebigen Gebrauch gemacht; ihre reiche Toilette war nur etwas zu überladen, um schön zu sein. Die kostbare Atlasrobe verschwand fast unter all dem Sammet und den Spitzen, die sie bedeckten. Das Haar schmückte ein förmlicher Blumengarten, und die gleichfalls durch die Großmut des Freiherrn aus dem Ruin geretteten Diamanten funkelten an Hals und Armen. Was Toilettenkünste nur leisten konnten, das war aufgeboten worden, und mit deren Hilfe wäre es der Baronin vielleicht auch gelungen, am heutigen Abende noch für eine schöne Frau zu gelten, wenn nicht die jugendlich blühende Gestalt der Tochter neben ihr gestanden hätte. Vor der Anmut und Frische des siebenzehnjährigen Mädchens hielt keiner jener künstlichen Reize stand, und daneben erschien die Mutter als das, was sie in der That war, als eine verblühte, alternde Frau.

„Verzeihung, wenn ich habe warten lassen!" sagte sie, sich mit gewohnter Liebenswürdigkeit ihrem Schwager nähernd. „Ich wußte nicht, daß Sie bereits im Salon waren, Arno, und noch ist niemand von den Gästen vorgefahren. Gabriele hat Sie hoffentlich während meiner Abwesenheit unterhalten."

Raven erwiderte nichts. „Unsre Gäste müssen sogleich er= scheinen," äußerte er nach einer Weile, sichtlich verstimmt durch die Unterbrechung, und in der That hörte man gleich darauf den ersten Wagen vorfahren. Der Freiherr bot seiner Schwägerin den Arm, um sie zu ihrem Platze am obern Ende des Saales zu führen; da= bei ging sein Blick prüfend von der Mutter zur Tochter.

„Gabriele gleicht Ihnen doch gar nicht, Mathilde," sagte er plötzlich, und der Ton verriet eine geheime Befriedigung.

„Finden Sie das?" fragte die Baronin, die wahrscheinlich die entgegengesetzte Bemerkung lieber gehört hätte. „Es mag sein, daß sie mehr ihrem Vater —"

„Auch dem Baron gleicht sie nicht im mindesten," fiel Raven ein. „Sie hat auch nicht einen einzigen Zug von ihren Eltern ge= erbt — Gott sei Dank!" setzte er bei sich selber hinzu.

Die Baronin schwieg mit empfindlicher Miene, obgleich sie den verletzenden Schluß der Bemerkung nicht vernehmen konnte. Es ließ sich freilich nicht leugnen, daß Gabriele weder die Harderschen Familienzüge, noch die ihrer Mutter trug; sie war beiden Eltern so unähnlich wie nur möglich.

Den ersten Gästen, die jetzt eintraten, folgten bald mehrere. Wagen auf Wagen rollte in das Portal des Regierungsgebäudes, und die Säle begannen sich allmählich zu füllen. Die Einladungen waren diesmal in so ausgedehntem Maße ergangen, daß die weiten Festräume sich kaum ausreichend erwiesen für die glänzende Ver= sammlung, die sich darin bewegte. Inmitten der Ziviltracht, welche die meisten Herren trugen, sah man auch zahlreiche Uniformen und die zum Teil prachtvollen Toiletten eines reichen Damenflors. Die Spitzen sämtlicher Behörden, der Kommandant und die Offiziere der Garnison, wie die der nahegelegenen Festung waren vollzählig erschienen; ebenso das ganze Beamtenpersonal des Freiherrn und überhaupt alles, was in den Gesellschaftskreisen von R. nur irgend= wie auf Stellung oder Bedeutung Anspruch machen konnte. Da die Veranlassung des Festes eine offizielle war, so galt die Annahme der Einladungen als selbstverständlich, und aus diesem Grunde waren auch der Bürgermeister und die übrigen Vertreter der Stadt

anwesend, trotz des Konfliktes, der zwischen ihnen und dem Gouverneur schwebte und mit jedem Tage an Schärfe und Ausdehnung
gewann.

Freiherr von Raven schien diesen Konflikt für heute gänzlich
zu ignorieren. Er empfing die Gäste, wie alle übrigen, mit voll-
endeter Artigkeit, aber auch mit jener kühlen Zurückhaltung, die ihm
eigen war und stets eine unsichtbare Schranke um ihn zog. An
seiner Seite machte die Baronin Harber die Honneurs des Hauses
und nahm mit großer Befriedigung wahr, daß sie und ihre Tochter
im Vordergrunde des allgemeinen Interesses standen. Beide Damen
hatten bisher noch keine Gelegenheit gehabt, an dem Gesellschaftsleben von R. teilzunehmen, das erst jetzt mit dem beginnenden Herbste
seinen Anfang nahm. Erst mit dem heutigen Feste traten sie in
die Kreise ihrer neuen Heimat, die ihnen zum Teil noch fremd waren
und in denen ihre nahe Verwandtschaft mit dem Gouverneur ihnen
gleichfalls den ersten Platz anwies. Es war natürlich, daß sie den
Mittelpunkt für die sämtlichen Gäste bildeten, aber während die
Baronin all die Artigkeiten und Aufmerksamkeiten in Empfang nahm,
die der Dame des Hauses gebührten, feierte die Schönheit und Anmut ihrer Tochter wahre Triumphe; die junge Baroneß war fortwährend umringt, gefeiert, bewundert, und besonders die jüngeren
Herren wagten einen förmlichen Sturm, um die Zusage irgend eines
Tanzes zu erhalten. Raven blickte bisweilen zu den Gruppen hinüber, die sich immer wieder von neuem um sein reizendes Mündel
bildeten, aber es lag nur ein halbes Lächeln auf seinen Lippen. Er
sah, mit welchem Vergnügen, aber auch mit welcher Unbefangenheit sie die Huldigungen entgegennahm, die ihr von allen Seiten
dargebracht wurden.

In der That waren Triumphe und Huldigungen das beste
Mittel, die Ungeduld zu beschwichtigen, mit der Gabriele die Annäherung eines einzigen erwartete, während immer neue Gestalten
vor ihr auftauchten und eine unendliche Menge von Namen an ihrem
Ohre vorüberschwirrte. Georg Winterfeld war längst im Saale,
aber sie hatte kaum einige flüchtige Worte mit ihm wechseln können.
Er hatte eben erst ihre Mutter und sie begrüßt, als der Oberst
herantrat, um seine beiden Söhne vorzustellen, und die Aufmerksamkeit der Damen vollständig für sich und die jungen Offiziere
in Anspruch nahm. Einige hochgestellte Persönlichkeiten, die gleichfalls zu den näheren Bekannten des Hauses gehörten, gesellten sich
dazu, und der junge Beamte, der völlig fremd und isoliert in diesem

Kreife war, mußte sich zurückziehen, wollte er nicht aufbringlich er=
scheinen. Es war ihm noch nicht möglich gewesen, sich Gabrielen
wieder zu nähern; sie befand sich fortwährend in unmittelbarer Nähe
des Freiherrn und ihrer Mutter und nahm mit beiden an dem
Empfange der Gäste teil. Aber jetzt galt kein längeres Zögern;
bereits erklangen die ersten Takte der Musik, und Georg, der sich
um jeden Preis noch eine Begegnung für den heutigen Abend sichern
wollte, gab die Zurückhaltung auf. Er trat heran und bat Baroneß
Harder, ihm einen Tanz zu gewähren.

Gabriele hatte das vorhergesehen und dafür gesorgt, daß
wenigstens einer der Tänze frei blieb. Sie sagte sofort zu; der Frei=
herr, der soeben mit dem Hofrat Moser sprach, hörte die Zusage; er
wandte sich um und sah die beiden befremdet an.

„Ich dächte, du hättest keinen einzigen Tanz mehr zur Ver=
fügung," sagte er. „Ist wirklich noch einer davon frei?"

„Das gnädige Fräulein war so gütig, mir den zweiten Walzer
zu versprechen," erklärte Georg.

Der Freiherr runzelte die Stirn. „In der That, Gabriele?
Soviel ich weiß, hast du diesen Tanz vorhin dem Sohne des Oberst
Wilten verweigert."

„Allerdings, aber ich hatte ihn bereits vorher dem Herrn Asses=
sor versprochen."

„So?" sagte Raven langsam. „Nun, wer der erste war, hat
allerdings das Vorrecht. Baron Wilten wird es sehr bedauern, zu
spät gekommen zu sein."

Es war ein seltsam forschender Blick, mit dem der Freiherr
bei diesen Worten das Antlitz Gabrielens streifte und der dann auf
Georg haften blieb. In diesem Moment erschien der Herr, dem
es gelungen war, die Zusage des ersten Tanzes von der jungen
Baroneß zu erhalten, und bot ihr den Arm. Georg verneigte sich
und trat zurück. Es kam jetzt eine lebhaftere Bewegung in die Ge=
sellschaft. Der jüngere Teil derselben flutete nach dem Ballsaal hin,
aus dessen weitgeöffneten Thüren die Musik erklang, während die
älteren sich in den übrigen Gemächern zerstreuten. Der Empfangs=
saal begann sich zu leeren, und die Baronin Harder war soeben im
Begriff, ihren Platz dort zu verlassen, als ihr Schwager zu ihr trat.

„Sie kennen den Assessor Winterfeld näher?" fragte er halblaut.

Die Baronin machte eine bejahende Bewegung. „Ich sagte
Ihnen ja bereits, daß wir im Sommer in der Schweiz seine Be=
kanntschaft machten."

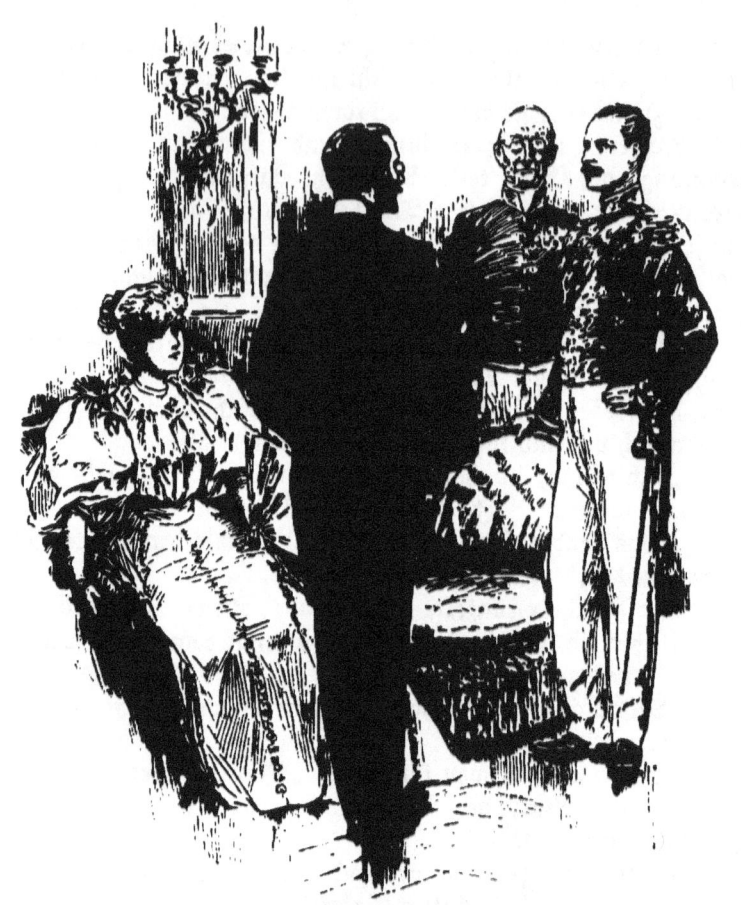

„Kam er oft in Ihr Haus?"

„Ziemlich oft. Ich habe ihn stets gern empfangen und hätte das auch hier gethan, wenn Sie sich nicht so bestimmt dagegen ausgesprochen hätten."

„Ich liebe es nicht, die jungen Beamten in meine Privatkreise zu ziehen," entgegnete der Freiherr schroff, „und ich begreife überhaupt nicht, Mathilde, wie Sie in Ihrer damaligen Zurückgezogenheit dem ersten besten Fremden den Zutritt in Ihr Haus und den unbeschränkten Verkehr mit Ihrer Tochter gestatten konnten."

„Es war ein Ausnahmefall," verteidigte sich die Baronin. „Der Affessor hatte uns einen großen Dienst geleistet, als wir auf dem See in Gefahr gerieten. Sie wissen ja, daß er mich und Gabriele —"

„Durch das seichte Wasser, ohne alle Schwierigkeit, an das Land brachte," ergänzte Raven. „Ja, das weiß ich, und zweifle durchaus nicht, daß er diesen Dienst, den jeder Fischerbube Ihnen hätte leisten können, benutzt hat, um als Lebensretter bei Ihnen aufzutreten, wie es scheint, nicht ohne Erfolg. Gabriele gewährt ihm einen Tanz, den sie dem jungen Baron Wilten verweigert hat und der vermutlich eigens für den Herrn Assessor aufgehoben wurde. Das ist eine Vertraulichkeit, die sich jedenfalls auf die frühere Bekanntschaft stützt, die ich aber im höchsten Grade unpassend finde. Die einmal gegebene Zusage kann allerdings nicht zurückgenommen werden, ich bitte Sie aber, dafür zu sorgen, daß Gabriele nicht öfter mit dem jungen Manne tanzt. Ich wünsche es durchaus nicht!"

Er sprach in gedämpftem, aber offenbar gereiztem Tone. Die Baronin war etwas überrascht von dieser Gereiztheit, die sie sich nicht zu erklären vermochte, beeilte sich aber, zu versichern, daß sie mit ihrer Tochter sprechen werde, und nahm dann den Arm des Oberst Wilten, der soeben kam, um sie gleichfalls nach dem Tanzsaal zu führen.

Inzwischen schritt der Freiherr durch die andern Säle, wo die übrige Gesellschaft sich meist in lebhafter Unterhaltung befand. Raven trat zu den einzelnen Gruppen, indem er hier am Gespräch teilnahm, dort nur wenige flüchtige Bemerkungen hinwarf und am dritten Orte einige Artigkeiten austauschte. Auch mit dem Bürgermeister sprach er in verbindlicher Weise, ohne den schwebenden Konflikt auch nur mit einem Wort zu erwähnen. Er war zuvorkommend gegen einzelne, herablassend gegen andre, höflich mit allen, aber mit keinem einzigen vertraulich. Sein Benehmen zeigte nur die Ruhe und Sicherheit eines Mannes, der gewohnt ist, den ersten Platz einzunehmen, und sich von vornherein über seine Umgebung stellt. Und die Umgebung war es längst gewohnt, ihm diese Stellung unbedingt einzuräumen.

„Man sollte meinen, wir wären bei unserm Landesherrn selbst zu Gaste, nicht bei seinem Vertreter," sagte der Bürgermeister zum Polizeidirektor, als er mit diesem zusammentraf. „Die Miene, die sich Excellenz bei solchen Gelegenheiten zu geben liebt, ist wirklich bewunderungswürdig, aber sie paßt besser für einen Souverän, als für den Gouverneur einer Provinz. Sind Sie auch schon mit einer allergnädigsten Anrede und huldreichen Entlassung beehrt worden?"

Der Gefragte lächelte in seiner verbindlichen Weise, ohne die Bitterkeit bemerken zu wollen. „Ich bin wirklich überrascht, Sie hier zu sehen," entgegnete er. „Bei der schroffen Stellung, die Sie und die übrigen Herren von der Stadt jetzt dem Gouverneur gegen= über einnehmen, fürchtete ich, daß Sie die Annahme der Einladung verweigern würden."

„Können wir das?" fragte der Bürgermeister mit unterdrück= ter Heftigkeit. „Das Fest gilt dem Landesherrn; unser Fernbleiben wäre eine Demonstration, die in gehässigster Weise gedeutet und ausgebeutet werden könnte, und wir möchten gerade nach dieser Seite hin am wenigsten verletzen. Der Freiherr weiß es so gut wie wir, daß nur diese Rücksicht unser Erscheinen veranlaßt. Zu seinen Festen wären wir schwerlich gekommen."

„Sie sollten den Konflikt Ihrerseits nicht auch noch auf die Spitze treiben," mahnte der andre. „Sie kennen ja den Freiherrn von Raven; von ihm ist keine Nachgiebigkeit zu erwarten."

„Von uns noch weniger! Wir halten fest an unsern Rechten, und es wird sich ja zeigen, ob ein Gouverneur, der in solcher Weise uns gegenübersteht, sich auf die Dauer behaupten kann."

„Er wird sich behaupten," sagte der Polizeidirektor mit Be= stimmtheit. „Hoffen Sie nichts in dieser Beziehung! Noch ist sein Einfluß an maßgebender Stelle ein unumschränkter."

Der Bürgermeister stutzte und warf einen forschenden Blick auf den Sprechenden. „Sie scheinen das sehr genau zu wissen. Freilich, Sie kamen ja aus der Hauptstadt zu uns und haben dort jedenfalls Freunde und Verbindungen."

„Durchaus nicht," lehnte der Direktor in kühlem Tone ab. „Ich meine nur, das Auftreten des Freiherrn zeigt zur Genüge, wie sicher er sich in seiner Stellung fühlt, und wie allmächtig sein Einfluß in gewissen Kreisen ist. Sie thäten besser, es nicht zum offenen Bruche zwischen ihm und der Stadt kommen zu lassen; noch wird eine Katastrophe ja zu vermeiden sein."

Damit ging er. Der Bürgermeister schaute ihm ärgerlich nach. „Jawohl," murmelte er, „sie soll um jeden Preis vermieden werden, damit es dem Herrn Polizeidirektor möglich ist, die schöne Neutralität zu bewahren, die er so offenbar zur Schau trägt. Er hat es wirklich fertig gebracht, zugleich der gehorsame Diener des Freiherrn zu sein und in der ganzen Stadt für den liebens= würdigen, maßvollen Vermittler zu gelten, der nur gezwungen seinem Chef gehorcht. Da ist mir ein offener Gegner wie Raven noch lieber; ihm gegenüber weiß man doch wenigstens, woran man ist, aber diese Neutralen, die es mit beiden Parteien halten und es mit keiner ehrlich meinen — ich traue ihnen nun einmal nicht."

Im Ballsaal wurde inzwischen der längst begonnene Tanz mit Lebhaftigkeit fortgesetzt, und die Paare ordneten sich bereits zum zweiten Walzer. Gabriele war von einem Tanz zum andern geflogen; sie liebte dieses Vergnügen über alles und sog mit vollen Zügen den Weihrauch ein, der ihr freigebig von allen Seiten gestreut wurde. Die Huldigungen und Schmeicheleien der Herren fanden ein williges Ohr bei der jungen Dame; sie bemerkte es nicht, wie ernst und vorwurfsvoll Georgs Augen bisweilen auf ihrem Antlitz hafteten, wenn sie das alles in spielender Koketterie hinnahm, und reichte ihm die Hand, als er endlich kam, um sie an ihre Zusage zu erinnern und sie in die Reihen führte.

„Baroneß Harder ist doch eine reizende Erscheinung," sagte Oberst Wilten zu dem Freiherrn, der vor einigen Minuten in den Saal getreten war und ganz gegen seine sonstige Gewohnheit dem Tanze zusah. „Ich fürchte nur, Excellenz, Sie werden Ihre schöne Pflegebefohlene nicht allzulange behalten; sie dürfte Ihnen bald genug von dem künftigen Gemahl entführt werden."

„Warum nicht gar!" erwiderte Raven in halb unwilligem Tone. „Davon kann vorläufig keine Rede sein, Gabriele ist ja noch ein halbes Kind."

Der Oberst lachte. „Mit siebzehn Jahren sind unsre jungen Mädchen keine Kinder mehr. Fräulein von Harder würde ganz entschieden gegen eine solche Zumutung protestieren. Sehen Sie nur, wie graziös sie mit ihrem Tänzer dahinschwebt! Die eigentümlich sonnige Art ihrer Schönheit ist noch nie so siegreich zur Geltung gekommen, wie an dem heutigen Abend. Ich möchte Sie wirklich um Ihre Vaterrechte an diesem liebenswürdigen Wesen beneiden."

Vaterrechte! Das Wort schien den Freiherrn unangenehm zu berühren; auf seiner Stirn zeigte sich eine tiefe Falte, als er, ohne etwas zu erwidern, mit den Blicken dem jungen Paare folgte, das seine ganze Aufmerksamkeit fesselte.

Wilten hatte nicht ohne alle Beziehung gesprochen. Er hatte es recht gut bemerkt, wie angelegentlich sein ältester Sohn der jungen Baroneß den Hof machte, die als wahrscheinliche Erbin ihres Vormundes eine glänzende Partie war. Der Oberst hätte durchaus nichts dagegen gehabt, dem letzteren die Vaterrechte abzunehmen; die schöne und reiche Schwiegertochter wäre ihm höchst willkommen gewesen, und er versuchte es, die Sache wenigstens anzubahnen. Aber seine

Andeutungen in dieser Hinsicht schienen durchaus nicht verstanden zu werden; er ließ also vorläufig den Gegenstand fallen.

„Ich sprach soeben den Polizeidirektor," begann er von neuem. „Er meint, daß nichts zu besorgen wäre, hat aber doch alle nötigen Vorsichtsmaßregeln getroffen für den Fall, daß es heute in der Stadt zu irgend welchen Excessen kommen sollte."

„Heute? Warum gerade heute?" fragte Raven zerstreut und noch immer mit seinen Beobachtungen beschäftigt.

„Nun,. der heutige Festtag gibt doch Gelegenheit zu manchen Zusammenkünften, besonders in den niederen Ständen, und das hat bei der jetzigen gereizten Stimmung sein Bedenkliches, zumal wenn die Köpfe erhitzt sind."

Dem Freiherrn schien das Gespräch lästig zu sein; er hörte kaum darauf und war offenbar von ganz andern Gedanken in Anspruch genommen, als er gleichgültig erwiderte: „So, meinen Sie das?"

Der Oberst sah ihn befremdet an. „Aber, Excellenz, das müssen Sie doch am besten wissen. Wir sprachen ja erst gestern ausführlich darüber, und es ist leider kein Geheimnis, daß die allgemeine Aufregung sich in erster Linie gegen Sie richtet. Hofrat Moser sagte mir vorhin, Sie hätten kürzlich wieder einen Drohbrief erhalten."

Der Gouverneur zuckte verächtlich die Achseln. „Ich habe ein halbes Dutzend davon in meinem Papierkorbe. Man sollte doch nun endlich einsehen, daß ich solchen Albernheiten nicht zugänglich bin."

Wilten warf einen Blick umher: sie standen am Ende des Saales, und es befand sich augenblicklich niemand nahe genug, um das Gespräch hören zu können. Der Oberst fuhr in leiserem Tone fort:

„Sie sollten aber doch die Gefahr nicht geradezu herausfordern. Es ist allzu unvorsichtig, daß Sie ohne jede Begleitung und Sicherheitsmaßregeln zu Fuß durch die Stadt gehen. Ich habe Sie schon neulich bitten wollen, das zu unterlassen. Wer weiß, ob der Pöbel nicht systematisch gegen Sie aufgehetzt wird; die ganze Bürgerschaft steht ja in geschlossener Opposition Ihnen gegenüber."

„Desto besser," sagte Raven mechanisch. Seine Augen wichen nicht einen Moment lang von einem gewissen Punkte des Saales.

Der Oberst trat einen Schritt zurück. „Excellenz!"

Sein Erstaunen brachte den Freiherrn zur Besinnung. Er wendete sich rasch um.

„Verzeihen Sie! Ich bin zerstreut. Ich — hörte nicht recht, was Sie sagten. Wovon sprachen wir doch?"

„Ich bat Sie, etwas mehr Rücksicht auf Ihre persönliche Sicherheit zu nehmen."

„Ja so! Sie müssen es schon entschuldigen, daß ich unaufmerksam war. Wer wie ich täglich von hundert verschiedenen Seiten in Anspruch genommen wird, der kann sich nicht einmal an einem Festabende, wie der heutige, mit seinen Gedanken frei machen."

„Es ist aber auch eine allzu große Arbeitslast, die Sie auf Ihre Schultern genommen haben," meinte der Oberst. „Selbst die ausdauerndste Kraft muß schließlich den Anstrengungen erliegen, die Sie sich Tag für Tag zumuten. — Sehen Sie die beneidenswerte Jugend dort, die von solchen Sorgen keine Ahnung hat! Das tanzt und lacht und plaudert und ist glücklich miteinander."

„Und ist glücklich!" wiederholte Raven. „Jawohl!"

Es lag eine tiefe Bitterkeit in den Worten, und doch bot der Saal einen ungemein heiteren und belebten Anblick. Der weite, prächtige Raum mit den strahlenden Kerzen, der rauschenden Musik und all den jugendlich blühenden Gestalten, die dort auf und nieder schwebten, konnte wahrlich nicht zur Bitterkeit stimmen. Soeben flog Gabriele mit ihrem Tänzer vorüber. Der Oberst hatte recht: ihre Schönheit war noch nie so siegreich zur Geltung gekommen, wie hier im Tanze, dem sie sich mit leidenschaftlichem Vergnügen hingab. Ringsum heller Kerzenglanz, rauschende Musik, festlich geschmückte Räume — das war die Umgebung, der Rahmen, der allein für diese Gestalt paßte, das eigentliche Element, in dem sie atmete, und ihre glühenden Wangen und strahlenden Augen zeigten, wie völlig sie darin aufging. Ihr ganzes Wesen war wie verklärt, wie sonnig durchleuchtet von Freude und Glück, als sie so in Georgs Armen dahinschwebte. Auch er schien die ganze Umgebung vergessen zu haben; ihm ging alles andre unter in der Nähe, in dem Anblicke der Geliebten. Ein Strahl unendlichen Glückes leuchtete in seinen Augen, als ihr Arm in dem seinigen lag und ihr Atem an seiner Wange hinstreifte — diese Augen sprachen nur zu verräterisch das Geheimnis seines Herzens aus. Das junge Paar war so glücklich in diesem Augenblicke, daß es jede Vorsicht vergaß, und ein scharfer Beobachter konnte wohl ahnen, daß es noch etwas andres war, als die Freude am Tanzen, was aus dem Antlitze der beiden sprach. Der romantische Zauber der ersten Jugendliebe umfloß sie wie ein verklärender Hauch.

Einen Moment lang begegnete ihr Auge dem ihres Vormundes. (S. 102.)

Und jener Beobachter war in der Nähe. Raven behauptete noch immer seinen Platz am Ende des Saales; er stand jetzt in einem Kreise von Herren, die sich zu ihm und dem Obersten gesellt hatten, und nahm anscheinend lebhaft an der Unterhaltung teil, aber dabei haftete sein Blick wie festgebannt auf den Tanzenden. Der Blick wurde immer glühender, immer durchbohrender; es mußte eine magnetische Gewalt darin liegen, denn als Gabriele jetzt zum zweitenmal den Saal umkreiste, wandte sie langsam, wie von einer geheimnisvollen Macht angezogen, das Haupt nach jener Richtung. Einen Moment lang begegnete ihr Auge dem ihres Vormundes — dann floß urplötzlich eine dunkle Glut über das Antlitz des jungen Mädchens, und der Blick des Freiherrn flammte auf, furchtbar und unheildrohend; er wandte sich mit einer heftigen Bewegung ab.

Mit der Beendigung des Tanzes trat eine größere Pause ein, die für das Souper bestimmt war. Man verließ den Ballsaal, wo die Hitze nachgerade unerträglich zu werden begann, und suchte die angrenzenden kühleren Räume und die Büffetts auf. Die Gesellschaft verteilte sich zwanglos in den größeren und kleineren Gemächern, wo sich überall plaudernde Gruppen zusammenfanden. Jetzt endlich kam auch der so lange ersehnte unbewachte Augenblick, wo Georg und Gabriele einige vertrauliche Worte wechseln konnten, die ersten an diesem Abende. Bisher hatten die Augen der ganzen Versammlung auf ihnen geruht und jede Verständigung unmöglich gemacht.

In einem der entfernteren Zimmer, das augenblicklich leer war, während im Nebengemach eine lebhafte Unterhaltung geführt wurde, stand die junge Baroneß Harder am Kamin und ihr gegenüber Affessor Winterfeld. Beide schienen in ruhigem, absichtslosem Gespräche begriffen, für den zufällig Eintretenden wenigstens, aber es war etwas andres als Gesellschaftsphrasen, was sie wechselten.

„Endlich eine Minute des Alleinseins!“ flüsterte Georg leidenschaftlich. „Die erste seit Wochen! Ich habe es mir leichter gedacht, dir so nahe und zugleich so fern zu sein.“

„Du hattest recht,“ sagte Gabriele, gleichfalls in leisem Tone. „Wir sind uns hier unendlich fern, obwohl du täglich im Schloffe bist. Ich hoffte immer, du würdest Mittel finden, die Schranken zu durchbrechen, die uns trennen.“

„Habe ich nicht das Möglichste versucht? Du weißt ja, wie meine Annäherung von deiner Mutter aufgenommen wurde. Sie empfing mich freundlich, aber sie sprach auch nicht ein einziges

Wort, das als Einladung gedeutet werden konnte. Ich darf den Besuch nicht wiederholen, wenn man mir so entschieden zeigt, daß er nicht gewünscht wird."

Auf der klaren Stirn der jungen Dame kräuselte sich eine Falte des Unmutes.

„Mama trägt keine Schuld daran; sie würde dich hier ebenso gern empfangen wie früher; mein Vormund war es, der die Einladung verhinderte. Ich veranlaßte Mama, ihm von deinem Besuche und unsrer Bekanntschaft zu sprechen, denn ich selbst —" Sie stockte.

„Du wagtest nicht —"

„Ich wage alles mögliche," erklärte Gabriele, ein wenig gereizt, „aber Onkel Arnos Blick auszuhalten, wenn man etwas vor ihm zu verbergen hat, das gehört entschieden nicht zu den Möglichkeiten. Genug, er sprach sich mit der größten Bestimmtheit gegen die beabsichtigte Einladung aus; das galt nicht dir persönlich, denn er ahnt ja nichts von unserm Einverständnis, aber er will keinen Verkehr mit den jüngeren Beamten überhaupt, und wir mußten uns fügen."

„Ich wußte es," sagte Georg. „Ich kenne meinen Chef. Er und die Seinigen bleiben unnahbar für alles, was er unter sich glaubt, und selbst sein Machtwort könnte uns kaum mehr trennen, als es diese letzten Wochen gethan haben. Ich durfte dich ja immer nur aus der Ferne sehen, und wenn uns wirklich einmal eine Begegnung vergönnt ist, wie die heutige, so müssen wir kalt und gleichgültig scheinen. Ich muß es mit ansehen, wie du umschwärmt und gefeiert wirst, wie jeder sich dir nahen darf, nur ich, der das erste, das alleinige Recht auf dich hat, bin zu dem Schweigen und der Zurückhaltung eines Fremden verurteilt — Gabriele, das ertrage ich nicht länger."

Gabriele hob das Auge zu ihm empor; es spielte ein reizendes Lächeln um den kleinen Mund, als sie neckend erwiderte:

„Ich glaube nicht, daß der ‚Fremde' so sehr zu beklagen ist. Er weiß es ja doch, daß ich ihm allein angehöre."

„An einem Festabende, wie der heutige, gehörst du mir nicht," entgegnete Georg mit leiser Bitterkeit. „Da gehörst du der Freude, dem Tanze, den Huldigungen, die dir von allen Seiten gebracht werden — nur mir nicht. Ich habe in der ganzen langen Zeit vor dem Walzer vergebens gesucht, einen Blick von dir zu erhalten. Du hattest im Kreise deiner Bewunderer keine Augen für mich."

Der Vorwurf traf, und ebendeshalb verletzte er, aber die junge
Dame war nicht gewohnt, Vorwürfe von dieser Seite zu hören, und

fand es höchst grausam und ungerecht, daß man ihr das heutige
Vergnügen verkümmern wollte. Das Lächeln verschwand und machte
einem sehr ungnädigen Ausdrucke Platz; es schwebte augenscheinlich
eine heftige Erwiderung auf ihren Lippen, als Lieutenant Wilten
an der Thür erschien.

„Mein gnädiges Fräulein," sagte er, sich eilfertig nähernd,
„Sie werden im Saale vermißt. Excellenz und die Frau Baronin
haben schon verschiedenemal nach Ihnen gefragt. Ich erlaubte mir,
Sie aufzusuchen — darf ich Sie zu den Ihrigen führen?"

Gabriele würde unter andern Umständen den Störenfried
wohl haben fühlen lassen, wie unwillkommen er war, jetzt aber
war sie gereizt, ungerechterweise verletzt, wie sie meinte, und durchaus nicht gesonnen, das geduldig hinzunehmen. Sie neigte daher
das Haupt mit kühlem Gruße gegen Georg und nahm mit großer
Freundlichkeit den Arm des jungen Barons an, der sie aus dem
Zimmer führte, während er einen triumphierenden Blick auf den
zurückbleibenden Assessor warf.

Georg sah mit finsterer Stirn den beiden nach. Diese kindische
Rache kränkte ihn tiefer, als er sich eingestehen wollte, und wieder
regte sich der alte quälende Zweifel, ob er denn recht thue, dieses
reizende, aber so ganz oberflächliche Wesen der Sphäre von Glanz
und Schimmer zu entreißen, für die es so augenscheinlich geboren
war, um es an ein ernstes arbeitsvolles Leben zu ketten. Gabrielens
Liebe gab ihm freilich ein Recht auf ihren Besitz, aber konnte sie
denn überhaupt tief und ernst lieben? War ihr Gefühl für ihn nicht
ebenso spielend und vergänglich, wie ihre ganze Schmetterlingsnatur?
Wenn sie nun unglücklich wurde an seiner Seite, oder wenn er es
war im Besitz einer Frau, die all seiner heißen Liebe und Aufopferung nur Kinderlaunen entgegenbrachte? Vielleicht bezahlten sie
beide den kurzen Liebestraum mit einem ganzen Leben voll Elend
und Reue.

Der junge Mann fuhr heftig mit der Hand über die Stirn; er
wollte nicht hören, was der Verstand ihm zuflüsterte, der so grausam
in die Regungen des Herzens eingriff. Fast gewaltsam schüttelte er
die quälenden Gedanken ab und war eben im Begriff, das Zimmer
zu verlassen, als Hofrat Moser in Begleitung des Polizeidirektors
eintrat. Der erstere trug heute zu Ehren des Tages eine ganz neue
Halsbinde von schneeiger Weiße, aber so riesigen Dimensionen, daß
es ihm kaum möglich war, den Kopf zu bewegen, wodurch seine Haltung
allerdings noch an Steifheit und Feierlichkeit gewann. Die beiden

Herren waren in lebhaftem Gespräche begriffen, verstummten aber
so plötzlich, als sie des Assessors Winterfeld ansichtig wurden, daß
dieser nicht mit Unrecht vermutete, er sei der Gegenstand der Unter=
haltung gewesen. Die Bestätigung dieser Annahme schien auch in dem
scharfen Blicke zu liegen, mit dem der Polizeidirektor den jungen
Beamten musterte, während der Hofrat sofort auf diesen zuschritt.

"Gut, daß ich Sie finde, Herr Assessor!" begann er ohne alle
Einleitung. "Ich wollte Sie ersuchen, einen Auftrag zu über=
nehmen."

Georg verneigte sich leicht. "Mit Vergnügen — ich stehe zu
Diensten."

"Ihr Freund, der Herr Doktor Brunnow," — der Hofrat be=
tonte die Worte, als ob jedes derselben eine hochnotpeinliche Anklage
enthielte — "hat sich ohne mein Wissen und Willen zu meinem Haus=
arzte aufgeworfen. Er hat Krankheitsberichte angehört, Verordnungen
gegeben und mir sogar seinen wiederholten Besuch angedroht. Ich
wußte damals noch nicht, wie die Sache zusammenhing —"

"Es war ein Mißverständnis," fiel Georg ein. "Max hat
mir davon erzählt. Er glaubte wirklich, daß sein ärztlicher Rat
verlangt werde, und hatte keine Ahnung, in wessen Hause er sich
befand."

"Nun, so weiß er es jetzt," sagte Moser mit Nachdruck, "und
ich bitte Sie, ihm mitzuteilen, daß ich ein für allemal auf den Rat
eines Arztes verzichte, der einen so bedenklichen Namen trägt und
einen so staatsgefährlichen Vater hat. Sagen Sie ihm, er möge sich
für seine demagogischen Umtriebe einen andern Ort wählen, als das
Haus des Hofrats Moser, der von jeher seinen Stolz darein gesetzt
hat, der allergetreueste Unterthan seines allergnädigsten Herrschers
zu sein. Es gibt Menschen — sogar Beamte —, die sich an solchen
Gesinnungen ein Beispiel nehmen könnten. Es stände besser um den
Staat und die Gesellschaft, wenn sie es thäten."

Damit neigte der Hofrat den Kopf, oder vielmehr er machte
den Versuch, es zu thun, da seine Halsbinde dieser Absicht Grenzen
setzte, und schritt aus dem Zimmer, in dem erhebenden Bewußtsein,
geradezu vernichtend gewesen zu sein. Der Polizeidirektor, der
bisher ein stummer Zuhörer gewesen war, trat jetzt näher.

"Sie scheinen bei unserm loyalen Hofrat ja vollständig in Un=
gnade gefallen zu sein," bemerkte er in scherzendem Tone. "Er er=
zählte mir soeben ein langes und breites von Ihren staatsgefährlichen
Verbindungen. Ich will doch nicht hoffen —?"

„Der Herr Hofrat irrt sich," versetzte Georg mit ruhiger Bestimmtheit. „Es ist eine ganz harmlose Universitätsfreundschaft, die
er mir zum Vorwurf macht, und die mit der Politik durchaus nichts zu
thun hat. Ich kann Ihnen versichern, daß mein Freund, den eine
einfache Erbschaftsangelegenheit herführt, und der durch ein sehr
drolliges Mißverständnis in die Mosersche Wohnung geriet, weder
dort noch anderswo demagogische Umtriebe im Sinne hatte und daß
er Ihnen auch nicht den geringsten Anlaß geben wird, sich mit seiner
Person zu beschäftigen."

Der Polizeidirektor lachte. „Ich hoffe das gleichfalls. Hofrat
Moser ist bisweilen geradezu beängstigend mit seiner Loyalität und
sieht an allen Ecken und Enden Gespenster. Wenn er eine Ahnung
davon hätte, daß sein eigener Chef einst der Jugend- und Universitätsfreund desselben Doktor Brunnow war, den er für so staatsgefährlich erklärt! Sie wissen das vermutlich?"

„Allerdings," sagte Georg überrascht. Diese genaue Kenntnis so weit zurückliegender Verhältnisse befremdete ihn doch.

„Wie seltsam und schroff sich doch bisweilen die Lebenswege
solcher Jugendgefährten trennen!" warf der andre hin. „Der Gouverneur Arno von Raven und ein Flüchtling, der im Exil lebt —
es gibt keine größeren Gegensätze. Man behauptet zwar, auch der
Freiherr habe in seiner Jugend sehr extravaganten politischen Ansichten gehuldigt!"

Er hielt inne und schien eine Antwort zu erwarten, aber vergebens. Assessor Winterfeld hörte schweigend zu.

„Es heißt sogar, Herr von Raven sei auf irgend eine Weise in
den Prozeß verwickelt gewesen, der damals den Doktor Brunnow und
dessen Genossen auf die Festung brachte. Ich habe das freilich nur
als unbestimmtes Gerücht gehört. Sie sind durch Ihren Freund
und dessen Vater wohl genauer unterrichtet?"

„Keineswegs — wir haben nie eingehend davon gesprochen.
Uebrigens würde eine etwaige Beziehung des Freiherrn zu jenem
Prozeß sich ja leicht aus den Akten ergeben."

Der Polizeidirektor warf dem jungen Manne einen Blick zu,
der zu sagen schien: wenn das der Fall wäre, so würde ich meine
Mühe nicht an einen solchen Starrkopf verschwenden; laut aber erwiderte er:

„In den Prozeßakten kommt der Name des Freiherrn überhaupt nicht vor. Wenn er wirklich zu der Sache in Beziehung stand,
so ist sie zwischen ihm und seinem nachmaligen Schwiegervater, dem

Minister, allein erledigt worden. Es muß ihm wohl gelungen sein, sich diesem gegenüber vollständig zu rechtfertigen, denn gerade mit jenem Zeitpunkte begann seine so überaus glänzende Carriere."

„Das ist sehr wahrscheinlich," stimmte Georg mit kühler Zurückhaltung bei. „Aber diese Ereignisse, die um mehr als zwanzig Jahre zurückliegen, sind Ihnen geläufiger als mir. Sie standen damals schon im Beginn Ihrer amtlichen Thätigkeit, während ich noch ein Knabe war."

Der Polizeidirektor sah ein, wie wenig Geneigtheit hier vorhanden war, ihn über das aufzuklären, was er zu wissen wünschte. Er gab den Versuch auf, und nachdem sie noch einige gleichgültige Worte gewechselt hatten, trennten sich die beiden Herren.

Nur ein einziges Mal während des Abends fand Georg noch Gelegenheit, sich Gabrielen zu nähern, oder vielmehr sie selbst war es, die ihm diese Gelegenheit gab. Beim Cotillon, dem er zusah, ohne sich daran zu beteiligen, kam sie leicht und luftig wie eine Elfe herangeflattert, um ihn zum Tanz zu holen. Als er mit ihr den Saal umkreiste, begegneten sich die Augen beider; in den seinigen war die Düsterheit bereits geschmolzen, und um ihre Lippen spielte wieder das reizende Lächeln, das seine Worte vorhin verscheucht hatten.

„Bist du noch eifersüchtig auf den Tanz?" flüsterte Gabriele, mit einem entzückenden Gemisch von Schelmerei und Abbitte. Georg hätte nicht jung sein und nicht lieben müssen, um diesen Worten und diesem Lächeln zu widerstehen. Er war bereits überzeugt, daß er unrecht hatte, der Geliebten ihre strahlende Heiterkeit zum Vorwurf zu machen; sie war ja so harmlos glücklich darin, und er liebte ja gerade dieses heiter strahlende Kind mit all seinem Uebermut und seinen Launen.

„Meine Gabriele!" sagte er leise, aber es lag eine grenzenlose Zärtlichkeit in dem einen Worte. Ein leiser Druck ihrer Hand antwortete dem seinigen — die Versöhnung war geschlossen.

Das Fest nahm seinen Fortgang und verlief äußerlich in gewohnter glänzender Weise. Mitternacht war bereits vorüber, als die Gäste aufbrachen und die Säle sich leerten. Die Baronin Harder, sehr zufrieden mit der Rolle, die sie heute gespielt hatte, stand im Begriff, sich zurückzuziehen. Sie hatte sich bereits von ihrem Schwager verabschiedet, und gab nur noch den Dienern einige Anweisungen, während Gabriele sich dem Freiherrn näherte, um ihm gleichfalls gute Nacht zu wünschen. Raven sah, daß sie ihm die

Hand reichen wollte, aber er stand mit fest verschränkten Armen da und auf seinen Zügen lag der Ausdruck einer kalten Strenge, als er halblaut sagte:

„Ich habe im Laufe des Abends eine eigentümliche Entdeckung gemacht, Gabriele. Zwischen dir und dem Assessor Winterfeld scheint eine Vertraulichkeit zu herrschen, die sich weder mit seiner Stellung verträgt, noch mit der deinigen in meinem Hause. Ich will hoffen, daß es nur deine Unerfahrenheit ist, die ihm dergleichen

Freiheiten gestattet, jedenfalls wirst du mir Aufklärung darüber geben, wie weit eure Bekanntschaft eigentlich geht."

Das Antlitz des jungen Mädchens war wieder in dunkle Glut getaucht, wie vorhin beim Tanze, als sie dem Blicke ihres Vormundes begegnete, aber der ganz ungewohnte Ton aus seinem Munde ließ ihren Trotz aufflammen; sie richtete sich sehr entschieden auf.

„Wenn du wünschest, Onkel Arno —".

„Jetzt nicht!" unterbrach er sie mit einer abwehrenden Handbewegung. „Es ist allzu spät heute, und ich wünsche deine Mutter nicht zum Zeugen der Unterredung. Ich erwarte dich morgen früh in meinem Arbeitszimmer; da wirst du mir auf meine Frage Rede stehen — gute Nacht!"

Er wandte sich ab, ohne ihr die Hand zu reichen oder ihr Zeit zur Erwiderung zu lassen, und schritt nach dem andern Ende des Saales. Gabriele stand stumm und betreten da; es war das erste Mal, daß die Strenge und Schroffheit des Freiherrn sich gegen sie kehrte, und zum erstenmal fühlte sie, daß die unvermeidliche Katastrophe nicht so leicht vorübergehen werde, wie sie bisher in ihrer Sorglosigkeit geglaubt. Erst als die Mutter nach ihr rief, fuhr sie aus ihrem Nachdenken auf und eilte an deren Seite.

Raven folgte ihr mit den Augen; seine Lippen waren fest zusammengepreßt, wie in verhaltenem Zorn oder Schmerz, und auf seiner Stirn lag es finster, wie eine Wetterwolke.

„Ich muß die Wahrheit wissen," murmelte er. „Freilich, was wird es sein — eine Kinderthorheit! Eine flüchtige Reisebekanntschaft, die sich die beiden mit der nötigen Romantik ausgeschmückt haben und die in einigen Wochen vergessen ist. Gleichviel, ich werde dafür sorgen, daß es von Blicken nicht zu Worten kommt und daß der Sache beizeiten ein Ende gemacht wird."

———

Der nächste Morgen brach trübe und sonnenlos an. Er brachte einen nassen, kalten Septembertag, der mit vollem Nachdruck ankündigte, daß es nun mit der Herrlichkeit des Sommers vorbei sei und der Herbst seinen Einzug halte. Ein feiner Staubregen sprühte nieder; die Berge verschwanden hinter einem dichten Nebelschleier, und im Schloßgarten jagte der Wind die ersten Blätter von den Bäumen.

Freiherr von Raven befand sich allein in seinem Arbeitszimmer. Das mittelgroße Gemach mit der hochgewölbten Decke und der tiefen Nische des einzigen breiten Bogenfensters machte in der That einen düsteren Eindruck. Es war nicht minder prachtvoll eingerichtet als die übrigen Räume des Schlosses, aber diese Pracht wirkte hier entschieden als Einfachheit. Die kostbare Holzbekleidung der Wände, die schweren geschnitzten Eichenmöbel, die reichgewirkten Vorhänge — das alles war durchweg in dunklen Farben gehalten, und der altertümliche Kamin von schwarzem Marmor schloß sich dieser Einrichtung an, die absichtlich das Glänzende zu vermeiden schien. Der Schreibtisch mit seiner Last von Papieren und Schriften, die Bücher an den Wänden ringsum, in denen alle Gebiete des Wissens vertreten waren, und die Karten, Pläne und Zeichnungen, die auf den Tischen lagen, gaben ein Bild all der hundert verschiedenen Interessen und Anforderungen, die hier ihrer Erledigung harrten. Dieses Zimmer war nicht zum behaglichen Wohnen oder stillen Ausruhen geschaffen; alles darin trug den Stempel ernster, unausgesetzter Arbeit und Thätigkeit.

Raven arbeitete sonst viel in den Morgenstunden; heute saß er am Schreibtische, den Kopf in die Hand gestützt, ohne einen Blick auf die zahlreichen Briefe und Eingaben, Berichte und Verfügungen zu werfen, die vor ihm lagen. Auf seinem Antlitze lag jene Blässe, welche eine durchwachte Nacht anzudeuten pflegt, und der strenge Ausdruck trat deutlicher als je hervor; sonst waren die Züge eisern

und unbewegt wie gewöhnlich. Er schien ganz in finsteres Nach=
sinnen verloren zu sein und sah nicht auf, als die Thür des Arbeits=
zimmers geöffnet wurde. Es war der Diener, den er nach den
Zimmern der Baronin gesandt hatte, um sein Mündel rufen zu
lassen, und der jetzt meldete, daß die junge Baroneß sogleich er=
scheinen werde. In der That folgte sie schon nach wenigen Minuten.

Gabriele schloß die Thür hinter sich und trat ein. Sie war
im einfachen weißen Morgenkleide, aber weder diese Einfachheit, noch
das graue, trübe Licht des Herbsttages vermochten es, den Liebreiz
ihrer Erscheinung zu beeinträchtigen. Das gestrige Fest hatte bei
ihr auch nicht die geringste Spur hinterlassen; ihre elastische Jugend
kannte noch keine Müdigkeit und Abspannung. Das Gesicht war
so blütenfrisch wie immer, und jetzt lag noch die leise Röte der Er=
regung darauf, denn es war für das junge Mädchen kein Geheimnis
mehr, was in dieser Unterredung zur Sprache kommen sollte. Es
war, als fiele mit der hellen, leichten Gestalt ein Sonnenstrahl in
das düstere Gemach; es schien auf einmal lichter darin zu werden.

Auch der Freiherr mußte einen ähnlichen Eindruck empfangen
haben. Er stand auf und ging der Eintretenden einige Schritte ent=
gegen. Der Ausdruck seiner Züge milderte sich bei ihrem Anblicke,
und seine Stimme klang wohl noch ernst, aber nicht mehr streng, als
er sagte:

„Ich habe verschiedene Fragen an dich zu richten, Gabriele.
Ich gab dir schon gestern Andeutungen darüber und erwarte die volle
uneingeschränkte Wahrheit von dir zu hören."

Er bot ihr einen Sessel und nahm ihr gegenüber Platz. Die
Haltung der jungen Dame zeigte weit mehr Zuversicht als Bangig=
keit. Es war ihr freilich gestern abend klar geworden, daß sie dies=
mal ihren Willen nicht mit bloßem Trotz und einigen Thränen durch=
setzen werde, wie es der Mutter gegenüber stets geschah; dennoch
war sie entschlossen, ihre Liebe offen zu bekennen und sich in der Ver=
teidigung derselben höchst energisch und heldenhaft zu zeigen. Der
Freiherr zweifelte ja mit derselben beleidigenden Konsequenz wie
Georg an ihrer Charakterfestigkeit, und seltsamerweise gewährte
es ihr eine viel größere Genugthuung, den Vormund davon zu über=
zeugen, als den Geliebten. Vorläufig stand das Romantische der
Sache für sie im Vordergrunde und überwog jede Besorgnis vor
der kommenden Katastrophe.

„Meine Frage betrifft den Assessor Winterfeld," begann der
Freiherr. „Du hast ihn in der Schweiz kennen gelernt, wie ich von

beiner Mutter höre. Er kam öfter in euer Haus und du hast vermutlich viel und zwanglos mit ihm verkehrt."

„Ja," sagte Gabriele etwas enttäuscht. Die Sache ließ sich vorläufig weder romantisch noch dramatisch an; der Vormund sprach im ruhigsten Tone.

„Hast du ihn seit deinem Aufenthalte in N. öfter gesehen und gesprochen?"

„Nur zweimal; das erste Mal, als er der Mama und mir einen Besuch machte, und dann bei dem gestrigen Feste."

„Sonst niemals?"

„Nein."

Ein tiefer, erleichternder Atemzug hob die Brust des Freiherrn. „Der junge Mann widmet dir offenbar eine Aufmerksamkeit, die über die gewöhnliche Galanterie hinausgeht," fuhr er fort. „Und du scheinst das nicht allein zu dulden, sondern ihn sogar zu ermutigen."

Gabriele schwieg.

„Ich erwarte Antwort, Gabriele."

Sie hob das Auge empor: es sprach nicht die mindeste Furcht daraus, wohl aber ein entschiedener Trotz. „Und wenn das nun der Fall wäre?" fragte sie.

„So wäre es die höchste Zeit, dieser Kinderthorheit ein Ende zu machen," entgegnete Raven scharf. „Du wirst dir doch wohl selber sagen, daß sie unter keinen Umständen eine ernste Wendung nehmen darf."

Die junge Dame warf sehr beleidigt, aber zugleich sehr entschlossen das blonde Köpfchen zurück. Jetzt war die Entscheidung da; jetzt galt es, sich heroisch zu zeigen und dem Vormunde Respekt einzuflößen; er hatte ja noch gar keine Ahnung von dem Ernst der Sache und behandelte sie wie eine flüchtige Tändelei.

„Es ist keine Kinderthorheit," versetzte sie mit der größten Bestimmtheit. „Georg Winterfeld liebt mich."

Das Auge des Freiherrn flammte auf; er erhob sich heftig und kreuzte dann die Arme, wie um sich zur Ruhe zu zwingen, aber seine Stimme klang dumpf und drohend, als er fragte:

„Hat er dir das schon gestanden? Vielleicht gestern beim Tanze?"

„Er hat mir schon in der Schweiz gesagt, daß er mich liebe," erklärte Gabriele.

Raven lachte laut auf; es war ein kurzes, herbes Lachen. „Dachte ich es doch!" sagte er mit bitterem Spott. „Also einen

förmlichen Roman habt ihr beide miteinander gespielt, und das
unter den Augen deiner Mutter, ohne daß sie eine Ahnung davon
hatte. Freilich, das sieht ihr ähnlich. Ich bin nicht so leicht zu
täuschen — wenn ihr das beabsichtigt, so mußtet ihr eure Blicke
besser hüten; sie sprachen gar zu beredt am gestrigen Abend. Ich
halte deiner Jugend und Unerfahrenheit viel zu gute, Gabriele;
es ist leicht, einem siebzehnjährigen Mädchen mit einigen Gefühls=
phrasen den Kopf zu verrücken, aber diese romantische Spielerei ist
denn doch zu gefährlich, als daß ich sie dir länger gestatten könnte.
Ich werde den Herrn Assessor Winterfeld an die Schranken erinnern,
die ihn von der Baroneß Harder und der Nichte seines Chefs trennen,
und zwar in einer Weise, daß er sie nicht zum zweitenmal vergessen
soll. Du wirst ihn von jetzt an weder sehen noch sprechen; ich ver=
biete dir das hiermit ein für allemal.“

Er strebte vergebens, den spöttischen Ton festzuhalten, die
furchtbare Gereiztheit, die sich dahinter barg, brach doch bisweilen
durch. Gabrielen freilich entging das; sie vernahm nur den schonungs=
losen Spott in seinen Worten. Sie hatte sich auf Vorwürfe, auf
Zornausbrüche des Vormundes gefaßt gemacht, denn sie wußte, wie
sehr eine solche Verbindung seinem Stolze widerstrebte, und statt
dessen behandelte er sie und Georg wie ein paar Kinder, die wegen
einer begangenen Unart mit gebührender Strenge bestraft werden.
Er sprach in der verächtlichsten Weise von Spielerei, von Gefühls=
phrasen und wollte mit einem einfachen Verbote das Lebensglück
zweier Menschen vernichten. Das war zu viel; die junge Dame er=
hob sich gleichfalls — in vollster Entrüstung.

„Das kannst du nicht, Onkel Arno,“ sagte sie heftig. „Georg
hat Rechte auf mich, die er unter allen Umständen behaupten wird.
Er hat mein Wort und die Zusage meiner Hand — ich bin seine
Braut.“

Sie hatte das Geständnis ohne Zögern ausgesprochen und
erwartete nun den kommenden Sturm, aber vergebens. Raven
erwiderte kein Wort; auf seinem Gesichte lag eine fahle Blässe, und
seine Hand umfaßte mit krampfhaftem Drucke die Eichenlehne des
Stuhles, neben welchem er stand, während er einen seltsamen Blick
auf Gabriele heftete. Sie schwieg betroffen; es war nicht eigentlich
Furcht, was sie empfand, aber ein geheimes, unerklärliches Bangen,
das unter jenem Blicke aufwachte, und das sie vergebens zu be=
kämpfen suchte. Es war wie die dunkle Ahnung eines kommenden
Unheils.

Nach einer minutenlangen Pause nahm der Freiherr wieder das Wort. „Das geht allerdings weiter, als ich je geahnt habe. Und du hast für gut befunden, mir und deiner Mutter ein Geheimnis daraus zu machen?"

„Wir fürchteten, daß man uns trennen würde, wenn man unsre Liebe entdeckte," sagte Gabriele leise.

„So! Und was glaubst du denn, was jetzt geschehen wird?"

„Ich weiß es nicht, aber ich bin entschlossen, Georg um jeden Preis anzugehören, denn ich liebe ihn."

Das Wort schien endlich den bisher zurückgehaltenen Sturm zu entfesseln; mit einer wilden Bewegung stieß Raven den Stuhl zur Seite und trat dicht vor das junge Mädchen hin.

„Und das wagst du mir zu sagen?" brach er los. „Du wagst es, ohne mein Wissen und Willen dein Jawort zu geben, wo du weißt, daß ich mein entschiedenes Nein dagegen setzen werde, und trotzest mir ganz offen? Du bauest auf die Güte und Nachsicht, die ich dir stets gezeigt habe? Sie ist zu Ende mit dem heutigen Tage. Fordere mich nicht heraus, Gabriele — du könntest es bitter bereuen. Ich habe Mittel, den Trotz eines eigensinnigen Kindes zu brechen, und ich werde sie schonungslos gebrauchen, gegen dich und

ihn. Winterfeld soll mir Rede stehen über den sogenannten Liebesroman, mit dem er dich hinter dem Rücken der Deinigen bethörte,
um dir ein Versprechen abzulocken, das null und nichtig ist, denn du
hast noch nicht über dich zu verfügen. Er rechnet auf die Hand der
vermeintlichen Erbin, um durch sie zu Reichtum und Einfluß zu gelangen — er könnte sich täuschen. Ich allein habe über deine Zukunft zu beschließen, die ganz in meinen Händen liegt. Von mir
hängt deine künftige Lebensstellung ab, und wenn ich sie glänzend gestalte, so erwarte ich auch unbedingten Gehorsam dafür. Von
einer solchen Verbindung kann nie und unter keinen Umständen die
Rede sein. Ich versage meine Einwilligung, und du hast dich meinem
Willen zu beugen."

Gabriele war einen Schritt zurückgewichen vor diesem Zornes-
ausbruch, aber sie hielt ihm nichtsdestoweniger stand. Das „Kind"
war doch nicht so unselbständig und unfähig zu jedem Kampfe, wie
Raven voraussetzte; es ließ sich weder durch seine herrischen Worte,
noch durch seine Drohblicke einschüchtern und antwortete mit einer ganz
ungewohnten Energie:

„Du hast keine andern Rechte über mich, als die des Vormundes, und die sind zu Ende mit meiner Mündigkeit. Meine Zukunft und Lebensstellung ist Georgs Sache; ich nehme sie aus seinen
Händen, wie sie auch ausfallen mögen. Er hat nicht daran gedacht,
irgend eine Berechnung an seine Liebe zu knüpfen; Georg ist —"

Der Freiherr stampfte wütend mit dem Fuße.

„Georg und immer nur Georg! Ich verbiete dir, diesen
Winterfeld in meiner Gegenwart so zu nennen. Du wirst niemals
seine Gattin, nie, sage ich dir — wenigstens nicht so lange ich lebe."

Das junge Mädchen richtete sich mit blitzenden Augen empor,
mehr empört als erschreckt durch diese maßlose Heftigkeit.

„Onkel Arno, du bist grenzenlos ungerecht, du —" Sie verstummte urplötzlich, ihr Auge haftete an dem seinigen, und der heiße,
verzehrende Strahl darin traf sie wie mit versengender Glut. Das
war nicht Haß und Zorn, was in diesem Blicke loderte; das war
ein qualvolles Weh, ein wilder, bis zur Raserei gesteigerter Schmerz
— Gabriele preßte beide Hände gegen die Brust, in der alles Blut
auf einmal nach dem Herzen drängte; ihr war zu Mute, als stockten
ihr Atem und Besinnung, und dann schlug es wie ein Blitz in ihre
Seele und blendend und betäubend zuckte die Wahrheit auf; sie
wurde totenbleich und griff nach der Lehne des Sessels, als wolle
sie eine Stütze suchen.

Diese Bewegung gab dem Freiherrn einigermaßen die Fassung zurück. Er sah ihr Erbleichen und mußte es wohl der Furcht vor seiner Heftigkeit zuschreiben. Der an so strenge Selbstbeherrschung gewöhnte Mann hatte sich, vielleicht zum erstenmal in seinem Leben, über alle Schranken hinwegreißen lassen; er fühlte das und versuchte mit Aufbietung aller Willenskraft seine Aufregung niederzukämpfen. Während der nächsten Minuten herrschte ein banges, tiefes Schweigen, das auf beiden mit gleicher Schwere lastete, und doch wagte keiner, es zu brechen. Raven war an das Fenster getreten und blickte, die heiße Stirn gegen die Scheiben gedrückt, in die Nebellandschaft hinaus. Gabriele stand noch regungslos an ihrem Platze.

„Ich habe dich erschreckt mit meiner Heftigkeit," sagte der Freiherr endlich, ohne sich umzuwenden. „Solche Dinge wollen ruhig besprochen sein, und dazu sind wir beide jetzt nicht in der Stimmung. Morgen — vielleicht später — verlaß mich, Gabriele!"

Sie gehorchte und schritt wortlos mit gesenktem Haupte nach der Thür, da aber hielt sie inne. Wie gestern, mitten im Tanze, fühlte sie den Blick, der wieder auf ihr ruhte, ohne ihn zu sehen, und wie damals folgte sie der geheimnisvollen Macht, die sie zwang, diesem Blicke zu begegnen. In der That hatte sich Raven umgewendet und folgte ihr mit den Augen.

„Noch eins," sagte er; er beherrschte seine Stimme wieder völlig, aber sie war klanglos. „Kein Wort, keine Zeile an ihn! Ich werde mit ihm sprechen."

Gabriele verließ das Gemach und kehrte in die Zimmer ihrer Mutter zurück. Die Baronin, welche gewohnt war, sehr lange zu schlafen, war soeben erst mit ihrer Morgentoilette fertig geworden. Beim Eintritt in das gemeinschaftliche Frühstückszimmer vermißte sie ihre Tochter, die sich gewöhnlich schon dort befand, und wollte ebendeswegen eine Frage an den Diener richten, als die junge Baroneß selbst eintrat.

„Aber, Kind, wo bleibst du nur?" rief ihr die Mutter entgegen. „Ich will doch nicht hoffen, daß du es versucht hast, bei diesem Wetter ins Freie zu gehen? Du würdest dich zu Tode erkälten in dem leichten Morgenanzuge — und wie siehst du denn aus? Ganz bleich und verstört! Ist irgend etwas vorgefallen?"

„Nein, Mama," sagte das junge Mädchen mit halb ersticкter Stimme.

Die Baronin sah sie besorgt an. „Du bist sicher unwohl. Du warst gestern abend noch so erhitzt vom Tanze, als wir durch den

kalten Korridor gingen. Nimm ein wenig heißen Thee! Das wird
dir gut thun."

Gabriele lehnte die dargebotene Tasse ab. „Ich danke, Mama;
ich möchte lieber auf mein Zimmer gehen und noch etwas zu ruhen
versuchen."

„Aber der Onkel ist es gewohnt, dich am Frühstückstische zu
sehen."

„Sage ihm, daß ich nicht wohl bin; er wird mich heute nicht
vermissen. Ich kann nicht bleiben."

Damit ging sie. Die Baronin blieb sehr befremdet zurück; sie
war diese seltsame Verschlossenheit bei ihrer Tochter so wenig ge=
wohnt, wie die Blässe auf deren blühendem Gesicht. Gleich darauf
kam auch noch der Diener des Freiherrn mit der Meldung, Excellenz
ließen sich entschuldigen und würden heute nicht zum Frühstück er=
scheinen. Frau von Harber schüttelte den Kopf, aber eine besondere
Klugheit war ihre Sache nicht, und überdies wußte sie nichts von
der Unterredung, die im Zimmer ihres Schwagers stattgefunden
hatte; es fiel ihr daher auch nicht ein, irgend einen Zusammenhang
zu suchen. Sie ließ die Sache vorläufig auf sich beruhen und nahm
etwas verstimmt ihren Platz am Frühstückstische allein ein.

In der Kanzlei wartete man vergebens auf das Erscheinen des
Chefs. Er pflegte sonst stets in den Morgenstunden zu kommen,
heute aber blieb er in seinem Arbeitszimmer und ließ das Notwendigste
durch den Hofrat Moser erledigen. Der Hofrat, der einige dringliche
Sachen vorzulegen hatte, kam mit wichtiger Miene zurück und ver=
kündete, daß „Excellenz äußerst ungnädig seien". In der That hatte
der Freiherr mit großer Ungeduld und augenscheinlicher Zerstreut=
heit die Berichte angehört, mit einer bei ihm ganz ungewohnten Hast
die nötigen Weisungen gegeben und den Hofrat so schnell wie mög=
lich entlassen. Dieser, der sich stets den Anschein gab, mehr zu
wissen als andre, sprach von wichtigen Regierungsdepeschen, die
wahrscheinlich eingetroffen seien; die Beamten steckten die Köpfe zu=
sammen und ergingen sich in allerlei Vermutungen.

Bald darauf wurde Assessor Winterfeld zum Gouverneur ge=
rufen. Das war nichts Auffallendes, denn er hatte am heutigen
Vormittage Vortrag zu halten, und daß der Ruf früher als zur be=
stimmten Stunde erfolgte, erklärte sich durch anderweitige dringende
Beschäftigung des Freiherrn. Der junge Mann betrat daher ganz
ahnungslos und nur seinen Vortrag im Kopfe das Arbeitszimmer,
ordnete seine Papiere und wartete auf das Zeichen zum Beginnen.

„Laſſen Sie das!" ſagte Raven. „Der Vortrag fällt heute aus. Ich habe von andern Dingen mit Ihnen zu reden."

Georg blickte erſtaunt auf; er gewahrte erſt jetzt die völlig ver= änderte Haltung ſeines Chefs. Die vornehme Ruhe, mit welcher dieſer ſonſt ſeine Beamten empfing, war heute einer eiſigen Kälte gewichen. Er ſtand an den Schreibtiſch gelehnt und maß den vor ihm Stehenden von oben bis unten, als ſähe er ihn zum erſtenmal. Es war ein finſteres Forſchen, das jeden einzelnen Zug zu prüfen

und bis ins Innerſte zu bringen ſchien, aber es ſprach eine un= verhüllte Feindſeligkeit daraus, wie überhaupt aus ſeiner ganzen Haltung.

Georg ſah das mit einem einzigen Blicke, und es erklärte die Bedeutung der Worte, die ihm im erſten Augenblicke rätſelhaft ge= blieben waren. Er begriff ſofort, daß die „Ungnade Seiner Ex= cellenz" ihm allein galt, und erriet auch den Grund davon. Die längſt erwartete Kataſtrophe war hereingebrochen, und der junge Mann machte ſich bereit, ihr mit ruhiger Entſchloſſenheit die Stirn zu bieten.

„Ich habe heute morgen eine Unterredung mit meinem Mündel, der Baroneß Harder, gehabt, in der Ihr Name genannt wurde," begann der Freiherr. „Es bedarf keiner Erklärung Ihrerseits; ich weiß bereits, was geschehen ist, und möchte Sie zur Rede stellen über die Art, wie Sie die junge Dame verleiteten, die Aufrichtigkeit und Rücksicht, die sie den Ihrigen schuldet, in so unverzeihlicher Weise zu verletzen."

Georg senkte das Auge; sein peinliches Ehrgefühl empfand den Vorwurf als nur zu sehr begründet.

„Ich habe vielleicht unrecht gethan, bis heute zu schweigen," erwiderte er. „Meine einzige Entschuldigung dafür liegt in meiner Stellung, die es mir noch nicht gestattete, mit einer offenen Werbung hervorzutreten."

„Wirklich! Ich sollte meinen, was Ihnen die Werbung nicht gestattete, mußte Ihnen auch die Erklärung verbieten."

„Wenn sie beabsichtigt gewesen wäre, gewiß, Excellenz! Aber das war nicht der Fall. Ein unbewachter Augenblick entriß mir das Geständnis. Erst als es gehört und angenommen war, trat die Ueberlegung in den Vordergrund, und da mußte ich mir sagen, daß ich noch nichts geltend machen konnte, was mich zu der entscheiden= den Bitte an die Frau Baronin berechtigte."

„Es ist gut, daß Sie sich das selbst sagen," bemerkte der Freiherr mit vernichtendem Hohne. „Ich wäre sonst in die Not= wendigkeit versetzt worden, es Ihnen klar zu machen. Wenn Fräu= lein von Harder Ihnen Versprechungen gegeben hat, so ist das selbst= verständlich ohne jede Bedeutung, da es ohne mein und der Mutter Vorwissen geschah, und es wäre einfach lächerlich, wenn Sie irgend eine Hoffnung daran knüpfen wollten. Romanideen gehören in das Gebiet des Romans. Ich bedaure es, daß meine Nichte solchen Ueberspanntheiten zugänglich gewesen ist, aber Sie werden mir hoffentlich nicht zumuten, in Wirklichkeit mit denselben zu rechnen."

Das Gesicht des jungen Mannes begann sich zu röten bei dem verächtlichen Tone, und die aufsteigende Erregung verriet sich in seiner Stimme, als er erwiderte:

„Ich weiß nicht, ob eine ernste, reine Neigung, die sich nie auch nur eines unwürdigen Gedankens bewußt war und ihren Gegenstand stets heilig und hoch gehalten hat, nur Spott und Hohn verdient. Ich habe bisher ein Geheimnis daraus gemacht und auch Fräulein von Harder veranlaßt, dies zu thun, weil ich wußte, daß es der Zeit und der Arbeit meinerseits bedurfte, um die Hindernisse wegzuräumen, die mir entgegenstehen, weil ich voraussah, daß man alles aufbieten werde, um uns zu trennen. Das ist meine einzige Schuld; sie mag Tadel und Vorwurf verdienen — wer die Liebe kennt, wird sie nicht allzu hart verdammen. Ich war aber nicht darauf gefaßt, unsre beiderseitige Neigung als eine bloße Romanidee verurteilt zu sehen."

„Und wofür wollen Sie denn sonst, daß ich sie nehmen soll?" fragte Raven in drohendem Tone. „Ich dächte, Sie hätten allen Grund, mir dankbar zu sein, wenn ich die Sache in dieser Weise auffasse, denn das allein läßt eine mildere Beurteilung zu. Wüßte ich, daß Sie und Gabriele im vollen Ernste an eine Verbindung denken, so —" Er vollendete nicht; sein Blick ergänzte die Worte in unheilvollem Sinne.

„Würden Excellenz es vorgezogen haben, wenn wir uns geliebt hätten, ohne an eine Verbindung für das Leben zu denken?" fragte Georg ruhig.

„Herr Assessor Winterfeld, Sie vergessen sich," brauste der Freiherr auf. „Nicht auf meine Nichte, auf Sie allein fällt die Schuld dieses heimlichen Einverständnisses. Das junge Mädchen war noch nicht im stande, dessen Tragweite zu ermessen und die trennenden Schranken zu erwägen, Sie aber konnten es, und von Ihnen fordere ich Rechenschaft. Sie sind einer meiner jüngsten Beamten, ohne Namen und Rang, ohne Vermögen und Aussichten; mit welchem Rechte wagen Sie es, nach der Hand der Baroneß Harder zu trachten, die an glänzende Verhältnisse gewöhnt und zu Umgebungen und Lebenskreisen berechtigt ist, die weitab von den Ihrigen liegen?"

„Mit demselben Rechte, das Freiherr von Raven geltend machte, als er unter ganz ähnlichen Verhältnissen um die Tochter des Ministers warb, die später seine Gemahlin wurde," erwiderte Georg mit Festigkeit, „mit dem Rechte der Zukunft."

Raven biß sich auf die Lippen. „Sie scheinen eine Laufbahn, wie die meinige, auch für die Ihrige als selbstverständlich vorauszusetzen. Es ist doch gewagt von Ihnen, sich so ohne weiteres mit mir in eine Reihe zu stellen. Uebrigens trifft der Vergleich von damals nicht zu. Ich gehörte längst zu dem intimen Kreise des Ministers, ehe ich sein Sohn wurde; ich wußte, daß er meine Werbung begünstigte, und hatte mir sein Jawort gesichert, ehe ich das seiner Tochter forderte. Das ist der einzige ehrenvolle Weg bei solchen Dingen. Merken Sie sich das, Herr Assessor!"

„Excellenz haben jedenfalls korrekter und überlegter gehandelt, als ich es gethan habe, aber — ich liebte Gabriele."

Das Auge des Freiherrn sprühte in wilder Gereiztheit auf den Verwegenen nieder, der es wagte, ihn daran zu erinnern, daß seine eigene Vermählung nur das Werk der Berechnung gewesen war.

„Ich ersuche Sie, in meiner Gegenwart nur von der Baroneß Harder zu sprechen," sagte er in dem schroffsten Tone, der ihm zu Gebote stand. „Was übrigens die Selbstlosigkeit Ihrer Liebe betrifft — sollte es Ihnen so ganz unbekannt geblieben sein, daß meine Nichte allgemein als meine Erbin angesehen wird?"

„Nein! Aber ich setze voraus, daß etwaige Bestimmungen in dieser Hinsicht zurückgenommen werden, sobald die junge Baroneß ohne Einwilligung ihres Vormundes eine Verbindung eingeht."

„Die Voraussetzung ist sehr richtig. Und Sie besitzen wirklich Egoismus genug, einem Wesen, das Sie zu lieben behaupten, alles zu rauben, was Geburt und Verwandtschaft ihm verheißen, um es an Ihrer Seite einem Leben preiszugeben, das nur eine fortgesetzte Kette von Entsagungen wäre? Eine sehr aufopfernde Liebe in der That! Zum Glück ist Gabriele Harder nicht geschaffen, eine solche Entsagungsidylle zu verwirklichen, und ich werde dafür sorgen, daß sie nicht das Opfer einer Jugendthorheit wird, die sie bald genug mit der bittersten Reue bezahlen würde."

Georg schwieg. Das war der wunde Punkt in seinem Innern. Er hatte es ja oft genug selbst empfunden, was der Freiherr aussprach: Gabriele war am wenigsten für eine „Entsagungsidylle" geschaffen.

„Kommen wir zu Ende!" sagte Raven, sich mit einer gebieterischen Bewegung emporrichtend. „Ich gestehe meiner Nichte unter keinen Umständen das Recht zu, ohne meine Einwilligung über ihre Zukunft zu entscheiden, und verweigere jedes Eingehen auf Wünsche und Hoffnungen, die für mich nicht existieren. Sie wissen, daß das Recht des Vormundes so unbeschränkt ist, wie das des Vaters, und werden sich demgemäß fügen. Ich erwarte von Ihrer Ehre, daß Sie nicht versuchen, hinter meinem Rücken ein Einverständnis fortzusetzen, das ganz geeignet ist, den Ruf der jungen Dame zu schädigen, wie es schon ihr Verhältnis zu den Ihrigen getrübt hat. Sie werden mir Ihr Wort darauf geben, nicht etwa heimlich eine Annäherung zu versuchen, die ich offen verbiete."

„Wenn es mir erlaubt ist, Baroneß Harder noch einmal zu sehen und zu sprechen, sei es auch in Gegenwart der Frau Baronin."

„Nein!"

„So kann ich das geforderte Versprechen nicht geben."

„Besinnen Sie sich, wem Sie trotzen, Herr Assessor!" mahnte der Freiherr; es lag eine unzweideutige Drohung in den Worten.

Das schöne, klare Auge des jungen Mannes begegnete furchtlos dem seines Chefs, und doch hätte die düstere Glut, die sich darin malte, ihn schrecken sollen.

Die beiden Männer maßen sich wie zwei Gegner, die vor dem Kampfe ihre Kräfte prüfen. Die Haltung des jüngeren war entschlossen, aber ruhig, die des älteren verriet eine furchtbare Bewegung.

„Ich trotze nur einem harten und ungerechten Spruch," sagte Georg, die letzten Worte wieder aufnehmend. „Excellenz haben die Macht, die Trennung über uns zu verhängen, und wir fügen uns einer Notwendigkeit, gegen die wir beide waffenlos sind. Daß Sie uns aber eine Unterredung versagen, die vielleicht auf Jahre hinaus die letzte ist, das — ich wiederhole es — ist hart und ungerecht. Ich weiß nicht, in welcher Weise auf Fräulein von Harder eingewirkt wird, in welcher Weise man ihr mein gezwungenes Fernbleiben darstellt; ich muß ihr wenigstens sagen, daß ich mein Recht auf ihre Hand unter allen Umständen behaupte und alles daran setzen werde, diese Hand einst zu verdienen — und das werde ich mündlich oder schriftlich versuchen, mit oder ohne den Willen Euer Excellenz."

Er verbeugte sich und ging, ohne das übliche Zeichen der Entlassung abzuwarten. Raven warf sich in einen Sessel. Die Unterredung hatte einen ganz andern Verlauf genommen, als er erwartete. Er hatte bisher nur amtlich mit Winterfeld verkehrt und ihn wohl für talentvoll und tüchtig in seinem Berufe gehalten, ihm jedoch nie eine hervorragende Bedeutung beigelegt; die Verschiedenheit der

Stellung schloß da jedes nähere Interesse aus. Heute zum erstenmal stand nicht der Untergebene dem Vorgesetzten, sondern der Mann dem Manne gegenüber, und heute entdeckte der Freiherr, daß sich hinter dieser ruhigen Bescheidenheit und dieser klaren, sanften Stirn eine Energie barg, die der seinigen nichts nachgab. Er war gewohnt, mit der bloßen Macht seiner Persönlichkeit jeden Widerstand zu brechen; hier rief er vergebens diese Macht und die ganze Ueberlegenheit seiner Stellung zu Hilfe; es gelang ihm nicht, den Gegner herabzusetzen oder einzuschüchtern; er mußte ihn in mehr als einer Hinsicht als ebenbürtig anerkennen. Gabriele hatte ihre Liebe keinem Unwürdigen geschenkt, und daß sie es nicht gethan, das eben wühlte in dem Innern des Mannes, der in dumpfem Brüten in seinem Sessel lag. Er hätte viel darum gegeben, wenn es ihm möglich gewesen wäre, diese Neigung wirklich als eine Kinderthorheit zu verurteilen und die beiden mit Fug und Recht auseinander zu reißen. Jetzt blieb ihm nur der armselige Vorwand der Standes- und Vermögensunterschiede, und er selbst hatte einst gezeigt, wie leicht diese Schranken zu durchbrechen sind, sobald ein energischer Wille sich dagegen auflehnt, wenn ihn auch freilich ganz andre Beweggründe leiteten.

Das schönste und heiligste Vorrecht der Jugend, eine glühende, ideale Leidenschaft, die nicht nach Schranken und Möglichkeiten fragt, hatte Arno Raven nie gekannt und nie geltend gemacht. Er hatte den Traum von Liebe und Glück nicht träumen wollen, als er dazu berechtigt war — seine ehrgeizigen Pläne ließen ihm keine Zeit dazu. Jetzt, im Herbste seines Lebens, schwebte der Traum herab, goldig und verklärend, umgab ihn mit schmeichelndem, trügerischem Schimmer und nahm seine beste Kraft gefangen, bis er jäh daraus erwachte. Die Jugend folgte der Jugend, und der alternde Mann stand allein auf der Höhe seiner Erfolge und seiner Macht, mit der öden Einsamkeit um sich her. Vielleicht hätte er in dieser Stunde Macht und Erfolge hingegeben, um noch einmal wieder jung zu sein.

Doktor Max Brunnow hatte aus dem Munde seines Freundes das Verbannungsurteil des Hofrats Moser entgegengenommen, war aber leider wenig davon berührt worden.

„Ich wäre wahrhaftig wieder hingegangen," sagte er lachend. „Dieser vortreffliche Hofrat mit seiner bureaukratischen Majestät und der ewigen weißen Halsbinde ist eine kostbare Figur, und das junge Mädchen bedarf dringend einer vernünftigen ärztlichen Behandlung. Ich begreife es freilich, daß der ‚allergetreueste Unterthan seines allergnädigsten Souveräns' den Sohn meines Vaters von seiner Schwelle bannt, aber es ist schade, daß meine Praxis hier in R. ein so schnelles Ende nimmt. Sie versprach, wenn auch nicht besonders einträglich, so doch amüsant zu werden." —

Es sollte sich indessen bald eine andre Praxis für den jungen Arzt finden, die zwar noch weniger einträglich zu werden versprach, ihm aber das vermißte „Amüsement" in ganz ungeahntem Maße verschaffte. Georg hatte seinen Freund gebeten, die kranke Frau eines Kopisten zu besuchen, der bisweilen Abschriften für den Assessor besorgte und dem dieser auch schon öfter Beschäftigung bei dem Regierungsbureau verschafft hatte. Die Frau litt bereits seit längerer Zeit an einer zehrenden Krankheit; der Arzt, den man herbeirief, war nur selten gekommen, hatte achselzuckend erklärt, daß da nicht viel mehr zu helfen sei, und schließlich die Besuche in der Familie aufgegeben, die in ärmlichen Verhältnissen lebte und nicht bezahlen konnte. Max war sofort bereit, der Aufforderung nachzukommen, und betrat schon am nächsten Tage das bezeichnete Häuschen, das in der Vorstadt dicht am Fuße des Schloßberges lag.

Ein kleines Mädchen von etwa zehn Jahren öffnete dem jungen Arzte die Thür der ziemlich dürftig eingerichteten Wohnung, wo zwei jüngere Kinder den fremden Herrn mit großen Augen anstarrten, während die Mutter, von Kissen und Decken umhüllt, in einem alten Lehnstuhle saß. Max war im Begriff, näher zu treten,

hielt aber überrascht inne, denn neben der Kranken bemerkte er ein
junges Mädchen, in nonnenhaft dunkler Kleidung, mit sehr blassem
Gesicht und schlichtgescheiteltem Haar, das aus einem Buche vorlas,
welches der Goldschnitt und das Kreuz auf dem Deckel unzweifel-
haft als Gebetbuch kennzeichneten. Es war die Tochter des Hofrats Moser, die ihre Vorlesung abbrach und sich sehr verlegen erhob,
als sie den Eintretenden erkannte.

„Guten Tag, mein Fräulein!" sagte Max ruhig. „Verzeihen
Sie, daß ich Sie störe, aber ich komme als Arzt zu einer Kranken
und bin diesmal wirklich der Erwartete ohne jedes Mißverständnis."

Das junge Mädchen wurde blutrot und zog sich einige Schritte
zurück. Sie erwiderte nichts. Doktor Brunnow nannte sich jetzt
der Kranken, die bereits auf sein Kommen vorbereitet war und ihn
erwartete. Er begann sofort, ohne viele Umstände, seine Fragen
zu stellen und den Krankheitszustand zu prüfen. Er that es nicht
besonders verbindlich oder rücksichtsvoll; er ließ sich auf Tröstungen
gar nicht ein, gab nicht einmal bestimmte Hoffnungen, aber die kurze,
klare Entschiedenheit all seiner Bemerkungen und Anordnungen hatte
etwas ungemein Beruhigendes.

Agnes Moser war inzwischen im Hintergrunde geblieben und
hatte sich mit den Kindern beschäftigt. Sie schien nicht recht zu
wissen, ob sie bleiben oder gehen sollte, entschied sich aber endlich
für das letztere. Sie setzte ihren Hut auf und verabschiedete sich
von der Kranken, die sich in lebhaften Dankesäußerungen über die
Güte des Fräuleins erging. Wenn Agnes aber glaubte, dadurch
einem längeren Zusammensein mit dem Doktor Brunnow zu entgehen, so irrte sie sich; dieser empfahl nur noch in kurzen Worten
die genaue Befolgung seiner Verordnungen, verhieß, am nächsten
Tage wiederzukommen und schloß sich dann mit der allergrößten
Unbefangenheit dem jungen Mädchen an.

„Ich darf Sie also nicht mehr als meine Patientin betrachten,
mein Fräulein," eröffnete er das Gespräch, als sie draußen im
Freien waren. „Ihr Herr Vater scheint mir die Schuld an einem
Mißverständnis beizumessen, zu dem ich doch wahrlich nicht den
Anlaß gegeben habe. Er ließ mir in der unzweideutigsten Weise
eröffnen, daß meine ferneren Besuche ihm nicht erwünscht seien."

Agnes senkte in peinlicher Verlegenheit die Augen. „Ich bitte
um Verzeihung, Herr Doktor," entgegnete sie. „Es war meine
Schuld allein — ich hätte nach Ihrem Namen fragen sollen. Seien

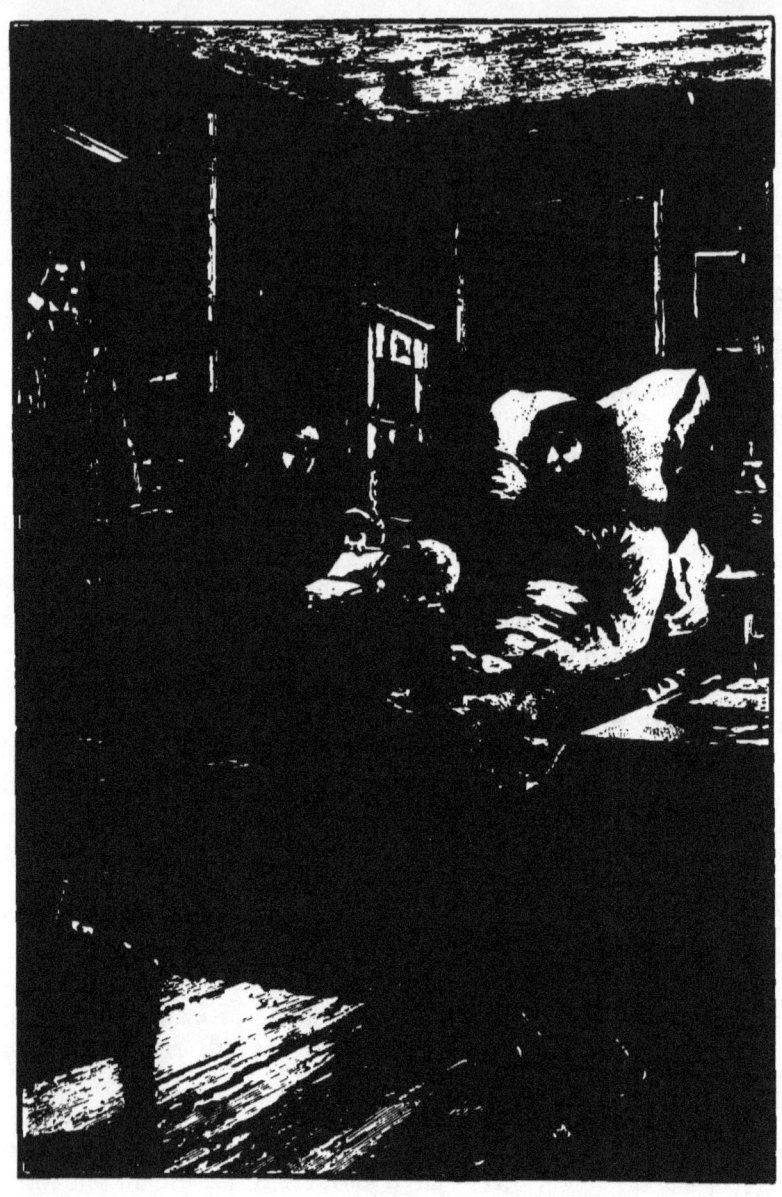

Neben der Kranken bemerkte er ein junges Mädchen, in nonnenhaft dunkler
Kleidung, das aus einem Buche vorlas. (S. 126.)

Sie überzeugt, daß es nicht Mißtrauen in Ihre ärztliche Kunst ist, die meinen Vater bestimmt, auf Ihren Rat zu verzichten! Gründe andrer Art —"

„Ich weiß, politische Gründe!" fiel Max mit unverhehlter Ironie ein. „Der Herr Hofrat verabscheut den revolutionären Namen, den ich trage, und beharrt darauf, in mir einen staatsge= fährlichen Demagogen zu sehen. Ich bin weit entfernt, ihm oder Ihnen meinen Rat aufzudringen, möchte mich aber doch nach dem Schicksal meines Rezeptes erkundigen. Sie haben es jedenfalls nicht benutzt?"

„Doch!" erwiderte Agnes leise. „Ich habe die Arznei ge= nommen."

„Mit irgend einem Erfolge?"

„Ja, ich befinde mich weit besser seitdem."

„Das freut mich. Ist denn aber mein Herr Kollege, der Sie jetzt behandelt, damit einverstanden, daß Sie den Verordnungen eines andern folgen?"

„Mich behandelt augenblicklich niemand," gestand das junge Mädchen. „Herr Doktor Helm, der ursprünglich gerufen war, hat das Mißverständnis sehr übelgenommen. Ich mag ihn wohl etwas verlegen und zweifelnd empfangen haben, denn er entfernte sich sofort, als er bereits ein Rezept vorfand, und nahm auch die nach= trägliche Entschuldigung meines Vaters sehr kühl auf. Da ich mich nun schon am nächsten Tage besser befand — so meinte ich — so bin ich vorläufig bei Ihren Verordnungen geblieben."

„Bleiben Sie nur dabei!" sagte Max trocken. „An der Arznei= flasche wenigstens haftet nichts Staatsgefährliches; das wird wohl auch der Herr Hofrat einsehen."

Sie hatten jetzt den Schloßberg erreicht, und Agnes blieb stehen in der sicheren Voraussetzung, daß ihr Begleiter sich nun entfernen werde, er bemerkte aber nur: „Sie gehen wahrscheinlich durch die Anlagen des Schloßberges — das ist auch mein Weg," und blieb an ihrer Seite mit einer Miene, als sei dies die einfachste und natür= lichste Sache von der Welt.

Das junge Mädchen sah ihn scheu und ängstlich an. Ihre Schüchternheit erlaubte ihr nicht, die Begleitung abzuschlagen; so ergab sie sich denn in das Unvermeidliche, und sie schritten zusammen vorwärts.

„Was meine gegenwärtige Patientin betrifft," nahm der Arzt wieder das Wort, „so ist ihr Zustand allerdings sehr bedenklich,

aber nicht durchaus hoffnungslos. Vielleicht ist es mir möglich, sie ihrer Familie zu erhalten. Ich entnahm aus den Dankesworten der Frau, daß auch Sie sie schon öfter besucht haben."

„Wir hörten von der bedrängten Lage der Familie," erklärte Agnes. „Mein Vater kennt den Mann, der bisweilen Arbeiten für die Kanzlei liefert, als fleißig und ehrlich, und so entschloß ich mich, die Kranke zu besuchen, um ihr wenigstens geistlichen Trost zu spenden."

„Der geiſtliche Troſt iſt ganz überflüſſig," ſagte Max in ſeiner
rückſichtsloſen Weiſe. „Kräftige Bouillon und ſtärkende Weine ſind
weit notwendiger."

Fräulein Agnes ſchien wieder im Begriff, eine ihrer Rückzugs=
bewegungen auszuführen, mit denen ſie ſchon bei der erſten Be=
gegnung ihr Entſetzen vor den gottloſen Aeußerungen des Doktors
dokumentierte; diesmal beſann ſie ſich aber und hielt ſtand; ihre
ſanfte, leiſe Sprache gewann ſogar eine Beimiſchung von Schärfe,
als ſie antwortete:

„Auch dafür habe ich die Mittel gebracht und werde es noch
ferner thun, ſoweit es in meinen Kräften ſteht. Ich hielt es aber
zugleich für bringend notwendig, die Schwerkranke auf den Himmel
vorzubereiten, der vielleicht bald ihrer wartet."

„Das iſt eine eigentümliche Beſchäftigung für junge Damen
Ihres Alters," bemerkte Max. „In Ihren Jahren pflegt man ſich
noch vorzugsweiſe mit der Erde zu befaſſen und die himmliſchen
Freuden auf ſich beruhen zu laſſen."

Agnes war offenbar beleidigt durch den Spott; ſie ließ ſogar
ihre gewohnte Sanftmut fahren und erwiderte in etwas gereiztem
Tone:

„Ich habe der Welt bereits entſagt und bereite mich mit ſolchen
frommen Dienſten nur auf meinen künftigen Beruf vor. Ich werde
in wenigen Monaten den Schleier nehmen."

Max blieb ſtehen und ſah ſeine Begleiterin mit dem Ausdruck
der höchſten Betroffenheit an. „Das geht nicht," ſagte er plötzlich.

„Herr Doktor, ich bitte Sie," mahnte das junge Mädchen,
aber der Herr Doktor nahm gar keine Notiz von dieſem Widerſpruch
gegen ſeine unbefugte Einmiſchung.

„Ein für allemal: das geht nicht," wiederholte er mit Ent=
ſchiedenheit. „Sie ſind kränklich, ſind überhaupt ſehr zarter Natur
und bedürfen der größten Schonung, wenn Sie dauernd geneſen
wollen. Das Kloſterleben mit ſeinen ſtrengen Vorſchriften, ſeiner
Abgeſchloſſenheit und den anſtrengenden und aufregenden Bet= und
Bußübungen iſt für Sie ganz und gar nicht geeignet. Es bringt
Ihnen ohne Frage ein Bruſtübel — die Schwindſucht — den Tod."

Der junge Arzt warf das alles mit einer Unfehlbarkeit hin,
als habe er in eigener Perſon das angedrohte Schickſal zu verhängen,
und ſeine Worte verfehlten auch nicht ihre Wirkung. Agnes ſah
ihn ganz erſchrocken mit ihren dunklen Augen an, dann aber neigte
ſie ergebungsvoll das Haupt und verſetzte kaum hörbar:

„Ich habe nicht geglaubt, daß mein Leiden so ernster Natur sei."

„Es ist gar nicht ernst, wenn Sie eine vernünftige und naturgemäße Lebensweise führen," rief Max im vollsten Aerger, „aber das Klosterleben ist der Gipfel aller Unnatur und Unvernunft, und Sie vollends werden schon in den ersten Jahren daran zu Grunde gehen."

Agnes überlegte augenscheinlich, ob sie schleunigst diesen Doktor fliehen sollte, dessen Gottlosigkeit sich eben wieder so unzweideutig zeigte, aber sie zog es vor, sich einen noch tieferen Einblick in seine Verderbtheit zu verschaffen, und fragte nun ihrerseits:

„Sie hassen also die Klöster?"

„Es ist mein Beruf, allerlei Leiden und Plagen des Menschengeschlechtes zu bekämpfen," versetzte der junge Arzt mit boshafter Aufrichtigkeit.

„Und Sie hassen auch die Religion?"

„Je nachdem — es kommt darauf an, was man so nennt — übrigens sind Kloster und Religion ganz verschiedene Dinge."

Das war zu viel für die angehende Nonne; sie beschleunigte ihren Schritt, um aus dieser gefährlichen Nähe fortzukommen, aber das half ihr durchaus nichts. Max fiel augenblicklich in das gleiche Tempo, und sie blieben nach wie vor bei einander.

„Sie sind natürlich andrer Ansicht," fuhr er fort, da er keine Antwort erhielt. „Sie sind aber auch in ganz andern Umgebungen und Anschauungen erzogen als ich. Was mich betrifft, so möchte ich alle Klöster —"

„Vom Erdboden vertilgen?" fiel das junge Mädchen mit zitternder Stimme ein.

„Das gerade nicht," sagte der praktische Max. „Es wäre ja schade um die schönen Gebäude. Man könnte sie nutzbringend verwerten, und auch für die Insassen würde sich irgend eine Bestimmung finden. Die Nonnen zum Beispiel könnte man verheiraten."

„Ver—heiraten!" wiederholte Agnes, den Sprechenden in starrem Entsetzen anblickend.

„Ja, warum nicht?" fragte er in größter Seelenruhe. „Ich glaube nicht, daß man da auf allzu häufigen Widerspruch stoßen würde. Es wäre wirklich das beste, sämtliche Nonnen zu verheiraten."

Fräulein Agnes mußte wohl eine dunkle Furcht hegen, das ihren künftigen Mitschwestern angedrohte Schicksal könne sich ganz urplötlich an ihr vollziehen, denn sie fing förmlich an zu laufen, aber vergebens; denn Max lief mit.

„Die Sache ist gar nicht so schlimm, wie Sie sich vorstellen," sagte er. „Jeder vernünftige Mensch heiratet und die meisten befinden sich sehr wohl dabei. Es ist wirklich unverzeihlich, einem jungen Mädchen eine solche Abneigung gegen Dinge einzuflößen, die sich ganz von selbst verstehen und — ja, mein Fräulein, nun müssen wir aber ausruhen — ich bin zu Ende mit meinem Atem. Gott sei Dank! Ihre Lunge ist noch kerngesund, sonst hätten Sie diesen Sturmlauf nicht ausgehalten."

Agnes blieb gleichfalls stehen, denn auch ihr versagte jetzt der Atem. Ihre sonst so blassen Wangen waren von der Anstrengung gerötet, und diese Röte stand dem feinen Gesichtchen allerliebst. Doktor Brunnow sah das, aber es machte durchaus keinen mildernden Eindruck auf ihn; er griff vielmehr mit strafender Miene nach dem Puls des jungen Mädchens.

„Wozu nun wieder diese ganz unnötige Erhitzung! Ich habe Ihnen doch gesagt, daß Sie sich schonen müssen. Sie werden jetzt im langsamsten Schritt nach Hause gehen, und ich bitte mir aus, daß Sie künftig bei Ihren Spaziergängen eine wärmere Umhüllung wählen, als dieses leichte Mäntelchen. Die Arznei, die ich Ihnen verschrieben habe, nehmen Sie fortgesetzt, und im übrigen kann ich nur meine früheren Verordnungen wiederholen: Luft, Bewegung, Zerstreuung! Werden Sie das alles pünktlich befolgen?"

„Ja," versicherte Agnes, völlig eingeschüchtert durch den Kommandoton des jungen Doktors, der sich trotz des hofrätlichen Verbotes nach wie vor als Hausarzt benahm und dabei immer noch ihre Hand festhielt.

„Ich verlasse mich darauf. Was meine Kranke betrifft, so können wir uns ja in die Behandlung teilen. Bereiten Sie die Frau in Gottes Namen auf den Himmel vor; ich werde mein möglichstes thun, sie dem Himmel so lange wie möglich vorzuenthalten, und ich glaube, der Mann und die Kinder werden mir dankbar dafür sein. — Ich empfehle mich Ihnen, mein Fräulein."

Damit zog er den Hut und schlug die Richtung nach der Stadt ein, während Agnes den Weg nach Hause fortsetzte. Sie hielt dabei gehorsam den vorgeschriebenen langsamen Schritt inne, innerlich aber war sie empört über den Doktor Brunnow. Er war jedenfalls ein ganz entsetzlicher Mensch, ohne Religion, ohne Grundsätze, voll Spott und Hohn über die heiligsten Dinge und dabei von einer unglaublichen Rücksichtslosigkeit. Freilich, was konnte man andres von dem Sohne eines Mannes erwarten, der den Staat und die Regierung hatte umstürzen wollen und seinen Kindern ähnliche verderbliche Neigungen einflößte! Der Hofrat hatte das seiner Tochter in den schwärzesten Farben ausgemalt; sie war vollkommen mit ihm einverstanden, daß die beiden Brunnows, der Vater wie der Sohn, zu verabscheuen seien — und im übrigen nahm sie sich vor, morgen wieder zu der Kranken zu gehen, denn es war selbstverständlich ihre Pflicht, dem Einflusse eines Arztes entgegenzuarbeiten, der seine Patienten vielleicht gesund machte, aber zugleich ihr Seelenheil gefährdete, indem er den geistlichen Trost für überflüssig erklärte.

In dem Zimmer der Baronin Harder hatte soeben eine längere Unterredung stattgefunden. Der Freiherr hatte seiner Schwägerin rückhaltlos eröffnet, in welchen Beziehungen Gabriele zu dem Assessor Winterfeld stand, und die Baronin war außer sich darüber. Sie hatte wirklich nicht die leiseste Ahnung von dem Sachverhalte gehabt; es war ihr nie eingefallen, daß der junge, bürgerliche und vermögenslose Assessor die Augen zu ihrer Tochter erheben, oder daß diese eine solche Neigung erwidern könne. Gabrielens dereinstige Vermählung war in den Augen der Mutter stets mit dem Begriffe von Glanz und Reichtum verknüpft gewesen. Eine Verbindung, wie die in Rede stehende, schien ihr ebenso unmöglich wie lächerlich, und sie erging sich in den heftigsten Aeußerungen über den unverzeihlichen Leichtsinn ihrer Tochter und die „Tollheit des jungen Menschen", der da glaubte, daß eine Baroneß Harder so ohne weiteres für ihn erreichbar sei. Raven hörte finster und schweigend zu, endlich aber schnitt er der erzürnten Dame das Wort ab.

„Lassen Sie endlich diese Erörterungen, Mathilde, die an dem Geschehenen auch nicht ein Jota ändern! Sie haben am wenigsten Grund, so außer sich zu geraten über Dinge, die sich unter Ihren eigenen Augen zutrugen. Daß es überhaupt bis zur Erklärung und zum Einverständnisse zwischen den beiden kommen konnte, setzt doch mindestens eine grenzenlose Unaufmerksamkeit von Ihrer Seite voraus. Jedenfalls muß jetzt irgend etwas geschehen, und darüber wollte ich Rücksprache mit Ihnen nehmen."

„O, ich bin froh, Sie zur Seite zu haben," rief die Baronin, welche die Ausfälle ihres Schwagers gegen ihre eigene Person stets grundsätzlich ignorierte. „Ich weiß es ja, daß ich Gabrielen von jeher zu viel nachgegeben habe; jetzt glaubt sie sich mir gegenüber alles erlauben zu dürfen. Sie haben zum Glück mehr Autorität. Greifen Sie mit voller Strenge ein, Arno! Ich bitte Sie selbst darum. Setzen Sie der Anmaßung dieses verwegenen jungen Men=

schen einen Damm entgegen! Ich werde es versuchen, meiner Tochter
begreiflich zu machen, wie sehr sie sich und ihre Stellung vergaß,
als sie solchen Anträgen Gehör schenkte."

„Sie werden Gabrielen keine Vorwürfe machen," sagte der
Freiherr mit Bestimmtheit. „Sie hat von mir bereits gehört, wel=
chen Standpunkt Sie und ich zu der Sache einnehmen, und das ist
genug. Vorwürfe und Quälereien würden sie nur mehr in den
Trotz hineintreiben. Uebrigens ist ihre Neigung weder so lächerlich,
noch der junge Mann so unbedeutend, wie Sie annehmen; die Sache
ist im Gegenteil sehr ernst und erfordert ein sofortiges energisches
Eingreifen; hoffentlich ist es noch Zeit dazu."

„Gewiß, gewiß," stimmte Frau von Harder bei. „Es ist ja
unmöglich, daß meine kindische, flatterhafte Gabriele so tief und
ernst gefesselt sein sollte. Sie hat sich von äußeren Eindrücken be=
stechen, von einer schwärmerischen Liebeserklärung blenden lassen.
Junge Mädchen ihres Alters übersetzen ja so gern die Romane, die
sie lesen, in die Wirklichkeit. Sie wird zur Besinnung kommen und
einsehen, zu welcher Thorheit sie sich hat fortreißen lassen."

„Das hoffe ich," sagte Raven, „und daraufhin habe ich bereits
meine Maßregeln genommen, um eine Begegnung der beiden in Zu=
kunft zu verhindern. Ihre Sache ist es, dafür zu sorgen, daß kein
Briefwechsel stattfindet, und ich bin überzeugt, Mathilde, Sie werden
etwaigen Bitten und Thränen unzugänglich sein und sich einzig von
der Rücksicht auf die Zukunft Ihrer Tochter leiten lassen. Sie
werden begreifen, daß meine testamentarischen Verfügungen nur
dann in Kraft bleiben, wenn ich über Gabrielens Zukunft und Ver=
mählung bestimme. Ich bin nicht geneigt, die offenbare Auflehnung
gegen meinen Willen durch jene Verfügungen zu sanktionieren, und
am allerwenigsten gesonnen, mit meinem Vermögen dereinst dem
Herrn Assessor Winterfeld zu Reichtum und Ansehen zu verhelfen.
Gabriele ist noch viel zu jung und unerfahren, um solchen Er=
wägungen überhaupt zugänglich zu sein. Sie überschauen die Ver=
hältnisse, und ich darf daher wohl Ihrer Unterstützung gewiß sein."

Der Freiherr wußte, was er that, als er diese ganz unzwei=
deutige Drohung aussprach. Er kannte die unbeschränkte Macht
Gabrielens über ihre Mutter und die Charakterlosigkeit der Baronin,
die heute eine Sache in der heftigsten Weise verdammte und sich
morgen von Trotz und Thränen zur Nachgiebigkeit bewegen ließ.
Seine Drohung schob jeder etwaigen Schwäche einen Riegel vor
und machte die Mutter zur aufmerksamsten Hüterin der Tochter.

Frau von Harder war in der That ganz bleich geworden, als sie von Testamentsänderung hörte.

„Ich werde meine Mutterpflicht im vollsten Maße erfüllen," versicherte sie. „Seien Sie überzeugt, daß ich mich nicht zum zweitenmal täuschen lasse!"

Der Freiherr stand auf. „Und nun wünsche ich Gabriele zu sehen. Sie hat sich zwar seit unsrer gestrigen Unterredung für krank erklärt, ich weiß aber, daß das nur ein Vorwand ist, um mir auszuweichen. Sagen Sie ihr, daß ich sie hier erwarte!"

Die Baronin kam dem Wunsche ihres Schwagers nach, sie ging und kehrte schon nach wenigen Minuten in Begleitung ihrer Tochter zurück.

„Darf ich Sie bitten, uns zu verlassen, Mathilde?" sagte Raven.

„Sie wünschen —"

„Daß Sie mich und Gabriele auf eine Viertelstunde allein lassen. Ich ersuche Sie darum."

Die Baronin vermochte kaum, ihre Empfindlichkeit zu verbergen. Sie hatte doch ohne Zweifel das nächste und erste Recht, der nun folgenden Gerichtsscene beizuwohnen, und jetzt sandte der Freiherr sie mit seiner gewohnten Rücksichtslosigkeit fort und behielt sich die entscheidende Unterredung allein vor, ohne ihre Mutterrechte im geringsten zu beachten. Hätte die Dame nicht eine so große Furcht vor ihrem Schwager gehegt, sie würde sich diesmal gegen seinen Willen aufgelehnt haben, aber sein Ton und seine Haltung zeigten ihr, daß er heute weniger als je Widerspruch vertrug, und so fügte sie sich denn oder vielmehr, wie ihre eigene Meinung lautete: sie wich mit tiefverletzten Gefühlen dieser unerhörten Tyrannei und verließ das Zimmer.

Der Freiherr war allein mit Gabriele, aber diese blieb im Hintergrunde des Gemaches stehen. Er erwartete vergebens eine Annäherung.

„Gabriele!"

Sie that einige Schritte ihm entgegen, hielt dann aber mit sichtbarer Scheu inne. Raven trat jetzt zu ihr.

„Fürchtest du dich vor mir?" fragte er.

Sie machte eine verneinende Bewegung.

„Nun, weshalb denn dieses scheue, stumme Abwenden? Bin ich so hart gegen dich gewesen, daß du nicht einmal wagtest, mir wieder vor Augen zu treten?"

„Mir ist wirklich nicht wohl gewesen," versetzte Gabriele leise.

Der Blick des Freiherrn streifte das jugendliche Antlitz, das in der That nicht so rosig und frisch wie sonst erschien. Es lag etwas darüber wie ein Schatten, wie ein Hauch von Schmerz oder Unruhe, der diesen heiteren, lächelnden Zügen sonst ganz fremd war.

Raven nahm die Hand des jungen Mädchens; er fühlte, wie diese Hand bebte und es versuchte, sich der seinigen zu entziehen. Er hielt sie trotzdem fest, aber ohne jeden Druck, und seine Stimme klang kalt und ruhig, als er sagte:

„Ich weiß, was dich bei unsrer letzten Unterredung so erschreckt hat, und alles Verhüllen wäre hier nutzlos, aber du brauchst nichts mehr zu fürchten — es ist bereits vorüber. Ich verlange von dir die Bekämpfung einer Jugendthorheit und muß dir doch vor allen Dingen das Beispiel geben, wie man solche Aufwallungen niederkämpft. Ich konnte auf Augenblicke meine Jahre und die deinigen vergessen. Du hast mich zur rechten Zeit daran erinnert, daß die Jugend einzig zu der Jugend gehört, und ich bin dir dankbar für diese Erinnerung. Vergiß, was ein unbewachter Augenblick dir enthüllte! Es soll dich nicht wieder schrecken. Ich habe schon Ernsteres und Tieferes niedergezwungen, und ich bin es gewohnt, meine Empfindungen meinem Willen unterzuordnen. Der Traum ist zu Ende, denn — er soll zu Ende sein."

Gabriele hatte schon, als er zu sprechen begann, das Auge zu ihm emporgehoben; es lag noch immer eine bange Frage darin, indes erwiderte sie nichts, und ihre Hand glitt widerstandslos nieder, als er sie aus der seinigen ließ.

„Und nun fasse wieder Vertrauen zu mir, Kind!" fuhr Raven fort. „Wenn ich jetzt streng gegen dich und deine Liebe bin, so sieh darin nur die Pflicht des Vormundes, der für ein junges, ihm anvertrautes Wesen einzustehen hat. Willst du mir das versprechen?"

„Ja, Onkel Arno." Der Name kam doch seltsam zögernd und gezwungen von den Lippen des jungen Mädchens. Die Unbefangenheit, mit der sie einst dem „Onkel Arno" entgegengetreten, war unwiederbringlich dahin.

„Ich habe mit dem Assessor Winterfeld gesprochen," nahm Raven wieder das Wort, „und ihm gleichfalls mitgeteilt, daß ich meine Einwilligung zu deiner Verbindung mit ihm aufs entschiedenste versage. Es bleibt bei meinem Nein, denn ich weiß, daß eine solche Verbindung nach kurzer Täuschung für dich nur eine Quelle der Sorgen und Thränen werden würde, und um deiner selbst willen muß ich sie verhindern. Du bist in aristokratischen Anschauungen und Gewohnheiten erzogen, an Reichtum und Ueberfluß gewöhnt und wirst dich nie in einer andern Sphäre zurechtfinden. Was dir Winterfeld bieten kann, ist im besten Falle die einfachste Häuslichkeit mit den bescheidensten Mitteln. Mit jener Heirat trittst du in ein Leben von Dunkelheit und Entbehrungen und mußt alles zurücklassen, was dir lieb und notwendig ist. Es mag Charaktere geben, die solchen fortwährenden Aufopferungen und Entsagungen gewachsen sind — du bist es nicht; du müßtest denn deine ganze Natur ändern, und ich habe es den Assessor fühlen lassen, welchen Egoismus er bekundet, wenn er dir dergleichen Opfer zumutet."

„Er mutet sie mir nur für wenige Jahre zu," fiel Gabriele ein. „Georg Winterfeld steht ja erst im Anfang seiner Laufbahn und wir vertrauen auf die Zukunft. Er wird sich emporarbeiten, wie du selber es gethan hast."

Raven zuckte die Achseln. „Vielleicht — vielleicht auch nicht: Jedenfalls ist er keine von den Naturen, die sich ihre Zukunft im Sturme erringen und erobern; er gewinnt sie höchstens mit ruhiger, steter Arbeit. Aber dazu gehören lange Jahre, und dazu gehört vor allem, daß er frei und auf sich selbst gestellt bleibt, wie jetzt. Die Sorge für eine Familie, die tausend Bande und Rücksichten, mit denen sie ihn fesselt, wird ihm keinen Raum mehr zur Entfaltung seines Ehrgeizes lassen und ihn in die Bahn der Alltäglichkeit lenken, wo man nur noch arbeitet, um zu leben. Dann ist er verloren für jedes höhere Ziel, und du bist es mit ihm. Du weißt freilich noch nicht, was es heißt, mit der ganzen Existenz auf eine Summe angewiesen zu sein, wie sie jetzt dein Toilettengeld bildet. Ich möchte dich davor bewahren, es zu erleben, wie das Ideal von der Hütte und dem Herzen in Wirklichkeit aussieht."

In Gabrielens Auge schimmerte eine Thräne, als der Vormund ihr mit fester, grausamer Hand das Zukunftsbild zeichnete, aber sie verteidigte sich mutig.

„Du glaubst an keine Ideale mehr," entgegnete sie. „Du hast es mir ja selbst gesagt, daß du die Welt und das Leben verachtest. Wir glauben noch daran, und darum wird es für uns auch noch Liebe und Glück geben. Georg hat nie daran gedacht, mir jetzt schon seine Hand zu bieten; er weiß, daß dies nicht möglich ist, aber in vier Jahren bin ich mündig, und er hat eine höhere Stellung erreicht; dann gehöre ich ihm, und dann hat niemand mehr das Recht, uns zu trennen, niemand auf der Welt."

Sie warf die Worte mit einer ganz ungewohnten Haft und
Leidenschaftlichkeit hin, aber es war darin nicht der frühere Trotz und
Eigensinn. Es war vielmehr ein halb unbewußtes, angstvolles
Sträuben gegen jene Empfindung, der Gabriele schon im Anfang
ihres Hierseins Worte geliehen, als sie der Mutter gestand, es sei
ihr, als gehe von dem Freiherrn irgend eine geheime Macht aus,
die sie quäle und gegen die sie sich wehren müsse um jeden Preis.
Auch heute flüchtete sie sich in ihre Liebe zu Georg, und das allein
war es, was die Heftigkeit ihrer Antwort verschuldete.

Um Ravens Lippen spielte ein bitteres Lächeln. „Du scheinst
ja sehr genau zu wissen, bis zu welcher Grenze meine Macht reicht,"
erwiderte er. „Man wird dir das wohl oft genug klar gemacht
haben; wofür ist man denn Jurist! Nun gut, so lassen wir die

Sache ruhen bis zum Tage deiner Mündigkeit. Wiederholst du mir
dann die heutigen Worte, so kann und werde ich dich nicht mehr
hindern, wenn unsre Wege sich auch fortan trennen. Bis dahin
aber soll kein übereiltes Versprechen und keine eingebildete Fessel
dich binden, und deshalb wird Winterfeld dir von jetzt an fern
bleiben. Inzwischen bist du frei, für die Bewerbung eines jeden,
dessen Lebensstellung und Persönlichkeit ihn dazu berechtigt. Ich
werde einer ebenbürtigen Vermählung meine Einwilligung nicht
versagen — das war es, was ich dir mitteilen wollte."

Er hatte ernst und kalt gesprochen; nicht das geringste Beben
der Stimme, nicht das leiseste Zucken der Lippen verriet, daß die
letzte Verheißung ihm schwer werde. Der Traum sollte ja zu
Ende sein, und Arno Raven schien ganz der Mann, dieses Wort
wahr zu machen. Er zwang sich selbst mit der gleichen despotischen
Gewalt, die er gegen andre ausübte.

Er öffnete die Thür des Nebenzimmers, in dem sich die Baronin befand, die zu ihrem großen Leidwesen auch nicht ein Wort
der Unterredung hatte auffangen können, da die schweren Portieren
jeden Schall dämpften.

„Wir sind zu Ende, Mathilde," sagte der Freiherr. „Ich
übergebe Ihre Tochter jetzt Ihrer Obhut, aber noch einmal — keine
Vorwürfe! Ich will es nicht. Leb wohl, Gabriele!"

„Jetzt fange ich aber wirklich an, die Geduld zu verlieren," sagte Max Brunnow, als er in die Wohnung seines Freundes trat. „Ich glaube, alle Welt hat sich in die Ansicht des Hofrats Moser verrannt, daß ich notgedrungen staatsgefährlich sein müsse, weil ich den Namen Brunnow trage. Ueberall sieht man mich mit verdächtigen oder hochachtungsvollen Blicken an, je nach der Parteistellung. Es ist diesen Menschen schlechterdings nicht beizubringen, daß ich ein friedfertiger Arzt bin, der nicht daran denkt, Revolutionen anzuzetteln und Regierungen zu stürzen, sondern im Gegenteil die vortrefflichsten Anlagen zu einem ganz musterhaften Staatsbürger hat. Aber das glaubt mir niemand, und nun bin ich mit meiner verhängnisvollen Familientradition auch noch in dieses aufgeregte R. geraten, das fortwährend die krampfhaftesten Versuche macht, seinen Gouverneur abzuschütteln, und sich dabei äußerst revolutionssüchtig zeigt. Aber Seine Excellenz sitzen fest im Sattel und setzen dem widerspenstigen Roß bei jedem Sprunge, den es macht, die Sporen tiefer in die Seiten. Der ist euch allen gewachsen."

Assessor Winterfeld, der in der Sofaecke lehnte, hatte ganz gegen seine Gewohnheit den Freund nicht begrüßt. Er achtete kaum auf dessen Worte und sagte jetzt in mattem gedrücktem Tone:

„Gut, daß du kommst, Max! Ich wollte dich soeben aufsuchen, um dir eine Neuigkeit mitzuteilen."

Max wurde aufmerksam. „Was gibt es denn? Ist dir etwas Unangenehmes widerfahren?"

„Ja. Ich verlasse R. — wahrscheinlich auf immer."

„Um Himmels willen, was ist denn vorgefallen? Du willst fort?"

„Ich will nicht — ich muß. Heute morgen habe ich die Nachricht von meiner Versetzung nach der Residenz und an das Ministerium erhalten."

„An das Ministerium?" wiederholte Max. „Ist das eine Beförderung oder —"

„Nein, es ist ein Gewaltschritt des Gouverneurs," brach Georg
mit Bitterkeit aus. „Ich soll fort aus Gabrielens Nähe; es soll uns
in Zukunft jede Begegnung unmöglich gemacht werden. Raven hat
es mir ja angekündigt, daß er seine Macht schonungslos gebrauchen
werde. Er macht die Drohung nur zu bald wahr."

„Du glaubst, daß dieser Schritt von deinem Chef ausgeht?"
fragte der junge Arzt, der jetzt auch ernst geworden war.

„Es ist sein Werk allein. Er ist einflußreich genug in der Residenz, um mich in eine der dortigen Vakanzen einzuschieben, noch dazu, wenn es unter dem Vorwande der Verwendung für einen streb-
samen jungen Beamten geschieht, dem man vorwärts helfen möchte.
Ich weiß, daß von meiner Versetzung nie die Rede gewesen ist; sie
trifft mich jetzt wie ein Blitzstrahl. Freilich, ich hätte den Freiherrn
kennen sollen. Er droht nie, aber er weiß zu treffen. Seit unsrer
letzten Unterredung habe ich kein Zeichen seines Unwillens empfangen.
Er vermied den Verkehr mit mir, und wenn er mir hin und wieder
einige Worte sagen mußte, so geschah es kühl und geschäftsmäßig,
aber ohne die geringste Hindeutung auf das Vorgefallene. Ebenso
kühl und geschäftsmäßig kündigte er mir heute morgen in der Kanzlei meine neue Bestimmung an. Er fügte sogar einige anerkennende
Worte über einen Bericht hinzu, den ich für das Ministerium aus-
gearbeitet habe, und der ihm wahrscheinlich den Vorwand lieferte,
die Sache einzuleiten. Das Ganze ließ sich wie eine besondere Bevorzugung an, und die Kollegen gratulierten mir denn auch zu den
brillanten Aussichten, die sich mir in der Residenz eröffnen."

„Da haben sie ganz recht," bemerkte Max, der jetzt, wo die
erste Ueberraschung vorbei war, die Sache wie gewöhnlich von der
praktischen Seite nahm. „Dein Chef mag persönliche Gründe gehabt haben; allzu schlimm ist er gerade nicht mit dir verfahren, als
er dir die Residenz und das Ministerium öffnete. Das ist der Boden,
auf dem er seine eigene glänzende Carriere gemacht hat. Was
hindert dich, es ihm nachzuthun?"

„Was hilft es mir," rief Georg mit Heftigkeit, indem er auf-
sprang, „wenn ich mich dort emporringe und emporarbeite, während
mir hier alles genommen wird, was mir das Leben und die Zukunft
teuer macht? Ich weiß, daß ich Gabriele verliere, wenn sie all den
feindseligen Einflüssen, die unsre Liebe bedrohen, hier jahrelang
preisgegeben bleibt. Eine Natur wie die ihrige kann da nicht
standhalten, und ich ertrage es nicht, sie zu verlieren."

Der junge Arzt hatte in aller Ruhe die leer gewordene Sofaecke eingenommen und schien die Erregung seines sonst so besonnenen Freundes sehr wenig zu begreifen.

„Du bist ja ganz außer dir," sagte er. „Was meint Fräulein von Harber zu der Trennung? Ist sie überhaupt schon davon unterrichtet?"

„Das weiß ich nicht. Mir ist ja jeder Verkehr mit ihr abgeschnitten, aber ich muß sie vor meiner Abreise noch einmal sehen und sprechen, ich muß, koste es was es wolle! Wenn mir kein andrer Ausweg bleibt, so gehe ich geradeswegs zu der Baronin Harber und erzwinge mir den Abschied von meiner Braut."

Max zuckte die Achseln. „Nimm es mir nicht übel, Georg, das ist eine unsinnige Idee. Die Baronin steht zweifellos unter dem Einfluß ihres Schwagers, und der läßt sich sicher nichts abtrotzen. Laß uns die Sache einmal vernünftig überlegen! Vor allen Dingen — wann mußt du fort?"

„Schon in den nächsten Tagen; man hat selbstverständlich für einen Posten gesorgt, der sofortige und dringende Vertretung erfordert."

„So ist keine Zeit zu verlieren. Du warst ja wohl erst kürzlich bei dem Hofrat Moser?"

„Ich habe ihm selbst einige Akten zurückgebracht, die ich mit nach Hause genommen hatte."

Max sann nach. „Gut, so hast du einen Vorwand, das zum zweitenmal zu thun. Nimm meinetwegen das dickste Aktenheft mit, das du in deiner Kanzlei auftreiben kannst, aber richte dich so ein, daß du den Hofrat verfehlst! Das ist die Hauptsache."

Georg, der unruhig im Zimmer auf und nieder ging, blieb überrascht stehen. „Aber was soll denn das alles heißen?"

„Geduld — ich habe einen ganz vorzüglichen Plan. Fräulein Agnes Moser ist mit Baroneß Harber bekannt, allerdings nur oberflächlich. Der Hofrat hat seine Tochter den Damen vorgestellt, und die jungen Mädchen haben sich einigemal gesehen und gesprochen."

„Woher weißt du denn das alles?" fiel Georg ein. „Ich denke, du hast Fräulein Moser nur ein einziges Mal gesehen, bei jenem irrtümlichen Besuch?"

„Bitte um Entschuldigung; ich sehe und spreche sie fast täglich bei meiner Patientin, die ich auf deinen Wunsch behandle; sie arbeitet an dem Seelenheil der Kranken und ich an deren leiblichem Wohle. Die Teilung der Arbeit geht ausgezeichnet von statten."

„Aber du haſt mir ja niemals eine Silbe davon erzählt."

„Wozu das? Du biſt verliebt, und verliebte Leute haben ſelten Intereſſe für vernünftige Dinge."

Winterfeld überhörte die Bosheit, die in dieſen Worten lag; der Gedanke an ein Wiederſehen mit Gabriele beſchäftigte ihn voll= ſtändig.

„Und du glaubſt, das junge Mädchen, das, wie es heißt, in ſtreng klöſterlichen Umgebungen und Grundſätzen erzogen iſt, werde ſich zur Vermittlerin hergeben?" fragte er.

„Mühe genug wird es koſten," antwortete der junge Arzt be= denklich. „Indes, ich will es verſuchen. Im ſchlimmſten Falle laſſe ich mich einmal ordentlich bekehren; dann denkt ſie an nichts weiter, als meine Seele dem Himmel zu retten, und willigt in alles. Du mußt nämlich wiſſen, daß ich jetzt nach allen Regeln bekehrt werde."

Georg mußte trotz ſeines Kummers lächeln. „Du armer Max!" ſprach er mitleidig.

„Höre, Georg," ſagte Max ganz ernſthaft, „das iſt auch eine von den vorgefaßten Meinungen, daß man glaubt, das Bekehren müſſe immer langweilig und trübſelig ſein; es iſt bisweilen auch recht angenehm. Ich ſage dir, mir fehlt ordentlich etwas, wenn ich einmal nicht zu meiner Patientin komme, wo die üblichen Bekehrungs= verſuche mit mir angeſtellt werden."

„Von deiner Patientin?"

„Warum nicht gar! Von Agnes Moſer. Bis jetzt hält ſie mich allerdings noch für einen verſtockten Sünder und verabſcheut mich demgemäß; trotzdem ſind wir ſchon ziemlich weit vorwärts gekommen. Die heilige Sanftmut zum Beiſpiel, die mich im Anfange oft genug zur Verzweiflung brachte, habe ich ihr gründlich abgewöhnt. Sie kann jetzt ſchon ein ganz hübſches Trotzköpfchen aufſetzen, und wir zanken uns oft in einer herzerquickenden Weiſe."

Georgs Auge ruhte forſchend auf dem Geſichte ſeines Freundes. „Max," ſagte er plötzlich, ohne jeden Uebergang, „ſoviel ich weiß, beſitzt Hofrat Moſer gar kein Vermögen."

„Was in aller Welt geht das mich an?"

„Nun, ich meine nur wegen deines Heiratsprogramms. Para= graph eins: Vermögen."

Doktor Brunnow fuhr aus ſeiner Sofaecke in die Höhe und ſtarrte den Freund mit großen Augen an.

„Was fällt dir denn ein? Agnes Moſer will ja Nonne werden."

„Ich habe auch davon gehört, und die Klostererziehung paßt nun allerdings nicht zu dem ‚bequemen Leben‘, das du in deiner Ehe beanspruchst. Zartheit kannst du bei deiner Frau ohnehin nicht brauchen, und was die praktischen Hausfraueneigenschaften und die blühende Gesundheit betrifft —“

„Das brauchte ich nicht erst von deiner Weisheit zu hören; das kann ich mir allein sagen,“ brauste Max im vollsten Aerger auf.

„Ich begreife wirklich nicht, wie du zu solchen ganz grundlosen Folgerungen kommst. Du meinst wohl, alle Welt müsse sich lieben, weil du und deine Gabriele es thun? Wir denken nicht daran, aber das hat man davon, wenn man sich als Freund in der Not erweist. Die reinsten Absichten werden verdächtigt. Ich und Agnes Moser — lächerlich!“

Winterfeld hatte Mühe, seinen höchst aufgebrachten Freund zu besänftigen; endlich gelang es ihm. Der Herr Doktor ließ sich herab, die lächerliche Idee zu vergessen, mit der man ihn beleidigt hatte, und versprach seine Hilfe. Er trat denn auch bald darauf den gewohnten Weg zu seiner Patientin an. —

Die Kranke befand sich in der That ganz vortrefflich bei dem Eifer, mit dem man sich von zwei verschiedenen Seiten um ihr Wohl bemühte. Die Kur ihres Arztes hatte einen Erfolg, den dieser selbst

im Anfange kaum zu hoffen wagte. Die Krankheit nahm die ent=
schiedenste Wendung zum Besseren; es war gegründete Hoffnung
zur vollen Genesung vorhanden, und heute hatte die Patientin be=
reits bei dem warmen Sonnenschein eine halbe Stunde in dem
kleinen Garten zubringen können, der das Haus umschloß.

In diesem Gärtchen nun spazierten Doktor Brunnow und Fräu=
lein Moser dem Anscheine nach ganz friedfertig auf und nieder. Es
hatte sich in den wenigen Wochen ihrer Bekanntschaft ein Verkehr
zwischen ihnen herangebildet, dessen Unbefangenheit hauptsächlich
in der felsenfesten Ueberzeugung wurzelte, daß sie gar nichts für
einander fühlten. Agnes hegte wirklich die ernstliche Absicht, den
tief in Weltlichkeit und Unglauben versunkenen jungen Arzt für den
Himmel zu retten, und sie wiederholte diese Versuche um so hart=
näckiger, je vergeblicher sie sich erwiesen. Daß diese Seelenrettung
auch für sie selber schließlich etwas bedenklich werden könne, fiel ihr
gar nicht ein. Man hatte ihr jede Gefahr, die ihrem Herzen etwa
von der Männerwelt drohen könne, unter dem Bilde der Schmeichelei,
der Artigkeit und Liebenswürdigkeit dargestellt. Hätte sie etwas
dergleichen entdeckt, sie würde sich erschreckt und eiligst zurückgezogen
haben, aber Doktor Brunnow war und blieb rücksichtslos; er konnte
unter Umständen sogar recht grob werden, und einzig diesen ver=
trauenerweckenden Eigenschaften dankte er es, daß das junge Mäd=
chen ihn für vollständig ungefährlich hielt. Was ihn selbst betraf,
so war er durchaus nicht verliebt, wenigstens war die Entrüstung,
womit er gegen eine solche Zumutung protestierte, vollkommen auf=
richtig gemeint. Sein Heiratsprogramm enthielt bekanntlich sehr
viel nützliche Paragraphen, aber nichts von dem unpraktischen Idea=
lismus der Liebe. Da Agnes Mosers Persönlichkeit nun durchaus
nicht diesem Programm entsprach, so konnte von einer Neigung na=
türlich gar nicht die Rede sein.

Uebrigens hatte der junge Arzt entschiedenes Glück mit seinen
Kuren, denn auch Agnes hatte sich im Laufe der letzten Wochen
außerordentlich erholt, jedenfalls nur infolge der Gewissenhaftigkeit,
mit der sie die ärztlichen Vorschriften befolgte. Auf ihren sonst so
blassen Wangen zeigte sich eine leise Röte; das Auge war belebter,
die Haltung kräftiger, und ihr Wesen hatte viel von seiner Schüchtern=
heit verloren, wenigstens dem Doktor Brunnow gegenüber. Seine
Gottlosigkeit und ihr Bekehrungseifer begegneten sich so oft und sie
vertieften sich so häufig in dieses interessante Thema, daß sie not=
gedrungen vertrauter miteinander werden mußten. Auch heute hatte

die junge Dame ihren Begleiter wieder gehörig abgekanzelt, der
letztere sah aber durchaus nicht zerknirscht aus; seine Miene verriet
im Gegenteil das außerordentliche Behagen, das diese theologischen
Streitigkeiten ihm gewährten.

„Jetzt aber, mein Fräulein, bitte ich um Ihre Aufmerksamkeit
für einige irdische Dinge," sagte er, eine Pause des Gespräches be-
nutzend. „Die Angelegenheit, die ich Ihnen mitteilen will, ist jedoch
Geheimnis, und ich rechne auf Ihr unbedingtes Schweigen, gleichviel ob Sie meine Bitte gewähren oder nicht."

Das junge Mädchen machte große Augen bei dieser feierlichen
Einleitung, verhieß aber zu schweigen und hörte gespannt zu.

„Sie kennen Fräulein Gabriele von Harder," fuhr Max fort,
„und auch mein Freund, der Assessor Winterfeld, ist Ihnen bekannt.
Ich weiß aus seinem Munde, daß er bereits einmal das Vergnügen
hatte, Sie in Ihrer Wohnung zu sehen."

„Ich erinnere mich; er war bei meinem Vater."

„Nun wohl, Baroneß Harder und der Assessor lieben sich."

„Lieben sich!" wiederholte Agnes mit einem Gemisch von Bestürzung und Verlegenheit. Sie schien den Gegenstand der Unterhaltung sehr unpassend zu finden.

„Ja, sie lieben sich ganz bedeutend," sagte Max mit Nachdruck.
„Der Vormund der jungen Dame aber, Freiherr von Raven, und
die Baronin Harder widersetzen sich der beabsichtigten Verbindung,
weil Georg Winterfeld seiner bereinstigen Gattin keinen Rang und
Reichtum bieten kann. Was mich betrifft, so bin ich von Anfang an
der Schutzengel dieser Liebe gewesen."

„Sie, Herr Doktor?" fragte das junge Mädchen, den ‚Schutzengel‘ mit sehr kritischen Blicken ansehend.

„Sie meinen wohl, daß ich nicht viel Engelhaftes an mir
habe?" fragte Max nun seinerseits.

„Ich meine, daß es unter allen Umständen Sünde ist, sich gegen
den Willen der Eltern zu lieben," lautete die ein wenig scharfe Antwort.

„Das verstehen Sie nicht, mein Fräulein," belehrte der junge
Arzt. „Danach wird bei der Liebe gar nicht gefragt, und hier ist
das junge Paar vollends in seinem Rechte. Was soll man denn
anfangen, wenn die Eltern und Vormünder aus bloßem Vorurteil
und äußeren Rücksichten zwei eng verbundene Herzen trennen?"

„Man soll gehorchen," erklärte Agnes mit einer Feierlichkeit,
die ihr in diesem Augenblicke eine gewisse Aehnlichkeit mit ihrem
Vater gab.

„Das sind ganz veraltete Ansichten," sagte Max ungeduldig. „Im Gegenteil, man rebelliert und heiratet sich doch."

Fräulein Agnes hatte seit den letzten Wochen offenbar schon bedeutende Fortschritte gemacht. Sie setzte den verwerflichen Ansichten des Doktors Brunnow durchaus kein zaghaftes Schweigen mehr entgegen; sie hatte es wirklich schon gelernt, ein ganz hübsches Trotzköpfchen aufzusetzen, und machte jetzt von dieser neuen Errungenschaft Gebrauch, als sie erwiderte: „Das haben Sie gewiß dem Herrn Assessor angeraten."

„Keineswegs! Ich habe im Gegenteil alle Hände voll zu thun, um ihn nur einigermaßen bei Vernunft zu erhalten. Genug, mein Freund verläßt R. schon in den nächsten Tagen, und man geht so weit, ihm sogar den Abschied von seiner Braut zu verweigern. Er will und muß sie aber noch einmal sehen, um ihr ein letztes Lebewohl zu sagen. Fräulein Agnes," — der Redende machte hier eine äußerst wirkungsvolle Pause — „es ist etwas Schönes, der Schutzengel einer reinen und wahren Liebe zu sein. Ich muß das wissen; ich habe es lange genug durchgemacht."

„Was meinen Sie denn eigentlich, Herr Doktor?" fragte das junge Mädchen, das jetzt Verdacht schöpfte und sehr eilig vorwärts zu schreiten begann.

„Das will ich Ihnen erklären," rief Max und schloß sich ihr augenblicklich mit der gleichen Geschwindigkeit an.

Agnes blieb stehen; sie wußte aus Erfahrung, daß das Davonlaufen hier nichts half; dieser unverwüstliche Doktor hielt jedes Tempo von Schritten aus. Sie fügte sich also und hörte zu.

„Sie erzählten mir, daß Baroneß Harder bereits einmal bei Ihnen gewesen sei," nahm Max wieder das Wort. „Wenn das nun wieder geschähe und zufällig zu derselben Zeit Assessor Winterfeld —"

„Ohne Wissen der Frau Baronin?" fuhr Agnes entrüstet auf. „Niemals!"

„Aber so bedenken Sie doch —"

„Niemals! Das ist ein Unrecht, eine Sünde. Solch einen Plan konnten nur Sie ausdenken, aber ich werde mich nie zur Mitschuldigen dabei machen. Ich will nicht."

Fräulein Agnes war purpurrot vor Erregung und Entrüstung und traf den Doktor Brunnow mit einem so strafenden Blicke, daß er eigentlich die Augen hätte niederschlagen müssen. Aber Max war und blieb verstockt; er blickte das junge Mädchen mit ganz unzweideutigem Wohlgefallen an.

„Sieh den Trotzkopf!" sagte er bei sich selber. „Ich wußte es ja, die ganze gottselige Ergebung und fromme Lammesgeduld ist nur angelernt, und sobald diese verwünschte Klostererziehung in den Hintergrund tritt, kommt etwas ganz Erträgliches zum Vor-schein. Ich werde die Taktik ändern müssen. — Sie willigen also nicht ein?" setzte er laut hinzu.

„Nein," erklärte Agnes mit einem Tone, in dem zwanzig Widersprüche lagen.

Max nahm eine düstere Miene an. „So mag das Unglück denn seinen Lauf nehmen! Ich habe alles versucht, meinen Freund von verzweifelten Schritten zurückzuhalten, und ich hoffte das mit Ihrer Hilfe auch zu thun, indem ich ihm wenigstens den Abschied von seiner Braut ermögliche. Wird ihm dieser letzte Trost geraubt, so stehe ich für nichts mehr ein. Er nimmt sich wahrscheinlich das Leben."

„Er wird doch nicht!" meinte Agnes unruhig.

„Ich bin leider davon überzeugt. Was Fräulein von Harder betrifft, so wird sie seinen Tod schwerlich überleben; sie stirbt eben= falls vor Gram und Kummer."

„Kann man denn wirklich vor Kummer sterben?" fragte das junge Mädchen, das sichtlich ängstlich geworden war.

„Ich habe in meiner Praxis bereits mehrere derartige Fälle erlebt," log der gewissenlose Doktor. „Ich zweifle nicht daran, daß ein solcher auch hier eintreten wird. Die Baronin und Freiherr von Raven werden ihre Härte zu spät bereuen, und auch Sie, mein Fräulein, werden dies thun, denn in Ihrer Hand lag es, zwei brechende Herzen vor der Verzweiflung zu bewahren."

Agnes hörte mit tiefem Mitleid, aber auch mit steigender Ver= wunderung zu; sie hatte den Doktor Brunnow gar nicht für so gefühlvoll gehalten, aber dieser war jetzt einmal in das Rührende geraten, und da ihm dies zu seiner eigenen höchsten Verwunderung so ausgezeichnet glückte, griff er zu einem kühnen Schlußeffekt. Es kam ihm dabei gar nicht darauf an, den Selbstmord und den Tod aus Kummer, woran vorläufig noch niemand dachte, als bereits ge= schehen anzunehmen.

„Und ein solches Ende muß ich erleben!" sagte er melancho= lisch. „Ich, der ich gehofft hatte, meinen Freund und dessen Er= wählte in die Kirche und zum Altare zu geleiten!"

„Das würden Sie schwerlich gethan haben," warf das junge Mädchen ein. „Sie haben mir ja selbst gesagt, daß Sie niemals in die Kirche gehen."

„Ich werde es in Zukunft thun, wenn das Unglück abge= wendet wird," erklärte Max. „Uebrigens ist eine Hochzeit eine Ausnahme."

Fräulein Agnes spitzte bei den ersten Worten die Ohren. Sie war viel zu eifrig im Bekehren, um sich nicht schleunigst der Hand= habe zu bemächtigen, die sich ihr so unerwartet darbot.

„Ist das Ihr Ernst?" fragte sie hastig. „Wollen Sie wirklich in die Kirche gehen?"

„Wollen Sie meine Bitte erfüllen und nur auf eine einzige Viertelstunde meine Schutzengelrolle übernehmen?"

Agnes überlegte; es war ohne Frage ein schweres Unrecht,

eine Zusammenkunft zu begünstigen, die der Vormund und die Mutter verboten hatten, aber andrerseits galt es, eine Seele dem Himmel zu retten, und dieser letzte Beweggrund besiegte alle Bedenken. Der jesuitische Grundsatz, daß der Zweck die Mittel heilige, richtete auch hier wieder Unheil an.

„Morgen ist Sonntag,“ sagte das junge Mädchen zögernd. „Wenn Sie — wenn Sie die Vormittagspredigt im Dome besuchen wollten —“

„Die Frühmesse,“ verbesserte Max, der eine dunkle Idee davon hatte, daß diese Zeremonie die kürzeste zu sein pflegte.

„Die Vormittagspredigt!“ sagte Agnes so diktatorisch, als hätte sie dem Doktor Brunnow den Ton, in welchem er seine Verordnungen zu geben pflegte, förmlich abgelernt. Sie traute ihm offenbar noch nicht recht; jedenfalls wollte sie den betreffenden Kirchgang erst sehen, ehe sie sich zur Gegenleistung entschloß; sie setzte deshalb hinzu: „Aber die g a n z e Predigt, von Anfang bis zu Ende.“

Max stieß einen Seufzer aus. „Wenn es nicht anders geht — in Gottes Namen!“

Das war endlich eine fromme Aeußerung, wie Fräulein Agnes mit Wohlgefallen bemerkte. Sie gab sich der gegründeten Hoffnung hin, daß die Predigt den so mühsam gewonnenen Grund für die rechte Gläubigkeit weiter bearbeiten werde, und in der Freude darüber reichte sie ihrem Widersacher, der jetzt ihr Bundesgenosse geworden war, die Fingerspitzen, bereute dies aber sofort wieder, denn Max machte es wie der Teufel im Sprichwort: er nahm die ganze Hand, die er in der herzhaftesten Weise drückte und schüttelte.

Am nächsten Morgen, als die Glocken des Domes läuteten, schritt Hofrat Moser, seine Tochter am Arme, langsam und würdevoll nach der Kirche, um dort seinen gewohnten Platz einzunehmen. Die Aufmerksamkeit des frommen alten Herrn war natürlich nur auf den Gottesdienst gerichtet, und deshalb bemerkte er nicht, daß Agnes nicht wie sonst mit niedergeschlagenen Augen andachtsvoll im Kirchenstuhl saß, sondern halb ängstlich und halb erwartungsvoll umherspähte. Sie brauchte nicht allzu lange zu suchen; kaum zwölf Schritte von ihr entfernt, in der Nähe der Kanzel, stand Doktor Brunnow und spähte gleichfalls erwartungsvoll umher. Die beiden Augenpaare, die sich mit solchem Eifer suchten, mußten sich notgedrungen begegnen. Das geschah denn auch, und als Max sah, wie das blasse, zarte Gesichtchen in freudigster Ueberraschung aufleuchtete und von einer förmlichen Rosenglut übergossen wurde bei seinem Anblick, als er einen dankbar innigen Blick der dunklen Augen auffing, die ihm noch nie so ausdrucksvoll erschienen waren wie heute, da dachte er weder an sein Programm noch an dessen Paragraphen; er dachte nur, daß dieser Kirchenbesuch doch auch seine großen Annehmlichkeiten habe, und setzte sich mit einer Energie nieder, die seinen Entschluß, die ganze Predigt von Anfang bis zu Ende auszuhalten, auf das deutlichste bekundete.

Er hörte nun allerdings die Predigt, ob mit oder ohne Andacht, mochte dahingestellt bleiben, aber dafür hatte er einer der eifrigsten Kirchengängerinnen alle Andacht geraubt. Es ließ sich wirklich schwer entscheiden, wer von den beiden eigentlich der Bekehrte war. —

Am Nachmittage desselben Tages fand nun wirklich die beabsichtigte Zusammenkunft statt, die der Zufall außerordentlich begünstigte. Hofrat Moser hatte die Einladung eines Kollegen angenommen und befand sich in der Stadt. Frau Christine war gleichfalls ausgegangen; es bedurfte also nicht einmal eines Vorwandes, und der Besuch Gabrielens bei Agnes Moser einerseits und das Eintreffen des Assessors Winterfeld, der seinen Vorgesetzten verfehlte, andrerseits machten sich so zwanglos, daß beides immerhin für einen Zufall gelten konnte.

„Verzeih, daß ich zu diesem Mittel griff!" sagte Georg hastig, sobald er sich mit Gabriele allein sah. „Mir blieb keine Wahl, und ich habe es dem Freiherrn offen erklärt, daß ich es auch gegen seinen Willen versuchen werde, dich noch einmal zu sehen und zu sprechen. Ich komme, dir lebewohl zu sagen — vielleicht auf Jahre."

Gabriele war bleich geworden, und ihre Augen hafteten mit dem Ausdruck des Schreckens auf dem Redenden.

„Um Gottes willen — was ist geschehen?"

„Nichts von meiner Seite, was dich beunruhigen könnte. Es ist die Hand deines Vormundes, die uns so unerbittlich trennt. Er kündigte mir gestern meine Versetzung nach der Residenz und an das Ministerium an. Du siehst, wie weit sein Einfluß reicht und wie er ihn zu brauchen weiß, wenn es gilt, uns voneinander zu reißen."

„Nein, nein, du darfst nicht fort," rief Gabriele angstvoll und schmiegte sich, wie Schutz suchend, an ihn. „Du darfst mich jetzt nicht verlassen, Georg. Nur jetzt laß mich nicht allein!"

Kaum zwölf Schritte von ihr entfernt, in der Nähe der Kanzel, stand Doktor
Brunnow und spähte gleichfalls erwartungsvoll umher.   (S. 151.)

„Weshalb nicht?" fragte er betroffen. „Quält man dich so sehr um meinetwillen? Freilich, ich hätte es ahnen können! Raven ist hart und rücksichtslos bis zur Grausamkeit, sobald man sich gegen seinen Willen auflehnt. Du wirst mit Vorwürfen, mit Quälereien und Drohungen verfolgt, nicht wahr, Gabriele? Man bietet alles auf, deinen Widerstand zu brechen? Sprich, ich muß die Wahrheit wissen."

Das junge Mädchen machte eine matte, verneinende Bewegung.

„Du irrst, davon ist keine Rede. Mein Vormund hat seit jenem Tage, wo er mir erklärte, daß er unwiderruflich bei seinem Nein bleibe, deinen Namen nicht wieder genannt und auch die Mama veranlaßt, mich mit den Vorwürfen zu verschonen, mit denen sie anfangs auf mich einstürmte, aber er geht seitdem mit einer Eiseskälte an mir vorüber, und ich — Georg, ist es denn nicht möglich, daß du in meiner Nähe bleibst?"

„Ich kann nicht," sagte Georg, der selbst nur mit Mühe seine tiefe Erregung beherrschte. „Ich muß dem Rufe folgen; es ist unmöglich, ihn abzulehnen. Unter andern Umständen würde ich diese neue Lebensrichtung ja mit Freuden begrüßen; sie eröffnet mir eine ganz andre Zukunft als meine Stellung hier in R., wo das Uebergewicht, das der Freiherr nach allen Richtungen hin ausübt, jede selbständige Regung und jedes eigene Streben unterdrückt, aber ich weiß nur zu gut, daß diese sogenannte Beförderung nur den Zweck hat, mir mein Höchstes, Teuerstes, deine Liebe, zu rauben und dich mir auf immer zu entreißen. Dein Vormund hat zwei mächtige Bundesgenossen zu Hilfe gerufen, die Zeit und die Entfernung. Vielleicht verhelfen sie ihm doch zum Siege."

„Niemals!" brach Gabriele leidenschaftlich aus. „Er soll und wird nicht siegen. Ich habe es dir versprochen; ich halte Wort."

Georg hörte nicht die verhaltene Angst, die auch jetzt wieder in dem Tone lag; er hörte nur die ungewohnte Willenskraft darin, und trotz der Abschiedsstunde leuchtete in seinem Antlitz ein Strahl des Glückes auf. Er hatte nur zu sehr gefürchtet, die Geliebte auch jetzt wieder so kindisch, so sorglos und gleichgültig gegen die Trennung zu finden, wie einst, wo sie seinem Schmerz auch nicht das mindeste Verständnis entgegenbrachte. Es beseligte ihn unendlich, daß auch sie seine Entfernung so schmerzlich empfand, daß sie ihn so angstvoll zurückzuhalten strebte, und ihr leidenschaftlich gegebenes

Verfprechen erfüllte ihn mit nie gekanntem Entzücken. Im über=
ftrömenden Gefühl beugte er fich nieder und küßte ihre Hand.

„Ich danke dir," fagte er innig. „Aber du bift feltfam ver=
ändert, feit wir uns nicht gefehen haben. Wo ift denn die fonnige
Heiterkeit meiner Gabriele geblieben, die fonft, noch mit der Thräne
im Auge, fchon wieder lächeln konnte? Einft fagteft du mir im
Scherze: ‚Du kennft meine eigentliche Natur noch gar nicht.‘ Ich
habe fie wirklich nicht gekannt — das fühle ich in diefem Augen=
blicke."

Das junge Mäd=
chen blieb die Antwort
fchuldig, aber die rofi=
gen Lippen hatten in
der That das Lächeln
verlernt; fie fchienen
ein geheimes Weh zu
verfchließen, das fich
nicht in Worten erleich=
tern konnte.

„Verzeih, wenn
ich dich verkannte!"
fuhr Georg mit fteigen=
der Zärtlichkeit fort.
„Ich bekenne es — ich
habe oft an dir gezwei=
felt und mit Bangig=

keit der Stunde entgegengefehen, die den unausbleiblichen Kampf mit
deiner Familie bringen mußte. Jetzt fehe ich, daß du auch tief und
ernft empfinden kannft, und jetzt glaube ich an dich und deine Liebe,
auch wenn ein Raven mit feinem Machtgebot dazwifchen tritt."

Gabriele zuckte bei den letzten Worten zufammen; fie hob
das gefenkte Auge empor. Es war ein Blick, den Georg nicht zu
enträtfeln vermochte, ein Blick voll Angft, Schmerz und rührender
Bitte, aber fchon im nächften Momente wurde das alles verdunkelt
von einem Thränenftrom, der unaufhaltfam hervorftürzte.

„Meine arme Gabriele," flüfterte der junge Mann zu ihr
niedergebeugt. „Du bift fo wenig an Leid und Kummer gewöhnt,
und gerade ich muß es fein, der fie dir bringt. Aber wir waren ja
darauf gefaßt, für unfre Liebe zu kämpfen; jetzt ift die Zeit da: wir
müffen ertragen und überwinden. Vielleicht bereut Freiherr von

Raven es doch noch einmal, in solcher Weise die Vorsehung gespielt zu haben. Er entläßt einen Feind mehr in die Welt und keinen so unbedeutenden, wie er glaubt."

Gabrielens Thränen stockten; sie entzog dem Sprechenden die Hand, die er noch in der seinigen hielt. „Ihr seid — Feinde geworden?"

„Ich bin längst der Gegner Ravens gewesen. Frage mich nicht, weshalb! Dir gegenüber kann und will ich deinen Vormund und Verwandten nicht anklagen; das gehört vor ein andres Forum. Aber glaube mir, er hat viel Haß und Feindschaft herausgefordert, hat seine Macht oft genug in einer Weise gebraucht, die unheilvoll geworden ist für seinen Wirkungskreis und einst noch unheilvoll für ihn selber werden wird. Er that nicht gut daran, mich mit eigener Hand aus dem Bannkreise seiner Persönlichkeit zu stoßen, der mich, wie so viele andre, gefesselt hielt und dem ich mich nicht entziehen konnte, obgleich ich fühlte, daß er meine Willenskraft lähmte. Doktor Brunnow warnte mich nicht umsonst vor der dämonischen Macht dieses Mannes; auch mich hat sie oft bewundern gelehrt, wo ich hätte verurteilen sollen. Jetzt ist der Bann gebrochen, und dort in der Residenz fallen auch die Rücksichten, die mich meinem unmittelbaren Vorgesetzten gegenüber banden."

„Was meinst du?" fragte Gabriele unruhig. „Ich verstehe deine Andeutungen nicht."

„Du sollst sie auch nicht verstehen," sagte Georg fest, „aber versprich mir eins! Was du auch hören magst, glaube nicht, daß persönliche Feindschaft oder niedrige Rache für einen versagten Wunsch mich zum Handeln treibt. Ich hatte längst beschlossen, den Kampf mit dem Gouverneur unsrer Provinz aufzunehmen, weil er aufgenommen werden mußte und weil sich sonst niemand fand, der es wagte, dem allmächtigen Raven die Stirn zu bieten. Ich hatte meine Waffen bereit — da lernte ich dich kennen und erfuhr, daß der Mann, den ich auf Tod und Leben bekämpfen wollte, mein ganzes Lebensglück in Händen hielt, und da sank mir der Mut. Es mag unrecht, mag feige gewesen sein, aber ich möchte den sehen, der an meiner Stelle anders gehandelt, der es vermocht hätte, sich selbst all die Liebes- und Lebenshoffnungen zu zerstören, die ihm eben erst erblüht waren. Jetzt sind sie zerstört. Dein Vormund hat mir mit grenzenloser Härte auch für die Zukunft deine Hand versagt, er, der nicht mehr wie ich zu bieten hatte, als er um die Tochter des Ministers warb. Wir sind als offene Gegner geschieden; jetzt werde

ich mich nur noch von dem leiten laffen, was ich für Pflicht aner=
kenne. Und nun — lebe wohl!"

Gabriele hielt ihn zurück. „Georg, so darfst du nicht von mir
gehen, nicht mit diefen dunklen Drohungen, die mich namenlos
ängstigen. Was haft du vor? Ich will und muß es wiffen."

„Erlaß mir das!" fagte der junge Mann, fanft, aber ent=
fchieden ablehnend. „Um deiner felbft willen darf ich dir die Mit=
wiffenfchaft nicht auferlegen. Du bift nicht frei wie ich. Du bleibft
hier in der Nähe deines Vormundes, im täglichen Verkehr mit ihm.
Du würdeft es wie eine Schuld empfinden, hätteft du auch nur in
Gedanken Anteil an irgend etwas —"

„Das ihn bedroht?" fiel Gabriele mit fo eigentümlich bebender
Stimme ein, daß Georg ftutzte.

„Den Freiherrn von Raven meinft du?" fagte er langfam.
„Trauft du mir irgend etwas Ehrlofes zu?"

„Nein, nein — aber ich fürchte — für dich, für uns alle."

„Sei ruhig, ich kämpfe mit offenem Vifier und fpreche im
Namen von Hunderten, die nicht zu fprechen wagen. Der Gouverneur
von R. mag antworten, wie es ihm gut dünkt. Er ift der Mächtigfte,
deffen Stimme vor allem gehört wird; die Gefahr ift allein auf meiner
Seite, aber auch das Recht. — Und nun laß uns fcheiden! Wenn
es irgend möglich ift, fo erhältft du Nachricht von mir aus der Refi=
denz, aber wenn auch keine einzige Zeile bis zu dir gelangen follte,
du weißt es ja, daß du allein mein ganzes Denken und Streben aus=
füllft, und daß ich mein Recht auf deine Hand nicht fahren laffe, ich
müßte denn aus deinem eigenen Munde hören, daß du mich aufgibft."

Er zog fie in feine Arme, zum erftenmal wieder feit jenem
Tage, wo er ihr feine Liebe geftanden hatte. Der Abfchied war kurz
und fchmerzvoll; noch ein paar innig und leidenfchaftlich geflüfterte
Worte, ein letzter Händedruck — dann riß fich Georg los und ging.

Gabriele war auf einen Seffel niedergefunken und hatte das
Geficht in den Händen verborgen. Thräne auf Thräne tropfte
zwifchen den Fingern nieder, und doch galt diefes leife, halb unter=
drückte Weinen nicht der Trennung allein. Es war noch ein andres,
unnennbares Weh, das durch die Seele des jungen Mädchens zog
und mit geheimnisvoller, aber furchtbarer Gewalt die ganze Ver=
gangenheit auszulöfchen drohte. Georg hatte recht; er kannte Ga=
brielens eigentliche Natur bisher wirklich noch nicht, wenn diefe Natur
fich aber auch jetzt entfchleierte — er war es nicht, der fie geweckt
hatte.

———————

Die letzten Wochen im Ravenschen Hause waren allerdings nichts weniger als angenehm gewesen. Zwar hatte sich dort im äußeren Leben nichts geändert; man sah und sprach sich nach wie vor bei Tische und bei gesellschaftlichen Veranlassungen, aber die frühere Unbefangenheit des Verkehrs hatte einer Gezwungenheit Platz gemacht, die wie ein schwerer Druck auf jedem einzelnen lastete. Die Baronin fand sich in ihrer gewohnten Oberflächlichkeit noch am leichtesten damit ab. Sie begriff gar nicht, wie ein unbedeutender und flüchtiger Liebesroman, der ja nicht viel mehr als eine Kinderei war, den Freiherrn so tief und nachhaltig verstimmen konnte. In ihren Augen war die Sache mit dem energischen Verbot ihres Schwagers und der Entfernung des Assessors Winterfeld aus R. vollständig zu Ende und Gabriele mußte jetzt zweifellos zur Besinnung kommen. Die Mutter hatte ein, wie sie meinte, unfehlbares Mittel in Bereitschaft, um jenen romantischen Jugendtraum bei ihrer Tochter in den Hintergrund zu drängen — die Bewerbung des jungen Lieutenants Wilten, der mit seinen Absichten jetzt deutlicher hervortrat.

Oberst Wilten hatte seit jenem Festabende, wo er bemerkte, wie sehr sein ältester Sohn von dem Anblicke und den Reizen der jungen Baroneß Harder gefesselt war, den Plan einer Verbindung festgehalten. Da der Freiherr sich den ersten Andeutungen gegenüber sehr unzugänglich zeigte, so wandte der Oberst sich an die Baronin, die er denn auch seinen Wünschen geneigter fand. In der That ließ sich nicht viel gegen die Partie einwenden, die selbst einer anspruchsvollen Mutter genügen konnte. Die Wilten gehörten einem altaristokratischen Geschlechte an und waren mit den vornehmsten Familien des Landes verwandt oder verschwägert. Sie waren allerdings nicht reich, aber dieser Mangel wurde durch Gabrielens Mitgift und bereinstiges Vermögen ausgeglichen, wenn, wie es zu erwarten stand, der Freiherr die Verbindung genehmigte. Albrecht von Wilten war ein junger, hübscher Offizier, dem die Uniform vorzüglich stand

und der ebenso vorzüglich ritt und tanzte. Er war ein liebens=
würdiger Kavalier, wußte angenehm zu unterhalten und schien
Gabriele wirklich tief und aufrichtig zu lieben. Kurz, er besaß alle
Eigenschaften, welche Frau von Harder von ihrem künftigen
Schwiegersohne verlangte, und der Oberst und dessen Gemahlin,
denen die Erbin des Freiherrn von Raven als Schwiegertochter
sehr erwünscht war, überhäuften Mutter und Tochter mit Auf=
merksamkeiten.

Die Baronin sondierte zuvörderst bei ihrem Schwager. Sie
machte freilich die unangenehme Entdeckung, daß Gabriele durch
ihren Trotz und Eigensinn das frühere Wohlwollen des Vormundes
vollständig verscherzt hatte, denn er nahm den ganzen Plan mit
eisiger Gleichgültigkeit auf. Er erklärte zwar, daß er nichts dagegen
einzuwenden habe, verweigerte aber jedes Eingreifen seinerseits und
überließ alles der Mutter allein. Diese gewann indes die tröstliche
Ueberzeugung, daß ihre Tochter als Baronin Wilten im unge=
schmälerten Besitz all der Rechte bleiben werde, die das Testament
des Freiherrn ihr verhieß, und damit fiel auch das letzte Bedenken.
Gabriele durfte allerdings von dem Plane noch nichts wissen; sie
schien den jungen Offizier nicht ungern zu sehen, verhielt sich aber
ihm gegenüber ziemlich kühl und zurückhaltend und legte seinen
Huldigungen offenbar keine tiefere Bedeutung bei. Sie weigerte sich
deshalb auch nicht, die Mutter zu begleiten, als diese eine Einladung
nach dem Wiltenschen Landsitze annahm, der einige Meilen von der
Stadt entfernt am Fuße des Gebirges lag. Die kränkliche Gattin
des Obersten pflegte dort den Sommer zuzubringen; sie war noch
nicht wieder nach R. zurückgekehrt, und da der Herbst noch schöne,
sonnige Tage versprach, so ruhte Lieutenant Wilten nicht, bis er
die Zusage eines Besuches erhielt. Er nahm natürlich sofort Urlaub,
um den Damen bei diesem Herbstaufenthalt Gesellschaft zu leisten, und
auch der Oberst machte sich auf kurze Zeit von den Pflichten seines
Dienstes frei. Die Sache war also angeknüpft, und man beschloß,
das weitere den jungen Leuten selbst zu überlassen.

Der Freiherr, dem die Einladung gleichfalls galt, hatte sich
mit der Ueberhäufung von Geschäften und der Notwendigkeit ent=
schuldigt, bei der fortgesetzt unruhigen Stimmung, die in der Stadt
herrschte, auf seinem Posten zu bleiben. Die Damen reisten also
allein ab, und Gabriele atmete auf, als der Wagen aus dem Portal
des Regierungsgebäudes rollte. Sie hatte unter den Erlebnissen
der letzten Wochen am schwersten gelitten, und doch hatte Raven

Wort gehalten; kein Blick, kein Laut erinnerte sie mehr an jenen
„unbewachten Augenblick", den sie vergessen sollte, wie er ihn vergessen zu haben schien. Er nannte den Namen Georg Winterfelds
nicht wieder seit dem Tage, wo er dem jungen Mädchen ankündigte,
daß der Assessor die Stadt verlassen habe, um seine Stellung in der
Residenz anzutreten, doch der Freiherr selbst war seitdem noch ver-
schlossener und unzugänglicher als sonst. Er beherrschte und leitete
alles mit gewohnter Energie, aber zwischen ihm und Gabriele schien
sich eine endlose Kluft aufgethan zu haben, die jede Möglichkeit der
Annäherung oder Versöhnung ausschloß. Es lag eine Eiseskälte
in seinem Benehmen gegen sie, und sie griff mit einer förmlichen
Hast nach dem Vorschlage der Mutter, nur um auf kurze Zeit einem
Zusammenleben zu entgehen, das mit jedem Tage unerträglicher
wurde. Auch Raven schien die Trennung zu wünschen, denn er
hatte nichts gegen den Ausflug einzuwenden und gab sofort seine
Einwilligung, als die Baronin ihn auf volle vierzehn Tage aus-
dehnte.

Es war am letzten Tage dieses Aufenthaltes, als der Gouverneur nach dem Wiltenschen Landsitze hinausfuhr, um die Damen abzuholen. Die Baronin hatte sich eine Erkältung zugezogen und
wagte es nicht, bei der ziemlich rauhen Witterung eine Fahrt von
mehreren Stunden zu unternehmen. Sie wollte erst am nächsten
Tage in Begleitung des Obersten und seiner Gattin nach der Stadt
zurückkehren, während Gabriele den Vormund schon heute zurück-
begleiten sollte. Raven, der in den Vormittagsstunden gekommen
war, wollte gleich nach Tisch wieder fort, und Oberst Wilten bemühte
sich vergeblich, ihn gleichfalls zum Bleiben zu bewegen.

„Ich kann nicht," sagte der Freiherr, während beide, im Gespräch begriffen, im Gartensalon auf und nieder schritten. „Ich
darf unter den jetzigen Umständen die Stadt nicht auf länger als
höchstens einige Stunden verlassen und habe selbst für diese kurze
Abwesenheit Anordnungen getroffen, um sofort erreichbar zu sein,
wenn irgend etwas vorfällt."

„Ist die Lage so bedrohlich?" fragte der Oberst, der seit acht
Tagen auf seinem Gute war.

„Bedrohlich?" Raven zuckte die Achseln. „Man schreit und
lärmt noch ärger als sonst und gibt mir durch gelegentliche Krawalle
das Mißfallen der guten Stadt R. an meiner Person und meinem
Regiment hinreichend zu erkennen. Ich habe einige der ärgsten
Schreier, die in offener Versammlung die Notwendigkeit meiner

Abſetzung erklärten, ergreifen und dingfeſt machen laſſen, und
darüber gibt es nun Empörung an allen Ecken und Enden. Der
Bürgermeiſter war ſelbſt bei mir, um ‚im Namen der Gerechtigkeit‘
die Freilaſſung der Verhafteten zu verlangen. Ich war genötigt,
dem Herrn bemerklich zu machen, daß meine Geduld jetzt erſchöpft
ſei, und daß ich in andrer Weiſe eingreifen werde, als es bisher
geſchehen iſt.“

Die Worte verrieten
trotz ihres ſarkaſtiſchen An-
fluges doch eine tiefe Gereiztheit; auch Wilten war
ernſt geworden.

„Es gärt ſchon ſeit
Monaten,“ bemerkte er.
„Wenn der drohende Aus-
bruch bisher vermieden
wurde, ſo danken wir das
nur dem äußerſt taktvollen
Benehmen des Polizeidirektors.“

„Er und ſeine Be-
amten werden aber der
wachſenden Aufregung nachgerade machtlos gegenüber
ſtehen; der Polizeidirektor
liebt allzuſehr die halben
Maßregeln, als daß ich mich

ernſtlich auf ihn verlaſſen könnte. Was ich auch befehlen und an-
ordnen mag, ich finde ſtets ein gefügiges Entgegenkommen, aber
ſobald es ſich um die Ausführung handelt, gibt es Hinderniſſe und
Zögerungen ohne Ende, und wir kommen nicht von der Stelle. —
Es iſt mir lieb, daß Sie morgen ohnehin nach der Stadt zurückkehren! ich hätte Sie ſonſt erſucht, Ihren Urlaub abzukürzen. Sie
ſind Kommandant der Garniſon, und ich weiß nicht, ob und wie
bald ich das Militär brauchen werde.“

„Excellenz, das ſollten Sie lieber vermeiden,“ ſagte der Oberſt
eindringlich. „Das ſind Gewaltſchritte, die nicht mehr zurückgethan
werden können, und Sie wiſſen, meine Inſtruktionen —“

„Weiſen Sie an, die Garniſon zu meiner Verfügung zu ſtellen!“
fiel der Freiherr ein.

„Nein, sie weisen mich nur an, Ihnen im äußersten Notfalle meine Unterstützung zu leihen," entgegnete der Oberst, gereizt durch den herrischen Ton, „und man wünscht beim Armeekommando ernst= lich, daß dieser Fall vermieden werde. Es läßt sich da wirklich kaum eine Grenze ziehen, wo Ihre Verantwortung aufhört und wo die meinige beginnt. Ich würde Bedenken tragen, jetzt schon das Mili= tär eingreifen zu lassen."

„Das ist natürlich!" sagte Raven kurz. „Sie sind Soldat und gewohnt, sich der Disziplin zu beugen; ich habe mir von jeher in meiner Stellung die Freiheit und Unabhängigkeit des Handelns gewahrt. Seien Sie indes überzeugt, daß ich thun werde, was in meinen Kräften steht, um Ihnen das Bedenken zu ersparen!"

„Wir wollen hoffen, daß es nicht zum äußersten kommt," lenkte der Oberst ein, der nichts weniger wünschte, als den Freiherrn zu erzürnen. Er rechnete gerade jetzt sehr auf dessen Freundschaft, und da er voraussah, daß das bisherige Gesprächsthema nur Ge= legenheit zu neuer Reizung geben werde, ließ er es fallen und ging zu einem andern über, das ihm sehr am Herzen lag.

„Ich kehre jedenfalls morgen auf meinen Posten zurück," begann er wieder. „Mein Albrecht ist schon seit einigen Tagen wieder in der Stadt; es ist ihm freilich schwer genug geworden, sich loszu= reißen und den Pflichten seines Dienstes zu folgen. Er liegt ganz und gar in den Fesseln einer gewissen jungen Dame."

Raven schwieg; er blieb wie zufällig an der Balkonthür stehen und blickte halb abgewendet in den Garten hinaus.

„Ich darf wohl annehmen, daß Ihnen die Wünsche und Hoff= nungen meines Sohnes nicht mehr unbekannt sind," fuhr Wilten fort, „Wünsche, die meine Frau und ich im vollsten Maße teilen. Wenn wir dabei auch auf Ihre Unterstützung rechnen dürften —"

„Hat sich Lieutenant Wilten bereits erklärt?" unterbrach ihn der Freiherr, noch immer in seiner Stellung verharrend.

„Noch nicht! Fräulein von Harder nahm eine etwas zurück= weisende Haltung an, und Albrecht wagte es daher nicht, sogleich mit seiner Bitte hervorzutreten. Ihnen gegenüber wird er das aber schon in den nächsten Tagen thun. Er darf doch wohl auf Ihre Fürsprache rechnen, das Wort eines Vaters ist ein mächtiger Bei= stand."

„Eines Vaters!" wiederholte Raven; es klang wie die herbste Ironie.

„Nun, oder dessen, der die Stelle des Vaters vertritt. Auch

die Frau Baronin meint, daß Ihre Autorität bei ihrer Tochter schwer
ins Gewicht fallen werde."

Raven fuhr mit der Hand über die Stirn und wandte sich
langsam um.

„Sobald Lieutenant Wilten sich mir erklärt hat, werde ich
Gabrielen seinen Antrag mitteilen und ihre Antwort fordern. Be=
einflussen kann und will ich mein Mündel nicht."

„Davon ist ja auch keine Rede," fiel der Oberst ein. „Wenn
die junge Baroneß aber einwilligt, so handelt es sich doch vor allen
Dingen um die Zustimmung des Vormundes. Die Frau Baronin
hat meinem Sohne Hoffnung darauf gemacht."

„Ich habe meiner Schwägerin bereits erklärt, daß ich nichts
einzuwenden habe," sagte der Freiherr, dessen Lippen zuckten, als
erduldete er eine innere Marter, während seine Stimme die gewohnte
Ruhe behielt. „Die Entscheidung aber hängt einzig und allein von
Gabriele ab. Will die Mutter sie beeinflussen, so mag sie es thun
— ich enthalte mich jedes persönlichen Eingreifens."

Der Oberst schien betroffen und ein wenig beleidigt durch diese
kühle Aufnahme seiner Pläne, aber er schrieb sie der Verstimmung
zu, in welche die Ereignisse in der Stadt den Gouverneur versetzt
hatten. „Ich begreife, daß Sie jetzt den Kopf voll von ganz andern
Dingen haben," erwiderte er. „Aber wenn solch ein junger Hitz=
kopf, wie mein Albrecht, verliebt ist, so fragt er nicht viel danach,
ob Zeit und Umstände seiner Werbung auch günstig sind, und will
sich durchaus nicht zum Warten bequemen. — Um aber wieder auf
die Abreise zu kommen: wäre es nicht besser, Sie ließen die Damen
noch eine Zeit lang hier? Der Aufenthalt in R. ist jetzt nicht an=
genehm, und meine Frau würde sich mit Freuden entschließen, um
ihrer lieben Gäste willen den Landaufenthalt zu verlängern."

„Ich danke," lehnte Raven ab. „Es soll nicht heißen, daß
meine Verwandten der Stadt fernbleiben, weil ich die Lage für
bedrohlich erachte. Dergleichen Gerüchte sind bereits aufgetaucht,
und es ist die höchste Zeit, daß sie widerlegt werden."

Oberst Wilten sah ein, daß er diesem Grunde weichen müsse,
und fügte sich. Es blieb also bei der beschlossenen Abreise und
einige Stunden später kehrte der Freiherr mit Gabriele nach der
Stadt zurück, wo der Oberst mit den beiden andern Damen am
nächsten Mittag eintreffen wollte.

Es war ein kühler, etwas stürmischer Herbsttag, wo Regen=
schauer und Sonnenblicke beständig abwechselten. Die ersteren

hatten zwar gegen Mittag aufgehört, aber die jetzt schon sinkende
Sonne kämpfte noch immer mit dem Gewölk, das den ganzen
Himmel umzogen hielt. Raven war trotz der wenig einladenden
Witterung, seiner Gewohnheit gemäß, im offenen Wagen ge=
kommen, und die schönen, in ganz R. wegen ihrer Schnelligkeit be=
rühmten Pferde trugen das leichte Gefährt wie im Fluge dahin.
Von seiten der beiden Insassen wurde die Fahrt größtenteils
schweigend zurückgelegt. Der Freiherr schien ganz mit seinen Ge=
danken beschäftigt, und Gabriele sah gleichfalls stumm in die
Gegend hinaus. Der Wind blies schärfer von den Bergen her, und
das junge Mädchen zog den Mantel fester um die Schulter. Raven
bemerkte es.

„Dich friert," sagte er. „Ich hätte bedenken sollen, daß du
bei solcher Witterung nicht an die Fahrt im offenen Wagen gewöhnt
bist. Ich werde das Verdeck schließen lassen."

Er wollte dem Kutscher einen Befehl geben, aber Gabriele
hielt ihn zurück. „Ich danke. Ich ziehe selbst diese rauhe Luft
dem geschlossenen Wagen vor, und der Mantel schützt mich ja voll=
kommen."

„Wie du willst." Der Freiherr beugte sich nieder; er hob die
Wagendecke empor, die herabgeglitten war, und legte sie um die
schlanke Gestalt seiner jungen Begleiterin, die jetzt leise und beinahe
scheu sagte: „Onkel Arno, ich habe eine Bitte an dich."

„Ich höre," versetzte er einsilbig.

„Wenn dieser enge Verkehr mit der Familie des Oberst
Wilten auch in der Stadt fortgesetzt werden soll, so erlaß wenigstens
mir die Beteiligung daran!"

„Weshalb?"

„Weil ich während unsres Landaufenthaltes entdeckt habe,
daß die Mama einen ganz bestimmten Plan verfolgte, als sie die
Einladung annahm, einen Plan, den auch du begünstigst."

„Ich begünstige nichts!" sagte Raven kalt. „Deine Mutter
handelt ganz nach eigenem Wunsche und auf eigene Verantwortung.
Ich stehe der Sache vollständig fern."

„Man wird aber deine Entscheidung fordern," erwiderte
Gabriele. „Wenigstens hat mir die Mama angedeutet, daß Albrecht
von Wilten nächstens eine Bitte an dich richten wird, die —"

„Dich betrifft," ergänzte Raven, als sie innehielt. „Das ist
allerdings wahrscheinlich, aber darüber hast du allein zu entscheiden,
und ich werde den jungen Baron auf deine Antwort verweisen."

„Erspare ihm und mir das!" fiel das junge Mädchen haftig
ein. „Es würde für ihn ebenso kränkend sein, ein Nein aus meinem
Munde zu hören, wie es mir peinlich wäre, es auszusprechen."

„Du bist also entschloffen, seinen Antrag zurückzuweisen?"

Sie schlug das Auge groß und vorwurfsvoll auf. „Das fragst
du noch? Du weißt ja, daß ich einem andern mein Wort gegeben
habe."

„Und du weißt, daß ich jenes übereilte Versprechen nicht als
eine Feffel anerkenne, die dich binden könnte. ‚Weil ich einem andern
mein Wort gegeben habe!' — das klingt sehr pflichtgemäß. Früher
sagtest du: ‚Weil ich einen andern liebe!'"

Die Bemerkung mußte wohl treffen, denn in dem Antlitz
Gabrielens stieg eine dunkle Röte auf und sie umging die Antwort.

„Albrecht von Wilten war mir bisher gleichgültig," entgegnete
sie. „Seit ich weiß, daß seine Hand mir aufgedrungen werden soll,
habe ich einen Widerwillen gegen ihn gefaßt. Ich werde nie seine
Gattin werden."

Die Brust des Freiherrn schien sich unter einem tiefen Atem=
zuge zu erweitern, aber er versetzte in dem eisigen Tone, den er
während des ganzen Gespräches festgehalten hatte:

„Ich will dich zu einer Wahl weder zwingen noch überreden.

Wenn du wirklich fest entschlossen bist, dem jungen Wilten ein Nein zu geben, so ist es allerdings besser, sein Antrag unterbleibt überhaupt. Ich werde dem Obersten mitteilen, daß er sich keine Hoffnung machen darf; es soll schon morgen geschehen."

Raven lehnte sich in den Sitz zurück, und das frühere Schweigen trat wieder ein. Auch Gabriele schmiegte sich fester in die Wagenecke; sie, die es sonst nicht vermocht hatte, auch nur eine Viertelstunde zu fahren, ohne sich in allen möglichen Plaudereien zu ergehen, zeigte jetzt nicht die mindeste Neigung, das Gespräch wieder anzuknüpfen. Es war eine mächtige und tiefgreifende Veränderung mit ihr vorgegangen, die nicht erst von der Entfernung Georgs datierte; schon früher, viel früher war jenes rätselhafte Etwas aufgewacht, gegen das sie vom ersten Augenblicke an gekämpft und das sie so lange für Furcht und Scheu gehalten hatte. Es hatte ja so gar nichts gemein mit jener frohen, beglückenden Empfindung, die wie Sonnenschein durch die Seele des jungen Mädchens floß, als Georg ihr seine Liebe gestand, als er mit der ganzen Innigkeit seines Wesens um ihre Gegenliebe bat und sie lächelnd und errötend das erflehte Ja aussprach. Sie rief oft genug das Andenken an jene Stunde zurück, wie man eine schützende Macht anruft, aber oft vergeblich. Es wich in solchen Momenten das Bild Georgs, das sie festzuhalten strebte, in weite Ferne zurück, und bisweilen verblaßte es ganz. Wenn es nur die Trennung war, die das verschuldete, warum erwies sich diese Trennung denn machtlos jenem andern Bilde gegenüber, das sich so ernst und düster erhob und immer deutlicher hervortrat, je mehr das erste sich verschleierte? Es hatte Gabriele nicht verlassen in diesen ganzen vierzehn Tagen; weder die schmeichelnden Huldigungen des jungen Offiziers noch der Gedanke an den fernen Geliebten hatten die Erinnerung verscheuchen können, die alles Denken und Fühlen gewaltsam an sich riß. Es war, als habe eine dämonische Macht die ganze Natur des jungen Mädchens in Fesseln geschlagen; Frohsinn, Uebermut, Kinderlaunen, das alles war dahin, und was an dessen Stelle trat, diese dunklen und rätselhaften, mehr dem Schmerze als der Freude verwandten Regungen, dieses Auf- und Abwogen von Empfindungen, die sie nicht verstand, beängstigte und peinigte Gabriele unendlich. Noch kämpfte sie halb unbewußt dagegen, noch ahnte sie nicht, wollte nicht ahnen, welche Gefahr es war, die ihrer Liebe und dem Glücke Georgs drohte; sie fühlte nur, daß beides bedroht war, und daß die Gefahr nicht von außen kam.

Die Fahrt ging ununterbrochen in der gleichen Eile vorwärts, der Stadt zu, die nebelumflort noch in ziemlicher Entfernung lag. Das weite Thal mit seinem Bergeskranze trug schon das Gewand des Herbstes, der hier in der Nähe des Hochgebirges seine Herrschaft früher antrat, als drunten in der Ebene. Noch standen die Bäume und Gebüsche ringsum im vollen Blätterschmucke, aber sein frisches Grün war längst geschwunden. Ueberall entfaltete sich das herbstlich bunte Farbenspiel, vom dunkelsten Braun bis zum hellsten Gelb, und dazwischen flammte es oft mit hellem Rot oder dunklem Purpur und täuschte das Auge, als seien es Blumen, die dort blühten — und es war doch nur sterbendes Laub mit seinem letzten trügerischen Schimmer, eine Beute des Windes, der in den Wäldern rauschte und mit scharfem Hauche über die kahlen Wiesen und Felder strich. Der Fluß tobte, vom Regen geschwellt, und wälzte seine trüben Fluten in rasender Eile vorwärts. Das Gebirge hatte sich in seinen Nebelschleier gehüllt, der, flatternd und zerrissen, die zackigen Gipfel bald auftauchen, bald verschwinden ließ. Tiefer unten an den niederen Waldbergen trieben die Wolken ihr phantastisches Spiel, in endlosem Wechsel aus den gärenden Schluchten emporsteigend und wieder darin versinkend, und im Westen ging die Sonne nieder, von düsterem Sturmgewölke umlagert, das sie wohl glühend zu durchleuchten, aber nicht zu durchbrechen vermochte.

Dieselbe Landschaft hatte einst in ganz anderm Lichte vor den beiden gelegen, die jetzt so fremd und stumm nebeneinander saßen. Damals breitete sich das Thal vor ihnen aus, von Sonnenglanz überflutet, von Sonnenduft erfüllt, mit seinen blauen Bergen und seiner schimmernden Ferne, die „ein ganzes Eden von Glückseligkeit" zu bergen schien, und in dem tiefen, kühlen Schatten der alten Linden sprühte der helle Strahl des Nixenbrunnens und spann mit seinem Rieseln und Rauschen die süßen, gefährlichen Traumgebilde — heute tönte nur das Brausen des Flusses, an dessen Ufer die Fahrt entlang ging; die Ferne verschleierte sich in dichtem Nebel; die Berge blickten wolkenumhüllt, sturmdrohend herüber, und die Sonne hatte weder Strahlen noch Wärme mehr, nur das flammende blutige Abendrot, das sie als Abschiedsgruß über die Erde sandte. —

Das Auge des Freiherrn haftete düster und unverwandt auf der sinkenden Sonne und den kämpfenden Wolkenmassen; endlich schien er sich fast gewaltsam seinen Gedanken zu entreißen und brach das lange Schweigen.

„Der Himmel deutet auf Sturm," sagte er, sich zu seiner jungen Begleiterin wendend. „Es bricht aber jedenfalls erst in der Nacht los, und ich hoffe, wir sind noch vor Anbruch der Dunkelheit in R."

„Es soll ja jetzt sehr unruhig in der Stadt sein," bemerkte Gabriele, indem sie einen ängstlich fragenden Blick auf ihren Vormund richtete, welchen dieser jedoch nicht zu bemerken schien.

„Es hat allerdings einige lärmende Demonstrationen gegeben," erwiderte er. „Die Sache ist aber ohne ernstere Bedeutung und wird bald zu Ende sein. Du brauchst dich in keiner Weise zu ängstigen."

„Man behauptet aber, daß die ganze Bewegung sich gegen dich allein richtet," sagte Gabriele mit stockender Stimme.

Raven runzelte die Stirn. „Wer behauptet das?"

„Oberst Wilten ließ öfter Andeutungen darüber fallen. Ist es wahr, daß man dir in der Stadt so feindlich gesinnt ist?"

„Ich bin in R. niemals populär gewesen," erklärte der Frei=herr mit vollkommener Gelassenheit. „Gleich in der ersten Zeit, als ich hieher berufen wurde, galt es, der drohenden Rebellion den Zügel anzulegen. Das ist mir allerdings gelungen, aber man liebt gewöhnlich nicht den, dem so etwas gelingt. Ich weiß am besten, wieviel Haß und Feindschaft mir mein damaliges Vorgehen ge=schaffen hat und wie hartnäckig man daran festhält, in mir den Unterdrücker zu sehen, trotz allem, was ich für die Stadt und die Provinz gethan habe. Wir sind stets im Kriegszustande mit=einander gewesen, aber ich habe noch immer die Oberhand behalten, und das wird auch diesmal geschehen."

Gabriele dachte an die rätselhaften Worte Georgs, für die ihr noch immer keine Erklärung geworden war. Er wich damals ihrem Andringen so entschieden aus, und der Abschied kam so plötzlich und unerwartet. Es waren ihnen ja nur Minuten zum Lebewohl ver=gönnt, dann mußte der junge Mann sich losreißen, aber er ließ Gabriele in marternder Angst zurück. Sie wußte doch jetzt, daß irgend etwas dem Freiherrn drohte, und sie beschloß auf alle Ge=fahr hin, ihn wenigstens zu warnen.

„Du stehst aber ganz allein gegen eine Menge von Feinden," sagte sie. „Du kannst nicht wissen, nicht einmal ahnen, was sie im geheimen gegen dich unternehmen. Wenn es nun etwas Gefähr=liches ist!"

Raven sah sie mit dem Ausdruck unverhehlten Erstaunens

an. „Seit wann kümmerst du dich denn um solche Dinge? Dergleichen lag dir doch früher unendlich fern."

Das junge Mädchen versuchte zu lächeln. „Ich habe in der letzten Zeit so manches gelernt, was mir früher fern lag. Hier handelt es sich aber um ganz bestimmte Andeutungen —"

„Die dir zugekommen sind?"

„Ja."

Des Freiherrn Blick gewann wieder die durchbohrende Schärfe, die ihm bisweilen eigen war, als er rasch und hastig fragte:

„Du stehst in Verbindung mit der Residenz?"

„Ich habe keine einzige Zeile, überhaupt kein Lebenszeichen von dort erhalten."

„Nicht?" sagte Raven milder. „Ich vermutete es, weil Assessor Winterfeld sich gegenwärtig im Ministerium befindet, wo er mit seiner Ansicht, daß ich ein Tyrann ohnegleichen sei, wohl Gesinnungsgenossen finden dürfte. Ihm persönlich nehme ich diese Meinung durchaus nicht übel, denn ich war genötigt, ihm und seinen Wünschen in einer Weise entgegenzutreten, die ihn immerhin berechtigt, mich zu hassen und sich an mir zu rächen, wenn es überhaupt in seinen Kräften stehen sollte."

„Er wird niemals etwas thun, was unedel oder niedrig ist," fiel Gabriele ein.

Der Freiherr lächelte verächtlich. „Ich kann dir versichern, daß ich auf den Haß und die Feindschaft des Herrn Assessor Winterfeld sehr wenig Gewicht lege. Ich habe wohl bedeutendere Gegner gehabt als ihn und bin mit ihnen fertig geworden. — Wenn übrigens jene Andeutungen nicht aus der Residenz gekommen sind, so kann ich nur annehmen, daß die albernen Gerüchte, welche die Stadt durchschwirren, auch ihren Weg nach dem Wiltenschen Landsitze gefunden haben. Es fehlt ihnen aber jeder thatsächliche Anhalt. Ich zweifle durchaus nicht daran, daß man etwas gegen mich unternehmen möchte, man wird sich aber hüten, den Gedanken zur That zu machen, denn man kennt mich hinreichend und weiß, daß ich etwaigen Angriffen gewachsen bin. Wäre die Lage wirklich so drohend, so würde ich dich und deine Mutter nicht zurückkommen lassen. Ihr werdet allerdings in den nächsten Tagen die Ausfahrten unterlassen müssen, aber das dauert hoffentlich nicht lange, und jedenfalls seid ihr im Regierungsgebäude und in der Wohnung des Gouverneurs sicher vor etwaigen Pöbelexcessen."

„Aber du bist es nicht," rief Gabriele in ausbrechender Angst. „Der Oberst behauptet, du setztest dich rücksichtslos jeder Gefahr aus und hörtest niemals auf irgend eine Warnung."

Raven wandte langsam und finster das Auge auf sie. „Nun, das geht doch wohl nur mich allein an, oder — ängstigst du dich um meinetwillen?"

Sie wagte nicht zu antworten, aber die Antwort lag in ihrem Auge, das bittend, flehend dem seinigen begegnete. Der Freiherr beugte sich zu ihr nieder, und jetzt klang es wie atemlose Erwartung in seiner Stimme, als er wiederholte:

„Sprich, Gabriele — ängstigst du dich um meinetwillen?"

„Ja!" kam es bebend von ihren Lippen. Es war nur ein einziges Wort, aber es übte eine verhängnisvolle Wirkung. Gabriele sah wieder den Flammenblitz aufleuchten, der sie schon einmal getroffen. Dieser Blick voll lobernder Glut brach den Eispanzer, mit dem der stolze, starre Mann sich umgeben hatte. Ein einziger Augenblick vernichtete, was eine wochenlange Selbstbeherrschung so mühsam geschaffen hatte; der Traum war n i c h t zu Ende — das verriet dieses jähe Auflobern.

Neben ihnen brauste der Fluß, und drüben in den herbstlichen Wäldern rauschte es stärker. Die Wolkenwand, die sich immer brohender im Westen erhob, zerriß, und die Sonne zeigte noch einmal voll und klar ihr glühendes Antlitz. Einige Minuten lang standen Gebirge, Wald und Strom in purpurnem Lichte; wie ein Verklärungsschein floß es über die Erde hin, und das ganze weite Thal erglühte in überirdischer Pracht — aber es waren nur Minuten. Dann verschwand das leuchtende Gestirn; der verklärende Schimmer erlosch, und es blieb nur die abendliche Herbstlandschaft mit ihrem Sturmgewölk und fern am Horizont das letzte Abendrot. Es ging ein halb wehmütiger, halb unheimlicher Zug durch die ganze Natur, wie Todesahnen.

„Du hast mich in diesen letzten Wochen wohl auch für einen Tyrannen gehalten?" sagte Raven in gedämpftem Tone, aber jedes Wort verriet seine innere Erregung. „Vielleicht dankst du es mir noch einst, daß ich dich vor einer Uebereilung bewahrte. Du kanntest dich selbst und dein eigenes Herz noch nicht und wolltest dich schon für das ganze Leben binden. Winterfeld war der erste, der dir entgegentrat als du aufhörtest, Kind zu sein, der erste, der dir überhaupt von Liebe sprach, und du träumtest dich in eine Neigung hinein, die nie bestanden hat. Es war ein Kindertraum, nichts weiter."

„Nein, nein!" wehrte Gabriele ab und versuchte ihre Hand frei zu machen, aber vergebens — der Freiherr hielt sie mit eisernem Drucke fest, während er fortfuhr:

„Du fühlst die Wahrheit dessen, was ich sage, sträube dich nicht dagegen! Ein Versprechen kann gelöst, ein Wort zurückgegeben werden —"

„Niemals!" stieß das junge Mädchen leidenschaftlich heraus. „Ich liebe Georg, ihn allein und keinen andern. Ich werde sein Weib werden."

Raven ließ plötzlich ihre Hand fahren; der Strahl in seinem Auge erlosch, und der alte eisige Ausdruck legte sich wieder über seine Züge. Seine Stimme hatte eine grenzenlose Härte und Bitterkeit, als er erwiderte:

„So laß auch künftig die Angst und Sorge um mich — ich will sie nicht."

Sie fuhren weiter, ohne daß ferner zwischen ihnen ein Wort gewechselt wurde. Die Schatten des Abends senkten sich allmählich herab; das Gebirge umschleierte sich vollständig, und der Nebel, der über den Feldern lagerte, begann dichter zu werden. Es dämmerte schon, als man endlich N. erreichte, war aber noch so hell, daß man selbst in einiger Entfernung die Gegenstände unterscheiden konnte. Der Wagen hatte bereits die Vorstadt passiert und bog jetzt in die breite Straße ein, die nach dem Schloßberg führte. Am entgegengesetzten Ende derselben lag einer der größeren Plätze der Stadt, wo es sehr unruhig herzugehen schien, denn von dort scholl wüstes Lärmen und Toben herüber, und man unterschied trotz der Dämmerung deutlich wogende Menschenmassen, die den ganzen Platz bedeckten. Der Freiherr stutzte, als die ersten Töne des Lärmes an sein Ohr schlugen; er beugte sich weit aus dem Wagen und sah scharf nach jener Richtung; dann warf er einen schnellen, unruhigen Blick auf seine Begleiterin.

„Das kommt ungelegen," sagte er halblaut. „Ich hätte besser gethan, dich bei deiner Mutter zu lassen."

„Was gibt es dort? Eine Gefahr?" fragte Gabriele erbleichend; sie erinnerte sich der Aeußerungen des Oberst Wilten über die Rücksichtslosigkeit, mit welcher der Gouverneur sich und seine Sicherheit bei solchen Gelegenheiten aufs Spiel zu setzen pflegte. Raven sah ihr Erschrecken, schrieb es aber nur ihrer eigenen Angst zu.

„Es scheint Lärm vor dem Stadtgefängnisse zu geben," erwiderte er. „Ich setzte allen Anzeichen nach voraus, daß es heute

ruhig bleiben werde, sonst wäre ich nicht fortgefahren, aber sei un=
besorgt, du sollst nicht in Gefahr kommen. Ich muß dich freilich
verlassen —"

„Um Gottes willen nicht!" rief Gabriele. „Wohin willst du?"

„Wohin meine Pflicht
mich ruft — nach dem
Schauplatze der Unruhen."

„Und ich?"

„Du kehrst allein
nach Hause zurück. Dich
wird niemand be=
helligen. Halt an,
Joseph!"

Der Kutscher gehorchte; er zog die Zügel an, und der Frei=
herr erhob sich von seinem Sitze.

„Joseph, du fährst Fräulein von Harder sofort und so schnell
wie möglich nach dem Schlosse. Es hat keine Gefahr; die Schloß=
straße ist vollkommen sicher."

Er öffnete den Wagenschlag, aber das junge Mädchen hielt
wie in Todesangst seinen Arm umklammert.

„Laß mich nicht allein! Nimm mich wenigstens mit dir."

„Thorheit!" sagte Raven, mit Entschiedenheit seinen Arm
frei machend. „Du fährst nach dem Schlosse. Ich komme nach, so=
bald der Lärm vorüber ist."

Er war ausgestiegen und wollte die Wagenthür schließen, aber
in dem gleichen Augenblick sprang Gabriele mit einer raschen Be=
wegung hinaus und stand an seiner Seite.

„Gabriele!" rief der Freiherr — es war ein Ausruf halb
des Schreckens und halb des Unwillens; doch das junge Mädchen
schmiegte sich nur fester an seine Seite.

„Ich lasse dich nicht allein in der Gefahr, und ich fürchte nichts,
gar nichts, wenn du bei mir bist. Laß uns zusammen gehen!"

Ravens Auge flammte auf, wie vorhin im Wagen, aber
diesmal war es ein Blitz des Entzückens, des leidenschaftlichen
Triumphes.

„Du kannst mich nicht begleiten," sagte er; es war wieder
jener seltsam verschleierte Ton, den Gabriele nur einmal von seinen
Lippen gehört hatte — damals am Nixenbrunnen. „Du begreifst
es doch, daß ich dich nicht mitnehmen kann in jenes wüste Toben,
wo mir jede Möglichkeit fehlt, dich zu schützen. Es ist ja nicht
das erste Mal, daß ich solchen Scenen entgegentrete; ich weiß,
wie man die Menge zügelt, aber mir würde die gewohnte Energie
versagen, wüßte ich dich nicht in voller Sicherheit. Versprich mir,
ruhig nach Hause zurückzukehren und mich dort zu erwarten! Ich
bitte dich, Gabriele — du wirst mir meine Pflicht nicht schwer
machen wollen."

Er umfaßte sie und hob sie wieder in den Wagen; Gabriele
ließ es widerstandslos geschehen; sie wußte ja selbst, daß sich eine
Frau nicht in jenes rohe Gewühl wagen konnte und durfte. Es
war nur die Todesangst, die ihr den Gedanken eingegeben hatte,
und diese Angst sprach jetzt so deutlich aus ihren Zügen, daß auch
Ravens Festigkeit wankte. Er fühlte, daß er sich eilig losreißen
müsse, wollte er nicht der stummen Bitte dieser Augen erliegen.

„Ich muß fort," sagte er haftig. „Leb wohl, auf Wiedersehen!"

Er warf den Schlag zu und gab dem Kutscher ein Zeichen zum
Weiterfahren. Gabriele sah noch, wie die hohe Gestalt sich umwandte und mit raschen, festen Schritten die Richtung nach dem
Platze einschlug. Dann zogen die Pferde an, und der Wagen flog
mit verdoppelter Eile dem Schloße zu.

———

Mehr als eine Stunde war vergangen, und noch immer war der Gouverneur nicht zurückgekehrt. Man fing im Schlosse an, wegen seines Ausbleibens besorgt zu werden, denn der Kutscher, der allein mit Baroneß Harder zurückgekehrt war, hatte berichtet, daß sein Herr sich auf dem Schauplatz der Unruhen befinde. Man wußte allerdings im Regierungsgebäude von den letzteren, hatte aber noch keine näheren Nachrichten darüber, denn die Dienerschaft hatte ein für allemal Befehl, das Schloß bei solchen Gelegenheiten nicht zu verlassen, und von den Beamten, die dort wohnten, wagte sich niemand in den immerhin gefährlichen Tumult. Nur Hofrat Moser, der sich zufällig in der Stadt befand, schien dort festgehalten zu werden. Auch er war noch nicht zurückgekehrt und wartete wahrscheinlich auf die Wiederherstellung der Ruhe, um die Straßen ungefährdet zu passieren.

Das Arbeitszimmer des Freiherrn war bereits erleuchtet. Die von der Decke herabhängende Lampe goß ihr helles Licht über das ganze Gemach aus, das selbst jetzt seinen ernsten, düsteren Charakter nicht verlor. Nur die tiefe Nische des Bogenfensters lag im vollen Schatten, und dort, halb verborgen hinter den schweren Vorhängen, stand Gabriele. Es litt sie heute nicht in der Wohnung ihrer Mutter, die nach der andern Seite hinaus lag; sie hatte das Arbeitszimmer ihres Vormundes aufgesucht, das sie sonst nie ohne besondere Veranlassung betrat, denn es bot den vollen Ueberblick über die Stadt. Die hereinbrechende Dunkelheit setzte freilich bald jeder Beobachtung ein Ziel; das Schloß lag überhaupt viel zu weit vom Mittelpunkte der Stadt entfernt, als daß man irgend etwas, was dort vorging, hier hätte bemerken können, aber man übersah vom Fenster aus doch wenigstens den erleuchteten Weg, der auf den Schloßberg führte; man gewahrte jeden Kommenden schon in der Entfernung, und darum wich das junge Mädchen nicht von diesem Platze.

Es war freilich nicht mehr die frühere Gabriele Harder, die
da so stumm und bleich mit krampfhaft verschlungenen Händen am
Fenster lehnte und hinausblickte, als könne und müsse ihr Auge die
Dunkelheit durchbringen. Dieses angst= und verzweiflungsvolle
Harren vollendete, was die letzten Wochen begonnen hatten, das
Erwachen aus dem Kindestraume, mit dem das junge Mädchen so
lange sich und andre getäuscht hatte. In ihr und um sie her war
ja alles Sonnenschein gewesen bis zu dem Momente, wo ein ein=
ziger Blick ihr die Tiefe einer bis dahin ungeahnten Leidenschaft
enthüllte. Da war der erste Schatten auf ihren Weg gefallen, der
nicht wieder weichen wollte. Die „Schmetterlingsnatur", die einst
spielend an allem vorüberflatterte, was Leid und Kummer hieß, ver=
schwand, als der Sonnenschein aus ihrem Leben wich, und was sich
unter dem Bann jenes Blickes emporrang, das war ein heiß und
leidenschaftlich empfindendes junges Wesen, dem sein Anteil am
Kampf und Schmerz auch nicht erspart blieb. Jetzt, wo Gabriele
zum erstenmal um ein Leben zitterte, das sie bedroht wußte, fühlte
sie auch, was dieses Leben ihr war. Es war umsonst, sich noch
länger darüber zu täuschen.

Auch die zweite Stunde war schon zur Hälfte verflossen, und
noch immer traf weder der Gouverneur selbst, noch irgend eine
Nachricht von ihm ein. Gabriele hatte das Fenster geöffnet, in der
Hoffnung, den Wagen zu hören, der den Erwarteten bringen
mußte, aber der Weg lag einsam und öde da, und die Flammen
der Laternen flackerten in dem immer heftiger werdenden Winde
unruhig auf und nieder.

Da endlich ließ sich der ersehnte Laut vernehmen, zwar kein
Rädergerassel, aber Stimmen und Fußtritte mehrerer Personen, die
jetzt auch aus der Dunkelheit auftauchten. Sie kamen näher, die
Stimmen wurden deutlicher, und ein halb unterdrückter Aufschrei
der Freude entrang sich Gabrielens Lippen; sie hatte die Gestalt
Ravens erkannt, der in Begleitung mehrerer Herren zu Fuß den
Weg herauftkam und wenige Minuten später in den hellen Lichtkreis
des Portals trat.

„Ich danke Ihnen, meine Herren," sagte er, stehen bleibend.
„Sie sehen, es war unnötig, daß Sie mir Ihre Begleitung auf=
drangen; wir sind auf dem ganzen Rückwege nicht belästigt worden.
Ich sagte es Ihnen ja, der Tumult ist vollständig vorüber — für
heute."

„Ja, Excellenz allein haben ihn durch Ihr rechtzeitiges Er=

scheinen zersprengt," tönte die Stimme des Hofrats Moser, der neben seinem Chef stand. „Man war im Begriff, das Stadtgefängnis zu stürmen und die Verhafteten zu befreien, als Sie so unerwartet eintrafen. Ich habe mit Bewunderung gesehen, wie Sie Excellenz durch die bloße Autorität Ihrer Persönlichkeit die rebellische Menge bezähmten und zur Ordnung brachten, nachdem der Herr Polizei= direktor mit seinem ganzen Beamtenpersonal es vergebens versucht hatte."

Der Polizeidirektor, der sich gleichfalls in der Begleitung des Gouverneurs befand, schien die Bemerkung übelzunehmen, denn er entgegnete mit unverkennbarer Bosheit:

„Sie konnten das allerdings vom Fenster aus am besten be= urteilen, Herr Hofrat, und hatten überdies noch das angenehme Gefühl, in vollster Sicherheit zu sein, während Freiherr von Raven und ich uns mitten im ärgsten Tumult befanden."

„Ich sah die Unmöglichkeit ein, zu meinem Chef zu gelangen," erklärte der Hofrat, „sonst hätte ich sicher versucht —"

„Nicht doch!" fiel ihm der Freiherr ins Wort. „Von Ihrer Seite wäre es ein ganz unnötiges Wagnis gewesen, während es für mich und den Polizeidirektor Pflicht war. — Es bleibt also bei den besprochenen Maßregeln," wandte er sich an den letzteren. „Ich hoffe, sie werden für die Nacht ausreichen. Morgen kommt Oberst Wilten zurück, und ich werde sofort Rücksprache mit ihm nehmen, damit der Wiederholung solcher Scenen ein für allemal vorge= beugt wird. Für den Augenblick ist alles Notwendige geschehen. Sollten sich die Excesse wider Erwarten an irgend einem Punkte der Stadt wiederholen, so benachrichtigen Sie mich! — Guten Abend, meine Herren!"

Er verabschiedete sich mit kurzem Gruße von seinen Beglei= tern und trat in das Portal. Gabriele schloß leise das Fenster; sie wollte das Zimmer verlassen; der Freiherr sollte sie nicht hier fin= den, aber es war zu spät. Er mußte in stürmischer Eile die Treppe erstiegen haben, denn sie hörte bereits seinen Schritt in einem der Nebengemächer und hörte ihn auch zugleich fragen:

„Wie? Baroneß Harder ist nicht in ihrer Wohnung?"

„Das gnädige Fräulein ist im Arbeitszimmer Euer Excellenz," erwiderte die Stimme des Dieners, „und wartet dort schon seit länger als einer Stunde."

Es erfolgte keine Antwort, aber der Schritt kam mit ver= doppelter Eile näher; die Thür wurde aufgerissen, und Raven trat

ein. Sein erster Blick fiel auf Gabriele, welche die Fensternische verlassen hatte und jetzt, bebend an allen Gliedern, dastand. Er erriet, weshalb sie gerade hier auf ihn gewartet, und war im nächsten Augenblicke an ihrer Seite.

„Ich wollte dich drüben in deinen Zimmern aufsuchen und

hörte, daß du hier seiest," sagte er — seine Stimme klang atemlos, gepreßt. „Es war mir nicht möglich, dir eine beruhigende Nachricht zu senden; der Tumult ist erst jetzt bezwungen worden. Für den Augenblick ist alles ruhig. Ich bin sofort hierher geeilt."

Gabriele wollte antworten, aber die Stimme versagte ihr; sie brachte keinen Laut über die Lippen. Raven sah in das holde, blasse Antlitz, auf dem die Qual dieser letzten Stunden noch deutlich genug zu lesen war. Er machte eine Bewegung, als wolle er das junge Mädchen an seine Brust reißen, aber noch siegte die gewohnte Selbstbeherrschung. Er ließ den Arm wieder sinken, nur ein tiefer Atemzug entrang sich seiner Brust.

„Und nun, Gabriele," sagte er, „wiederhole mir die Worte, mit denen du mich vorhin im Wagen von dir stießest!"

„Welche Worte?" fragte Gabriele beklommen.

„Die Unwahrheit, mit der du dich und mich zu täuschen versuchtest! Wiederhole es mir jetzt, Auge in Auge, daß du Winterfeld liebst, ihn allein, daß du ihm angehören willst! Wenn du das kannst, so sollst du kein Wort, keine Bitte weiter von mir hören, aber — sprich es noch einmal aus!"

Das junge Mädchen wich zurück. „Laß mich! Ich — laß mich, um Gottes willen!"

„Nein, ich lasse dich nicht," brach Raven mit vollster Leidenschaft aus. „Einmal muß es ja doch ausgesprochen werden, was du längst weißt und was ich wußte von dem Tage an, wo ich zum erstenmal in diese sonnigen Kinderaugen blickte. Aber ich hörte ja aus deinem eigenen Munde, daß du einen andern liebtest. Der dreißig Jahre ältere Mann mit ergrauendem Haar und den unerwiderten heißen Gefühlen wäre dem Fluche der Lächerlichkeit verfallen, wenn er dir die Wahrheit eingestanden hätte, und ich, beim Himmel, ich wollte nicht lächerlich sein. Aber heute sah ich, wie du zittertest um meinetwillen, wie du dich mitten in die Gefahr werfen wolltest, die mich bedrohte, um mir zur Seite zu bleiben, und jetzt wagst du es nicht, jene Worte zu wiederholen, weil du fühlst, daß es eine Lüge ist, die wir beide mit unserm Glücke bezahlen. Jetzt endlich muß es klar werden zwischen uns. Ich liebe dich, Gabriele, und habe gegen diese Liebe gekämpft mit dem ganzen Aufgebot meiner Kraft und meines Stolzes. Der Traum sollte zu Ende sein! — Das vermessene Wort hat sich schwer genug an mir gerächt. In dem Augenblicke, wo ich sie niederzwingen wollte, erhob sich die Leidenschaft in ihrer ganzen Riesengewalt und lehrte mich ihre Macht kennen.

Ich hüllte mich in Schroffheit und Eiseskälte dir gegenüber. Ich suchte Rettung in der Trennung, in der Arbeit, im Kampfe mit den feind= lichen Elementen, die sich jetzt von allen Seiten gegen mich erheben — es war vergebens. Von dir hatte ich mich losgerissen, und dein Bild stand vor mir im Wachen wie im Traume; es drängte sich in die einsamste Arbeitsstunde hier und in die wildbewegteste Thätig= keit draußen, und wenn ich im Kampfe meinen Gegnern die Stirn bot, dann brach es wie Sonnenschein durch das Sturmgewölk, das mich umgab, und riß all mein Denken und Fühlen zu dir zurück, zu dir allein. Du mußt mein werden oder ich muß dich von mir lassen auf ewig; jedes dritte würde uns beiden nur Verderben bringen. Antworte, Gabriele, wen liebst du? Wem galt die Angst und Zärtlichkeit, die ich in deinen Blicken las? Ich warte auf die Ent= scheidung."

Er stand vor ihr, als erwarte er wirklich eine Entscheidung über Tod und Leben. Gabriele hörte halb betäubt dem Ausbruch einer Leidenschaft zu, die ein nur zu lautes Echo in ihrer eigenen Brust fand. Was Raven aussprach, das war ja nur der Wiederhall ihrer eigenen Gefühle. Auch sie hatte gekämpft und gerungen mit ihrer Liebe; auch sie hatte versucht, einer Macht zu entfliehen, aus deren Bereich es kein Entfliehen gab. Vor dieser Flammenglut, die mit elementarer Gewalt aus dem Innern des sonst so kalten, ernsten Mannes hervorbrach, sank alles zusammen, was dem jungen Mädchen bisher Leben und Lieben geschienen, auch der Jugendtraum, der einst das ganze Leben auszufüllen versprach. Es war eben nur ein Traum gewesen, mit traumhaft dunklen Regungen und Ahnungen, die erst jetzt Form und Gestalt gewannen. Gabriele war erwacht; sie schaute der echten vollen Leidenschaft ins Antlitz, und wenn sie auch fühlte, daß jene vulkanische Natur mit ihren düsteren Tiefen und ihrem lodernden Feuer weit eher vernichten als beglücken konnte, sie bebte nicht mehr davor. Was sie bisher Glück genannt, verblaßte und verschwand wie ein matter Schemen vor dem Flammensturme, der ihr hier entgegenwogte.

Das junge Mädchen machte noch einen letzten Versuch, sich an die Vergangenheit zu klammern.

„Georg — er liebt mich und vertraut mir — er wird namenlos unglücklich, wenn ich ihn verlasse."

„Nenne den Namen nicht!" fuhr Raven auf; sein Auge sprühte im wildesten Hasse. „Erinnere mich nicht immer wieder daran, daß dieser Mann allein es ist, der zwischen mir und meinem

Glücke steht! Es könnte verhängnisvoll für ihn werden. Wehe
ihm, wenn er es versuchen sollte, dich bei deinem übereilten Worte
zu halten! Ich werde dich davon lösen, sei es mit Güte oder Ge=
walt. Was bist du diesem Winterfeld, was kannst du ihm sein?
Er mag dich lieben in seiner Weise, aber er wird dich hinabziehen
in das Alltagsleben und dir nur die Alltagsliebe geben, nichts
weiter. Wenn er dich verliert, so wird er es verschmerzen und in
seiner Zukunft, seinem Berufe, in einer andern Neigung Ersatz
dafür finden. Solche leidenschaftslose Naturen wissen ja nicht,
was Verzweiflung ist; die schleudert nichts aus ihrer Bahn; die
gehen ruhig und pflichtgemäß ihren Weg weiter. Ich," — hier sank
die Stimme des Freiherrn; der Haß verschwand aus seinen Zügen
und der herbe Ton milderte sich mehr und mehr, bis er endlich zur
vollsten Weichheit überging — „ich habe nie geliebt, habe nie gewußt,
was Schwärmen und Träumen ist. In dem rastlosen Jagen nach
Macht und Ehre ist mir die Sehnsucht nach dem Glücke verloren
gegangen, die nun so spät noch in mir erwacht. Jetzt, im Herbste
meines Lebens, zerreißt der Schleier und zeigt mir, was ich verlor,
ohne es je besessen zu haben. Soll ich es wirklich auf immer ver=
lieren? Fürchtest du die Kluft der Jahre, die zwischen uns liegt?
Ich kann dir keine Jugend mehr entgegenbringen; sie ist dahin,
aber was aus der Seele des Mannes dir entgegenflammt, das ist
weit heißer, mächtiger, als alle Jünglingsschwärmereien; das er=
lischt erst mit dem Leben. — Sage, daß du mir angehören willst,
und ich will dich mit allem umgeben, was die Liebe, die Vergötte=
rung nur zu schaffen vermag. Ich will jeden Kampf für dich be=
stehen, jeden Schmerz von deinem Haupte abwenden, und wenn
wirklich ein Sturm uns droht, dich soll er nicht berühren; meine
Arme sind stark genug, ein geliebtes Wesen zu schützen. Du sollst
nur der Sonnenstrahl meines Lebens sein, sollst nur leuchten und
beglücken. Was ich bisher auch erstrebte und errang, der Strahl
hat mir gefehlt, und nun er mir einmal geleuchtet hat, kann ich
das Auge nicht wieder davor verschließen. Gabriele, sei mein Weib,
mein Glück — mein alles!"

Es wehte eine grenzenlose Zärtlichkeit aus diesen Worten.
Die stürmische Glut verlor sich in weichen bebenden Lauten, wie sie
wohl noch nie von den Lippen Arno Ravens gekommen waren,
und dabei umschlang sein Arm fest und fester die zarte Gestalt und
zog sie leise, aber unwiderstehlich an sich. Gabriele ließ es geschehen.
Es umspann sie wieder süß und beängstigend, wie einst beim Rau=

schen des Quells, und wie damals, ließ sie sich widerstandlos fort=
ziehen aus dem hellen Sonnenlicht, in dem sie bisher geatmet, in
unbekannte Tiefen. Ihr war, als müsse sie versinken darin, und
als sei es eine Seligkeit zu versinken und zu vergehen, von diesem

Arme umschlungen. —

Ein Klopfen an der
Thür schreckte Gabriele
und den Freiherrn empor.
Es mochte sich wohl schon
einigemal wiederholt ha=
ben, ohne gehört worden
zu sein, denn es tönte
ungewöhnlich laut und
scharf und drängte sich wie
ein schneidender Mißton
in das kurze Glück dieser
Stunde.

„Was gibt es?" rief
Raven auffahrend. „Ich
will nicht gestört sein."

„Excellenz verzei=
hen," ließ sich die Stimme
des Dieners draußen ver=
nehmen. „Soeben ist ein
Kurier aus der Residenz
angelangt. Er hat Be=
fehl, seine Depesche nur
Euer Excellenz persönlich
zu übergeben, und ver=
langt augenblicklich vor=
gelassen zu werden."

Der Freiherr ließ
langsam das junge Mädchen aus seinen Armen. „So werde ich
aus meinen Liebesträumen geweckt," sagte er bitter. „Nicht einmal
diese wenigen Minuten sind mir vergönnt. Es scheint, als dürfte
ich überhaupt nicht träumen und lieben. — Der Kurier soll einige
Minuten warten," fügte er dann laut hinzu. „Ich werde ihn rufen
lassen."

Der Diener entfernte sich. Raven wandte sich wieder zu
Gabriele, aber er sah sie betroffen an. „Was hast du denn? Du

bist ja auf einmal totenbleich geworden. Es ist irgend eine wichtige Botschaft aus der Residenz, die mich allein angeht, eine Amtssache, nichts weiter. Sie hätte freilich zu einer andern Zeit eintreffen können."

Gabriele war in der That sehr bleich geworden. Jenes Klopfen, gerade in dem Momente, wo das entscheidende Ja auf ihren Lippen schwebte, durchzuckte sie wie die Ahnung irgend eines Unheils. Sie wußte selbst nicht, warum sie bei der Meldung gerade an Georg und seine Abschiedsworte denken mußte. Er war ja jetzt in der Residenz, und dort war etwas gegen den Freiherrn im Werke.

„Ich werde gehen," sagte sie hastig. „Du mußt den Kurier empfangen. Laß mich fort!"

Raven umfaßte sie von neuem. „Und du willst ohne Antwort von mir gehen? Soll ich noch länger zweifeln und fürchten, daß jener andre wieder zwischen uns tritt? Geh, aber laß mir dein Ja zurück. Es ist ja in einer einzigen Sekunde ausgesprochen. Nur dieses eine Wort — dann halte ich dich nicht länger."

„Laß mir Zeit bis morgen!" Die Stimme des jungen Mädchens klang in bangem, rührendem Flehen. „Fordere jetzt keine Entscheidung von mir, erzwinge sie nicht! Arno, ich bitte dich."

Ein Aufleuchten des Glückes flog über das Antlitz des Freiherrn, als er zum erstenmal aus ihrem Munde seinen Namen hörte, ohne jenes andre Wort, das dem Verwandten, dem Vormunde galt. Er drückte rasch und heftig seine Lippen auf ihre Stirn.

„Es sei, ich will von dir nichts erzwingen. Ich will allein dem glauben, was mir deine Augen sagen. Bis morgen also, bis dahin — lebe wohl, meine Gabriele!"

Er geleitete sie zum zweiten Ausgange des Gemaches, der in seine Bibliothek führte. Von dort gelangte man auf den Korridor, und das junge Mädchen hatte den letzteren kaum verlassen, als im Arbeitszimmer des Freiherrn auch schon die Klingel ertönte, die den Kurier herbeirief. Arno Raven hatte in der That wenig Zeit, sich seinen Liebesträumen hinzugeben; er wurde unerbittlich wieder in die Wirklichkeit zurückgerissen.

Gabriele hatte sich in ihrem Zimmer eingeschlossen. Noch war das entscheidende Wort nicht ausgesprochen; aber die Entscheidung selbst war bereits gefallen. Die eben durchlebte Stunde hatte die Brücke zu der Vergangenheit abgebrochen, es gab keine Rückkehr mehr. Und wäre jetzt Georg selbst dazwischen getreten, um seine Rechte zu wahren und zu behaupten — es war zu spät, er hatte sie bereits verloren. Was dem Jüngling mit all seiner Schwärmerei und Innigkeit nicht möglich gewesen war, das hatte der ältere Mann mit seiner späten, aber um so glühenderen Leidenschaft erreicht. Er hatte die ganze Seele des jungen Mädchens an sich gekettet; es war kein Raum mehr darin für einen andern. Arno Raven allein beherrschte alle Gedanken und Empfindungen Gabrielens, und er beherrschte auch ihre Träume, als sie endlich lange nach Mitternacht einen kurzen, unruhigen Schlaf fand. Georgs Bild tauchte nicht aus diesen Träumen empor, in denen die Ereignisse der letzten Stunden sich wirr und phantastisch durcheinander drängten. Es war nur eine einzige Gestalt, die im Vordergrunde stand, und mit ihr verwebte sich die Erinnerung an die heutige Fahrt durch die dämmernde Landschaft im Herbstabend, Sturmgewölk und fern am Himmel ein flammendes Abendrot.

Das ist unerhört. So etwas ist noch nicht dagewesen; ich wollte meinen eigenen Augen nicht glauben. Das untergräbt ja jede Autorität, erschüttert die Regierung, rüttelt an den Säulen des Staates — es ist schrecklich."

Es war Hofrat Moser, der in höchster Erregung diese Worte dem Polizeidirektor entgegenrief. Der letztere war bei dem Gouverneur gewesen und kam soeben die Treppe herunter.

„Sie meinen die Unruhen in der Stadt?" fragte er mit einem leisen, etwas hohnvollen Lächeln. „Ja, es ging arg zu am gestrigen Abend."

„Wer spricht davon!" rief der Hofrat. „Das sind Pöbelexcesse, die man zügeln und bewältigen wird, nötigenfalls mit militärischer Hilfe. Aber wenn die Revolution bis in die Kreise der Beamten dringt, wenn Männer, die berufen sind, die Regierung zu vertreten und zu stützen, sie in solcher Weise angreifen, dann hört alle Ordnung auf. Wer hätte das dem Assessor Winterfeld zugetraut, der stets für das Muster eines Beamten galt! Freilich, mir war er von jeher verdächtig. Sein Mangel an Loyalität, seine Hinneigung zur Opposition, seine staatsgefährlichen Verbindungen flößten mir längst Besorgnis ein, und ich sprach das verschiedenemal gegen Seine Excellenz aus, aber der Freiherr hörte nicht darauf. Er hatte eine Vorliebe für den Assessor;

er öffnete ihm ja erst kürzlich durch die Versetzung in die Residenz die glänzendsten Aussichten, und nun lohnt ihm dieser Verräter mit so schwarzem Undank."

„Sie sprechen von der Flugschrift Winterfelds," fragte der Polizeidirektor. „Haben Sie die Broschüre schon in Händen? Sie kann erst heute morgen in R. angelangt sein."

„Ich erhielt sie durch Zufall, durch einen Kollegen, dem sie gleich beim Eintreffen in die Hände fiel. Ein ganz entsetzliches Machwerk. Das ist ja die offenbare Rebellion. Es werden Seiner Excellenz Dinge darin gesagt, Dinge — ich bitte Sie, wie konnte so etwas nur gedruckt und verbreitet werden! Haben Sie denn noch keine Schritte zur Unterdrückung gethan?"

„Ich habe dazu weder einen Befehl, noch irgend eine Veranlassung," erklärte der Polizeichef, dessen kühle Ruhe einen seltsamen Gegensatz zu der Aufregung Mosers bildete. „Die Broschüre ist in der Residenz erschienen, und es dürfte wohl zu spät sein, ihre Verbreitung zu hindern. Ueberhaupt — man unterdrückt nicht mehr so ohne weiteres mißliebige Aeußerungen, wie das wohl früher geschah; die Zeiten haben sich doch einigermaßen geändert. Was aber die Schrift selbst betrifft, so bin ich vollkommen Ihrer Meinung. Es ist wohl das Stärkste, was einem Vertreter der Regierung je ins Antlitz gesagt worden ist."

„Und das hat ein Beamter gethan, der in meiner Kanzlei, unter meinen Augen arbeitete," rief der Hofrat verzweiflungsvoll. „Aber er ist verführt, mißleitet worden. Ich habe es ihm immer gesagt, daß die Verbindung mit der schweizer Demagogengesellschaft ihn ins Verderben bringen werde. Ich weiß, wer hinter der ganzen Sache steckt, wer allein die Schuld daran trägt — jener Doktor Brunnow, der unter dem Vorwand einer Erbschaftsangelegenheit sich nun schon wochenlang hier aufhält und noch immer nicht abreisen will."

„Weil man ihm endlose Schwierigkeiten und Weitläufigkeiten bei der Erhebung seiner Erbschaft macht. Die Herren vom Gericht lassen es ihn wirklich mehr als nötig entgelten, daß er der Sohn seines Vaters und in diesem Falle sein Vertreter ist; dafür ist er ihnen aber auch kürzlich in einer so drastischen Weise zu Leibe gegangen, daß sie ganz verblüfft waren und jetzt wirklich Miene machen, die Sache zu beeilen. Sie haben ein Vorurteil gegen den jungen Arzt, Herr Hofrat. Er ist wirklich nicht so schlimm, wie Sie glauben."

„Dieser Brunnow ist sehr schlimm," sagte der Hofrat, bei dem jetzt wieder die gewohnte Feierlichkeit zum Durchbruch kam. „Ich wußte es vom ersten Tage an, wo ich ihn sah, und ich habe einen untrüglichen Scharfblick in solchen Dingen. Seit er hier ist, haben wir die Unruhen in der Stadt, die offene Auflehnung gegen die Behörden und jetzt wieder dieses gedruckte Attentat gegen Seine Excellenz. Ich bleibe dabei, dieser Mensch ist nach R. gekommen, nur um von hier aus die Stadt, die Provinz, ja das Land in Aufruhr zu versetzen."

„Warum nicht lieber ganz Europa!" rief der Polizeidirektor ärgerlich. „Sie täuschen sich vollständig. Man hat den jungen Mann schon seines Namens wegen nicht aus den Augen gelassen, aber ich versichere Ihnen, daß er auch nicht den geringsten Anlaß zu solchen Vermutungen gibt. Er hat weder politische Beziehungen angeknüpft, noch sich

direkt oder indirekt an den Unruhen beteiligt und geht einzig und allein seinen Privatangelegenheiten nach. Wenn ich als Polizeichef ihm ein solches Zeugnis ausstelle, so können Sie mir wohl Glauben schenken."

„Er ist aber der Sohn eines alten Revolutionärs," beharrte der Hofrat, „und der intime Freund des Assessors Winterfeld."

„Das ist kein Beweis für seine Staatsgefährlichkeit. Sein Vater war auch einst der intimste Freund des Gouverneurs."

„Wa — was?" rief Moser zurückprallend. „Excellenz von Raven und jener Rudolf Brunnow —"

„Waren Universitäts- und Jugendfreunde, sehr innige sogar; ich weiß das aus sicherster Quelle. Hoffentlich werden Sie den Freiherrn von Raven nicht demagogischer Neigungen beschuldigen. Aber meine Zeit ist gemessen. Adieu, Herr Hofrat!"

Damit ließ der Polizeidirektor den ganz verblüfften Hofrat
stehen und verließ das Regierungsgebäude. — Auf dem Rückwege
nach der Stadt traf er mit dem Bürgermeister zusammen.

„Sie kommen aus dem Schlosse?" fragte dieser. „Sie waren
bei dem Gouverneur? Was hat er beschlossen?"

Der Gefragte zuckte die Achseln. „Was er bereits gestern
drohte — das unnachsichtlichste Vorgehen. Sobald sich die Unruhen
wiederholen, greift das Militär ein. Die Vorbereitungen dazu wer=
den soeben getroffen. Gerade als ich ging, kam Oberst Wilten an,
um persönlich Rücksprache zu nehmen, und das Resultat der Unter=
redung kann nicht zweifelhaft sein. Sie kennen den Freiherrn; er
schreckt vor keinem Gewaltschritt zurück, wenn es gilt, seinen Willen
durchzusetzen."

„Das darf nicht sein," sagte der Bürgermeister unruhig. „Die
Erbitterung ist zu groß, als daß das Ausrücken des Militärs eine
bloße Demonstration bleiben könnte. Es kommt zum Widerstand,
zum Blutvergießen. Ich hatte mir freilich vorgenommen, das
Schloß nicht wieder zu betreten, wenn mich nicht die Notwendigkeit
dazu zwänge, jetzt aber möchte ich doch noch einen letzten Versuch
machen, um das Aeußerste zu verhüten."

„Unterlassen Sie das lieber!" riet der Polizeidirektor. „Ich
kann es Ihnen vorhersagen, daß Sie nichts erreichen. Der Freiherr
ist heute nicht zur Nachgiebigkeit gestimmt; er hat Nachrichten erhal=
ten, die ihm die Laune auf Wochen hinaus verderben werden."

„Ich weiß," fiel der andre ein. „Die Schrift des Assessors
Winterfeld. Ich erhielt sie heut morgen aus der Residenz."

„Also auch Sie haben schon Kenntnis davon? Nun, die An=
stalten für die Verbreitung scheinen ja vorzüglich getroffen zu sein.
Man scheint eine Unterdrückung zu fürchten und sich zu beeilen zu=
vorzukommen. Ich glaube aber, daß das eine unnötige Besorgnis
ist; es sieht aus, als wäre man in der Residenz gewillt, der Sache
ihren Lauf zu lassen."

„Wirklich? Und was sagt Raven selbst dazu? Ihm kam sie
doch schwerlich so ganz unerwartet; er muß doch vorher irgend einen
Wink erhalten haben."

„Ich fürchte, er hat ihn nicht erhalten; sein ganzes Wesen
verriet, daß der Angriff ihn überrascht hat. Er hüllte sich zwar in
seine gewohnte Unzugänglichkeit, konnte es aber doch nicht ganz ver=
bergen, wie furchtbar gereizt und erregt er war. Meine Andeutungen
über diesen Punkt wurden mit einer Schroffheit aufgenommen, daß

ich es für besser hielt, ihn fallen zu lassen. — Der Angriff ist freilich unerhört und dabei grenzenlos unvorsichtig. So etwas, wenn
es denn durchaus unter die Leute soll, schickt man doch anonym in
die Welt hinaus, man läßt wenigstens den ersten Sturm austoben,
ehe man sich nennt, läßt sich suchen und erraten und tritt erst im
äußersten Notfall aus seiner Verborgenheit hervor — der Assessor
unterzeichnet sich mit seinem vollen Namen und läßt die Welt und
den Gouverneur auch nicht einen Augenblick in Zweifel darüber,
wer der Angreifer ist. Ich begreife nicht, wo er den Mut herge=
nommen hat, seinem ehemaligen Chef in solcher Weise gegenüber=
zutreten. Er wirft ihm ja vor dem ganzen Land den Handschuh
hin; die Schrift ist eine einzige Anklage von Anfang bis zu Ende."

„Und eine einzige Wahrheit von Anfang bis zu Ende," fiel
der Bürgermeister ein. „Der junge Mann beschämt uns alle. Was
er jetzt wagt, das mußte längst gewagt und gethan werden. Wenn
der Widerstand einer ganzen Stadt, wenn alle Vorstellungen bei
der Regierung vergebens bleiben, muß der Streit vor das Forum
des Landes gebracht und dort entschieden werden. Winterfeld hat
das mit klarem Blick erkannt und mutig das erste Wort gesprochen.
Jetzt, wo die Bahn einmal gebrochen ist, wird ihm alles folgen."

„Er setzt aber dabei sich und seine ganze Zukunft aufs Spiel,"
warf der Polizeidirektor ein. „Seine Schrift wagt zu viel, und
so glänzend sie auch geschrieben ist, sie wird dem Verfasser teuer
zu stehen kommen. Raven ist wahrlich nicht der Mann, der sich
ungestraft beleidigen und angreifen läßt. Der kecke Herausforderer
kann das Opfer seiner Verwegenheit werden."

„Oder er bringt endlich einmal die Allmacht des Gouverneurs
zum Scheitern. Aber wie die Sache auch enden mag, sie wird jeden=
falls ungeheures Aufsehen erregen und hier in R. ist sie nun vollends
der Funke ins Pulverfaß."

„Das fürchte ich auch," stimmte der Polizeichef bei. „Es läßt
sich begreifen, daß der Freiherr jetzt alles darauf setzt, um der Lage
Herr zu bleiben. Nun, was er auch thun mag, er thut es auf
seine Gefahr." —

Während die beiden Herren ihren Weg fortsetzten, hatte im
Arbeitszimmer des Gouverneurs in der That die erwähnte Kon=
ferenz zwischen diesem und dem Oberst Wilten stattgefunden. Der
Inhalt des Gespräches mußte wohl ernster Natur gewesen sein,
denn auch der Oberst sah sehr ernst aus. Raven war dem äußern
Anscheine nach unbewegt, nur die Blässe, die auf seinem Antlitz

lag, und die tiefgefurchte Stirn verrieten, daß irgend etwas Außer=
gewöhnliches ihn berührt hatte; er beherrschte Haltung und Sprache,
wie immer.

„Es bleibt dabei," sagte er. „Sie halten das Militär verfüg=
bar zum sofortigen Eingreifen und gehen schonungslos vor, sobald
man Ihnen Widerstand entgegensetzt. Ich nehme die Verantwortung
und alle etwaigen Folgen auf mich allein."

„Wenn es sein muß — allerdings," entgegnete der Oberst
zögernd. „Sie kennen meine Bedenken, und ich verhehle Ihnen
nicht, daß ich mich eintretenden Falles mit Ihrer Verantwortung
decken werde."

„Ich vertrete die Maßregel in ihrem ganzen Umfange. Dieses
rebellische N. soll und muß gebändigt werden. Ich habe jetzt mehr
als je Grund, meine unbedingte Autorität aufrecht zu erhalten;
man soll nicht glauben, daß sie unter dem heimtückischen Schlag
wankt, der gegen mich geführt wird."

„Welcher Schlag?" fragte der Oberst.

„Sie kennen noch nicht die Neuigkeit aus der Residenz?"

„Nein, Sie wissen ja, daß ich erst seit einigen Stunden hier bin."

Raven erhob sich und durchmaß mit raschen Schritten das
Zimmer. Als er zurückkehrte und vor dem Oberst stehen blieb, sah
man es doch, wie die Aufregung in ihm wühlte, trotz all seiner An=
strengung, sie niederzuhalten.

„So empfehle ich Ihnen, die Flugschrift des Assessors Winter=
feld zu lesen," sagte er in einem Tone, der sarkastisch sein sollte,
aber aufs äußerste gereizt klang. „Er fühlt sich berufen, mich vor
dem ganzen Lande als einen Despoten hinzustellen, der weder nach
Recht noch nach Gesetzen fragt und der für die ihm anvertraute
Provinz ein Unglück und ein Unheil geworden ist. Es ist ein
ganzes Sündenregister, was mir da vorgehalten wird. Ueber=
griffe, Willkür, Gewaltakte und wie die Schlagworte alle heißen.
Es lohnt wirklich der Mühe, das Machwerk zu lesen, und wäre es
auch nur, um sich darüber zu wundern, was einer meiner jüngsten und
untergeordnetsten Beamten sich gegen seinen früheren Chef heraus=
nimmt. Bis jetzt haben nur einige wenige die Broschüre in Händen;
morgen wird die ganze Stadt sie kennen."

„Aber, mein Gott, warum lassen Sie das denn so ruhig
geschehen?" rief der Oberst. „Dergleichen kann doch nicht plötzlich
ohne jede Vorbereitung auftauchen, Sie müssen doch Nachrichten dar=
über erhalten haben."

„Gewiß, ich erhielt sie gestern abend, ungefähr zu derselben Zeit, wo die Residenz bereits mit der Broschüre überschwemmt wurde und diese auf dem Wege hierher war. Der Kurier überbrachte mir zugleich das ‚aufrichtige Bedauern‘ des Ministers, daß man die Verbreitung nicht habe verhindern können, daß die Sache überhaupt nicht mehr zu unterdrücken sei.“

„Das ist seltsam,“ sagte Wilten befremdet.

„Mehr als seltsam. Man pflegt sonst in der Residenz sehr genau unterrichtet zu sein über alles, was die Presse verläßt, und läßt nicht leicht etwas in die Welt hinaus, was gefährlich werden könnte. Bei dieser Schrift vollends wäre es ein leichtes gewesen, die gegen mich geschleuderten Beleidigungen auf die Regierung selbst zu übertragen und daraufhin das Ganze zu unterdrücken. Es scheint aber, man hat das diesmal nicht gewollt, und da man mein energisches Dringen fürchtete, so zog man es vor, mich in vollständiger Unwissenheit zu lassen, und gab mir erst im letzten Augenblicke Nachricht, als es zu spät war.“

Der Oberst sah nachdenkend zu Boden. „Sie haben wenig Freunde in der Residenz und bei Hofe. Ich sagte es Ihnen schon vor Monaten: es wird dort fortwährend gegen Sie gewühlt und intrigiert, und man bietet alles auf, Ihren Einfluß zu untergraben. Wenn sich noch dazu ein geeignetes Werkzeug findet — Assessor Winterfeld ist ja wohl gegenwärtig im Ministerium?“

„Jawohl,“ sagte der Freiherr mit Bitterkeit. „Ich habe ihm die Pforten dazu geöffnet — ich selbst habe meinen Denunzianten nach der Residenz geschickt.“

„Man wird sich des jungen Mannes bemächtigt haben, weil man wußte, daß er direkt aus Ihrer Kanzlei kam. Er leiht vielleicht nur den Namen her zu einem Angriff, der von ganz andrer Seite ausgeht.“

Raven schüttelte finster den Kopf. „Der ist kein Werkzeug in fremden Händen; der handelt aus eigenem Antriebe; auch kann die Schrift nicht erst in den wenigen Wochen entstanden sein, die seit seiner Entfernung verstrichen sind. Sie ist das Resultat von Monaten, von Jahren vielleicht. Hier in meiner Kanzlei, fast unter meinen Augen, ist der Anschlag geplant und entworfen worden. Jedes Wort zeigt, daß er lange und sorgfältig vorbereitet wurde.“

„Und der Assessor hat sich niemals Ihnen oder andern gegenüber verraten?“ fragte Wilten. „Er muß doch Umgang, muß doch Vertraute gehabt haben.“

Die Lippen des Freiherrn zuckten, und sein Blick heftete sich auf die Fensternische, aus der ihm gestern Gabriele entgegengetreten war.

„Einen seiner Vertrauten wenigstens kenne ich," sagte er dumpf, „und der soll mir Rede stehen. Was ihn selbst betrifft — nun, das wird sich finden. Zwischen uns beiden kann nur von einer Auseinandersetzung die Rede sein, für den Augenblick aber habe ich mit andern Feinden abzurechnen. Es kommt wenig darauf an, ob ein Assessor Winterfeld in tugendhafter Entrüstung mich für einen Tyrannen und meine Amtsführung für ein Unglück erachtet; das haben andre auch gethan. Aber daß er es wagen darf, das in alle Welt hinauszuschreien, und daß dieses Wagnis geduldet, vielleicht sogar begünstigt wird — das ist es, was der Sache Ernst und Bedeutung gibt. Ich werde unverzüglich die vollste Genugthuung von der Regierung verlangen, die mit mir und in mir angegriffen ist, und wenn man Miene machen sollte, sie zu verweigern, so werde ich sie mir zu erzwingen wissen. Es ist nicht das erste Mal, daß ich genötigt bin, mit den Herren in der Residenz die Sprache des Entweder — Oder zu reden. Ich habe mir schon öfter gewaltsam Luft machen müssen, wenn die Intriguen von dort mich aufs äußerste brachten."

„Sie nehmen die Angelegenheit zu ernst," beruhigte der Oberst. „Sie setzten ja sonst allen Angriffen eine unerschütterliche Ruhe und Gelassenheit entgegen. Warum lassen Sie sich diesmal durch Lügen und Verleumbungen aus der Fassung bringen?"

Der Freiherr richtete sich mit seinem ganzen Stolze auf. „Wer sagt denn, daß es Lügen sind? Die Schrift strotzt von Feindseligkeit, Unwahrheiten aber enthält sie nicht, und ich denke nicht daran, auch nur eine der darin behaupteten Thatsachen in Abrede zu stellen. Was ich gethan habe, werde ich zu vertreten wissen, aber nur denen gegenüber, denen es zusteht, Rechenschaft von mir zu verlangen, nicht gegen den ersten besten, dem es einfällt, sich zu meinem Richter aufzuwerfen. Ihm und seinen Genossen werde ich allein die Antwort geben, die sie verdienen."

Das Gespräch wurde hier unterbrochen; man überbrachte dem Gouverneur eine Meldung, die der Polizeidirektor soeben aus der Stadt heraufschickte. Oberst Wilten stand auf.

„Ich gehe jetzt, die verabredeten Maßregeln zu treffen. — Die Frau Baronin ist doch glücklich angelangt? Sie kam mit uns zur Stadt, wollte aber meine fernere Begleitung bis zum Schlosse

nicht annehmen. Und wie geht es Fräulein von Harder? Sie hat
ja die ganzen gestrigen Unruhen mit durchmachen müssen."

„Ich weiß es nicht," sagte Raven kurz, beinahe rauh. „Ich
habe sie heute noch nicht gesehen und war auch zu beschäftigt, um
meine Schwägerin empfangen zu können. Ich werde später hin=
übergehen."

Er reichte dem Oberst die Hand, und dieser entfernte sich,
während der Freiherr an seinen Schreibtisch zurückkehrte, auf dem

noch die gestrigen Depeschen lagen, um sofort einen Brief an den
Minister zu beginnen.

Die Baronin Harder war in der That vor einigen Stunden
angelangt, aber nur von ihrer Tochter empfangen worden, was die
Dame sehr übel vermerkte. Sie fand es äußerst rücksichtslos von
ihrem Schwager, daß er sich nicht wenigstens einige Minuten von
den Geschäften losriß, um sie zu begrüßen. Im übrigen war die
Erkältung, an der Frau von Harder bereits seit einigen Tagen litt,
durch die heutige Fahrt noch verschlimmert worden; sie erklärte sich
für sehr leidend und angegriffen und zog sich so bald wie möglich in
ihr Schlafzimmer zurück, um die ungestörteste Ruhe zu genießen, zur

großen Erleichterung ihrer Tochter, die sich nun wieder selbst überlassen blieb.

Gabriele hatte es wirklich kaum vermocht, ihre Aufregung
und Unruhe vor der Mutter zu verbergen. Der Freiherr war heute
vollständig unsichtbar für sie geblieben und hatte sich sogar beim Frühstück entschuldigen lassen. Sie wußte freilich, daß er infolge der
gestrigen Ereignisse vom frühen Morgen an von allen Seiten in
Anspruch genommen war, daß sich die Meldungen, Audienzen und
Konferenzen in seinem Arbeitszimmer drängten, aber sie wußte auch,
daß er trotz alledem Zeit finden würde, Zeit finden mußte, um zu
ihr zu kommen, wenn auch nur auf Minuten. „Bis morgen!" Das
Wort mit seiner leidenschaftlichen Zärtlichkeit klang noch in ihrer
Seele wieder. Der Morgen, der Vormittag waren gekommen und
vergangen — Raven kam nicht, sandte auch kein Wort, keine Zeile,
und es lag wie Bergeslast auf der Brust des jungen Mädchens.
Was war geschehen?

Es war inzwischen Mittag geworden. Gabriele befand sich
allein in dem kleinen Salon ihrer Mutter — da endlich vernahm
sie im Vorzimmer den raschen festen Schritt, den sie heute wohl
schon hundertmal zu hören geglaubt hatte. Sie atmete auf; sie
lauschte dem Kommenden entgegen, und ihre eben noch so bleichen
Wangen erglühten plötzlich in dunkler Röte. Angst, Sorge, Unruhe, das alles war vergessen in dem Augenblicke, wo die Thür
sich öffnete und der Freiherr eintrat.

„Ich habe mit dir zu sprechen," begann er ohne jede Einleitung. „Sind wir allein?"

Gabriele machte eine bejahende Bewegung; sie hatte ihm ent-
gegeneilen wollen, hielt aber inne, betroffen von dem Tone, der
so fremd und rauh ihr Ohr berührte. Sie gewahrte jetzt erst die
seltsame Veränderung in den Zügen des Eintretenden. Das war
nicht der Arno Raven mehr, der sie gestern in den Armen gehalten
und ihr eine Leidenschaft bekannt hatte, die das ganze Wesen des
strengen kalten Mannes in Glut und Zärtlichkeit umzuwandeln
schien. Heute stand er finster, eisig vor ihr. Die Lippen, denen
jene heißen Liebesworte entströmten, waren fest zusammengepreßt;
in dem starren düsteren Antlitz zeigte sich keine Spur mehr von
dem, was sich gestern darin geregt hatte, und die Augen flammten
drohend und unheilvoll dem jungen Mädchen entgegen.

„Du hast mich vielleicht früher erwartet," nahm der Freiherr
wieder das Wort. „Ich bedurfte einiger Zeit, um mich mit ge-

wiſſen — Neuigkeiten vertraut zu machen, und zu unſrer heutigen
Unterredung kommen wir immer noch früh genug. Es iſt wohl
überflüſſig, dir zu erklären, was ich meine, denn wenn du auch
ſonſt mit meinen Amtsangelegenheiten nicht vertraut biſt, diesmal
weißt du vermutlich ſo gut wie ich, um was es ſich handelt.“

„Ich? Nein,“ ſagte Gabriele mit ſtockendem Atem. „Was
ſoll ich wiſſen?“

„Willſt du es etwa leugnen? Doch davon ſprechen wir
ſpäter; vor allen Dingen möchte ich dich fragen, was dich veranlaßt
hat, eine ſo erbärmliche Komödie mit mir zu ſpielen, in der mir die
lächerliche Rolle zuerteilt wurde. Aber nimm dich in acht, Gabriele!
Ich ſagte es dir ſchon geſtern — ich habe wenig Talent für eine
ſolche Rolle. Ein Mann, der ſich verhöhnt und verraten ſieht,
bleibt nur lächerlich, ſolange er es geduldig erträgt. Ich bin nicht
geſonnen, das zu thun. Das Spiel, das du mit mir getrieben,
kann verhängnisvoll werden für dich und noch für einen andern.“

„Aber was meinſt du denn? Ich verſtehe dich nicht,“ rief
das junge Mädchen, deſſen Angſt ſich bei dieſen rätſelhaften An=
deutungen von Minute zu Minute ſteigerte. Raven trat dicht vor
ſie hin, und ſein Blick heftete ſich durchbohrend auf ihr Antlitz.

„Was ſollten die Warnungen bedeuten, die du mir geſtern
während der Fahrt zuflüſterteſt? Woher wußteſt du überhaupt,
daß mich irgend etwas bedrohte, und weshalb ſchrakſt du ſo zu=
ſammen und wurdeſt totenbleich, als der Kurier aus der Reſidenz
gemeldet wurde? Sprich! Ich will Antwort haben auf der Stelle.“

Gabriele hörte mit wachſender Beſtürzung zu; ſie begann zu
ahnen, was dieſe Fragen bedeuteten, aber der Zuſammenhang
blieb ihr noch völlig dunkel. Raven mußte es wohl ſehen, daß ſie
ihn nicht verſtand, denn er zog eine Broſchüre aus ſeiner Bruſttaſche
und warf ſie auf den Tiſch.

„Sollte dieſe Schrift hier nicht deinem Gedächtnis zu Hilfe
kommen? Der ſchmählichſte, unerhörteſte Angriff, der je gegen
mich geſchleudert wurde! Du haſt ihn vermutlich nur im Entwurfe
geleſen; vollendet wurde er wohl erſt in der Reſidenz, im Mini=
ſterium. So ſieh mich doch nicht an, als ob ich in einer fremden
Sprache redete! Oder kennſt du den Namen nicht, der da auf dem
Blatte ſteht?“

Gabriele hatte mechaniſch die Broſchüre in die Hand genom=
men; ihr Auge fiel auf das bezeichnete Blatt, auf den Namen, der
dort ſtand; ſie zuckte zuſammen.

„Von Georg? Er hat also Wort gehalten."

„Wort gehalten!" wiederholte Raven mit bitterem Auflachen.
„Er gab dir also sein Wort darauf? Du warst seine Vertraute,
warst im Einverständnis mit ihm? Freilich, wie konnte ich denn
auch noch zweifeln! Es war ja sonnenklar vom ersten Mo=
mente an."

Das junge Mädchen war zu verwirrt und betäubt, um sich
mit Nachdruck zu verteidigen. Der unglückselige Ausruf, der ihr
entfuhr, mußte den Freiherrn nur in dem Verdachte bestärken, daß
sie Mitwisserin sei.

„Ich ahnte irgend ein Unheil," entgegnete sie, ihren ganzen
Mut zusammenraffend, „aber ich wußte nichts Bestimmtes. Ich
glaubte —"

Raven ließ sie nicht ausreden; seine Hand umschloß die ihrige
krampfhaft.

„Hattest du wirklich keine Ahnung davon, daß irgend etwas
gegen mich im Werke war? Waren deine gestrigen Andeutungen
ganz zufällig und absichtslos? Dachtest du, als uns die Nachrichten
aus der Residenz so plötzlich aufschreckten, mit keiner Silbe daran,
daß man ‚Wort gehalten haben könnte‘? Sieh mir ins Auge und
sage ‚nein‘ — so will ich versuchen, dir zu glauben."

Gabriele schwieg; sie konnte darauf nicht mit ‚nein‘ antworten,
und der Gedanke, daß sie ja in der That wenigstens um die Ab=
sicht Georgs gewußt, raubte ihr die Fassung. Die wenigen Worte,
die Georg beim Abschiede zu ihr gesprochen, wurden verhängnisvoll
für diese Stunde; sie drückten das junge Mädchen wie eine schwere
Schuld zu Boden.

Ravens Auge war nicht von ihrem Antlitz gewichen. Jetzt
lösten sich seine Finger langsam von den ihrigen; er ließ ihre Hand
fallen und trat zurück.

„Du wußtest es also," sagte er. „Und mit diesem Bewußt=
sein hast du neben mir gestanden und ruhig zugesehen, wie ich mit
einer unsinnigen Leidenschaft rang, wie ich ihr schließlich unterlag.
Du ließest mich an eine Erwiderung meiner Gefühle glauben und
stacheltest mich damit bis zum Wahnsinn, während du heimlich die
Tage und Stunden zähltest bis zu dem Zeitpunkt, wo ein deiner
Meinung nach tödlicher Schlag mich treffen mußte. Mit dieser Ge=
wißheit lagst du gestern in meinen Armen und hörtest mein Ge=
ständnis. Beim Himmel, das ist zu viel — zu viel."

Seine Stimme klang noch dumpf und verhalten, aber es ver=

riet sich schon der nahende Ausbruch darin. Gabriele fühlte es,
wie machtlos sie diesen Anklagen gegenüberstand; dennoch machte
sie einen Versuch, sich dagegen zu erheben.

„Höre mich, Arno! Du bist im Irrtum, ich habe dich nicht
getäuscht, nicht verraten. Wenn ich etwas wußte —"

„Schweig!" unterbrach er sie mit furchtbar ausbrechender
Heftigkeit. „Ich will nichts hören; ich weiß genug. Dein Ver-
stummen vorhin sprach deutlicher als alle Worte. Rechtfertige dich
bei ihm, bei deinem ‚Georg‘, daß du es nicht vermochtest, sein Geheimnis bis zum letzten Augenblick zu bewahren! Vielleicht verzeiht er dir. Die Warnung wäre ja doch zu spät gekommen. Ihm
freilich habe ich unrecht gethan, als ich ihn für einen Alltags-
menschen erklärte. Er versteht es, aus dem gewöhnlichen Geleise
zu treten und Dinge zu unternehmen, die vor ihm niemand gewagt
hat und nach ihm so leicht keiner wagen wird. Vielleicht macht er

Carriere damit, der Herr Assessor, den gestern noch niemand kannte und dessen Name morgen in aller Munde sein wird, weil er die Kühnheit besaß, mich anzugreifen. Aber er wird sie teuer bezahlen — ich gebe dir mein Wort darauf. Noch habe ich keinen Kampf und keinen Gegner gescheut, und auch diesem wäre ich unbewegt entgegengetreten, aber daß du, du im Einverständnisse warst, daß du mich verrietest, das hat meinen Feinden den Triumph ver= schafft, mich auch einmal — fassungslos zu sehen."

Seine Stimme schwankte bei den letzten Worten. Mitten durch den Zorn und Haß des Mannes, der sich in seiner Ehre, wie in seiner Liebe gleich töblich verletzt sah, brach es wie ein heißer Schmerz, und der Ton ließ Gabriele alles andre vergessen. Sie flog auf den Freiherrn zu, legte beide Hände auf seinen Arm und wollte sprechen, bitten, aber es war umsonst — mit einer wilden Bewegung rang er sich von ihr los und stieß sie zurück.

„Geh! Ich bin einmal ein Thor gewesen; jetzt ist die Täuschung zu Ende. Zum zweitenmal lasse ich mich nicht wieder umstricken von diesen Augen, die mir gelogen haben mit ihrer Angst und Zärtlichkeit. Sage deinem Georg, er habe es doch wohl nicht bedacht, was es heiße, mich zum Kampfe herauszufordern, er werde es kennen lernen. — Du und ich, wir sind zu Ende miteinander für immer."

Er ging. Die Thür fiel schmetternd hinter ihm zu. Gabriele blieb allein. Sie blickte auf die Broschüre nieder, die noch auf dem Tisch lag auf den Namen, der dort stand, und sah doch nichts von beiden. In ihrem Innern hallten nur die letzten Worte nach. Ja= wohl, es war zu Ende, für immer. —

Die Befürchtungen, welche man auch heute für die Ruhe der Stadt hegte, sollten sich nur zu bald erfüllen. Die militärischen Maßregeln wurden absichtlich mit der größten Offenheit getroffen, weil man Einschüchterung davon erwartete, aber sie hatten die ent= gegengesetzte Wirkung und steigerten nur die allgemeine Erbitterung gegen den Gouverneur. Es gärte freilich schon seit Monaten, aber diese Gärung hatte erst in den letzten Tagen einen wirklich be= drohlichen Charakter angenommen. Bis dahin hatte es freilich an feindseligen Kundgebungen nicht gefehlt, war aber noch nicht zur offenen Auflehnung gekommen. Man war in R. zu lange gewohnt gewesen, sich dem Willen des Gouverneurs zu beugen, als daß man sich so schnell von dieser Gewohnheit hätte losmachen können. Man kannte den Freiherrn und wußte, daß von ihm keine Schwäche

und Nachgiebigkeit zu erwarten war; deshalb blieb es wochenlang bei
dem Grollen und Murren. Die Autorität eines energischen unbeug=
samen Charakters bewährte sich auch hier. Raven hatte bisher noch
immer den drohenden Sturm beherrscht; noch gestern war der Macht
seiner Persönlich=
keit die Menge ge=
wichen, freilich in
einer Weise, die
auch ihm zeigte, daß
es mit dieser Macht
zu Ende ging.

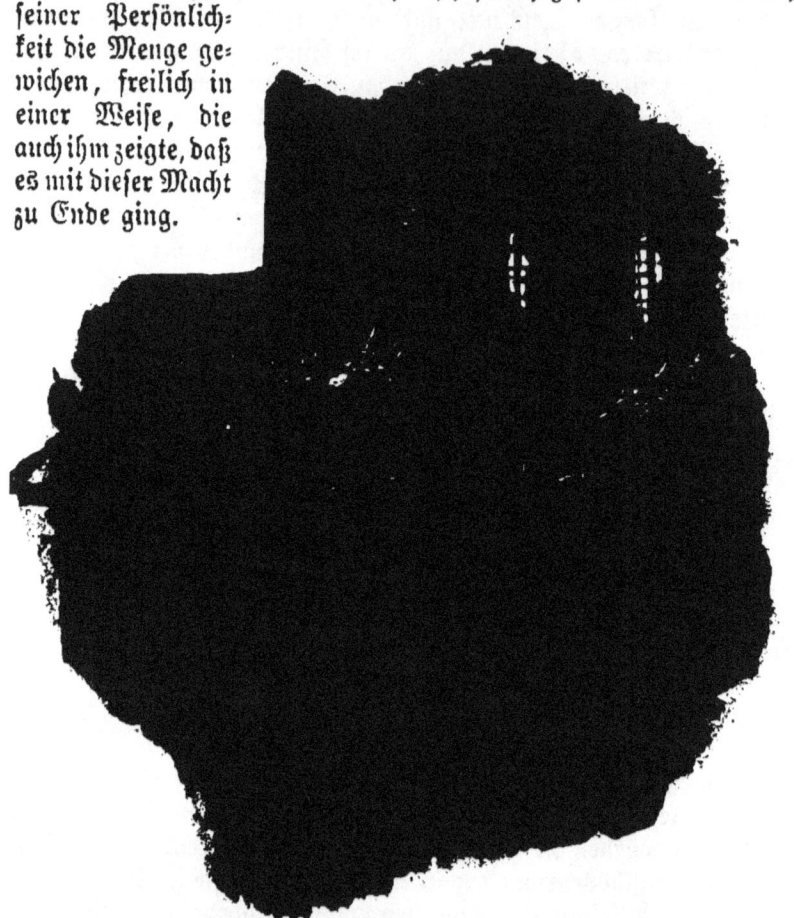

Jetzt aber schien die Sache an einem Wendepunkt angelangt
zu sein. Die Verhaftungen, die vor einigen Tagen auf Befehl des
Freiherrn vorgenommen wurden, und bei denen man mit vollster
Härte und Rücksichtslosigkeit zu Werke ging, fachten das schon
längst glimmende Feuer zu heller Flamme an. Der gestrige Tu=
mult hatte dem Versuch gegolten, die Freilassung der Verhafteten
zu erzwingen, und als der Versuch scheiterte und der Gouverneur

auch jetzt noch allen Vorstellungen und allem Drängen ein unbeug-
sames Nein entgegensetzte, brach die nur für den Augenblick beschwichtigte Aufregung mit verdoppelter Macht los.

Der Abend war herangekommen. Im Regierungsgebäude
herrschte überall Unruhe und Aufregung. Die sämtlichen Eingänge
bis auf das Hauptportal waren verschlossen und bewacht; die
Dienerschaft drängte sich in ängstlicher Erwartung auf den Treppen
und Korridoren, und draußen vor den Fenstern blitzten die Bajo-
nette der Soldaten. Eine starke Militärabteilung hielt den Schloßberg besetzt, sie war gerade zu rechter Zeit gekommen, um zu verhindern, daß man das Schloß selbst bedrohte. Das war allerdings
abgewendet und die Menge zurückgedrängt worden, aber dafür
wogte der Tumult in den nächstgelegenen Straßen um so heftiger,
und es stand jeden Augenblick ein Zusammenstoß zu erwarten.

In den Zimmern des Gouverneurs ging es sehr lebhaft zu.
Dort jagte eine Meldung die andre: Polizeibeamte und militärische
Ordonnanzen kamen und gingen. Hofrat Moser war an die Seite
seines Chefs geeilt, den er nun einmal bei jeder Gefahr als den
Hort der Sicherheit betrachtete; auch Lieutenant Wilten, der einen
Teil der Besatzung des Schlosses kommandierte, befand sich bei dem
Freiherrn, und vor wenigen Minuten war auch der Bürgermeister
angelangt, der sich nun doch zu diesem letzten Versuche entschloß,
den er heute morgen unterlassen hatte.

Raven selbst stand kalt und unbewegt inmitten all dieses
Drängens und Treibens. Er hörte die Meldungen an und gab
die Befehle, ohne auch nur einen Augenblick seine Ruhe zu ver-
leugnen, aber die Umgebung hatte sein Antlitz noch nie so hart und
eisern gesehen, wie an diesem Abend. Vielleicht hatten die Stürme
der letzten vierundzwanzig Stunden die Härte verschuldet, die jetzt
in seinen Zügen eingegraben stand, aber was er seit gestern abend
auch durchgekämpft hatte, fremden Augen gegenüber war und blieb
er der stolze, unerschütterliche Freiherr von Raven, an dem alles
abglitt, was andre fast zusammenbrechen ließ.

„Ich bitte und fordere zum letztenmal, daß Sie es nicht
zum Aeußersten kommen lassen," sagte der Bürgermeister. „Noch
ist es Zeit; noch ist es nicht zum Blutvergießen gekommen; in der
nächsten Viertelstunde möchte es zu spät sein. Es heißt, Sie hätten
Befehl zum schonungslosen Vorgehen gegeben. — Ich kann und
will das nicht glauben —"

„Sollte ich vielleicht das Schloß einem Angriffe preisgeben?"

unterbrach ihn der Freiherr. „Sollte ich abwarten, bis man den Eingang stürmte und mich hier in meinen Zimmern beleidigte? Ich glaube hinreichend gezeigt zu haben, daß ich es nicht liebe, mich und meine Person mit Sicherheitsmaßregeln zu umgeben, aber ich habe noch für andre einzustehen und vor allen Dingen das Regierungsgebäude zu sichern. Das ist einfach meine Pflicht, der ich nachkommen werde."

„Es handelt sich um eine Demonstration, nicht um einen Angriff," erklärte der Bürgermeister. „Doch gleichviel — das Schloß mußte unter allen Umständen gesichert und die Menge zurückgedrängt werden. Das ist aber jetzt geschehen, der ganze Schloßberg ist besetzt, und damit kann es genug sein. Der Tumult da unten ist unschädlich und wird sich zerstreuen, wenn man ihm seinen Lauf läßt."

„Oberst Wilten wird die Straßen räumen lassen," sagte Raven kalt. „Und wenn man ihm Widerstand dabei entgegensetzt, so wird er von den Waffen Gebrauch machen."

„Das gibt ein unberechenbares Unglück. Das Militär hält alle Zugänge der Schloßstraße besetzt. Die Menge ist von beiden Seiten eingekeilt und hat nicht einmal Raum zur Flucht. Lassen Sie das nicht geschehen, Excellenz! Es handelt sich um das Leben von Hunderten."

„Es handelt sich um die Ruhe und Sicherheit der Stadt, die nicht länger durch eine Pöbelrotte bedroht werden darf." Die Stimme des Freiherrn hatte den Klang eiserner Entschlossenheit. „Ich habe lange genug mit dieser Maßregel gezögert, nun sie aber einmal beschlossen ist, wird sie auch ihren Lauf nehmen. Werden die Straßen ohne Widerstand geräumt, so ist kein Grund zur Besorgnis vorhanden; im andern Falle — die Folgen auf das Haupt der Empörer!"

In diesem Augenblick öffnete sich die Thür, und der Polizeidirektor trat ein. Raven ging ihm entgegen. „Nun, wie steht es?"

„Ich habe meine Leute von den Hauptpunkten zurückgezogen," versetzte der Gefragte. „Wir können nichts mehr thun; der Tumult wächst mit jeder Minute; es scheint, man macht sich zum Widerstand bereit. — Ich lasse soeben einige Verwundete in das Schloß bringen; es ist nicht möglich, sie jetzt nach der Stadt zu transportieren; sie müssen vorläufig hier Aufnahme finden."

„Hat es bereits Verwundete gegeben?" fiel der Bürgermeister ein. „Vor zehn Minuten, als ich den Schloßberg passierte, war es noch zu keinem Zusammenstoß gekommen."

„Es war vorhin, kurz vor dem Anrücken des Militärs, als wir noch allein den Anprall der ganzen Menge auszuhalten hatten," entgegnete der Polizeidirektor. „Zwei meiner Leute sind dabei ziemlich arg verletzt worden. Leider auch noch ein dritter, gänzlich Unbeteiligter, ein Arzt, der uns zu Hilfe eilte und die Verwundeten verband. Er war gerade auf dem Rückwege begriffen, als einer der zahlreichen Steinwürfe ihn traf und er niederstürzte. Es ist der Doktor Brunnow, von dem wir heute morgen sprachen," fügte der Redende halblaut zu dem Hofrat Moser gewendet hinzu.

„Wer?" fragte Raven, der den Namen gehört hatte, mit Lebhaftigkeit.

„Ein junger Arzt, der sich seit einigen Wochen hier aufhält. Max Brunnow ist sein Name. Sein Vater lebt in der Schweiz, wohin er wegen Beteiligung an der Revolution flüchten mußte."

Der Polizeidirektor warf diese Worte ruhig und scheinbar absichtslos hin, aber sein Auge ruhte dabei forschend auf den Zügen des Freiherrn; er allein sah das fast unmerkliche Erbleichen darin und hörte die Erregung in der Frage: „Ist der junge Mann schwer verwundet?"

„Ich fürchte es, vielleicht sogar tödlich. Er liegt besinnungslos da; der Steinwurf hat ihn gerade am Kopf getroffen."

„Es wird alles zur Pflege der Verwundeten geschehen. Ich werde selbst —" Der Freiherr that einen Schritt nach der Thür hin, besann sich aber und blieb stehen. Der befremdende Blick des Bürgermeisters und der scharf beobachtende des Polizeidirektors mochten ihn wohl daran erinnern, daß diese Teilnahme in zu grellem Gegensatze zu der Gleichgültigkeit stand, die er soeben erst gegen fremdes Leben gezeigt. „Ich werde selbst dem Haushofmeister die nötigen Weisungen geben," fügte er langsamer hinzu und legte die Hand an die Klingel.

„Der Haushofmeister trifft bereits mit großer Umsicht alle Anstalten," erklärte der Polizeichef. „Es ist nicht nötig, daß Sie sich selbst bemühen, Excellenz."

Der Freiherr schwieg und trat an das Fenster. War es eine Warnung, die ihm gerade in diesem Augenblick den Namen des Jugendfreundes in das Gedächtnis rief, eine Erinnerung daran, daß Arno Raven auch einst zu jenen „Empörern" gehörte, die der Gouverneur Freiherr von Raven niederschießen lassen wollte — es war eine lange verhängnisvolle Pause, welche die nächsten Minuten ausfüllte.

„Ich kehre nach der Stadt zurück," brach der Bürgermeister endlich das Schweigen. „Soll ich wirklich jene Worte als letzten Entschluß Eurer Excellenz mit mir nehmen?"

Der Freiherr wandte sich um. Es lag etwas wie innerer Kampf in seinen Zügen, als er erwiderte: „Oberst Wilten hat das Kommando in der Stadt. Ich kann in seine Maßregeln nicht eingreifen; die militärischen Dispositionen sind seine Sache."

„Der Oberst handelt auf Ihre Weisung. Ein Wort von

Ihnen, und er enthält sich wenigstens des direkten Eingreifens. Sprechen Sie dieses Wort aus! Wir warten alle darauf."

Wieder vergingen einige Sekunden. Die Stirn des Gouverneurs zog sich in finstere Falten; plötzlich richtete er sich empor und rief den jungen Offizier an seine Seite.

„Herr Lieutenant Wilten, können Sie Ihren Posten hier im Schlosse auf eine Viertelstunde verlassen? Ich möchte Sie ersuchen, Ihrem Vater selbst —"

Er hielt inne und horchte auf. Von der Stadt her klang es herüber, entfernt zwar, aber mit furchtbarer Deutlichkeit, ein nicht mißzuverstehender Laut — das Knattern von Gewehren.

„Mein Gott — das sind Schüsse," rief Hofrat Moser aufschreckend, während der Bürgermeister und der Polizeidirektor zum Fenster eilten. Die Dunkelheit erlaubte freilich nicht, irgend etwas zu sehen, aber dessen bedurfte es auch nicht mehr. Es krachte zum zweiten-, zum drittenmal, — dann war alles still.

„Die Botschaft würde nichts mehr nützen," sagte der junge Offizier leise zu dem Freiherrn. „Man schießt bereits."

Raven erwiderte keine Silbe; er stand unbeweglich da, die Hand auf den Tisch gestützt, das Auge nach dem Fenster gerichtet; erst als die andern beiden von dort zurückkehrten, wandte er sich zum Bürgermeister:

„Sie sehen, es ist zu spät. Ich kann nicht mehr eingreifen, selbst wenn ich wollte."

„Ich sehe es," sagte der Angeredete mit schneidender Bitterkeit. „Sie haben jetzt das Blut zwischen sich und uns gestellt, und da ist jedes fernere Wort überflüssig. Ich habe nichts mehr zu sagen."

———

enn irgend jemand Veranlassung hatte, über das selt=
same Spiel des Zufalls Betrachtungen anzustellen, so
war es sicher der Hofrat Moser, denn gegen ihn hatte
sich der Zufall eine Bosheit erlaubt, wie sie ärger gar nicht gedacht
werden konnte. Er, der allergetreueste Unterthan seines aller=
gnädigsten Souveräns, der Inbegriff aller Loyalität, der geschworene
Feind aller revolutionären und demagogischen Elemente, er mußte
es jetzt erleben, daß unter seinem Dache, in seiner Wohnung der
Sohn eines Hoch= und Staatsverräters gepflegt wurde, und was
das schlimmste war, die Unvorsichtigkeit und Uebereilung der eigenen
Tochter hatte dieses Schicksal über das Haupt ihres Vaters gebracht.

Es war nicht zu leugnen, daß Agnes Moser allein die Schuld
daran trug, wenn sie dabei auch zweifellos von den frömmsten Mo=
tiven geleitet wurde. Agnes hatte von jeher die kurze Zeit, die sie
noch im Hause ihres Vaters zubringen sollte, ehe sie der selbstge=
wählten Bestimmung folgte, als eine Vorbereitung für diese be=
trachtet. Die kranke Frau des Kopisten war nicht die einzige, die
sich ihrer Sorgfalt erfreute. Wo es im Schlosse oder in der näheren
Umgebung nur irgend etwas zu trösten oder zu pflegen gab, erschien
das junge Mädchen, das sonst niemals zum Vorschein kam, um seine
stille, aufopfernde Thätigkeit zu beginnen, und was bei einer andern
befremdlich erschienen wäre, galt hier als selbstverständlich. Man
wußte ja allgemein, daß die Tochter des Hofrats den Schleier nehmen
werde; man sah in ihr bereits die künftige Nonne, und dies im
Verein mit ihrer Bereitwilligkeit, überall zu helfen, wo Hilfe not=
wendig war, verschaffte ihr bei sämtlichen Bewohnern des Schlosses
einen Respekt, der sonst siebzehnjährigen Mädchen selten zu teil
wird. Man fand es daher sehr natürlich, daß an jenem Abend,
als die Verwundeten in das Schloß gebracht wurden, auch Fräulein
Moser sich an den Hilfeleistungen beteiligte, und kam ihr auf das
bereitwilligste entgegen, als sie den Vorschlag machte, den am
schwersten Verletzten, den Doktor Brunnow, in die Wohnung ihres

Vaters zu bringen, wo sie ihn selbst pflegen werde. Der Gouver=
neur hatte befohlen, aufs beste für die Verwundeten zu sorgen, be=
sonders für den jungen Arzt, dem die Ausübung seiner Pflicht bei=
nahe das Leben gekostet hatte; einer besseren Pflege aber konnte
man diesen gar nicht anvertrauen. Er mußte seines bedenklichen
Zustandes wegen vorläufig im Schlosse bleiben, während die beiden
Sicherheitsbeamten, die leichtere Wunden davongetragen hatten, am
nächsten Tage nach der Stadt gebracht werden konnten. Der Haus=
hofmeister war sehr erfreut, den Befehlen seines Herrn so pünktlich
nachkommen zu können; er unterstützte das Fräulein nach Kräften
in ihrem von der christlichen Barmherzigkeit eingegebenen Vor=
haben und hatte die Genugthuung, zu sehen, daß der Freiherr, dem
er diese Wendung der Sache meldete, außerordentlich zufrieden da=
mit war.

Um so weniger zufrieden aber war der Hofrat. Er geriet
außer sich, als er bei der Rückkehr diesen „staatsgefährlichen" Pa=
tienten in seiner Wohnung fand, und verlangte entschieden die Ent=
fernung desselben, stieß aber hier auf einen ebenso entschiedenen
Widerstand. Die sanfte, stille Agnes zeigte zum erstenmal in
ihrem Leben Festigkeit und Energie, als sie sich weigerte, dem Vater
zu gehorchen, und da sich auch die resolute Frau Christine auf die
Seite ihres Fräuleins schlug, so wurde Moser überstimmt. Man
machte ihm begreiflich, daß man den Schwerkranken nicht wieder fort=
schaffen könnte, ohne sein Leben zu gefährden und sich geradezu zu
seinem Mörder zu machen. Der Hofrat sah das schließlich ein, aber
es minderte nicht seine Verzweiflung; er lief gleich am nächsten
Morgen zu seinem Chef, um ihm die Schreckenskunde zu über=
bringen und sich feierlichst gegen jede Mitschuld zu verwahren, aber
er erhielt statt des gehofften Machtwortes, das ihn von dem auf=
gedrungenen Gaste befreien sollte, den Rat, sich dem eigenmächtigen
Verfahren seiner Tochter zu fügen, das der Freiherr im höchsten
Grade zu billigen schien. Raven verhieß, dafür zu sorgen, daß der
Vorfall zu keinem Zweifel an der Loyalität des Hofrates Veran=
lassung gebe, und erklärte sogar, seinen eigenen Hausarzt senden
zu wollen. Man sei durchaus verpflichtet, sich des jungen Arztes
anzunehmen, der sich so aufopfernd bewiesen habe. Dieser Autori=
tät fügte sich der Hofrat denn endlich, aber es geschah mit schwerem
Herzen. Er konnte es seiner Tochter nicht verzeihen, daß sie die
Barmherzigkeit gegen ihre leidenden Mitmenschen so ins Extrem
trieb, und wenn er auch an der vollendeten Thatsache nichts ändern

konnte, so betrachtete er sie doch täglich mit neuem Entsetzen und neuer Entrüstung.—

Es war am dritten Tage nach der Verwundung Max Brunnows. Der Arzt, welcher ihn behandelte, hatte soeben die Mosersche Wohnung betreten. Es war ein kleiner, schmächtiger Herr mit hellblondem Haar, milden Augen und einer sehr sanften Stimme; er sprach mit dem Hofrat, der sich eben in seine Kanzlei begeben wollte.

„Nein, Herr Hofrat, ich habe wenig oder eigentlich gar keine Hoffnung mehr, den Patienten zu retten. Es steht schlecht mit ihm, sehr schlecht; wir müssen auf das Schlimmste gefaßt sein."

„Sie haben ihn heute noch nicht gesehen," sagte der Hofrat. „Meine Tochter sagte mir, er habe die ganze Nacht ruhig geschlafen."

Der kleine Herr zuckte die Achseln. „Das ist Schwäche, Betäubung. Der Blutverlust war sehr stark, und nach diesem heftigen Wundfieber mußte notgedrungen eine um so größere Erschöpfung eintreten. Ich sage Ihnen, es ist vorbei — ganz vorbei!"

„Das thut mir leid," entgegnete der Hofrat. Im Angesichte des Todes wich denn doch sein Groll und machte dem Mitleid Platz.

„Und auch meiner Tochter wird es leid thun. Sie hat sich mit so
großem Eifer der Pflege angenommen und ist fast nicht von dem
Krankenbett gewichen. Ich fürchte, Agnes überanstrengt sich dabei,
denn ich habe sie noch nie so blaß gesehen wie jetzt. Heute morgen
mußte ich sie beinahe zwingen, einige Stunden zu ruhen, nachdem
sie die ganze Nacht gewacht hatte."

„Ja, Fräulein Moser widmet sich mit einer wahren Leiden=
schaft der Krankenpflege," meinte der Arzt bewundernd. „Sie
bringt eine unendliche Hingebung für ihren künftigen Beruf mit
und wird sehr segensreich darin wirken. Hier freilich wird ihre
Thätigkeit bald zu Ende sein. Ich fürchte, die Stunden des Armen
sind gezählt; er wird kaum den Abend erleben."

Er schüttelte melancholisch den Kopf und verabschiedete sich, um
zu dem Kranken zu gehen. Der Hofrat blieb zurück, gleichfalls sehr
melancholisch, aber aus andern Gründen. Das fehlte noch. Nun
gar ein Todesfall im Hause, nachdem man zwei Tage lang all die
Angst und Sorge durchgemacht hatte! Und wie schrecklich, wenn in
den Zeitungen zu lesen stand: „Der Sohn des aus der Revolutions=
zeit hinreichend bekannten Doktor Brunnow ist in N. im Hause des
Hofrats Moser gestorben, nachdem er bei einem Straßenauflauf schwer
verwundet worden war." Diese rücksichtslosen Zeitungen pflegten
solche Nachrichten ja immer nur ganz kurz und trocken zu bringen,
ohne Erklärungen und Auseinandersetzungen. Der Hofrat sandte
einen anklagenden Blick zum Himmel. Er, der pflichttreueste, ge=
wissenhafteste Beamte, mußte einem solchen Schicksal verfallen; er
senkte den Kopf tief auf die weiße Halsbinde nieder, als er endlich
den Weg nach seiner Kanzlei antrat.

Der Arzt hatte sich inzwischen in das Krankenzimmer begeben.
Er trat sehr leise, sehr vorsichtig ein, wie man das bei Sterbenden
zu thun pflegt. Frau Christine, die auf kurze Zeit ihr Fräulein in
der Pflege abgelöst hatte, saß am Bett. Der Doktor tauschte flüsternd
einige Worte mit ihr aus und sandte sie dann fort, um neue Kom=
pressen zu holen. Er selbst trat an das Bett und beugte sich über
den Kranken, der jetzt erwachte und, wie es schien, mit voller Be=
sinnung die Augen aufschlug.

„Wie befinden Sie sich?" fragte der kleine Arzt in sehr sanftem
Tone den Patienten.

„Ich danke, ganz leiblich," erwiderte dieser, dessen Augen
irgend etwas zu suchen schienen. „Was ist denn eigentlich mit mir
vorgegangen?"

„Sie sind sehr schwer verwundet, aber beruhigen Sie sich! Ich werde mein möglichstes thun. Sie sind in den besten Händen."

Max, dessen Blick mittlerweile das ganze Zimmer durchforscht hatte, ohne zu finden, was er suchte, begann jetzt den Redenden zu mustern.

„Vermutlich ein Herr Kollege?" sagte er. „Mit wem habe ich denn die Ehre —?"

„Mein Name ist Berndt," versetzte der Herr Kollege. „Seine Excellenz der Gouverneur, der große Teilnahme bei Ihrer Verwundung zeigte, wollte Ihnen seinen eigenen Hausarzt senden. Der Herr Medizinalrat ist aber leider erkrankt, und so habe ich, sein Assistent, die Behandlung übernommen. — Aber Sie dürfen nicht reden, sich überhaupt nicht regen. Beantworten Sie meine Fragen durch Zeichen, wenn Ihnen das Sprechen schwer fällt! Sie sind so unendlich matt und angegriffen und bedürfen der äußersten —"

Er hielt erschrocken inne, denn der dem Tode Geweihte richtete sich urplötzlich mit einem kräftigen Rucke empor und setzte sich aufrecht, während er mit einer nichts weniger als matten Stimme fragte:

„Wo ist denn meine Pflegerin geblieben? Sie war doch sonst immer an meiner Seite."

„Fräulein Moser, meinen Sie? Sie ruht ein wenig, nachdem sie die ganze Nacht an Ihrem Krankenbett gewacht hat. Sie haben eine sehr aufopfernde Pflegerin gefunden; das Fräulein ist ein Engel der Barmherzigkeit."

„Barmherzigkeit?" wiederholte Max in gedehntem Tone. „Ja, freilich, die intime Bekanntschaft mit den Pflastersteinen Ihrer liebenswürdigen Stadt hat mich auf die Barmherzigkeit der Menschen angewiesen. Es ist eine ganz verwünschte Benutzung des Straßenpflasters, wenn man es den Leuten an die Köpfe wirft."

„Regen Sie sich nicht auf, bester Herr Kollege!" bat Doktor Berndt sanft. „Nur ja keine Aufregung! Nur Ruhe, Stille, Schonung! Aber da Sie doch wieder bei klarer Besinnung sind, möchte ich fragen, ob Sie noch irgend einen Wunsch, irgend ein Verlangen haben."

Der Ausdruck seines Gesichtes zeigte deutlich, daß er nichts geringeres, als eine letztwillige Verfügung erwartete. Statt dessen erwiderte der Patient mit der größten Seelenruhe:

„Gewiß, ich habe ein sehr dringendes Verlangen etwas zu essen."

„Zu essen?" fragte der Doktor, aufs höchste betroffen. „Nun, wenn Sie es wünschen, können wir ein wenig Bouillon versuchen."

„Ein wenig genügt nicht," erklärte Max. „Es muß sehr viel sein. Ueberhaupt bedarf ich etwas Konsistenteres, als bloße Bouillon. Ein Beefsteak — ich würde deren auch zwei essen."

„Um Gottes willen!" rief Doktor Berndt entsetzt und griff wieder nach dem Puls, da er der Meinung war, der Kranke phantasiere, dieser aber zog ärgerlich die Hand zurück.

„So machen Sie doch nicht so viel Aufhebens von dem Loch in meinem Kopfe! Das heilt in acht Tagen. Ich kenne meine Natur."

Der kleine Arzt blickte mit kummervollem Ausdruck auf den Ahnungslosen. „Sie täuschen sich vollständig über Ihren Zustand, Herr Kollege. Sie sind schwer krank; trotz dieses Aufflackerns Ihrer Lebenskraft. Sie lagen zwei Tage lang im heftigsten Wundfieber."

„Das ist kein Grund, daß ich mich nicht am dritten Tage, wenn das Fieber vorbei ist, ganz wohl befinden sollte. — Aufflackern der Lebenskraft! Bilden Sie sich etwa ein, daß ich in Lebensgefahr schwebe?"

„Das bilde ich mir nicht bloß ein — das ist Thatsache," sagte Doktor Berndt etwas pikiert. „Ich fürchte in vollem Ernste —"

„Fürchten Sie gar nichts!" unterbrach ihn Max. „Ich habe noch nicht die mindeste Lust, nach dem Jenseits abzureisen. Jetzt aber haben Sie die Güte, mir zu sagen, wie ich eigentlich behandelt worden bin!"

Die so unzweideutig kundgegebene Lebenslust seines Patienten, dem er das Leben mit solcher Entschiedenheit abgesprochen hatte, schien den Doktor völlig aus der Fassung gebracht zu haben. Er schwieg und sah ganz verdutzt aus; erst als die Frage mit hörbarer Ungeduld wiederholt wurde, ließ er sich zu der gewünschten Auseinandersetzung herbei und zählte mit großem Selbstgefühl sämtliche Maßregeln auf, die er ergriffen hatte, um den Kranken dem Tode zu entreißen.

Max hörte mit geringschätziger Miene zu. „Verehrtester Herr Kollege, da hätten Sie etwas Besseres thun können," sagte er in seiner rücksichtslosen Weise. „Ich bin gar nicht für solche Gewaltmittel; ich pflege sie niemals bei leichten Fällen anzuwenden und lasse dort hauptsächlich die Natur walten, um sie dann nach Kräften zu unterstützen."

„Es war aber kein leichter Fall," rief der kleine Arzt, der trotz seiner Sanftmut jetzt gereizt zu werden begann. „Ich sage Ihnen,

Ihr Zustand war äußerst gefährlich, er ist es noch, und Sie werden das bald genug erfahren, wenn die augenblickliche Erregung vorüber ist."

„Und ich sage Ihnen, daß ich mich ganz wohl befinde," rief Max noch lauter, „und daß von Lebensgefahr überhaupt gar nicht die Rede ist. Ich bin ein entschiedener Gegner dieser Behandlungsart; ich halte sie für nutzlos, ja für schädlich. Sie können Gott danken, daß meine kräftige

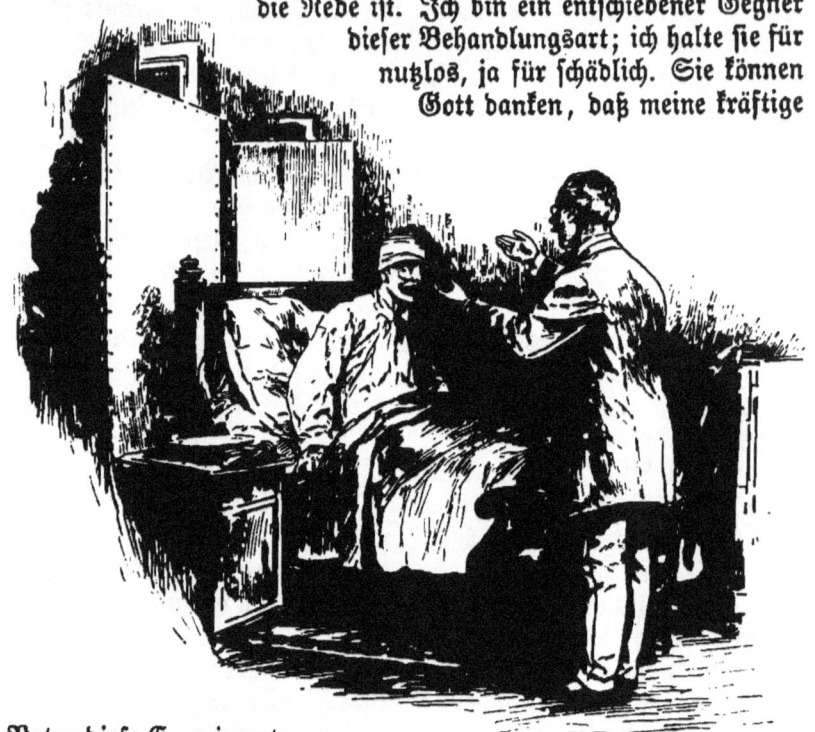

Natur diese Experimente ausgehalten hat, sonst hätten Sie den Tod eines Kollegen auf dem Gewissen."

Doktor Berndt wurde purpurrot vor Entrüstung. „Es ist die Behandlungsart des Herrn Medizinalrats, die ich anwende. Der Herr Medizinalrat ist eine Autorität allererſten Ranges; er nimmt die bedeutendſte Stellung an der hiesigen Universität ein und hat die großartigſten Erfolge." Dabei erhob der kleine Arzt seine sanfte Stimme so laut und schrill, wie er nur konnte, aber es war vergebens, denn Max mit seiner kräftigen Lunge überschrie ihn.

„Der Herr Medizinalrat geht mich gar nichts an. Wir haben an unſrer Universität in Z. noch viel bedeutendere Autoritäten und viel großartigere Erfolge. Aber wir stecken nicht mehr in der Tradition, wie die Herren hier in dem patriarchaliſchen R. —"

Die beiden Mediziner gerieten in einen Berufsstreit, der so heftig wurde, daß Frau Christine erschrocken aus dem Nebenzimmer herbeistürzte, aber sie blieb starr vor Verwunderung auf der Schwelle stehen bei dem Anblick, der sich ihr darbot. Doktor Brunnow, der von Rechts wegen auf dem Sterbebett liegen sollte, saß aufrecht im Bett und überschüttete in höchst energischer Ausdrucksweise seinen Kollegen mit einer wahren Flut von medizinischen Behauptungen, Gründen und Beweisführungen. Der Herr Kollege aber, der vor kaum zehn Minuten förmlich in das Zimmer geschwebt war, um den Todkranken nicht zu stören, stand in höchster Aufgeregtheit vor demselben und focht mit beiden Armen in der Luft herum, während er vergebens versuchte, zu Wort zu kommen. Als ihm dies durchaus nicht gelingen wollte, ergriff er endlich seinen Hut und rief wütend:

„Wenn Sie denn doch alles besser wissen, Herr Kollege, so behandeln Sie sich gefälligst selbst! Ich soll dem Gouverneur Nachricht von Ihrem Befinden bringen; ich werde Seiner Excellenz aber sagen, daß mir solch ein Patient noch nicht vorgekommen ist, der gestern noch für tot daliegt und heute mir und der ganzen hiesigen Fakultät die größten Grobheiten an den Kopf wirft. Sie haben ganz recht, eine Natur wie die Ihrige existiert nicht zum zweitenmal. Sie machen ja jede Diagnose zu Schanden — ich empfehle mich Ihnen!"

Damit verließ er das Zimmer. Frau Christine, die nicht ein Wort von der ganzen Sache begriff, sah ihm verwundert nach und näherte sich dann dem Kranken.

„Aber was ist denn vorgefallen? Der Herr Doktor läuft in voller Wut fort und Sie — ?"

„Lassen Sie ihn nur laufen!" sagte Max, sich ruhig zurücklehnend. „Dieser Mensch und Kollege will durchaus einen Todeskandidaten aus mir machen und hätte mich beinahe umgebracht mit seinen unsinnigen Anordnungen. Jetzt werde ich meine Behandlung in die Hand nehmen und gleich damit den Anfang machen. — Beste Frau Christine, ich bitte Sie dringend und freundschaftlichst, bringen Sie mir irgend etwas zu essen!" —

Es mochte eine Stunde später sein, als Agnes Moser nach einer kurzen und nur allzu notwendigen Ruhe sich anschickte, ihren Platz am Krankenbett, von dem sie während der letzten Tage kaum gewichen war, wieder einzunehmen. Doktor Brunnow war inzwischen seiner ersten eigenen Verordnung mit einer Pünktlichkeit nachgekommen, die nichts zu wünschen übrig ließ, zur großen Freude der Frau Christine, welche fand, daß der Doktor sich ganz ausgezeichnet behandle. Sie redete ihm indes vergebens zu, jetzt wieder zu schlafen; Max behauptete, daß dies gar nicht nötig sei, und unterhielt sich ausschließlich damit, die Thür anzusehen, durch welche Agnes eintreten mußte. Er gab dabei sehr unzweideutige Zeichen von Ungeduld, und als er sich beikommen ließ, in einer Viertelstunde dreimal zu fragen, wo denn seine Pflegerin eigentlich bleibe, wurde auch Christine ungeduldig. Sie faßte den Patienten scharf ins Auge und fragte ohne alle Umschweife:

„Herr Doktor, was ist das eigentlich mit Ihnen und Fräulein Agnes? Die Sache ist nicht richtig — das habe ich längst gemerkt."

Max zog es vor, gar keine Antwort zu geben, aber das half ihm wenig; die Sprechende fuhr in ihrer derben Weise fort:

„Geben Sie sich nur keine Mühe, mir etwas weiszumachen! Ich bin nicht umsonst hier im Krankenzimmer ab- und zugegangen und habe es mit angesehen, wie das arme Kind sich fast zu Tode ängstigte, und wie Sie sich benahmen, sobald Agnes nur in Ihre Nähe kam. Ich weiß Bescheid, ganz genau Bescheid — das versichere ich Ihnen."

„Frau Christine, Sie sind eine äußerst kluge Frau," sagte der junge Arzt. „Sie erzählen mir da Dinge, von denen ich selbst bis vor drei Tagen noch nicht das geringste wußte und Fräulein Agnes ebensowenig. Aber Sie haben leider recht; die Nemesis hat mich ereilt — ich bin hoffnungslos verliebt."

Christine nickte. „Das habe ich längst gewußt. Aber was denn nun? Ich habe bisher noch nicht viel über die Sache nachgedacht, da Doktor Berndt Ihnen so entschieden das Leben abgesprochen hatte. Dann wäre ja doch alles zu Ende gewesen. Da aber, wie es scheint, vom Sterben vorläufig noch keine Rede ist —"

„Gar keine Rede!" schaltete der Patient ein.

„So möchte ich Sie doch fragen, was denn nun eigentlich aus Ihnen und dem Fräulein werden soll?"

„Ein Ehepaar!" versetzte Max lakonisch. „Was denn sonst?"

Wider Erwarten entsetzte sich Frau Christine gar nicht über diese Antwort. Sie war, wie der Hofrat ihr oft genug vorwarf, ein Freigeist. Obgleich selbst Katholikin, war sie doch die Witwe eines Protestanten und hatte im Laufe ihrer Ehe verschiedene ketzerische Grundsätze eingesogen, wozu unter anderm auch eine entschiedene Abneigung gegen das Klosterleben gehörte. Sie hatte jenen Entschluß des jungen Mädchens nie mit günstigen Augen betrachtet und zog es unbedingt vor, ihr Fräulein im Myrtenkranze statt im Nonnenschleier zu sehen. Das Vorhaben des Doktors Brunnow, der ihr von Anfang an gefallen hatte, erfreute sich also durchaus ihres Beifalls; dennoch schüttelte sie bedenklich den Kopf.

„Aber das geht nun und nimmermehr. Vergessen Sie denn ganz, daß Fräulein Agnes ins Kloster gehen will?"

„Daraus wird nichts," entschied Max. „Sie ist noch nicht drinnen, und ich werde schon dafür sorgen, daß sie nicht hinein kommt. Vor allen Dingen sagen Sie dem Fräulein noch nicht, daß ich mich besser befinde, und verschweigen Sie ihr auch den Streit mit meinem Herrn Kollegen und den vortrefflichen Appetit, den ich vorhin entwickelt habe! Ich werde ihr das selbst erzählen."

Christine stutzte ein wenig bei dieser Weisung.

„Herr Doktor, Sie werden doch nicht so gewissenlos sein und dem armen Kind eine Komödie vorspielen?" fragte sie.

„Ich bin in solchen Dingen schrecklich gewissenlos," erklärte der Herr Doktor. „Uebrigens verlange ich Ihr Schweigen nur so lange, bis ich Fräulein Agnes selbst gesprochen habe, dann wird sich das weitere schon finden."

Das geforderte Versprechen konnte nicht mehr gegeben werden, denn Agnes trat in diesem Augenblick ein. Sie sah in der That sehr blaß aus, und der trübe fragende Blick, den sie auf Christine richtete, verriet ihre ganze Hoffnungslosigkeit. Mit leisem Schritt trat sie an das Bett des Kranken, beugte sich über ihn und fragte mit bebender Stimme, wie er sich befinde.

Herr Doktor Brunnow hütete sich wohlweislich, die frischen Lebensgeister zu zeigen, die sich vorhin bei dem medizinischen Streite in ebenso überraschender wie erfreulicher Weise geregt hatten. Er fand für gut, statt aller Antwort dem jungen Mädchen nur mit einer matten Bewegung die Hand entgegenzustrecken. Max wußte sehr genau, welchen mächtigen Bundesgenossen er in der vermeintlichen Todesgefahr hatte, und da er seinem eigenen Geständnisse nach „schrecklich gewissenlos" war, so besann er sich keinen Augenblick, die Situation praktisch auszunützen.

Frau Christine fand allerdings, daß der Doktor ein ganz abscheulicher Mensch sei, aber sie war viel zu sehr mit dem Endzweck dieser Abscheulichkeit einverstanden, um sich dagegen aufzulehnen. Sie berichtete daher nur, daß der Arzt dagewesen sei, aber keine neuen Verordnungen getroffen habe, und ergriff dann die erste Gelegenheit, das junge Paar allein zu lassen.

Das junge Mädchen war an dem Bett auf die Knie gesunken und drückte das Gesicht in die Kissen. (S. 216.)

Agnes hatte ihr Amt am Krankenbett wieder angetreten. „Nehmen Sie die Arznei!" bat sie. „Doktor Berndt hat mir die größte Pünktlichkeit darin anempfohlen; er hat erst gestern diese neue Verordnung getroffen."

„Doktor Berndt gibt mich ja doch so wie so auf," entgegnete Max. „Also ist es ganz unnötig, daß ich seine Arznei nehme."

„Nein, nein, gewiß nicht!" beschwichtigte Agnes, deren angstvolle Züge freilich ihre Worte Lügen straften. „Er sprach nur von einer Gefahr, die möglicherweise eintreten könnte —"

„Ich habe ihn heute morgen selbst gesprochen," unterbrach sie der junge Arzt, „und aus seinem eigenen Mund sein Urteil gehört. Er hält meine Wunde für töblich."

Agnes setzte die Arzneiflasche nieder und verbarg das Gesicht in den Händen; man hörte ein halbersticktes Schluchzen.

„Agnes — würde es Ihnen wehe thun, wenn ich stürbe?" Die Frage kam mit einer ganz eigentümlichen Weichheit von den Lippen des Doktors Brunnow, zu dessen Eigenschaften die Weichheit sonst durchaus nicht gehörte. Er erhielt keine Antwort, aber das Schluchzen wurde heftiger und leidenschaftlicher; jetzt ergriff er die Hände des jungen Mädchens und zog sie von dem thränenüberströmten Antlitz, während er fortfuhr:

„Ich fürchte, ich habe Ihnen bereits so viel verraten, daß Sie sich nicht scheuen dürfen, mir einzugestehen, wem diese Thränen gelten. Freilich weiß ich erst seit den letzten drei Tagen unter Ihrer Pflege, wie es eigentlich um mich steht, oder darf ich sagen — um uns beide?"

Das junge Mädchen war an dem Bett auf die Kniee gesunken und drückte das Gesicht in die Kissen. Statt zu antworten, weinte sie nur immer trostloser und verzweiflungsvoller, aber sie ließ es ruhig geschehen, daß der Kranke den Arm um sie legte und sie leise an sich zog. Und jetzt geschah das Unerhörte — Max Brunnow erging sich, mit schnödester Verleugnung seines Programms und seiner sämtlichen Paragraphen, in einer Liebeserklärung, die von Wärme und Innigkeit überströmte und nur den einen Fehler hatte, daß sie in dieser Form und Lebendigkeit unmöglich aus dem Munde eines Todkranken kommen konnte.

Die arme Agnes freilich war viel zu erregt, um darüber auch nur nachzudenken, und überdies hatte Doktor Berndt ihr die Hoffnungslosigkeit des Falles so nachdrücklich eingeprägt, daß sie gar nicht mehr wagte, dem Gedanken an Hoffnung Raum zu geben.

Sie hielt die Lebhaftigkeit des Patienten für fieberhafte Aufregung und glaubte gleichfalls nur ein letztes Aufflackern der Lebenskraft vor dem Erlöschen zu sehen.

„Ich werde Sie nie vergessen," schluchzte sie. „Was ich Ihnen im Leben nie eingestehen durfte, das darf ich jetzt im Angesichte des Todes bekennen: eine ewige unaussprechliche Liebe über das Grab hinaus. Es ist ja keine Sünde, an einen Abgeschiedenen zu denken und mit den Gebeten auch die Grüße in das Jenseits hinüberzusenden — und das werde ich Tag für Tag thun, wenn die stillen Klostermauern mich umfangen."

So innig und rührend dieses Geständnis auch klang, so wenig zufrieden war Max damit. Es lag durchaus nicht in seinen Wünschen, bloß als abgeschiedener Geist geliebt zu werden und die Grüße und Beziehungen in das Jenseits hinüber waren nun vollends nicht nach seinem Geschmacke.

„Das wäre für den Fall meines Todes," sagte er. „Wie nun aber, wenn ich am Leben bliebe?"

Agnes hob die dunkeln thränenvollen Augen mit dem Ausdruck der höchsten Betroffenheit zu ihm empor. Sie hatte offenbar an diese Möglichkeit noch gar nicht gedacht.

„Ich glaube, das wäre Ihnen gar nicht einmal recht," rief Max ärgerlich.

„Mir? — o mein Gott!" brach das junge Mädchen aus. „Ich würde ja gern mein eigenes Leben hingeben, um das Ihrige zu retten, wenn es möglich wäre."

„Das Leben hinzugeben ist gar nicht nötig," erklärte Max, dem jetzt doch das Gewissen schlug, als er den Schmerz des armen Mädchens gewahrte. „Sie sollen nur eine thörichte, unsinnige Idee aufgeben, die uns beide unglücklich machen wird, wenn Sie darauf beharren. Agnes, Sie täuschen sich, wenn Sie meinen Zustand für hoffnungslos halten. Er ist kaum jemals gefährlich gewesen, und seit heute morgen ist nun vollends jedes Bedenken geschwunden. Wenn ich Sie noch eine Viertelstunde lang in Ihrem Irrtum ließ, so geschah es, weil ich um jeden Preis das Geständnis Ihrer Gegenliebe haben wollte. Der Genesende hätte es nie erhalten — das wußte ich. Er hat es aber nun einmal gehört und hält Sie fest bei Ihrem Wort. Es nützt Ihnen gar nichts, wenn Sie jetzt zurücknehmen und widerrufen wollen. Sagen Sie mir zehnmal ‚nein', es hilft Ihnen nichts — Sie werden doch meine Frau."

Agnes fuhr erschrocken auf. „Niemals! Davon kann nie die

Rede sein. Ich gehöre ja dem Kloster an; ich werde in kurzem da=
hin zurückkehren."

„Das werde ich mir verbitten," fiel der junge Arzt ein.
„Das Kloster hat gar nichts dareinzureden. Noch sind Sie zum
Glück vollkommen frei. Sie haben noch kein Gelübde abgelegt."

„Ich habe es mir selbst abgelegt. Ich habe es der Aebtissin
und meinem Beichtvater versprochen, und dieses Versprechen bindet
mich so fest, wie nur irgend ein Schwur am Altar."

„Ich bin ganz damit einverstanden, daß ein Schwur am Al=
tar geleistet wird," versetzte Max, „aber ich muß dabei sein und
ich schwöre mit, wie das bei Trauungen üblich ist. Wenn die Frau
Aebtissin und der Herr Beichtvater dazwischen kommen wollen, so
haben sie es mit mir zu thun. Ich werde schon mit ihnen fertig
werden; ich fahre zwischen die ganze geistliche Gesellschaft, daß —"

„Um Gottes willen, werden Sie nicht so heftig!" bat das
junge Mädchen mit einer wahren Herzensangst. „Die Aufregung
kann Ihnen ja gefährlich, tödlich werden. Werden Sie ruhiger!
Ich beschwöre Sie."

„Erst müssen wir im klaren miteinander sein," erklärte Doktor
Brunnow in seiner alten diktatorischen Weise, und nun drang er auf
Agnes mit ebensoviel Behauptungen und Gründen ein, wie vorhin
auf seinen Kollegen, und bewies ihr so sonnenklar, sie sei seine Braut
und müsse unter allen Umständen seine Frau werden, daß das arme
Mädchen, ganz verwirrt und betäubt, schließlich anfing zu glauben,
er habe recht und die Sache verhalte sich wirklich so. Es hätte
auch einer energischeren Natur bedurft, um hier Widerstand zu lei=
sten, wo der vermeintlich Sterbende, von dem man eben erst Ab=
schied für das Leben genommen und mit dem man höchstens noch
Beziehungen im Jenseits unterhalten wollte, urplötzlich mit einem
höchst irdischen Heiratsantrag herausrückte und einen wahren Sturm=
lauf auf das Jawort unternahm, das man ihm versagen wollte.
Agnes weinte zwar noch immer; sie blieb bei ihrem Nein und bei
der Erklärung, daß sie ins Kloster gehen wolle, als Max sich aber
nicht im mindesten daran kehrte, sondern sie in seine Arme zog und
küßte, ließ sie sich das ganz geduldig gefallen, und Max selbst schien
überhaupt gar keinen Zweifel mehr an seinem Siege zu hegen, denn
er sagte halblaut mit einem tiefen Atemzug: „Das wäre glücklich
durchgesetzt. Gesegnet sei die Dummheit meines Herrn Kollegen!"

Doktor Brunnow sollte leider bald genug die Erfahrung machen, daß diese gepriesene Eigenschaft des Herrn Kollegen auch zu ernsteren Verwicklungen führen konnte. Der Tag verging vollkommen ruhig, und der Patient befand sich trotz aller vorhergegangenen Aufregung so vortrefflich, daß auch Agnes anfing, an die noch immer bezweifelte Thatsache seiner Rettung zu glauben.

Es war gegen Abend und draußen dunkelte es bereits, als das junge Mädchen mit einer Lampe, deren Licht sorgfältig gedämpft war, in das Zimmer trat und Max benachrichtigte, es sei soeben ein älterer Herr, ein gewisser Doktor Franz erschienen, der sich angelegentlich nach seinem Befinden erkundige und ihn zu sehen verlange. Er komme im Auftrag eines Kollegen und wolle sich unter allen Umständen persönlich von dem Zustand des Doktors Brunnow überzeugen, dem er hier einige Worte sende. Max nahm die übersandte Karte, die nur wenige, mit Bleistift geschriebene Worte enthielt, und sagte gleichgültig:

„Doktor Franz? Ich glaube, mein verehrter Kollege kann den unerhörten Fall von heute morgen noch immer nicht begreifen und läßt ein förmliches Protokoll darüber aufnehmen. Ich werde dem Herrn —" Er hielt plötzlich inne. In dem Moment, wo sein Auge auf die Handschrift fiel, zuckte er zusammen und der Ausdruck eines tödlichen Schreckens prägte sich in seinen Zügen aus, während er die Karte in der Hand zusammendrückte. Agnes, die soeben den Schirm von der Lampe gehoben hatte, um das Lesen zu ermöglichen, und ihn jetzt wieder senkte, wurde aufmerksam.

„Was ist denn?" fragte sie unbefangen. „Kennst du diesen Doktor Franz?" Man war nämlich trotz aller Klosterideen doch im Laufe des Tages glücklich bei dem Du angelangt.

„Ja! Ich kenne ihn von früher her," erklärte Max, sich fassend, aber es gelang ihm nicht, seiner Stimme die gewohnte Festigkeit zu geben. „Ich will ihn jedenfalls sprechen, augenblicklich, aber — noch eine Bitte, Agnes! Laß uns allein, so lange er bei mir ist, und sorge dafür, daß wir nicht gestört werden!"

Agnes sah etwas betreten aus. Max hatte sie während des ganzen Tages kaum eine Minute von seiner Seite lassen wollen und jetzt sandte er sie fort. Zum Glück war das Licht im Zimmer zu gedämpft, als daß sie die mühsam verhaltene Aufregung des jungen Mannes hätte wahrnehmen können; sie beruhigte sich daher bei dem

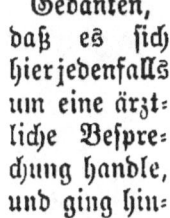

Gedanken, daß es sich hier jedenfalls um eine ärzt= liche Bespre= chung handle, und ging hin= aus, um dem An= kömmling mitzutei= len, daß er erwartet werde.

Gleich darauf trat der Fremde ein, eine hagere, etwas ge= beugte Gestalt mit grauem Haar. Er schloß rasch die Thür hinter sich und eilte dann mit einer fast stürmischen Bewe= gung auf den Kranken zu, der sich aufgerichtet hatte und ihm beide Hände entgegenstreckte.

„Papa! Um Gottes willen, wo kommst du her? Wie konntest du ein solches Wagnis unternehmen!"

Doktor Rudolf Brunnow legte statt aller Antwort den Arm um die Schulter seines Sohnes und musterte mit angstvollem For= schen dessen Züge.

„Es geht dir wieder besser? Ich hörte es schon draußen — Gott sei Dank!"

„Aber woher weißt du denn von meiner Verwundung?" fiel Max ein. „Du solltest ja überhaupt nichts davon erfahren, bis alles glücklich vorüber war. Ich wollte dich nicht nutzlos ängstigen."

„Ich erhielt gestern ein Telegramm deines Arztes. Er teilte

mir mit, du seiest schwer verwundet, dein Zustand höchst bedenklich; ich müsse mich auf das Schlimmste gefaßt machen — eine Stunde darauf war ich unterwegs und bin mit dem nächsten Kurierzug hierher geeilt."

„Dieser verwünschte Kollege!" fuhr Max wütend auf. „Ist es nicht genug, daß er mich und meine ganze Umgebung mit diesem Unsinn gequält hat, muß er auch dich noch damit hierher jagen? Hätte ich nur heute morgen eine Ahnung davon gehabt, ich hätte ihn ganz anders ins Gebet genommen."

Doktor Brunnow sah seinen Sohn mit sprachlosem Erstaunen an, dann aber atmete er tief und freudig auf.

„Nun, wenn du noch so losbrechen kannst, dann wird es hoffentlich nicht allzu schlimm stehen. Ich fürchtete, dich ganz anders zu finden. Ist denn die Gefahr so schnell beseitigt worden?"

„Es ist ja gar keine Gefahr dagewesen. Ein etwas heftiges Wundfieber, einige Schwäche infolge des Blutverlustes — das war das Ganze. Jetzt aber sage mir, Papa —"

„Später! Erst will ich deine Wunde untersuchen," unterbrach ihn der Vater, noch immer in sichtbarer Aufregung. „Ich bin nicht eher ruhig, bis ich mich selbst überzeugt habe."

Er löste den Verband und begann die Wunde zu besichtigen. Während der Untersuchung hellte sich seine Stirn immer mehr auf, und endlich schüttelte er leise den Kopf.

„Du hast recht. Die Wunde ist ziemlich tief und mag im Anfang einige bedenkliche Erscheinungen gezeigt haben; lebensgefährlich ist sie nicht. Ich begreife deinen Arzt nicht."

„Gnade Gott den Patienten, die dem in die Hände fallen!" sagte Max nachdrücklich. „Aber wie konntest du dich trotz dieses unglückseligen Telegramms zum Kommen entschließen? Du weißt ja doch, daß du hier geächtet bist, daß die damalige Verurteilung noch in voller Kraft besteht. Sobald man dich erkennt, wirst du verhaftet und wieder auf die Festung gebracht."

„So beruhige dich doch nur!" beschwichtigte Brunnow. „Es ist durchaus keine Entdeckung zu fürchten; ich habe die nötigen Vorsichtsmaßregeln getroffen. Ich bin als Doktor Franz in einem Gasthofe der Vorstadt abgestiegen und bin überdies ganz fremd hier in der Stadt. Es kennt mich niemand persönlich, ausgenommen" — sein Antlitz verfinsterte sich — „ausgenommen der Gouverneur, und mit dem werde ich schwerlich zusammentreffen. Wir haben alle Ursache, uns zu meiden."

„Gleichviel! Mit jeder Stunde, die du hier zubringst, setzest du deine Freiheit, deine ganze Existenz auf das Spiel. Hast du denn gar nicht daran gedacht, als du diese Reise wagtest?"

„Nein!" entgegnete Brunnow, dessen Stimme in tiefer, innerer Bewegung bebte. „Ich hörte, daß mein einziger Sohn dem Tode nahe sei, und sagte mir als Arzt, daß ich vielleicht noch eine Möglichkeit finden würde, ihn zu retten — da hatte ich keine Zeit, an meine eigene Sicherheit zu denken."

Max schloß die Hand des Vaters fest in die seinige, und in seinen Augen schimmerte es feucht, als er antwortete:

„Ich glaubte nicht, daß ich dir so viel gelte. Verzeih, Papa! Aber ich zweifelte bisweilen an deiner Liebe zu mir und habe es nicht um dich verdient, daß du dich so aufopferst. Ich habe dir Sorge und Aerger genug gemacht mit meinem Starrkopf, der sich der väterlichen Autorität längst nicht mehr beugen wollte."

Der Vater machte eine abwehrende Bewegung. „Laß das ruhen, Max! Wir wollen vergessen, was bisher zwischen uns lag. Mir haben diese letzten vierundzwanzig Stunden mit ihrer Todes= angst gezeigt, was es heißt, das einzige zu verlieren, was mir von allen Lebenshoffnungen und Lebensfreuden noch übrig geblieben ist. Klage dich nicht an! Auch ich bin oft ungerecht gegen dich gewesen und habe es nie begreifen wollen, daß deine Natur so ganz anders geartet ist, als die meinige. Ich denke aber, diese Stunde hat dir trotz alledem gezeigt, was du deinem Vater bist. — Werde mir nur gesund, dann ist ja alles gut."

Er beugte sich nieder und drückte seine Lippen auf die Stirn des Sohnes, eine Zärtlichkeit, die seit langer, sehr langer Zeit nicht mehr zwischen ihnen üblich war. Max hatte seit seinen Knaben= jahren kaum jemals eine Liebkosung des Vaters empfangen, und er erwiderte sie jetzt mit der wärmsten Herzlichkeit.

„Du sollst in Zukunft nicht mehr über den Starrkopf, den ‚Realisten‘ zu klagen haben," sagte er leise. „Ich vergesse es nie, Papa, was du um meinetwillen gewagt hast. Jetzt aber versprich mir, auf der Stelle wieder abzureisen. Du hast dich ja nun über= zeugt, daß für mich keine Gefahr vorhanden ist, aber über deinem Haupte schwebt sie fortwährend, solange du diesseits der Grenze bist. Ich bitte dich nochmals, kehre zurück, so bald wie möglich!"

„Ich reise morgen," erklärte Brunnow, „aber ich komme je= denfalls in der Frühe noch einmal, um dich zu sehen. Keine Ein= wendungen, Max! Quäle dich doch nicht mit nutzlosen Sorgen!

Ich sage dir ja, daß keine Entdeckung zu fürchten ist. Für jetzt frei=
lich werde ich dich verlassen. Du bedarfst dringend der Ruhe und
hast dich schon mehr aufgeregt, als für deinen Zustand gut ist."

„Pah, mir schadet das nichts; ich habe eine ausgezeichnete
Natur," versetzte Max. Er dachte daran, daß er heute schon ohne
allen Schaden eine erbitterte medizinische Fehde und eine Verlobung
durchgemacht hatte, zog es aber vor, dem Vater für jetzt noch nicht
von seinen Herzensangelegenheiten zu sprechen, und fuhr daher fort:
„Du warst wohl nicht wenig überrascht, mich hier im Regierungs=
gebäude aufsuchen zu müssen?"

„Allerdings, und der Name des Hofrats Moser, der, wie ich
höre, ein Beamter der Regierungskanzlei ist, war mir völlig unbe=
kannt. Vermutlich hast du während deines hiesigen Aufenthaltes
die Bekanntschaft dieses Herrn gemacht und bist mit ihm be=
freundet?"

„Befreundet sind wir gerade nicht allzusehr," meinte der junge
Mann in etwas trockenem Tone. „Dieser Hofrat ist ein wahres
Prachtexemplar von Loyalität, das Ideal eines Bureaukraten. Er
bekommt schon Nervenzufälle, wenn er nur das Wort ‚Revolution'
hört, und wies mir gleich am ersten Tag unsrer Bekanntschaft die
Thür, weil ich einen staatsgefährlichen Namen trage."

„Um so mehr ist es anzuerkennen, daß er dich trotzdem in
seinem Hause aufnahm. Wir sind ihm beide tief verpflichtet. Leider
kann ich ihm nicht persönlich danken —"

„Um des Himmels willen nicht! Er wittert alles Revolutio=
näre auf zehn Schritt Entfernung, und obgleich er dich nicht kennt,
würde sein Loyalitätsinstinkt ihm untrüglich verraten, daß ein Hoch=
verräter in seiner Nähe ist."

„Max, sprich nicht in solchem Tone von dem Manne, der dir
Aufnahme und Pflege gewährte!" sagte Brunnow verweisend. „Du
bist und bleibst der alte. Bei alledem hast du eine wahre Riesen=
natur, die wohl auch einen Erfahreneren als deinen bisherigen
Arzt in Erstaunen setzen kann. Wenn deine Wunde auch nicht ge=
rade das Leben bedroht, so ist sie doch immerhin ernst genug, um
jedem andern Patienten die Lust am Sprechen vollständig zu ver=
treiben, und du ergehst dich in Bosheiten gegen deinen Gastfreund."

Max dachte bei sich selber, daß er die Aufnahme wohl andern
Einflüssen verdankte, als dem Willen des Hofrats, sprach das aber
nicht aus, sondern trieb mit einer leicht begreiflichen Unruhe den
Vater zum Gehen und zur größten Vorsicht. Doktor Brunnow, der

selbst einsah, daß sein längeres Bleiben auffallen müsse, gab dem
Wunsche nach). Er nahm einen kurzen herzlichen Abschied von seinem
Sohn und ging dann.

Er war soeben im Begriff, die Mosersche Wohnung zu ver=
lassen, als ihm draußen im Vorzimmer der Hofrat selbst entgegen=
trat. Er näherte sich ruhig dem Fremden und sagte dann in fragen=
dem Tone:

„Herr Doktor Franz?"

Brunnow machte eine bejahende Bewegung. „Das ist mein
Name — und ich habe wohl das Vergnügen, den Herrn Hofrat
Moser zu sehen?"

„Allerdings," versetzte dieser mit einer steifen Neigung des
Hauptes. „Meine Tochter sagt mir, Sie seien Arzt und kämen im
Auftrag des Doktors Berndt, und da möchte ich von Ihnen hören,
ob es wahr ist, was die Frauen behaupten. Der Zustand des
Patienten soll sich im Laufe des Tages bedeutend gebessert haben
und Hoffnung auf Genesung geben. Nach den heutigen Auslassungen
Ihres Herrn Kollegen scheint mir das ganz unmöglich zu sein."

„Die Gefahr ist in der That vorüber," sagte der Gefragte.
„Ich zweifle durchaus nicht mehr an der Rettung des Doktors
Brunnow. Er verdankt sie freilich zum großen Teil der schnellen
aufopfernden Hilfe, die ihm in Ihrem Hause zu teil wurde. Sie
hatten in den letzten Tagen manches Schwere deswegen durchzu=
machen."

„Jawohl, sehr viel Schweres!" seufzte der Hofrat, der nicht
recht wußte, ob er sich freuen oder ärgern sollte, daß der gefürchtete
Todesfall von seinem Hause abgewendet war. Es war am Ende
ebenso schlimm, wenn in den Zeitungen zu lesen stand: „Der Sohn
des aus der Revolutionszeit her bekannten Doktors Brunnow ist in
dem Hause des Hofrats Moser von seiner schweren Verwundung
glücklich genesen." Brunnow dagegen blickte voll Teilnahme auf
den alten Herrn, der so sichtbar gedrückt und bekümmert schien. Der
Doktor wußte nichts von Agnes' eigenmächtigem Eingreifen; er
sprach das ganze Verdienst an der Pflege seines Sohnes dem Hof=
rat selbst zu, und nach den Andeutungen, die Max ihm über dessen
Charakter gegeben, sah er in ihm einen Mann, der mit hochherziger
Verleugnung seiner persönlichen Ansichten und Sympathien einen
politischen Gegner bei sich aufgenommen.

„Doktor Brunnow", sagte er mit der überströmenden Dank=
barkeit des Vaterherzens, „wird hoffentlich bald im stande sein,

Ihnen selbst seinen Dank auszusprechen, aber auch ich, der ich ihm von früher her befreundet bin, möchte dies in seinem Namen thun. Ich — wir danken Ihnen, Herr Hofrat, von ganzem Herzen danken wir Ihnen für das, was Sie gethan haben."

„Es war Christenpflicht," erklärte der Hofrat, sehr angenehm berührt von diesen Worten, die so deutlich die tiefste Empfindung verrieten. „Es wäre unter allen Umständen geschehen, aber man freut sich dennoch, wenn es von den Betreffenden in solchem Maße anerkannt wird."

„Glauben Sie mir, wir erkennen es im vollsten Maße an!" versicherte Brunnow mit Lebhaftigkeit. „Wir wissen es, was ein Mann in Ihrer Stellung und von Ihren Grundsätzen dabei zu überwinden hatte. Es war eine That der edelsten Selbstverleugnung." Damit streckte er, von seiner Empfindung fortgerissen, dem alten Herrn die Hand entgegen.

Der arme Hofrat! Sein von Max so gerühmter Loyalitätsinstinkt ließ ihn in diesem Augenblicke völlig im Stich. Keine innere Stimme warnte ihn, als er die Hand des Hochverräters ergriff und freundschaftlich drückte. Es that ihm so wohl, endlich einen Menschen zu finden, der seine unglaubliche Aufopferung in dieser fatalen Angelegenheit nach Gebühr zu würdigen wußte, denn Agnes und Frau Christine thaten ja, als verstände sich die Sache von selbst. Dieser Fremde allein hatte das richtige Verständnis und gewann dadurch auf der Stelle das höchste Wohlwollen des Hofrats.

„Wollen Sie nicht auf einige Minuten in das Wohnzimmer treten?" fragte er. „Ich würde mich freuen —"

„Ich danke," lehnte Brunnow ab, der sich jetzt erst erinnerte, daß er keine allzu große Dankbarkeit und Teilnahme zeigen durfte. „Ich kann unmöglich länger verweilen; mich ruft noch eine ärztliche

Pflicht. Ich komme aber morgen früh noch einmal, den Patienten zu sehen, wenn Sie es gestatten."

„Mit dem größten Vergnügen!" rief der Hofrat. „Ich werde erfreut sein, Sie wiederzusehen — bitte, geben Sie acht! Der Gang draußen ist nur unvollkommen erleuchtet."

Er hatte dem Gast selbst die Thür geöffnet, dieser aber blieb unschlüssig stehen.

„Muß ich die Treppe zur Rechten oder die zur Linken nehmen, um hinauszugelangen?" fragte er. „Ich kam in einiger Eile und habe nicht auf den Weg geachtet."

„Ich werde Sie begleiten," sagte Moser artig. „Man verirrt sich nur allzu leicht in diesen weitläufigen Gängen und Korridoren, wenn man sie nicht genau kennt. Ich zeige Ihnen den Hauptausgang."

Doktor Brunnow, der in der That den Weg nicht mehr zu finden wußte und dem es durchaus nicht wünschenswert war, sich in den Gängen und Höfen zu verirren, nahm das Anerbieten an, und sie schritten zusammen durch den Korridor. Dieser verband den Seitenflügel, in welchem die Mosersche Wohnung lag, mit dem Hauptgebäude und führte direkt in das Vestibül des Schlosses. Dort lagen die Eingänge zu der Kanzlei und den übrigen Bureaux, und dort mündete auch die große Haupttreppe, welche zu der Wohnung des Gouverneurs führte. Die beiden Herren traten soeben aus dem halb dunkeln Korridor in das hell erleuchtete Vestibül, als Brunnow auf einmal eine jäh zurückweichende Bewegung machte. Es schien fast, als wolle er umkehren, aber es war zu spät — er und sein Begleiter standen bereits dicht vor dem Gouverneur.

Der Freiherr schien soeben erst angelangt zu sein; draußen am Portal hielt noch sein Wagen, und er selbst sprach mit dem Polizeidirektor, der im Begriff stand, sich zu verabschieden. Ravens Stirn war finster umwölkt; sie erhellte sich indes flüchtig, als er den Hofrat erblickte. Sein Gespräch unterbrechend, fragte er mit offenbarer Teilnahme:

„Ist es denn wahr, Herr Hofrat, was mir Doktor Berndt berichtet? Der junge Doktor Brunnow soll gänzlich außer Gefahr sein. Nach den früheren Nachrichten hat mich das vollständig überrascht."

„Ich bin nicht weniger davon überrascht worden als Excellenz," versicherte der Hofrat. „Ich wollte es anfangs nicht glauben, aber es wird mir noch von anderer Seite bestätigt, hier durch Herrn Doktor Franz, der mit dem Kranken befreundet ist und soeben von ihm kommt."

Raven wandte sich zu dem seitwärts Stehenden, den er bisher nicht beachtet hatte und auf den jetzt das volle Licht des großen Treppenkandelabers fiel. Einige Sekunden lang stand der Freiherr starr, wie an den Boden gewurzelt, und sein Auge bohrte sich tiefer und tiefer in das

Antlitz des Fremden. Dann flog ein jähes Erbleichen über seine Züge, und seine Lippen preßten sich zusammen, als müßten sie den Ausruf verschließen, der sich aus ihnen emporringen wollte.

Ravens Fassungslosigkeit dauerte freilich kaum eine Minute; schon in der nächsten hatte er seine ganze Selbstbeherrschung wieder, und eine Bewegung des Polizeidirektors erinnerte ihn schnell genug daran, daß er beobachtet wurde. Er ließ den Hofrat ruhig ausreden und wandte sich dann an deffen Begleiter.

„Es wäre mir lieb, auch von Ihnen die Bestätigung zu hören," sagte er. „Ich hatte dem Patienten meinen Hausarzt gesandt, der Medizinalrat erkrankte aber schon am ersten Tage der Behandlung, und so mußte sein Assistent sie übernehmen. Der Bericht, den Doktor Berndt mir heute morgen abstattete, war indes so unklar, daß ich Sie um eine Ergänzung ersuchen möchte. Begreiflicher= weise nicht hier im Treppenflur; ich bitte Sie auf einige Minuten bei mir einzutreten."

Brunnow war es weniger gewohnt, seine Empfindungen zu unterdrücken als der Freiherr, und wenn es ihm auch gelang, Ge= sicht und Stimme einigermaßen zu beherrschen, den Blick beherrschte er nicht. Seine Augen hafteten glühend, mit einem Gemisch von Haß und Schmerz, auf dem Redenden, als er entgegnete:

„Interessieren Sie sich so sehr für den jungen Arzt, Ex= cellenz?"

„Allerdings. Ich und der Herr Polizeidirektor" — Raven legte einen leisen, aber doch merklichen Nachdruck auf das Wort, während er auf den Genannten wies — „wir sind ihm beide ver= pflichtet. Sie kennen vermutlich den Anlaß seiner Verwundung; er erlitt dieselbe bei Ausübung seiner ärztlichen Pflicht, als er den Untergebenen dieses Herrn zu Hilfe eilte. Sie begreifen daher wohl, daß mir eine ausführlichere Auskunft über seinen Zustand erwünscht ist."

Brunnow verstand den Wink; er sah die klugen scharfen Augen des Polizeidirektors, der scheinbar ganz absichtslos und ruhig zu= hörte, aber ihn und den Freiherrn unverwandt beobachtete, und be= griff die ganze Gefahr seiner Lage. Trotzdem zögerte er noch einen Moment lang und schien mit sich selber zu kämpfen.

„Ich stehe zu Diensten," sagte er endlich kurz.

„So bitte ich, mich zu begleiten." Raven wandte sich mit einigen flüchtigen Abschiedsworten an die beiden andern Herren und stieg dann mit dem Arzt die Treppe hinauf, die zu seiner Wohnung führte.

„Wer ist dieser Herr eigentlich?" fragte der Polizeidirektor, den beiden sich Entfernenden nachblickend.

„Ein sehr angenehmer Mann," entgegnete der Hofrat wichtig. „Ein Kollege des Doktors Brunnow, mit dem er wohl eng befreundet sein muß, denn er nimmt großen Anteil an ihm."

„So, ein Freund des Doktors Brunnow! Ich glaubte, der junge
Arzt habe seit der Abreise des Assessors Winterfeld gar keine näheren
Bekanntschaften hier am Orte. Ist dieser Herr — Doktor Franz
nennt er sich ja wohl? — schon öfter bei dem Kranken gewesen?"

„Nein, er erschien heute zum erstenmal, will aber morgen
wiederkommen. Uebrigens dankte er mir mit der größten Wärme
für meine Aufopferung und deutete sehr zart und rücksichtsvoll auf
die Verlegenheiten hin, die mir aus dem allerdings unfreiwilligen
Aufenthalt des jungen Demagogen in meinem Hause erwachsen.
Eine That der edelsten Selbstverleugnung nannte er mein Benehmen.
Wirklich ein höchst angenehmer Mann, und jedenfalls auch ein
tüchtiger Arzt. Ich sehe das gleich bei der ersten Begegnung; ich habe
einen ganz untrüglichen Scharfblick in solchen Dingen."

„Daran zweifle ich durchaus nicht," erklärte der Polizeidirektor, um dessen Lippen ein halb spöttisches, halb mitleidiges Lächeln
spielte. „Dieser ‚höchst angenehme Mann' scheint bei dem Gouverneur ein ebenso plötzliches Wohlwollen erregt zu haben, wie bei
Ihnen. Es ist sonst nicht die Art des Freiherrn, den ersten besten
ohne alle Zeremonie mit sich in seine Gemächer zu nehmen. Vielleicht wünschte er den Doktor Franz auch meiner Gesellschaft zu
entziehen."

„Weshalb denn das?" fragte der Hofrat ahnungslos. „Excellenz wünschen ja nur nähere Auskunft über den Doktor Brunnow."

„Ganz recht, und die wird ihm wohl im vollsten Maße zu teil
werden. — Guten Abend, Herr Hofrat! Gehen Sie nicht allzu-
weit in der ‚Selbstverleugnung'! Man könnte Ihnen am Ende doch
allzuviel davon zumuten."

Mit diesem Rate entfernte sich der Polizeidirektor, und der
Hofrat, der ihn durchaus nicht verstand, schüttelte würdevoll das
Haupt über die seltsamen Reden und kehrte mit seinem „ganz un-
trüglichen Scharfblicke" in seine Wohnung zurück. — —

Der Gouverneur und sein Begleiter hatten inzwischen die
Wohnung des ersteren betreten. Raven winkte ungeduldig den
herbeieilenden Dienern, sich zu entfernen, befahl kurz, ihn unter
keiner Bedingung zu stören, und trat dann mit Brunnow in sein
Arbeitszimmer.

Noch war kein Wort zwischen ihnen gefallen, und auch jetzt,
wo sie allein waren, herrschte noch ein minutenlanges Schweigen;
es war, als scheue sich jeder das erste Wort auszusprechen. Zum
erstenmal seit mehr als zwanzig Jahren sahen die einstigen Jugend-

freunde sich wieder. Damals waren sie Jünglinge gewesen, in denen noch das ganze Feuer und die ganze Begeisterung der Jugend loderte; jetzt standen sich die Männer gegenüber, von denen jeder inzwischen ein halbes Menschenalter durchlebt hatte. Der eine, noch in vollster Lebens= und Manneskraft, mit der hohen, gebietenden Gestalt und der stolzen Haltung, die deutlich genug die Gewohnheit des Herrschens und Befehlens verriet; das volle dunkle Haar zeigte noch keine Silberfäden, das eherne Antlitz noch keinen einzigen Zug des Alters — und dagegen der andre! Kaum ein Jahr älter und doch schon ein Greis dem Aussehen nach. Die Gestalt gebeugt, das Haar ergraut, in dem Antlitz die tiefen Furchen, die Sorge und Leiden darin gegraben hatten. Nur in dem Auge loderte noch etwas von dem einstigen Feuer, der letzte Ueberrest einer längst entschwundenen Zeit.

„Rudolf!" sagte der Freiherr endlich; es war ein Ton mächtiger, mühsam zurückgehaltener Bewegung, und es schien fast, als wolle der Sprechende sich dem ehemaligen Freunde nähern, aber dieser trat zurück und fragte eisig:

„Was befehlen Excellenz?"

Die Stirn Ravens verfinsterte sich. „Was soll das zwischen uns? Willst du mich nicht kennen? Ich erkannte dich im ersten Moment an deinen Augen. Sie sind noch dieselben geblieben, wenn auch sonst vieles — alles an dir anders geworden ist."

Sein Blick glitt dabei langsam über das Gesicht Brunnows; dieser lächelte mit unendlicher Bitterkeit.

„Ich bin vor der Zeit alt geworden. In der Verbannung, im täglichen Kampf mit den Sorgen und Bitterkeiten des Lebens konserviert man sich schlecht. Freiherr von Raven hat diesen Kampf besser ausgehalten. Freilich, jene Sorgen und Erbärmlichkeiten reichen nicht hinauf zu der Höhe, wo Sie stehen, Excellenz."

„Ich bitte dich nochmals, Rudolf, laß den Ton!" sagte der Freiherr ernst und bestimmt. „Ich weiß, was zwischen uns liegt, und ich denke nicht daran, eine Verständigung zu suchen, die hier nicht mehr möglich ist. Wir sind Gegner geworden, aber es ist eine kleinliche Rache, wenn du mir mit diesem hohnvollen Nachdruck einen Titel anzuhören gibst, auf den ich nicht mehr Gewicht lege, als du es thust. Wie wir uns auch gegenüber stehen mögen, für dich bleibe ich Arno Raven — nenne mich, wie du mich stets genannt hast!"

Brunnow erwiderte nichts; er sah finster vor sich nieder.

„Ich ahne, was dich herführt," fuhr Raven fort, „aber das mindert nicht das Tollkühne und Gefährliche dieses Schrittes. Du weißt doch am besten, was dir droht, sobald du die Grenze über= schreitest — und dein Sohn ist außer Gefahr."

„Ich glaubte ihn noch gestern auf dem Totenbett. Da konnte meine eigene Sicherheit nicht mehr in Frage kommen. Ich mußte zu ihm, um jeden Preis."

Der Freiherr hatte keine Antwort auf diese Erklärung; er mochte sich wohl sagen, daß er in dem gleichen Fall nicht anders gehandelt haben würde.

„Du begreifst wohl, weshalb ich auf deine Begleitung drang," nahm er wieder das Wort. „Unsre Begegnung ist nicht ohne Zeugen gewesen. Der Polizeidirektor beobachtete uns; mir scheint, er hat bereits Argwohn geschöpft. Es galt, dich einem aufkeimenden Verdachte zu entziehen, und davor schützt dich eine längere Unter= redung mit mir."

„Gewiß, denn man setzt voraus, daß der Gouverneur von R.

jeden Verdächtigen sofort der Polizei übergeben würde. Ich war
darauf gefaßt, als du mich erkanntest."

„Mäßige dich, Rudolf!" warnte Raven in drohendem Ton,
aber jener fuhr unbeirrt fort:

„Und ich weiß in der That nicht, welcher Laune ich meine
Rettung verdanke. Aber offen gestanden, Arno, ich sehnte mich
danach, dir noch einmal im Leben Auge in Auge gegenüber zu stehen;
sonst hätte ich mich auf der Stelle den Häschern überliefert, ehe ich
dir gefolgt wäre."

Raven biß sich auf die Lippen. „Du hast dich seit unsrer
Trennung so offen und rückhaltlos als meinen Feind bekannt, daß
ich auf ein derartiges Auftreten gefaßt sein mußte. Du wirst dich
aber noch aus unsrer Jugendzeit erinnern, daß ich Beleidigungen nie
ertragen habe, und ich bin im Laufe der Jahre nicht fügsamer geworden. Also mißbrauche nicht deine augenblickliche Lage, die jede
Genugthuung deinerseits ausschließt, und laß mir wenigstens die
Möglichkeit, mit dir zu verkehren!"

Die Worte machten wenig oder gar keinen Eindruck auf den
Arzt; seine Haltung wurde womöglich noch feindseliger, als er entgegnete:

„Ich sehe, du hast den Ton des Herrschers nicht verlernt. Ich
kenne ihn noch von früher her. Schon damals wich jeder, der sich
gegen deinen Willen aufzulehnen suchte, schließlich diesem Herrscher-
ton. Ich vollends unterwarf mich dir willenlos, obgleich ich doch
wahrlich nicht zu den sklavischen Naturen gehöre. An dir aber hing
ich mit blinder Vergötterung; dir folgte ich, wohin du mich führtest,
denn du konntest ja nur zum Höchsten, Besten führen — bis mir
eines Tages mein angebetetes Ideal in Staub und Trümmer sank.
Versuche es nicht, die alte Macht wieder geltend zu machen! Ich
beugte mich dir nur, solange ich an dich glaubte. Das ist längst
vorbei, aber du, bei dem stets der Ehrgeiz die Stelle des Herzens
vertrat, du ahnst nicht, was ich mit jenem Glauben verlor."

Es folgte eine lange, drückende Pause. Raven hatte sich abgewendet; endlich sagte er: „Wenn du mich einst liebtest, so haffest
du mich dafür jetzt um so glühender."

„Ja!" war die kurze, energische Antwort.

„Ich habe Beweise davon. Bis vor kurzem fragte ich mich
noch, woher einer meiner jüngsten und untergeordnetsten Beamten
den Mut genommen habe, mir vor aller Welt die unerhörtesten
Beleidigungen in das Gesicht zu schleudern — ich vergaß, daß er in

beiner Schule gewesen ist. Winterfeld war ja in beinem Hause; er ist der Freund beines Sohnes und der beinige, und er hat sich als gelehriger Schüler gezeigt. In den Streichen, die er gegen mich führt, verrät er, welcher Meister ihn unterwies."

„Du irrst. Georg Winterfeld zeigt nur seine eigene Kraft, allerdings eine bewundernswerte Kraft, die auch mich in Erstaunen setzt. Ich ahnte nichts von seinem Vorhaben; er hat auch mir ein Geheimnis daraus gemacht, und seine Schrift, die er mir vorgestern zusandte, war mir eine Ueberraschung. Aber ich leugne nicht, daß jedes Wort darin mir aus der Seele geschrieben ist, mir und noch tausend andern. Sei auf der Hut, Arno! Das ist der erste, der es wagt, gegen den allmächtigen Freiherrn von Raven aufzutreten, der erste Sturm, der deine bisher unnahbare Höhe bedroht. Es werden ihm andre folgen, und sie werden so lange den Boden erschüttern, auf dem du stehst, bis er wankt und bricht und du so tief nieder- sinkst, wie du hoch emporgestiegen bist."

„Meinst du?" fragte der Freiherr verächtlich. „Du solltest mich doch besser kennen. Ich kann stürzen und im Sturze mich und andre zerschmettern — das Sinken ist meine Sache nicht, und so weit sind wir überhaupt noch nicht. Ich kenne die feindseligen Ge- walten, welche jener Angriff entfesseln wird; sie haben längst auf einen solchen Anlaß gewartet, aber sie sollen nicht den Triumph genießen, mich von einem Platze weichen zu sehen, den ich so lange behauptet habe und freiwillig niemals räumen werde. Freilich, die Menschen verzeihen nicht leicht eine Laufbahn, wie ich sie mir schuf."

„Um hohen Preis!" sagte Brunnow kalt. „Du hast sie mit deiner Ehre bezahlt."

„Rudolf!" fuhr der Freiherr mit furchtbarer Heftigkeit auf.

„Mit deiner Ehre — ich wiederhole es. Muß ich dich an den Tag erinnern, wo unsre Verbindungen verraten, unsre Papiere mit Beschlag belegt, wir selber ergriffen und in das Gefängnis geschleppt wurden? Muß ich dir sagen, wer der Verräter war, dem wir dies alles dankten und den man nur der Form wegen mit verhaftete? Ich und die andern wurden vor Gericht gestellt, uns traf Verur- teilung und Kerker, aus dem mich später nur eine tollkühne Flucht befreite; dich ließ man nach kurzer Haft wieder frei, ohne auch nur eine Anklage gegen dich zu erheben. Aus dem Sturme, der seinen Freunden und Gesinnungsgenossen Freiheit und Existenz kostete, ging Arno Raven als der Sekretär, der Vertraute und künftige Schwiegersohn des Ministers hervor und begann seine glänzende

Laufbahn im Dienste der Sache, der er Haß und Kampf geschworen
hatte für immer. Das war das Ende all der Freiheitsträume und
Jugendschwärmereien."

Aus dem Antlitz des Freiherrn war jeder Blutstropfen ge=
wichen; seine Brust hob und senkte sich in kurzen heftigen Atemzügen
und seine Hände ballten sich krampfhaft.

„Und wenn ich dir nun sage, daß dieser sogenannte Verrat
nur eine Unvorsichtigkeit war, ein unglückseliges Mißverständnis,
das ich teuer genug gebüßt habe? Wenn ich dir sage, daß ihr selbst
mit eurem voreiligen Verdammungsurteil, mit eurem wahnsinnigen
Mißtrauen mich in die Reihen eurer Feinde getrieben habt?"

„So würde ich dir antworten, daß du das Recht auf Glauben
verwirkt hast."

„Reize mich nicht, Rudolf!" stieß Raven hervor, der kaum
mehr Herr seiner selbst war. „Du weißt, daß ich das von keinem
andern ertragen hätte. Ich habe dir mein Wort gegeben, und du
wirst mir glauben."

„Nein, Arno!" Die Stimme Brunnows klang in vernichtender
Härte. „Wärst du damals,.als ich im Gefängnis saß und es nicht
fassen konnte, nicht fassen wollte, daß du der Verräter sein solltest,
vor mich hingetreten und hättest zu mir gesprochen wie jetzt, dein
Wort hätte mir mehr gegolten als das Zeugnis der ganzen Welt,
als die sonnenklarsten Beweise. Die zwei Jahrzehnte, die dazwischen
liegen, haben mich eines andern belehrt. Dem Freiherrn von Raven,
dessen Name obenan steht unter den Feinden und Verfolgern der
Sache, der er einst sein Leben geweiht hatte, dem Gouverneur
von R., dessen despotisches Regiment allem Recht und allen Gesetzen
Hohn sprach, der noch vor wenigen Tagen auf das Volk schießen
ließ, in dessen Reihen er selbst einst gestanden — dem glaube ich
nicht."

Der Mann, gegen den alle diese vernichtenden Beschuldigungen
geschleudert wurden, stand finster schweigend da, den Blick auf den
Boden geheftet; noch arbeitete es gewaltsam in seinen Zügen, aber
es ließ sich nicht enträtseln, ob es Scham, Zorn oder Schmerz war,
was dort zuckte. Bei den letzten Worten aber richtete er sich plötz=
lich zu seiner vollen Höhe auf, und aus seinen Augen flammte wieder
der stolze unbeugsame Trotz, als er rauh entgegnete:

„So ist es unnötig, noch ferner ein Wort darüber zu verlieren.
Meine Erklärung galt nur jener Katastrophe. Du willst sie nicht
hören — gut, wir sind fertig damit. Was nachher geschehen ist,

daß war meine eigene Wahl und mein Entschluß. Wie ich dazu getrieben worden bin, das kommt hier nicht in Betracht. Ich verlange keine Milderungsgründe; genug, es war mein Wille, und ich nehme die That und all ihre Folgen auf mein Haupt allein. Seit dem Tage, der jene Kluft zwischen uns aufriß, sind unsre Wege so endlos weit auseinandergegangen, daß wir jetzt vergebens versuchen würden, sie auch nur zu begreifen. Was ist einem Idealisten wie dir der Begriff der Macht und des Ehrgeizes? Vielleicht nur der Keim zu einem Verbrechen, denn er begründet sich ja auf die Unterdrückung andrer. Ich war nun einmal nicht geschaffen, im Exil zu verkümmern und mich über all die gescheiterten Hoffnungen, über all die nutzlos vergeudeten Kräfte mit dem Gedanken zu trösten, daß ich meinem ‚Ideal‘ treu geblieben sei. Verdamme mich, wenn du willst! Als meinen Richter erkenne ich auch dich nicht an.“

Es erfolgte keine Erwiderung. Nach einem sekundenlangen Schweigen wandte sich Brunnow ohne alle Antwort zum Gehen. Raven trat ihm in den Weg.

„Was soll das?“ fragte der Arzt. „Du hast es ja ausgesprochen: wir sind fertig miteinander, und jedes fernere Wort zwischen uns ist überflüssig. Laß mich gehen!“

„Noch nicht — es handelt sich um deine Sicherheit. Du reisest doch auf der Stelle wieder ab?“

„Ich reise erst morgen; ich habe es meinem Sohn versprochen, ihn noch einmal zu sehen.“

„Das ist eine ganz unnötige Verzögerung,“ sagte der Freiherr. „Du hast dich selbst überzeugt, daß für deinen Sohn nichts zu fürchten ist, und erst jenseits der Grenze hört die Gefahr für dich auf. Um Mitternacht geht der Kurierzug. Bleibe so lange hier in meiner Wohnung und fahre dann in meinem Wagen nach dem Bahnhof! Was man dann auch ahnen und vermuten mag, es wird niemand wagen, dich zu behelligen.“

„Und wenn man später entdecken sollte, daß der Gouverneur selbst dem ‚Hochverräter‘ fortgeholfen hat?“

„Das ist meine Sache. Ich werde es vertreten.“

„Ich danke,“ sagte Brunnow in schneidendem Ton. „Ich bleibe bis morgen und gehe nach dem Bahnhof, ohne mich durch die freiherrlich Ravensche Livree decken zu lassen. Du wirst begreifen, daß ich selbst eine mögliche Gefahr deinem Schutze vorziehe.“

„Rudolf, nimm Vernunft an!“ mahnte der Freiherr. „Der unselige Starrsinn kann dir deine Freiheit kosten.“

„Was kümmert das dich? Wir sind ja Feinde und sind es
nach dieser Stunde mehr denn je. Wir werden uns schwerlich im
Leben wieder begegnen, aber denke an meine Worte, Arno! Noch
stehst du fest und sicher auf deiner schwindelnden Höhe; noch blickst
du verächtlich herab auf die Gefahren, die dir drohen. Es wird ein
Tag kommen, wo alles um dich her wankt und bricht, wo alles dich
verläßt, und dann" — hier richtete sich auch die gebeugte Gestalt

Brunnows voll und mächtig auf — „dann wirst du einsehen, daß
es doch noch etwas wert ist, an seine Ideale und an sich selber zu
glauben. Mich hat dieses Bewußtsein aufrecht erhalten bis auf
diese Stunde. Du hast keinen Halt mehr, wenn das glänzende Gebäude deines Ehrgeizes zusammenstürzt — du hast dich selbst verloren. Leb wohl!"

Er ging. Raven blickte ihm düster und unbeweglich nach.
„Mich selbst verloren!" wiederholte er dumpf. „Er hat recht."

In der Stadt war es ruhig. Die „energischen Maßregeln" hatten ihre Wirkung gethan, wenn sie auch nicht in dem Umfange zur Ausführung gekommen waren, wie es anfangs den Anschein hatte. Oberst Wilten, der sehr wohl wußte, daß trotz aller Vertretung von seiten des Gouverneurs doch ein Teil der Verantwortlichkeit auf ihm haften bleiben werde, hatte an jenem Abend Befehl gegeben, beim ersten Kommando nicht auf die Menge selbst, sondern in die Luft zu feuern. Er rechnete auf den blinden Schrecken, den man empfinden werde, wenn man sah, daß wirklich von den Waffen Gebrauch gemacht werde, und diese Berechnung täuschte ihn nicht. Die Schüsse riefen eine grenzenlose Angst und Verwirrung hervor, die noch durch die inzwischen hereingebrochene Dunkelheit begünstigt wurde. Niemand hatte Ruhe und Besonnenheit genug, sich zu überzeugen, wer denn eigentlich gefallen sei. Es erhob sich ein wildes Getümmel, aber der gefürchtete Widerstand blieb aus, und nach einem kurzen, planlosen Hin= und Herwogen wandte sich alles zur Flucht. Der Oberst hatte das vorhergesehen und seine Anstalten derartig getroffen, daß den Fliehenden im entscheidenden Augenblick Raum gegeben werden konnte. Es gelang einer Militärabteilung, ohne allzugroße Schwierigkeit die dichtgedrängte Menge zu zerstreuen und vor sich her zu treiben. Einmal zersprengt, vermochte diese sich nicht wieder zu sammeln, da die sämtlichen Hauptpunkte besetzt waren. Nach einigen Stunden war die Ruhe wiederhergestellt und zwar — dank der Vorsicht und Mäßigung des Kommandierenden — ohne eigentliches Blutvergießen. Es hatte zwar im Getümmel selbst Verwundungen und Verletzungen genug gegeben, aber es war doch nicht zum wirklichen Kampfe gekommen, und jedenfalls hatte das Einschreiten des Militärs seine Wirkung gethan. Die unruhigen Elemente der Stadt waren vollständig eingeschüchtert; die Excesse wiederholten sich nicht, und während der folgenden Tage wurde die Ruhe nirgends gestört. Man schien der Gewalt zu weichen; der Gouverneur hatte wieder einmal die Oberhand behalten. —

Es war am Morgen nach der Unterredung mit Rudolf Brunnow, als der Freiherr in das Zimmer seiner Schwägerin trat. Bei der Baronin hatte jene Erkältung doch ernstere Folgen gehabt; sie war krank, oder behauptete wenigstens, es zu sein, und hatte seit ihrer Rückkehr nach der Stadt kaum das Bett verlassen. Der Freiherr sandte jeden Morgen herüber, um sich nach ihrem Befinden erkundigen zu lassen; er selbst hatte weder sie noch Gabriele seit den letzten Tagen gesehen, da das junge Mädchen die Krankheit der Mutter zum Vorwand nahm, um nicht bei Tisch zu erscheinen. So war denn eine Begegnung zwischen ihnen seit jener stürmischen Unterredung noch vermieden worden.

Die Baronin lag mit sehr leidender Miene auf dem Sofa, als ihr Schwager eintrat. Er schien Gabriele, die sich gleichfalls im Zimmer befand, nicht zu bemerken, sondern trat sofort zu ihrer Mutter und fragte in jenem gleichgültigen Ton, mit dem man einer bloßen Form genügt, wie sie sich befinde.

„O, ich habe schlimme Tage verlebt," seufzte die Baronin. „Ich befinde mich sehr schlecht, und die Angst und Aufregung an jenem entsetzlichen Abend, wo man das Schloß stürmen wollte, hat mich vollends krank gemacht."

„Ich ließ Ihnen ja eigens melden, daß alle Maßregeln zur Sicherheit des Schlosses getroffen seien," sagte Raven ungeduldig. „Sie wären überhaupt niemals in Gefahr gekommen; die ganze stürmische Demonstration galt mir allein."

„Aber der Lärm, das Anrücken des Militärs, das Schießen in der Stadt!" klagte die Dame, „das alles regte meine Nerven furchtbar auf. Hätte ich doch dem Wunsche des Oberst Wilten nach= gegeben und wäre noch einige Tage auf seinem Landsitze geblieben! Freilich, wie die Dinge jetzt stehen, konnte ich nicht daran denken. Gabriele martert mich förmlich mit ihrem Trotz und Eigensinn. Sie erklärt auf das bestimmteste, daß sie niemals dem jungen Baron Wilten ihre Hand reichen werde, und droht mir, ihm ein unverhülltes Nein zu geben, wenn ich es bis zu einem Antrag kommen lasse."

Ravens Blick streifte das junge Mädchen, das stumm und bleich, den Kopf in die Hand gestützt, in einiger Entfernung saß, er richtete aber auch jetzt nicht das Wort an sie.

„Ich bin in der grenzenlosesten Verlegenheit," fuhr die Baronin fort. „Ich habe dem Oberst ganz bestimmte Zusicherungen gegeben, die unmöglich zurückgenommen werden können. Er und sein Sohn werden außer sich sein. Gabriele behauptet, bereits mit Ihnen dar= über gesprochen zu haben, Arno. Sind Sie denn wirklich mit diesem Nein einverstanden?"

„Ich?" fragte der Freiherr kalt. „Ich habe mich jedes Ein= flusses auf Ihre Tochter begeben."

„Mein Gott, was ist denn vorgefallen?" rief die Baronin, sich erschrocken aufrichtend. „Hat Gabriele auch Ihnen gegenüber ihren Starrsinn gezeigt? Ich will doch nicht hoffen —"

„Lassen wir das!" schnitt ihr der Freiherr das Wort ab. „Die Angelegenheit mit Wilten muß ich allerdings erledigen, schon wegen meiner eigenen Stellung zu dem Oberst. Er würde es mir nie ver= zeihen, wenn ich seinen Sohn der Kränkung aussetzte, ein Nein zu erhalten, wo er mit Sicherheit auf ein Ja rechnet. Uebrigens ist daß Ihre Schuld allein, Mathilde. Sie werden sich erinnern, daß ich Ihren Plänen von Anfang an fern geblieben bin. Sie hätten sich der Fügsamkeit Ihrer Tochter versichern sollen, ehe Sie bestimmte Versprechungen gaben. Jedenfalls muß die Sache jetzt zur Sprache gebracht werden. Ich fahre von hier aus zu Wilten und werde bei unsrer heutigen Konferenz Gelegenheit nehmen, ihm Gabrielens Weigerung mitzuteilen. — Jetzt aber zu dem eigentlichen Zweck meines Kommens! Sie sind leidend?"

„Jawohl, sehr leidend!" flüsterte die Baronin, indem sie mit dem Ausdruck der größten Mattigkeit wieder in die Kissen zurücksank.

„So möchte ich Ihnen einen Vorschlag machen. Der Arzt spricht von nervösen Zuständen und empfiehlt nur Luftveränderung, um so mehr, als der Herbst bei uns sehr rauh und unfreundlich zu sein pflegt. Ueberdies ist bei den jetzigen Zuständen in der Stadt an irgend ein Gesellschaftsleben für die nächste Zeit nicht zu denken. Ich rate Ihnen daher, die Einladung Ihrer Freundin, der Gräfin Selteneck, anzunehmen, von der Sie mir neulich sprachen, und auf einige Wochen mit Ihrer Tochter nach der Residenz zu gehen."

Gabriele, die das Gespräch verfolgte, ohne sich daran zu beteiligen, bebte bei den letzten Worten zusammen, und ein unwillkürlicher Ausruf entfuhr ihren Lippen:

„Nach der Residenz?"

„Ja," sagte Raven, sich zum erstenmal zu ihr wendend, mit herber Ironie. „In deinen Wünschen liegt das doch gewiß."

Das junge Mädchen schwieg, aber die matten Züge der Baronin belebten sich plötzlich.

„Wie? Sie wären mit diesem Besuch einverstanden?" fragte sie. „Ich leugne es nicht, daß ein kurzer Aufenthalt in der Residenz und ein Wiedersehen mit meinen dortigen Freunden und Bekannten mir sehr erwünscht wäre, aber die Rücksicht auf Ihre Wünsche, meine Pflichten als Repräsentantin Ihres Hauses —"

„Binden Sie in diesem Fall durchaus nicht," fiel der Freiherr ein. „Ich wiederhole Ihnen, daß unter den jetzigen Verhältnissen von Festlichkeiten keine Rede sein kann. Es läßt sich nicht mit Sicherheit bestimmen, ob die Unruhen sich nicht doch wiederholen, und ich möchte Sie nicht zum zweitenmal einer so gefährlichen Angst und Aufregung aussetzen. Ich bitte Sie daher, so bald wie möglich die Vorbereitungen zur Abreise zu treffen. Wenn Sie zurückkehren, ist hoffentlich alles geordnet."

„Ich füge mich, wie immer, Ihren Wünschen," erklärte die Baronin, der die Fügsamkeit diesmal außerordentlich leicht wurde. „Wir werden in kurzem reisefertig sein, und auch auf Gabriele, hoffe ich, wird die Zerstreuung wohlthätig wirken; sie ist jetzt so bleich und still, daß ich wirklich anfange, für ihre Gesundheit zu fürchten."

Raven schien die letzte Bemerkung zu überhören; er erhob sich. „Das wäre also abgemacht. Was Sie etwa noch für die Reise notwendig halten sollten, steht zu Ihrer Verfügung. Jetzt aber muß ich Sie verlassen, Mathilde; mein Wagen wartet bereits."

Er ging. Kaum hatte sich die Thür hinter ihm geschlossen, als Frau von Harder mit großer Lebhaftigkeit rief:

„Das ist doch endlich einmal eine vernünftige Idee meines Schwagers! Ich fürchtete schon, er würde uns zumuten, in dieser aufgeregten Stadt zu bleiben, wo man nicht einmal seines Lebens sicher ist und bei jeder Ausfahrt fürchten muß, von dem Pöbel beleidigt zu werden. Mich wundert nur, daß Arno sich um meine Nerven und die Verordnungen des Arztes kümmert. Er pflegt sonst sehr rücksichtslos in solchen Dingen zu sein. Meinst du nicht, Gabriele?"

„Ich meine, daß er uns entfernen will um jeden Preis," erwiderte Gabriele, ohne sich umzuwenden.

„Nun ja," sagte die Baronin unbefangen. „Er sieht es ein, daß R. jetzt kein angenehmer Aufenthalt ist, zumal für Damen. Ich sprach ihm allerdings nicht ohne Absicht von der Einladung der Gräfin; ich hoffte, er würde darauf eingehen, aber damals schwieg er hartnäckig, und so wagte ich es nicht, die Sache weiter zu verfolgen. Wie sehne ich mich, die Residenz wieder zu sehen und all die früheren Beziehungen wieder anzuknüpfen! Hier ist und bleibt man doch nun einmal in der Provinz trotz all des großstädtischen Ansehens, welches die Stadt sich geben möchte. Aber jetzt müssen wir vor allen Dingen Musterung über unsre Toilette halten. Komm, mein Kind! Wir wollen überlegen."

„Verschone mich damit, Mama!" bat das junge Mädchen in mattem, gedrücktem Tone. „Ich habe jetzt keinen Sinn dafür. Bestimme, was dir gut dünkt! Ich füge mich in alles."

Die Baronin sah ihre Tochter mit unverhehltem Erstaunen an; diese Gleichgültigkeit überstieg alle Begriffe. „Keinen Sinn dafür?" wiederholte sie. „Gabriele, was ist eigentlich mit dir vorgegangen? Ich habe diese Veränderung schon während unsres Landaufenthalts bemerkt, aber seit den letzten Tagen erkenne ich dich gar nicht wieder. Ich fürchte, es ist auf der Rückfahrt irgend etwas zwischen dir und dem Onkel vorgefallen, was du mir verschweigst. Er zürnt dir offenbar; er hat dich ja vorhin kaum angeblickt. Wann endlich wirst du es lernen, die nötigen Rücksichten gegen ihn zu beobachten?"

„Du hörst es ja, er schickt uns fort," sagte Gabriele mit aufquellender Bitterkeit. „Er will allein sein, wenn eine Gefahr ihn bedroht, wenn ein Unglück ihn trifft — ganz allein!"

„Ich begreife dich nicht," erklärte die Mutter ärgerlich. „Was soll denn dem Onkel drohen? Ich dächte, er hätte die Empörungsversuche energisch genug niedergeschlagen, und im schlimmsten Falle ist ja das Militär zu seinem Schutze da."

Gabriele schwieg, sie hatte nicht an diese Gefahr gedacht, aber trotz ihrer Unerfahrenheit in solchen Dingen fühlte sie doch, daß ein Angriff wie der Winterfelds nicht unbemerkt vorübergehen konnte, und ahnte den heranziehenden Sturm. Sie und die Mutter sollten freilich davor geborgen werden. Deutlicher konnte der Freiherr ihr nicht sagen, daß alles zwischen ihnen zu Ende sei, als indem er sie nach der Residenz sandte, wo Georg jetzt weilte und wo eine Begegnung mit ihm leicht zu ermöglichen war. All die Härte und Heftigkeit, mit der sich Raven dieser Verbindung widersetzte, hatte das junge Mädchen nicht so geschmerzt, als dieses Aufgeben seines Widerstandes dagegen. Er zeigte ihr, daß er jeden Einspruch fallen ließ, daß er ihr volle Freiheit gab, und sie kannte ihn zu gut, um nicht zu wissen, daß die vermeintliche Verräterin bei ihm nie auf Verzeihung rechnen konnte. Vielleicht hätte Gabriele versucht, ihn zu überzeugen, wie unrecht er ihr mit diesem Verdachte that; sein Eisesblick hatte sie zurückgescheucht. Der Blick sagte ihr, daß sie doch keinen Glauben finden werde, und bei diesem Gedanken flammte auch ihr Stolz und Trotz empor. Sollte sie es zum zweitenmal ertragen, daß ihre Verteidigung nicht gehört, daß sie selbst zurückgestoßen wurde, wie es schon einmal geschehen war? Nun und nimmermehr!

Die Baronin war weit entfernt, diesen Gedankengang ihrer Tochter zu ahnen. Sie dachte nicht einmal daran, daß sich Assessor Winterfeld in der Residenz befand, und daß man ihn eigens dorthin gesandt hatte, um eine Annäherung zu verhindern. Die Dame hatte jetzt andre Dinge im Kopf, und da sie bei Gabriele so gar kein Verständnis für die Toiletteangelegenheiten fand, klingelte sie ihrer Kammerjungfer und begann eine ausführliche Beratung

mit derselben. Es war merkwürdig, wie sehr diese Reise die Lebensgeister der Baronin anzuregen vermochte; ihre Krankheit und Mattigkeit schienen auf einmal verschwunden; sie traf die nötigen Anordnungen mit einem Eifer und einer Lebhaftigkeit, die schon jetzt den
besten Erfolg von dieser „Luftveränderung" hoffen ließ.

Der Freiherr war unmittelbar, nachdem er seine Schwägerin
verlassen hatte, zu dem Oberst Wilten gefahren. Er hatte von
jeher freundschaftlich mit ihm verkehrt, und in der letzten Zeit war
dieser Verkehr noch enger und vertrauter geworden, wenigstens von
seiten der Wiltenschen Familie, die mit vollem Eifer die Verbindung zwischen dem Sohne des Hauses und der jungen Baroneß
Harber anstrebte. Heute aber lag in dem Empfange und der ganzen
Haltung des Obersten eine gewisse Gezwungenheit, die er sich zwar
Mühe gab zu verbergen, indem er lebhafter und angelegentlicher
sprach, als es sonst seine Art war. Der Freiherr achtete nicht darauf;
er war von ganz andern Gedanken erfüllt und nicht in der Stimmung,
auf solche Dinge Gewicht zu legen. Er wollte eben das Gespräch
auf die Sicherheitsmaßregeln in der Stadt lenken, die noch größtenteils in den Händen des Militärs lagen, als Wilten ihm zuvorkam
und mit einer gewissen Hast fragte:

„Haben Sie schon nähere Nachrichten aus der Residenz erhalten? Sie erwarten ja wohl Antwort auf Ihren Brief hinsichtlich der Winterfeldschen Broschüre."

Die Stirn des Freiherrn verfinsterte sich auffallend bei der
Frage, und es vergingen einige Sekunden, ehe er antwortete.

„Ja," sagte er endlich. „Die Antwort ist heute morgen eingetroffen."

„Nun?" fragte der Oberst in größter Spannung.

Ravel lehnte sich in den Sessel zurück, und in seiner Stimme
lag ebensoviel Spott wie Bitterkeit, als er erwiderte:

„Man scheint in der Residenz vollständig zu vergessen, daß
ich als Vertreter der Regierung in ihrem Namen gehandelt habe,
und daß man mein Wirken jahrelang mit allen Kräften unterstützte.
Sie hatten recht, mich vor den Intriguen zu warnen, die dort gegen
mich gesponnen werden. Ich sehe es erst jetzt, wie unterwühlt der
Boden ist, auf dem ich stehe. Vor wenigen Monaten noch hätte
man es nicht gewagt, mir eine solche Antwort zu geben."

„Wie, man hat doch nicht etwa versucht, Ihnen anzudeuten —?"
Der Oberst hielt inne, er mochte den Satz nicht aussprechen.

„Man hat mir sehr vieles angedeutet. Allerdings in ver

bindlicher Form und mit einem ungemeinen Aufwand von Redens=
arten, aber die Sache selbst bleibt die gleiche. Ich glaube, es wäre
den Herren in der Residenz nicht unlieb, wenn ich ginge. Es gibt
dort verschiedene Persönlichkeiten, denen ich sehr im Wege bin und
die jeden Angriff nach Kräften gegen mich ausbeuten werden. Ich
bin aber vorläufig noch nicht gesonnen, ihnen Platz zu machen."

Oberst Wilten schwieg und sah vor sich nieder.

„Auch die jüngsten Ereignisse hier in der Stadt geben Anlaß
zu ernstlichen Meinungsverschiedenheiten," fuhr Raven fort. „Ich
habe deswegen einen lebhaften Depeschenwechsel mit der Residenz
gehabt. Man begreift durchaus nicht, daß das Einschreiten des
Militärs notwendig war. Man gibt mir allerlei anzuhören, von
schwerer Verantwortlichkeit, maßloser Erbitterung der Bevölkerung
und dergleichen mehr. Ich habe einfach geantwortet: Aus der
Ferne lasse sich dergleichen nicht beurteilen. Ich sei zur Stelle und
wisse, was not thue, und ich würde genau dasselbe thun, wenn
die Unruhen aufs neue ausbrechen sollten."

In dem Gesichte des Obersten zeigte sich wieder jene Ge=
zwungenheit, die im Laufe des Gespräches allmählich gewichen war.

„Das dürfte kaum möglich sein," bemerkte er. „Es ist wahr,
die Erbitterung ist größer, als wir anfangs glaubten, und ich sagte
Ihnen ja schon früher, man wünscht bei solchen Anlässen die mili=
tärischen Maßregeln durchaus zu vermeiden."

„Es kommt nicht darauf an, was man wünscht, sondern auf
das, was notwendig ist," erklärte der Freiherr mit jener Schroff=
heit, die bei ihm stets eine große innere Gereiztheit barg.

„So wollen wir hoffen, daß die Notwendigkeit nicht wieder
eintritt," sagte Wilten, „denn ich bin leider — ich wäre gezwungen
— mit einem Worte, ich müßte Ihnen meinen Beistand versagen,
Excellenz."

Raven fuhr auf und richtete einen funkelnden Blick auf den
Sprechenden.

„Was soll das heißen, Herr Oberst? Sie kennen doch meine
Vollmachten? Ich kann Ihnen versichern, daß sie noch in ihrem
vollen Umfange bestehen."

„Daran zweifle ich nicht, aber die meinigen sind beschränkt
worden. Ich habe künftig nur den Weisungen meiner Vorgesetzten
zu folgen."

„Sie haben Gegenbefehl?" fragte der Freiherr rasch und
heftig.

„Ja," war die etwas zögernde Antwort.

„Seit wann?"

„Seit gestern."

„Darf ich die Ordre sehen?"

„Ich bedaure, sie ist nur für mich allein bestimmt."

Raven wendete sich ab und trat an das Fenster; als er sich nach wenigen Minuten wieder umwandte, lag eine fahle Blässe auf seinem Gesicht.

„Das heißt also, man bindet mir vollständig die Hände. Wenn der Aufstand sich wiederholt und die Polizei zu dessen Bewältigung nicht ausreicht, so bin ich machtlos und die Stadt ist preisgegeben."

Wilten zuckte die Achseln. „Ich bin Soldat, Excellenz, und muß gehorchen."

„Allerdings, Sie müssen gehorchen — ich sehe das ein."

Es folgte eine sehr unbehagliche Pause. Der Oberst schien nach irgend einer Ablenkung zu suchen, aber Raven kam ihm zuvor.

„Wenn die Sache so steht, ist die Rücksprache, die ich mit Ihnen nehmen wollte, überflüssig," sagte er mit erzwungener Ruhe. „Bitte, keine Entschuldigung; ich begreife, daß es Ihnen persönlich sehr peinlich ist, aber Sie können es nicht ändern, also brechen wir davon ab! — Ich möchte noch eine Privatangelegenheit mit Ihnen besprechen. Sie bereiteten mich darauf vor, daß Ihr Sohn eine Bitte an mich richten würde. Lieutenant Wilten hat sich allerdings noch nicht erklärt, und das war in dieser Zeit der Unruhe und Aufregung auch wohl nicht möglich."

„Ganz unmöglich," stimmte der Oberst bei. „Ich habe es Albrecht begreiflich gemacht, daß es ein Mangel an Zartgefühl wäre, wenn er Sie jetzt, wo so vieles auf Sie einstürmt, mit solchen Dingen behelligen wollte. Er ist auch meinen Gründen gewichen; überdies muß er morgen abreisen."

„So plötzlich?" fragte Raven befremdet. „Wohin denn?"

„Er geht in einer dienstlichen Angelegenheit nach M. und wird voraussichtlich mehrere Wochen dort bleiben," entgegnete der Oberst, der unter dem finstern, forschenden Blick des Freiherrn sichtlich verlegen wurde. „Ich hatte zwar ursprünglich einen andern meiner Offiziere dazu bestimmt, aber ich kann diesen jetzt nicht entbehren, und mein Sohn als der jüngste ist am leichtesten abkömmlich. Die besprochene Sache kann also vorläufig ruhen; später, nach Albrechts Rückkehr, wird sich ja wieder daran anknüpfen lassen."

Um Ravens Lippen legte sich ein sehr herber Ausdruck, als er erwiderte:

„Ich wünsche im Gegenteil diese Sache jetzt ein für allemal zu erledigen. Meine Schwägerin ist leider nicht im stande, die Hoffnungen zu erfüllen, die sie dem jungen Baron gemacht hat. Sie hat sich überzeugt, daß ihre Tochter doch nicht genug Neigung für ihn besitzt, um sich zu dieser Verbindung zu entschließen, und weder sie noch ich werden irgend einen Zwang auf Gabriele ausüben."

„Das würden wir auch niemals zugeben," fiel Wilten eifrig ein. „Nur keinen Zwang, nur keine Ueberredung in solchen Dingen! Mir freilich wird es sehr schwer, die langgehegte Hoffnung aufzugeben, und mein Sohn vollends wird außer sich sein, aber wenn er auf keine Gegenliebe hoffen darf, so ist es besser, er entsagt beizeiten seiner Neigung. Ich werde ihm ernstliche Vorstellungen deswegen machen."

„Thun Sie das!" sagte der Freiherr, dem weder der Eifer noch das erleichterte Aufatmen des Obersten bei der Absage entgangen war. „Ich bin überzeugt, Sie werden einen gehorsamen Sohn finden."

Er wandte sich zum Gehen. Der Oberst beglei= tete ihn artig bis zur Thür und wollte ihm dort in ge= wohnter Weise die Hand zum Abschied reichen, aber Raven zog die seinige zurück, verneigte sich kühl und ver= ließ das Zimmer. Draußen auf der Treppe blieb er einen Moment lang stehen und warf einen Blick zurück, während er halblaut sagte:

„Also so weit ist es bereits gekommen! Man sucht die Verbindungen mit mir zu lösen — es müssen doch eigentümliche Nach= richten sein, die Wilten em= pfangen hat."

Als der Gouverneur aus dem Hause trat und im Begriff war, in seinen dort wartenden Wagen zu steigen, bemerkte er den Polizei= direktor, der soeben die Straße heraufkam und sich ihm jetzt näherte.

„Soeben wollte ich mich zu Ihnen begeben, Excellenz," sagte er, den Freiherrn begrüßend. „Ich glaubte Sie in dem Schlosse zu finden."

„Ich fahre dorthin," erwiderte Raven auf den Wagen deutend. „Darf ich Sie bitten, mich zu begleiten?"

Der Polizeidirektor nahm die Einladung an, und die beiden

Herren stiegen in den Wagen, der den Weg nach dem Schloße ein=
schlug. Der Freiherr hörte zerstreut auf die Mitteilungen seines
Begleiters. Der stolze Mann ertrug mit verbissenem Grimme diese
erste Demütigung, die ihm auferlegt wurde. Man hatte ihn bisher
unumschränkt walten laßen und ihm eine Macht eingeräumt, wie
sie kein Gouverneur vor ihm besaß, und jetzt, wo er diese Macht
mehr als je bedurfte, jetzt sah er sich auf einmal in all seinen Ent=
schlüßen gehemmt und gebunden. Man entzog ihm den Beistand,
auf den er sich stützte und, nachdem er einmal so weit gegangen
war, stützen mußte; man ließ ihn absichtlich allein im Kampfe mit
der rebellischen Stadt — Raven wußte sich dieses Symptom zu
deuten.

Der Polizeidirektor hatte einige Minuten lang von verschiedenen
ziemlich unwichtigen Vorfällen gesprochen, die sich im Laufe des
gestrigen Tages ereignet hatten. Jetzt aber fuhr er fort: „Und
nun noch eine Mitteilung, die auch Sie überraschen wird, Excellenz.
Sie nehmen ja doch Anteil an dem jungen Doktor Brunnow."

Raven wurde aufmerksam. „Gewiß, was ist mit ihm?"

„Die Sache betrifft ihn allerdings nicht persönlich, geht ihn
aber leider nahe genug an. Sie erinnern sich des Herrn, den uns
Hofrat Moser gestern abend als einen Doktor Franz vorstellte; Sie
hatten ja sogar eine längere Unterredung mit ihm. Ist Ihnen da=
bei nichts aufgefallen?"

Der Freiherr richtete sich schnell empor; die Andeutung ge=
nügte, um ihm zu zeigen, daß seine Befürchtungen eingetroffen
waren und Brunnow sich in Gefahr befand. Es galt jetzt, Ruhe
zu zeigen, um diese Gefahr vielleicht noch abzuwenden. Raven
nahm seine ganze Kraft zusammen und antwortete mit einem kalten
unbewegten „Nein".

„Mir desto mehr," sagte der Polizeidirektor. „Ich hatte schon
bei jener flüchtigen Begegnung meine Bedenken, die durch einige
unabsichtliche Aeußerungen des Hofrats zum Verdacht wurden,
und hielt es für nötig, Nachforschungen anzustellen. Jetzt, wo nur
wenig Fremde in der Stadt sind, war es eine leichte Mühe, das
Absteigequartier des angeblichen Doktors Franz aufzufinden. Er
war erst vor zwei Stunden in einem Gasthofe der Vorstadt ange=
langt, hatte sich in größter Unruhe und Aufregung nach dem jungen
Arzt erkundigt und war sofort zu ihm geeilt. Der unvorsichtiger=
weise im Gasthof zurückgelassene Koffer trug die Bezeichnung Z.
als Abgangsstation; andre dringende Verdachtsmomente kamen hinzu

— kurz, es ist kein Zweifel mehr, daß wir es mit dem Vater des Verwundeten, mit Rudolf Brunnow zu thun haben."

Das alles wurde in demselben ruhigen Geschäftston berichtet, wie die früheren Mitteilungen, und auch Raven versuchte es, den gleichen Ton festzuhalten, als er erwiderte:

„Das ist vorläufig nur eine Annahme, deren Bestätigung doch erst abgewartet werden muß. Sie können darauf allein nicht gegen den Fremden vorgehen."

„Die Bestätigung haben wir bereits," sagte der Polizei-direktor. „Doktor Brunnow hat sich bei seiner Verhaftung zu seinem Namen bekannt."

„Bei seiner Verhaftung!" fuhr der Freiherr auf. „Sie haben ihn verhaften lassen? Ohne mich vorher davon zu benachrichtigen, ohne mir auch nur einen Wink zu geben?"

Der Polizeichef sah ihn mit gutgespielter Verwunderung an. „In der That, Excellenz, ich begreife nicht — soviel ich weiß, ge-hören dergleichen Maßregeln ausschließlich in mein Ressort. Wenn ich jedoch gewußt hätte, daß eine vorherige Mitteilung Ihnen er-wünscht sei, so würde ich sie Ihnen unbedingt haben zugehen lassen."

Raven drückte krampfhaft den Handschuh zusammen, den er noch in der Rechten hielt. „Und ich würde Ihnen unbedingt von dieser Verhaftung abgeraten haben. Dachten Sie denn gar nicht an das Aufsehen, das sie notgedrungen erregen muß, an die unaus-bleiblichen Folgen? Gerade jetzt, wo die Regierung nur auf das Einlenken, nur auf die Versöhnung bedacht ist, wo ihr alles daran liegt, populär zu sein, und sie beinahe ängstlich jedem Konflikt aus dem Wege geht, gerade jetzt ist es nicht die Zeit, diese alten, halb-vergessenen Erinnerungen an die Revolution so schonungslos wieder an das Tageslicht zu ziehen."

Der Polizeidirektor zuckte die Achseln. „Ich habe meine Pflicht gethan, nichts weiter. Doktor Brunnow war zu langjähriger Festungshaft verurteilt und hat sich derselben durch die Flucht ent-zogen. Er weiß, daß er bei seiner Rückkehr dem Gesetz verfällt. Er ist dennoch gekommen und muß die Folgen tragen."

„Ich dächte, Sie wären lange genug im Amt, um zu wissen, wie oft der Buchstabe des Gesetzes der Notwendigkeit des Augen-blicks geopfert wird," sagte Raven mit steigender Heftigkeit. „Weshalb ist der Flüchtling denn zurückgekehrt? Die öffentliche Stimme wird in der entschiedensten Weise Partei nehmen für den Mann, der in der Todesangst um das Leben seines einzigen Sohnes,

in der Hoffnung, ihn durch seine ärztliche Kunst vielleicht noch zu
retten, der eigenen Gefahr trotzte. Brunnow wird zum Märtyrer,
dem die Sympathie des ganzen Landes gewiß ist. Glauben Sie,
daß uns dergleichen erwünscht ist? Sie handelten auf einen rein
persönlichen Verdacht hin. Sie werden sich wenig Dank damit in
der Residenz verdienen."

Die Heftigkeit dieser Worte ließ sie fast beleidigend erscheinen,
aber der Polizeidirektor entgegnete ruhig und artig:

„Das müssen wir abwarten. Ich habe nach bestem Ermessen
gehandelt und bedaure nur, daß meine Maßregel so wenig Beifall
findet. Auf eine Mißbilligung Ihrerseits war ich am wenigsten
gefaßt, denn gerade Sie, Excellenz, haben jene Zurückhaltung von
seiten der Regierung, jene Scheu vor Konflikten von jeher als
Schwäche verurteilt und zeigen es jetzt eben wieder der Stadt gegenüber, daß Sie nur von einem rücksichtslosen und energischen Vorgehen Erfolg erwarten."

Der Freiherr biß sich auf die Lippen. Er fühlte, daß er sich
allzu weit habe fortreißen lassen, und fragte abbrechend: „Doktor
Brunnow hat sich also zu seinem Namen bekannt?"

„Ja. Er war allerdings sehr bestürzt, als man ihm die Verhaftung ankündigte, faßte sich aber bald wieder und leugnete nichts
ab. Es wäre in diesem Fall auch nutzlos gewesen. Ich habe dafür
gesorgt, daß sein Sohn fürs erste noch nichts von dem Vorfall erfährt, wenigstens hat mir Hofrat Moser versprochen, zu schweigen.
Der arme Hofrat! Er bekam beinahe einen Ohnmachtsanfall, als
ich ihm entdeckte, wer der vorgebliche Doktor Franz sei. Er, der so
ängstlich jede illoyale Berührung vermied, wird nun ganz ohne sein
Verschulden in solche Beziehungen förmlich hineingerissen."

„Ich hoffe wenigstens, daß Sie Ihrem Gefangenen die möglichste Rücksicht angedeihen lassen," sagte Raven, ohne auf die
letzten Worte zu achten. „Die Veranlassung zu seiner Rückkehr
und die Aufopferung seines Sohnes für Ihre Beamten geben ihm
den vollsten Anspruch darauf."

„Ohne Zweifel," stimmte der Polizeidirektor bei. „Doktor
Brunnow wird sich über nichts zu beklagen haben. Er ist vorläufig
in einem Zimmer des Stadtgefängnisses, und ich habe auch die
Vorkehrungen zu seiner Bewachung mit der größten Schonung getroffen. Streng muß diese Bewachung allerdings sein; es könnte
sonst eine nochmalige Flucht oder — Befreiung versucht werden."

Ravens Auge heftete sich voll und finster auf das Gesicht seines

Begleiters. Der leise Hohn, der
um dessen Lippen spielte, sagte dem Frei-
herrn, daß seine Beziehungen zu dem ehemaligen Jugendfreunde
kein Geheimnis mehr seien, und daß der Schlag nicht gegen Brunnow, sondern gegen ihn selber geführt wurde. Zu welchem Zweck,
das erriet er im Augenblick noch nicht, aber der Polizeidirektor war
nicht der Mann, der sich einer Uebereilung schuldig machte oder
Dinge unternahm, die ihm eine ernste Verantwortlichkeit aufer-
legten. Er wußte immer, was er that.

„Flucht! Befreiung!" wiederholte Raven mit Bitterkeit
„Dafür möchte es wohl zu spät sein."

„Ich hoffe das auch, will aber doch nicht die nötige Vorsicht versäumen. Man kann nie wissen, wie weit die Verbindungen dieser Flüchtlinge reichen. — Das waren die Mitteilungen, um derentwillen ich Sie aufsuchen wollte. Jetzt möchte ich Sie nicht länger in Anspruch nehmen. Wir kommen sogleich an meinem Bureau vorüber — darf ich bitten, dort anhalten zu lassen? Es wartet wahrscheinlich wieder eine ganze Flut von Geschäften auf mich."

Nach kaum zehn Minuten hielt der Wagen vor dem Polizeibureau, und der Chef desselben verabschiedete sich in verbindlichster Weise von dem Freiherrn, der nach dem Schlosse weiterfuhr. Endlich waren ihm einige Minuten des Alleinseins vergönnt. Seit heute morgen traf ihn Schlag auf Schlag. Erst der Brief des Ministers, dann die Eröffnung des Oberst Willen, endlich die Nachricht von der Verhaftung Brunnows. Die drohenden Anzeichen mehrten sich, und Rudolfs Prophezeiung war vielleicht ihrer Erfüllung näher, als er selbst glaubte. Der Boden unter dem Mächtigen begann zu wanken und zu weichen, und zum erstenmal blickte er von seiner schwindelnden Höhe nieder mit dem Gedanken, wie tief wohl der Sturz sein könne. Aber Arno Raven erbleichte nicht vor solchen Gedanken. Der stolze, energische Trotz in seinen Zügen zeigte, daß er nicht gesonnen war, der drohenden Gefahr auch nur einen Schritt zu weichen. Wenn sie auch jetzt von allen Seiten gegen ihn heranzog, er wollte nicht unterliegen, und mit diesem unbeugsamen Willen, dessen Macht sich so oft schon bewährt hatte, trat er auch jetzt dem Sturm entgegen.

Im Schlosse war es einsam und öde geworden. Die Baronin Harder war mit ihrer Tochter nach der Residenz abgereist, und wenn die Dame selbst mit ihren Launen, Ansprüchen und sonstigen wenig liebenswürdigen Eigenschaften von der Dienerschaft nicht vermißt wurde, so vermißte man um so mehr die junge Baroneß, der sich die Herzen aller zugewendet hatten. Mit ihr war der Sonnenschein in das Haus gekommen. Sie hatte während der wenigen Monate, die sie dort verweilte, Licht und Leben in die düstere und tote Pracht jener Räume gebracht, selbst der Freiherr war in dieser Zeit um so vieles milder und zugänglicher gewesen, daß man oft den strengen Gebieter gar nicht wiedererkannte. Jetzt war Gabriele fort, ihr Zimmer verschlossen, und jeder, von dem alten Haushofmeister an bis zum letzten Diener herab, fühlte die Leere, die zurückgeblieben war.

Freiherr von Raven allein schien die Abwesenden nicht zu vermissen, wenigstens äußerte er niemals etwas darüber, und man wußte ja auch, daß er jetzt nicht viel Zeit hatte, sich um Familienbeziehungen zu kümmern. Die Umgebung war es gewohnt, ihren Herrn stets ernst, verschlossen und unberührt von äußeren Ereignissen zu sehen, sie sah ihn auch jetzt nicht anders, und doch wußte jeder, welche Wetterwolken sich über seinem Haupt zusammenzogen. Das war längst kein Geheimnis mehr.

Die Unruhen in der Stadt hatten sich auch im Laufe der nächsten Wochen nicht wiederholt, und der Polizeidirektor mit seinen Beamten war vollständig Herr der einzelnen Ausschreitungen geblieben, die noch hin und wieder vorkamen. Die schlimmeren Elemente der Bevölkerung waren eingeschüchtert, die besseren zur Besinnung gekommen. Die letzten Ereignisse hatten jedem gezeigt, daß es auf diesem Wege nicht weiter gehen konnte und durfte. Der Bürgermeister zumal bot seinen ganzen Einfluß auf, um die Wiederkehr solcher Scenen zu verhindern. Er hatte nicht umsonst die Erfahrung gemacht, daß in dem Konflikte, wo er als erster Gegner dem Frei-

herrn gegenüberstand, die Zügel seinen Händen entglitten und der
Streit durch das Hereindrängen wüster und gefährlicher Elemente
in eine förmliche Revolte ausartete. Man hatte allseitig eine Warnung erhalten, und sie hatte gefruchtet. Aufgegeben war der Kampf
deswegen freilich noch nicht; er wurde im Gegenteil nur nachdrück-
licher, wenn auch ruhiger geführt, und die Stadt R. hatte die Genugthuung, daß er einen Widerhall in der Residenz, ja im ganzen
Lande fand. Die Flugschrift Winterfelds hatte in der That ein ungeheures Aufsehen erregt und ging in ihrer Wirkung weit über die
ursprüngliche Absicht hinaus, denn sie fand in den maßgebenden Kreisen einen Boden, wie es niemand, am wenigsten der Assessor selbst,
vorausgesetzt hatte.

Freiherr von Raven war in jenen Kreisen nichts weniger als
beliebt. Ein Mann, der, wie er, sich aus den einfachsten bürgerlichen
Verhältnissen zu einem der höchsten Staatsämter emporgeschwungen,
mußte naturgemäß den Neid und das Uebelwollen derer wachrufen,
die er überholte und so weit hinter sich zurückließ, und sein stolzes,
gebieterisches Wesen, die Verachtung, mit der er überall Unfähigkeit
oder Erbärmlichkeit beiseite schob, dienten nicht dazu, ihn beliebter
zu machen. Es gab in jenen Kreisen nur allzuviele, die seine glänzende Laufbahn und die hohe Stellung, welche er gegenwärtig einnahm, als einen Raub an ihren eigenen Standesprivilegien betrach-
teten, die ihm die Art, wie er den vornehmsten Persönlichkeiten
gegenübertrat, nicht verzeihen konnten und nur auf eine Gelegenheit
warteten, dem verhaßten Emporkömmling die verdiente Demütigung zu bereiten. Bisher war das alles noch unschädlich an dem
Freiherrn abgeglitten. Die Regierung stützte ihn mit voller Macht,
überhäufte ihn mit Ehren und Auszeichnungen und schwieg zu seinen
Uebergriffen, die ihr keineswegs verborgen blieben. Sie bedurfte
gerade für den Posten in R. eines Vertreters, der mit so rücksichts-
loser Energie und eiserner Konsequenz ihre Autorität geltend machte
und die gärenden, gefährlichen Elemente der Provinz so unbedingt
im Zaume zu halten wußte, wie Raven. Die Unentbehrlichkeit
des Gouverneurs überwog all jene Einflüsse, welche sich gegen ihn
geltend machten.

Aber die Zeiten hatten sich geändert. Schon seit Jahresfrist
war ein Umschwung eingetreten, der für die Stützen der bisherigen
Regierung verhängnisvoll zu werden drohte. Ein Teil derselben
versuchte einzulenken und der neuen Zeitströmung zu folgen; ein
andrer machte sich bereit, mit allen äußeren Ehren von dem Schau-

platz abzutreten, auf dem die Rolle vorläufig ausgespielt war. Sie alle hatten Freunde und Verbindungen, die ihnen das ermöglichten — Arno Raven stand völlig allein da, und was er jemals an Haß und Feindschaft wachgerufen, das erhob jetzt drohend gegen ihn das Haupt.

Zu jeder andern Zeit wäre eine Schrift, wie die Winterfelds, unterdrückt worden und der Verfaffer hätte sie mit dem Verluft seiner Stellung büßen müffen; jetzt bemächtigte man sich mit Eifer diefes Angriffs als einer Waffe gegen den längft Gehaßten, und der junge Beamte, der den willkommenen Anlaß gegeben, wurde förmlich auf den Schild gehoben. Georgs Name, noch vor kurzem ganz unbekannt und unbeachtet, war jetzt in aller Munde; er felbft wurde aufgefucht, bevorzugt und bewundert wegen feines Mutes, das so kühn auszusprechen, was freilich jeder gewußt hatte. Man fand, daß die Brofchüre wahrhaft glänzend gefchrieben fei, daß fie eine ungewöhnliche Fülle von Kenntniffen und Fähigkeiten verrate und ein unbeftechlich klares Urteil vorausfetze, und wirklich fehlte der Schrift alles, was fie zum Pamphlet hätte erniedrigen können. Die großen Eigenfchaften des Gouverneurs wurden vollftändig anerkannt; jedes Perfönliche war auf das ftrengfte vermieden; die ganze Anklage ftützte fich nur auf Thatfachen, aber diefe Thatfachen wurden mit einer so unerbittlichen Klarheit und Schärfe beleuchtet und einer so vernichtenden Kritik unterzogen, daß eine Antwort darauf notgedrungen erfolgen mußte.

Für die —sche Provinz und deren Hauptstadt war jene Flug=
schrift nun vollends, wie der Bürgermeister sich ausdrückte, der „Funke
ins Pulverfaß" gewesen, denn hier gab sie der allgemeinen Stim=
mung einen Ausdruck, wie er nicht schärfer und treffender gefunden
werden konnte. Die lähmende Furcht und Scheu vor der Allmacht
des Gouverneurs war jetzt gebrochen; man sah, daß auch er angreif=
bar und verwundbar sei, wie andre Sterbliche, und nun brach die
langgenährte Erbitterung gegen ihn in einer wahrhaft zügellosen
Weise hervor. Niemand dachte mehr daran, was die Stadt und die
Provinz troß alledem der mächtigen Thatkraft des Freiherrn verdank=
ten. Auch nicht eine Stimme erhob sich, die daran erinnerte; der Haß
gegen das despotische Regiment, unter dem man so lange geseufzt,
hatte jetzt allein das Wort, und wie es gewöhnlich im Leben zu
gehen pflegt, waren auch hier diejenigen, welche aus persönlichen
Interessen sich bisher zu den Anhängern des Gouverneurs bekannt
hatten, die ersten, welche den Stein auf ihn warfen, als dies unstraf=
bar geschehen konnte.

Ein andrer würde wahrscheinlich gegangen sein und einen
Plaß verlassen haben, den zu behaupten kaum mehr möglich schien.
In der That wurde es dem Freiherrn auch von der Residenz aus
nahe gelegt, seine Entlassung zu nehmen, aber sein ganzer Stolz
empörte sich dagegen, jetzt zu weichen, wo man ihn zum Weichen
zwingen wollte, und vor all den Anklagen und Angriffen, die man
gegen ihn schleuderte, die Flucht zu nehmen. Er wußte, daß sein
Gehen in einem solchen Augenblick ein Unterliegen war. Jenen
Andeutungen aus der Residenz gegenüber hatte er nur die hochmü=
tige Antwort, er sei durchaus nicht gesonnen, dauernd zu bleiben,
aber erst wolle er den Kampf ausfechten, seine Gegner niederwerfen
und ihre Angriffe zum Schweigen bringen, wie damals beim Antritt
seines Postens in R., wo sich ein ähnlicher Sturm gegen ihn entfes=
selte, dann werde er gehen — eher nicht! Vielleicht hätte der Frei=
herr weniger Starrsinn gezeigt, wenn nicht gerade der erste Angriff,
das erste Signal zu dem allgemeinen Ansturm gegen ihn von Georg
Winterfeld ausgegangen wäre. Der Gedanke, von dem Manne
gestürzt zu werden, den er von allen Menschen am glühendsten haßte,
weil er zwischen ihm und Gabriele stand, brachte Raven auf das
Aeußerste und raubte ihm sogar seine sonst so klare Urteilskraft.

Der Ausgang war freilich noch keineswegs entschieden. Noch
stand der Freiherr fest und unerschütterlich selbst auf dem wanken=
den Boden. Er konnte sich darauf berufen, daß alles, was er

gethan hatte, offen vor aller Welt, daß es mit Vollmacht der Regierung geschehen war, und diese scheute sich doch, den Mann, der so lange in ihrem Namen gehandelt hatte, ohne weiteres fallen zu lassen. Die von Raven so oft verurteilte Schwäche und Halbheit zeigte sich auch hier. Man hatte den Angriff gegen ihn zugelassen, sogar begünstigt, und als er ihm unerwartet standhielt, wagte man es weder den Angegriffenen preiszugeben, noch ihn zu stützen.

Jedenfalls nahm die Angelegenheit das allgemeine Interesse so vollständig in Anspruch, daß alles andre davor in den Hintergrund trat. Dies war auch teilweise mit der Verhaftung des Doktors Brunnow, der sich noch immer im Stadtgefängnisse von R. befand, der Fall, obgleich sie nicht verfehlt hatte, ein peinliches Aufsehen zu erregen. Man wußte ja, daß das Gesetz die Ergreifung des zurückgekehrten Flüchtlings verlangte, aber man fand es trotzdem hart und grausam, daß ein Vater, der an das Krankenbett seines Sohnes geeilt war, das im Kerker büßen sollte, fand es um so härter, als jene Verurteilung um so viele Jahre zurück lag.

Es war an einem Vormittage zu noch ziemlich früher Stunde, als der Polizeidirektor selbst bei dem Verhafteten erschien. Seine Haltung und Begrüßung hatten jedoch durchaus nichts Amtliches; sie waren höflich und zuvorkommend, als handelte es sich um einen einfachen Besuch.

„Ich komme, Herr Doktor, um Ihnen den Besuch Ihres Sohnes anzukündigen," begann er. „Sie hatten ja regelmäßige Nachrichten über sein Befinden und wissen, daß er weit genug hergestellt ist, um ohne jede Gefahr den Ausgang unternehmen zu können. Er wird um zwölf Uhr bei Ihnen sein. Ich wollte es mir nicht versagen, Ihnen das selbst mitzuteilen."

„Sie sind in der That sehr gütig," entgegnete Brunnow gleichfalls höflich, aber etwas einsilbig und mit offenbarer Zurückhaltung.

„Ich wünschte mich gleichzeitig zu überzeugen, ob meine Anordnungen auch in vollem Maße erfüllt worden sind," fuhr der Polizeidirektor fort. „Es ist Ihnen doch jede Erleichterung gewährt worden, welche die Haft nur irgend zuließ? Oder haben Sie sich über irgend etwas zu beklagen?"

„Durchaus nicht! Es wäre mir im Gegenteil interessant, zu erfahren, wem ich die ganz ungewöhnliche Rücksicht und Schonung verdanke, die mir vom ersten Augenblicke meiner Gefangenschaft an zu teil geworden ist."

„Nun, doch wohl zunächst der eigentümlichen Veranlassung zu Ihrer Rückkehr. Man ehrt die Sorge des Vaters um den Sohn."

„Sollte das der alleinige Grund sein?" fragte der Doktor mit einem forschenden Blick. „Ich weiß von meinem früheren Aufenthalte in den Staatsgefängnissen her, wie wenig solche persönliche Rücksichten dort maßgebend sind. Ich hatte Gelegenheit, ganz andre und schlimmere Erfahrungen zu machen."

„Das hat sich geändert," meinte der Polizeichef unbefangen, ohne den bittern Ton bemerken zu wollen. „Es liegt eine ganze Reihe von Jahren zwischen dem Damals und dem Jetzt, und eben diese Jahre dürften auch eine günstige Rückwirkung auf Ihr Schicksal selbst äußern."

„Ich wußte, was ich bei meiner Rückkehr wagte, und mache mir keine Illusionen über mein Schicksal," fiel Brunnow beinahe schroff ein. „Sie sind vermutlich gekommen, um mir anzukündigen, daß ich mich zur Abführung nach der Festung bereit halten soll?"

„Sie irren, es ist noch nichts darüber bestimmt. Das befremdet Sie? Es ist allerdings auffallend, daß man so lange mit der Entscheidung zögert, ich halte es aber für ein günstiges Zeichen. Ich möchte Ihnen keine voreiligen Hoffnungen erwecken, aber es wäre immerhin möglich, daß man mit Rücksicht auf die ganz besonderen Umstände Sie begnadigte."

Brunnow richtete sich mit größter Lebhaftigkeit auf. „Sie meinen —?"

„Es ist das vorläufig nur meine persönliche Ansicht," beeilte sich der andre hinzuzusetzen. „Ich glaube aber, daß an entscheidender Stelle die Stimmung für Sie eine durchaus günstige ist. Es käme vielleicht nur darauf an, daß Sie auch Ihrerseits die geeigneten Schritte thäten. Ich bin überzeugt, daß ein Begnadigungsgesuch nicht zurückgewiesen würde, wenn Sie sich dazu entschließen könnten."

„Nein!" sagte Brunnow mit vollkommener Festigkeit.

„Herr Doktor, bedenken Sie, es handelt sich um Ihre Freiheit. Sie hängt vielleicht an einem einzigen Worte Ihrerseits!"

„Gleichviel, ich bettele nicht um Gnade. Dieses Wort wäre das Eingeständnis einer Schuld, die ich nicht anerkenne, und selbst um meiner Freiheit willen opfere ich nicht die Grundsätze meines Lebens. Mag man mich begnadigen oder nicht, ich werde niemals darum bitten."

Der Polizeidirektor verwünschte innerlich den „hochmütigen Starrkopf dieses alten Demagogen". Ein Begnadigungsgesuch desselben wäre so unendlich gelegen gekommen für das Zugeständnis, das man nun einmal entschlossen war der öffentlichen Meinung zu machen, aber es war leider nicht zu erreichen. Der erste Teil der Mission war gescheitert, und der Herr Direktor ging nunmehr zu dem zweiten über. Er gab sich auch hier natürlich nicht die Miene, im Auftrage zu sprechen, sondern hielt den Ton eines ganz absichts= losen Privatgespräches fest.

„Das hängt allerdings von Ihnen allein ab," nahm er wieder das Wort. „Sie erschweren aber dadurch Ihren Freunden, für Sie thätig zu sein, und es werden doch ganz ungewöhnliche Anstrengungen zu Ihren Gunsten gemacht."

„Von wem?" fragte der Doktor auf das äußerste befremdet. „Ich habe keine Freunde, die in Regierungskreisen auch nur den mindesten Einfluß besitzen."

„Vielleicht bessere, als Sie glauben. Sollten Sie es wirklich nicht wissen, daß der Gouverneur selbst alles aufbietet, um Ihre Begnadigung zu erlangen?"

„Arno Raven — so?" fragte Brunnow langsam.

„Ja, der Freiherr von Raven. Er war es auch, der mir, als ich ihm die Nachricht Ihrer Verhaftung brachte, die größte Rück= sicht gegen Sie zur Pflicht machte."

Brunnow schwieg. Der Polizeidirektor, der vergebens auf eine Antwort wartete, fuhr nach einer kurzen Pause fort:

„Er scheint sich noch immer für Sie zu interessieren. Es ist freilich natürlich, daß ihm das Schicksal des einstigen Jugendfreun= des nicht gleichgültig ist."

Der Doktor blickte finster auf. „Weiß man das hier schon? Seine Excellenz der Gouverneur hat doch schwerlich davon gesprochen."

„Er selbst allerdings nicht. Sie werden es wohl begreiflich finden, daß ein Mann in der Stellung des Freiherrn nicht öffent= lich Jugendbeziehungen eingestehen kann, die einen so schroffen Gegensatz zu seiner eigenen Lebensrichtung bilden."

„Zu seiner späteren Lebensrichtung, meinen Sie." Die Stimme Brunnows klang scharf und hohnvoll. „Mit der früheren waren jene Beziehungen allerdings mehr im Einklange."

„Sie wollen doch nicht etwa behaupten, Herr von Raven habe jene Bestrebungen gekannt, die Sie auf die Anklagebank führten?" fragte der Polizeidirektor mit einem Lächeln, das darauf berechnet war zu reizen, und diesen Zweck auch erreichte, denn Brunnow be= gann sichtlich erregt zu werden.

„Ich behaupte nicht allein, daß er sie gekannt, sondern daß er sie im vollsten Maße geteilt hat," entgegnete er heftig.

„Ja, ich erinnere mich, er wurde damals auch verdächtigt," warf der andre mit demselben ungläubigen Lächeln hin. „Aber das war Verleumbung. Es gelang dem Freiherrn, sich vollständig von dem Verdachte zu reinigen, denn er wurde in Freiheit gesetzt und erhielt sogar eine Genugthuung für die unschuldig erlittene Haft, die Stelle als Sekretär des Ministers."

„Als Preis seines Verrates!" brach der Doktor aus, der keine Ahnung davon hatte, daß man ihn planmäßig in eine immer grö=ßere Gereiztheit und Erbitterung hineintrieb, und der es nicht ver=mochte, länger an sich zu halten. „Es war die erste Stufe jener Leiter, auf welcher er zu seiner jetzigen Höhe emporstieg. Er erkaufte

sie mit dem Fall seiner Freunde, mit dem Verrat an seiner Ueber=
zeugung und seiner Ehre."

„Herr Doktor, mäßigen Sie sich!" ermahnte der Polizeichef
mit entrüsteter Miene. „Das ist ja eine furchtbare Beschuldigung,
die Sie gegen den Gouverneur schleudern. Es kann nur ein Irr=
tum oder eine Unwahrheit sein."

„Eine Unwahrheit?" rief Brunnow, in vollster Leidenschaft
auflobernd. „Ich sage Ihnen, daß es die Wahrheit ist, aber Sie
halten natürlich den Freiherrn von Raven dessen nicht fähig. Sie
halten mich eher für einen Lügner, einen Verleumder."

„Ich habe nichts dergleichen andeuten wollen, aber ich möchte
doch ernstlich daran zweifeln, daß Sie es wagen würden, das eben
Geäußerte vor andern zu wiederholen."

„Ich würde es nötigenfalls vor der ganzen Welt wiederholen.
Ich würde es Raven selbst ins Antlitz schleudern, wie ich das schon
einmal that, als —" Brunnow hielt plötzlich inne, die gar zu leb=
hafte Spannung auf dem Gesichte seines Zuhörers brachte ihn zur
Besinnung. Er vollendete den Satz nicht, sondern wendete sich un=
mutig ab.

„Sie wollten sagen —" half der Polizeidirektor ein.

„Nichts, gar nichts!" war die störrische Antwort.

„Ich begreife Sie wirklich nicht. Wenn die Sache sich so ver=
hält, so haben Sie doch nicht den mindesten Grund, den Gouver=
neur zu schonen."

„Ich schone ihn nicht," sagte Brunnow finster, „aber ich will
an dem, den ich einst Freund genannt habe, nicht zum Denunzianten
werden. Wenn ich diese Waffen überhaupt gegen ihn hätte brauchen
wollen, so wäre es längst geschehen. Sie treffen sicherer und töd=
licher als der Angriff eines Winterfeld, denn sie sind in Gift ge=
taucht — aber ebendeshalb ist es nicht meine Art sie zu führen."

„Das ist ohne Zweifel sehr edel gedacht, außerordentlich edel,
aber ich meine doch —"

„Ich bitte, berühren wir die Sache nicht weiter!" unterbrach
der Doktor den Sprechenden. „Wozu diese längstvergangenen
Dinge an das Tageslicht ziehen? Mögen sie begraben bleiben!"

Dieses plötzliche Abbrechen war nun allerdings nicht nach dem
Sinne des Polizeidirektors. Er hätte gern das Gespräch fortgesetzt,
sah aber, daß man ihm nicht ferner Rede stehen werde. Die
Hauptsache war jedoch erreicht, er wußte, was er wissen wollte,
und deshalb kostete es ihn keine allzugroße Ueberwindung, auf

andre Dinge überzugehen und sich alsdann zu verabschieden. Brun=
now blickte ihm unruhig nach. „Kam er wirklich nur, um mich zu
dem Begnadigungsgesuch zu veranlassen?" sagte er halblaut, „oder
fand das Verhör Ravens wegen statt? Ich fürchte es beinahe;
das gespannte Aufhorchen dieses Polizeimenschen war mir ver=
dächtig. Ich wollte, ich hätte mich ihm gegenüber nicht so fort=
reißen lassen."

In den Straßen der Residenz wogte troß der Abendstunde und der unfreundlichen Herbstwitterung noch das unruhige, rastlose Treiben der Großstadt. Die Wagen rollten und jagten nach den verschiedensten Richtungen hin, die Fußgänger drängten sich auf den Trottoirs und an den hellerleuchteten Kaufläden, und nur in den vornehmeren Stadtvierteln, die abseits von den eigentlichen Haupt- und Verkehrsstraßen lagen, herrschte Ruhe und Stille.

In dem Zimmer, das sie gegenwärtig im Selteneckschen Hause bewohnte, saß Gabriele Harder allein und ganz jenem trüben Nachdenken hingegeben, das ihr jetzt so oft nahte und aus dem übermütigen, lebensprühenden Mädchen eine völlige Träumerin zu machen drohte. Sie war bereits in voller Toilette, da man heute abend in die Oper fahren wollte, aber sie dachte offenbar nicht daran und zerdrückte, in einen Sessel geschmiegt, achtlos die Spitzen ihres Kleides.

Wenn irgend etwas Gabriele hätte zerstreuen können, so wäre es dieser Aufenthalt in der Residenz gewesen, wo sie und ihre Mutter mit großer Liebenswürdigkeit empfangen wurden. Die Gräfin Selteneck war eine intime Freundin der Baronin; sie hatte früher viel im Harderschen Hause verkehrt und war auch nach dem

Tode des Barons mit dessen Witwe in stetem Briefwechsel geblieben. Das Wiedersehen war für beide Damen ein gleich großes
Vergnügen, und die Gräfin, die selbst keine Kinder besaß, verwöhnte und verzog die reizende Tochter ihrer Freundin in jeder
nur möglichen Art.

Die Baronin hatte erst hier von dem gegen Raven geschleuderten Angriff erfahren, aber sie war viel zu oberflächlich, um den
Ernst und die Bedeutung der Sache zu würdigen, die in ihren
Augen eine vorübergehende Verdrießlichkeit war, wie etwa die Rebellion in R. Es fiel ihr nicht im entferntesten ein, daß die Stellung des Freiherrn dadurch bedroht werden könnte; seine Angelegenheiten interessierten sie überhaupt nur insofern, als ihre
eigene Zukunft dabei in Frage kam. Frau von Harder hegte bekanntlich nicht die mindeste Sympathie für ihren Schwager, sie
fürchtete ihn höchstens. Allerdings war sie empört über die „Un-
verschämtheit" dieses Winterfeld, in dessen Benehmen sie nur einen
Akt persönlicher Rache für die empfangene Zurückweisung sah, aber
sie zweifelte nicht daran, daß der Freiherr dem Verwegenen die
verdiente Züchtigung werde zu teil werden lassen. Im übrigen
sah sie keine Veranlassung, sich mit diesen unerquicklichen Dingen
zu plagen, die jedenfalls längst abgethan waren, wenn man nach
Hause zurückkehrte. Die Herbstmoden, die Soireen und Opern-
vorstellungen waren weit interessanter.

Daß ihre Tochter es nicht wagen würde, nach der Beleidigung, die Assessor Winterfeld dem Freiherrn zugefügt hatte, die
Beziehungen zu dem ersteren wieder anzuknüpfen, galt der Baronin
als ausgemacht. Ihre Sorge richtete sich nur darauf, eine zufällige
Begegnung zwischen den beiden zu verhindern, was in der That
nicht schwer war. Georg verkehrte nicht in den Selteneckschen
Kreisen, und Gabriele war sich hier in den fremden Umgebungen
nie allein überlassen. Sie hatte auch wirklich keinen Versuch gemacht, dem jungen Manne Nachricht von ihrem Hiersein zu geben,
bebte sie ja doch selbst vor diesem Wiedersehen zurück. Wie sollte
sie Georg entgegentreten mit der Liebe zu einem andern im
Herzen! Was sich auch in der letzten Zeit zwischen sie und Arno
gedrängt hatte, selbst seine Härte und Ungerechtigkeit vermochten
es nicht, sein Bild zu bannen, und der Gedanke an die Gefahr, die
ihn bedrohte, hob dieses Bild nur immer deutlicher hervor. Gabriele konnte besser als ihre Mutter die ganze Tragweite jenes
Angriffs ermessen; sie folgte schon seit Wochen mit fieberhaftem

Interesse der Entwick:
lung. Sie, die sonst
kaum einen Blick in die
Zeitungen that, suchte
jetzt nach jeder Notiz,
haschte im Gespräch nach
jeder Bemerkung, die
den Freiherrn betraf.

Winterfelds Schrift
mit ihren Anklagen ent:
rollte auch dem jungen
Mädchen das wahre
Bild Ravens, das sie in
jedem Zuge anerkennen
mußte, enthüllte ihr all
die Schattenseiten seines
Charakters, und dem
gegenüber erhob sich
Georgs Gestalt, so rein,
so fest und edel in der
mutigen Aufopferung
einer ganzen Zukunft
für das, was ihm Pflicht und Gewissen
hieß — aber was half das alles! Die
ganze Seele Gabrielens flog dem finste:
ren, despotischen Manne zu, stand an
seiner Seite im Kampfe, bangte und ängstigte sich um seinet:
willen, und gegen Georg regte sich ein Gefühl der Erbitterung,
denn er war es ja gewesen, der den Geliebten angegriffen und
beleidigt hatte.

Der Schlag der Uhr auf dem Kamin weckte Gabriele aus
ihren Träumereien und erinnerte sie daran, daß es Zeit sei, sich
für die beabsichtigte Fahrt nach dem Theater fertig zu machen.
Sie warf das Spitzentuch um, zog die Handschuhe an und ging
nach dem Salon hinüber, wo sich ihre Mutter bereits mit der
Gräfin Selteneck befand.

Die Gräfin stand ungefähr in dem gleichen Alter wie die
Baronin, sah aber bedeutend jünger aus als diese, vielleicht gerade
deshalb, weil sie sich nicht so ängstlich Mühe gab, noch die jugend:
liche Frau herauszukehren. Ohne schön zu sein, fesselte sie doch

durch eine angenehme Erscheinung und ein klares bestimmtes Wesen. Beide Damen waren schon in voller Abendtoilette.

„Ich begreife es," sagte die Gräfin, „wie sehr du unter dem Zwange der Verhältnisse im Hause deines Schwagers leidest, Mathilde, aber was thut man nicht um seines Kindes willen! Gabrielens ganze Zukunft liegt doch nun einmal in seinen Händen, und sie wird als seine Erbin dereinst über ein beinahe fürstliches Vermögen verfügen. Raven hat dir doch bestimmte Versprechungen in dieser Hinsicht gegeben?"

„Jawohl," versetzte die Baronin. „Es geschah schon bei meiner Ankunft in seinem Hause, aber ich fürchte, dieser unglückselige Zwischenfall mit dem Assessor Winterfeld stellt das alles wieder in Frage."

„Der Assessor", meinte die Gräfin, „ist eine überaus gewinnende Erscheinung. Ich sagte dir ja, daß ich ihn vor einigen Wochen auf einer Soirce kennen lernte, wo er, die Wahrheit zu sagen, den Mittelpunkt des allgemeinen Interesses bildete."

„Der Assessor Winterfeld?" fragte die Baronin, halb ungläubig, halb verächtlich.

„Allerdings. Er ist ja gewissermaßen eine Berühmtheit geworden und wird im Ministerium außerordentlich bevorzugt. Man zieht ihn in die besten Kreise und begegnet ihm überall mit Auszeichnung."

„Aber das ist ja unerhört," rief Frau von Harder. „Man ist doch verpflichtet, die Beleidigung des Gouverneurs von R. zu strafen, und kann unmöglich den Beleidiger auszeichnen."

„Es geschieht aber dennoch — und wie ich fürchte, absichtlich, aus Opposition gegen den Freiherrn. — Ich sehe überhaupt nicht ein, Mathilde, weshalb dir und deinem Schwager der Antrag des Assessors so unerhört erschien. Statt ihn abzuweisen und ihn dadurch zu diesem verzweifelten Schritte zu treiben, hättet ihr ihm Hoffnung geben sollen."

„Hoffnung geben?" wiederholte die Baronin. „Ich bitte dich, Therese — er ist ja bürgerlich."

„Das ist kein unübersteigliches Hinderniß," erklärte die Gräfin, die sich als weltkluge, praktische Frau sehr wenig von Standesvorurteilen beeinflussen ließ und offenbar ganz von der Persönlichkeit Georgs eingenommen war. „Wozu gibt es denn Abelsdiplome? Raven war auch bürgerlich, als deine Schwester sich mit ihm verlobte."

„Das war ein Ausnahmefall, und Affeffor Winterfeld —"

„Wird eine ganz ähnliche Carriere machen. Sieh mich nicht
so erstaunt an! Ich spreche nur die allgemeine Annahme aus.
Nach jenem allerdings sehr kühnen Schritte, der die Augen des
ganzen Landes auf ihn gerichtet hat, darf er nicht mehr fürchten,
übersehen zu werden. Hätte er sich nun vollends noch mit einer
altaristokratischen Familie, wie es die deinige ist, verbunden, so
fehlte ihm nichts mehr auf dem Wege zu einer Höhe, wie Freiherr
von Raven sie erreichte."

Frau von Harder war sehr nachdenkend geworden. Sie war gewohnt, sich dem Urteil der ihr geistig überlegenen Freundin unterzuordnen, und nach deren Schilderung erschien ihr Winterfeld in
einem ganz andern Lichte. Es fehlte nicht viel, so regte sich wieder die
Vorliebe, die sie im Anfange der Bekanntschaft für Georg hegte.

Der Eintritt des Grafen Selteneck machte dem Gespräch ein
Ende. Er wollte die Damen nach der Oper begleiten, hatte aber
noch einen Besuch gemacht, von dem er jetzt erst zurückkehrte. Man
begrüßte sich und tauschte einige gleichgültige Fragen und Erwide-
rungen aus. Die Gräfin meinte, daß es nun wohl Zeit sein dürfte,
aufzubrechen, und wollte nach dem Wagen klingeln, aber ihr Gemahl hielt sie zurück.

„Einen Augenblick, Therese!" sagte er leichthin. „Ich möchte
vorher noch eine Kleinigkeit mit dir besprechen. Die Frau Baronin
entschuldigt uns wohl auf einige Minuten."

Die Baronin bat, sich ihretwegen nicht stören zu lassen, und
der Graf trat mit seiner Frau in das Nebenzimmer.

„Was ist denn vorgefallen?" fragte diese unruhig.

„Ich habe Nachrichten erhalten," entgegnete der Graf halblaut, „die Frau von Harder sehr peinlich berühren werden. Sie
betreffen ihren Schwager, den Freiherrn von Raven."

Er hatte die Thür nach dem Salon geschlossen, aber das
Zimmer hatte noch einen zweiten Ausgang, der nur durch eine
Portiere verdeckt war. Die Sprechenden blieben in unmittelbarer
Nähe desselben stehen, gerade in dem Augenblicke, wo Gabriele
eintreten wollte, um sich nach dem Salon zu begeben. Sie ver-
nahm die letzten Worte und den Namen des Freiherrn, und das
war genug, sie unbeweglich an den Platz zu fesseln, wo sie stand.
Hinter der Portiere verborgen, lauschte sie atemlos.

„Der Gouverneur hat doch nicht etwa seine Entlassung genommen?" fragte die Gräfin.

„Davon ist jetzt nicht mehr die Rede," sagte Selteneck. „Dann teilte er das Schicksal mancher hohen Staatsbeamten, die nur zeitweise vom Schauplatz abtreten. Was ich soeben bei meinem Bruder hörte, ist so ernster Natur, daß, wenn es sich bestätigt — und es stammt direkt aus dem Ministerium — der Freiherr ein für allemal unmöglich geworden ist."

Die Gräfin sah ihren Gemahl erschrocken an; er fuhr in gedämpftem, aber für Gabriele deutlich vernehmbarem Tone fort:

„Die erste Zeitung von N. hat einen Artikel gebracht, der eine geradezu vernichtende Anklage gegen den Gouverneur enthält. Man sprach wohl hin und wieder davon, daß auch Raven nicht ganz unbeteiligt an der früheren revolutionären Bewegung gewesen sei, aber wie viele haben sich damals nicht fortreißen lassen! Das sind Jugendthorheiten, auf die man kein Gewicht legt, wenn sie bloße Ideen bleiben. In jenem Artikel wird aber behauptet, der Freiherr sei ein Mitglied, ja einer der Führer jener Verbindung gewesen, deren Haupt man in dem Doktor Brunnow — demselben, dessen Wiederverhaftung kürzlich so großes Aufsehen machte — verurteilt zu haben glaubte. Es wird behauptet, Raven habe in der ehrlosesten Weise seine Freunde verraten und die sämtlichen Papiere und Beweismittel ausgeliefert; seine Anstellung im Ministerium sei der Preis dieser Infamie gewesen. Die Beschuldigung ist mit einer Bestimmtheit und Rücksichtslosigkeit ausgesprochen worden, die kaum noch daran zweifeln läßt, und man beruft sich auf das Zeugnis Brunnows selbst."

„Und was hat Raven geantwortet?" fiel die Gräfin hastig ein.

„Er erklärte alles für Lüge — das gebietet ihm einfach die Pflicht der Selbsterhaltung, von Gegenbeweisen aber verlautet noch nichts. Gelingt es ihm nicht, die Sache aufzuklären und sich von dem Verdachte zu reinigen, so ist seine Rolle ausgespielt."

„Die arme Mathilde!" rief die Gräfin.

Der Graf zuckte die Achseln. „Wollen wir ihr die Vorgänge einstweilen noch verschweigen?"

„Unmöglich! Sie erfährt sie morgen durch die Zeitungen. Man muß ihr alles sagen."

Beide kamen überein, die beabsichtigte Fahrt nach der Oper aufzugeben, und kehrten in den Salon zurück. Gabrielens Antlitz war geisterbleich, als sie ihren Platz verließ und in ihr Zimmer zurückkehrte. Sie täuschte sich keinen Augenblick über die wahre Bedeutung des eben Gehörten. Der Instinkt der Liebe lehrte sie

Gabriele vernahm die letzten Worte und den Namen des Freiherrn, und das war genug, sie unbeweglich an den Platz zu fesseln, wo sie stand. (S. 267.)

ben Charakter Navens besser beurteilen, als es der erfahrenste
Menschenkenner vermocht hätte. Sie wußte, daß der Freiherr jedem
Kampfe, jedem Schicksalsschlage gewachsen war, nur dem einen
nicht, das sich Schande und Demütigung nannte, und gerade dieses
eine hatte man jetzt über ihn heraufbeschworen.

Während die Gräfin Selteneck der Baronin die peinliche
Neuigkeit mitteilte, warf das junge Mädchen am Schreibtische mit
fieberhafter Eile einige Zeilen auf das Papier. Es waren nur
wenige Worte, und die Adresse lautete an den Assessor Winterfeld.
Der Brief fand ihn sicher im Ministerium. Er enthielt nichts
weiter, als die Nachricht von ihrem Hiersein, die Bitte, sie morgen
im Seleneckschen Hause aufzusuchen — kein Wort weiter. — —

Am Nachmittage des nächsten Tages stand Georg Winterfeld
in dem Salon der Gräfin. Gabriele trat auch schon nach wenigen
Minuten ein, und Georg eilte ihr mit stürmischer Freude entgegen.

„Gabriele, meine Gabriele, endlich sehen wir uns wieder."

Er fühlte in seinem Entzücken gar nicht, daß ihre Hand
regungslos in der seinigen lag, ohne deren Druck zu erwidern, und
daß die ganze Antwort auf seine zärtliche Begrüßung nur in einem
matten, traurigen Lächeln bestand. Er fuhr in derselben freudigen
Erregung fort:

„Aber was bedeutet das alles? Ich glaubte dich noch in R.
und erfahre jetzt erst, daß du hier in der Residenz, in meiner Nähe
weilst. Und wie soll ich mir den Brief erklären, der mich zu dir
ruft? Weiß deine Mutter von dieser Einladung?"

„Nein," sagte Gabriele mit ungewohnter Entschiedenheit.
„Sie ist mit der Gräfin Selteneck ausgefahren. Bei ihrer Rückkehr
werde ich ihr aber mitteilen, daß und warum ich dich hergerufen
habe. Sie würde diese Unterredung nicht gestattet haben, und ich
mußte dich sprechen."

Georg sah sie ein wenig erstaunt an. Ein solcher entschlossener
Schritt war sonst Gabrielens Sache nicht.

„Auch ich sehnte mich unendlich, dich zu sprechen," erwiderte
er. „Es war mir nicht möglich, dir Nachricht zu geben. Ich kann
und darf keine Beziehungen mit dem Hause des Gouverneurs
unterhalten, am wenigsten gegen seinen Willen. Du weißt ja, wie
ich ihm jetzt gegenüberstehe."

„Ich habe es von — andern hören müssen. Du gingst von
mir mit dunkeln Andeutungen, die ich kaum verstand. Du ließest
die Wahrheit ganz unvorbereitet über mich hereinbrechen."

Georg verstand den Vorwurf. „Verzeih!" bat er innig. „Es geschah einzig und allein um deinetwillen. Ich durfte dich nicht zur Mitwisserin eines Vorhabens machen, das gegen den Mann gerichtet war, in dessen Hause, unter dessen Schutze du lebst. Zürnst du mir deswegen? Du ahnst nicht, wieviel Kämpfe ich mit mir selbst zu bestehen hatte, ehe ich mich zu diesem Schritt entschloß."

„Er hat dir ja Glück gebracht —" die Stimme des jungen Mädchens hatte einen seltsamen, beinahe hohnvollen Klang — „er hob dich mit einem Schlage aus der Verborgenheit empor: dein Name wird jetzt überall genannt."

Das schöne, ernste Antlitz Winterfelds verdüsterte sich. „Es drückt mich schwer genug, daß es durch eine solche Veranlassung geschieht. Ich hatte auf diesen Erfolg am wenigsten gerechnet. Oder zweifelst du an dem, was ich dir bei unsrer Trennung sagte? Du weißt, Gabriele, daß kein persönliches Rachegefühl gegen den Freiherrn mich antrieb und daß jene Schrift entstand, ehe wir uns kannten? Ich war darauf gefaßt, daß sie mir verhängnisvoll werden würde, denn ich kannte den Gegner, den ich reizte. Meine Stellung, meine ganze Zukunft vielleicht standen auf dem Spiele, aber es galt, die tyrannische Macht eines Mannes zu brechen, an den sich niemand wagte. Ich wagte es und war bereit, die Folgen zu tragen, doch wenn je eine Sache eine unerwartete Wendung nahm, so war es diese. Ich wurde von allen Seiten gedeckt und gestützt, und der Gouverneur wurde preisgegeben. Ich hatte keine Ahnung davon, welch mächtige Strömung gerade in den Kreisen, die ich am meisten fürchtete, mein Auftreten begünstigte."

Er hatte klar und ruhig gesprochen, aber in seinem Auge lag eine unruhige und schmerzliche Frage, welche die Lippen verschwiegen. Er konnte sich in das Wesen der Geliebten nicht finden; sie stand ihm so fremd, so kalt gegenüber, ohne ein Zeichen der Teilnahme. Kein Wort der Zärtlichkeit fiel bei diesem Wiedersehen nach wochenlanger Trennung; statt dessen wurden Dinge erörtert, die Gabrielen einst unendlich fern lagen und jetzt ihr alleiniges Interesse zu fesseln schienen. Was war mit ihr vorgegangen?

„Noch eine Frage, Georg!" nahm sie wieder das Wort. „Jener letzte Angriff, jene schändliche Verleumdung, welche die Zeitungen brachten — hast du irgend einen Anteil daran?"

„Nein, die plötzliche Enthüllung überraschte mich nicht weniger als andre, und ich weiß nicht, von wem sie stammt. Ich kämpfe nicht mit anonymen Beschuldigungen, die sich an eine längst ent-

schwundene Vergangenheit heften. Wenn ich jene Thatsache für
meine Schrift hätte verwerten wollen, so wäre der Sturz des
Gouverneurs längst entschieden, denn ich kannte sie schon seit
Monaten."

„Die Thatsache?" fuhr Gabriele auf. „Es ist eine Lüge. Wie
kannst du nur einen Augenblick daran zweifeln?"

„Es ist Thatsache," sagte der junge Mann ernst. „Ich weiß
sie aus dem Mund eines Mannes, dem es schwer genug wurde,
als Ankläger gegen seinen einstigen Freund aufzutreten. Es ist der
Vater Max Brunnows."

„Und ich sage dir dennoch: es ist Verleumdung," rief Gabriele
mit flammenden Augen. „Arno kann keine Ehrlosigkeit begehen und
hat sie nicht begangen. Er erklärt es für eine Lüge, folglich ist
es eine Lüge; und wenn die ganze Welt ihn anklagt, ich glaube ihm
allein."

„Arno? — Du glaubst ihm allein?" wiederholte Georg lang=
sam. „Was — was soll das heißen?"

„Alles verläßt ihn jetzt," fuhr Gabriele in ausbrechender
Leidenschaft fort, „alles stürmt auf ihn ein. Solange er hoch und
mächtig dastand, wagte es niemand, ihn anzurühren, aber seit du
das Signal zum Angriff gegeben hast, wird er von allen Seiten ver=
folgt und zum Untergange gehetzt. Und wenn er trotz alledem stand=
hält, so greift man zu dem letzten Mittel und verwundet ihn töd=
lich an seiner Ehre. O, ich weiß nur zu gut, weshalb er mich fort=
sandte. Er ahnte, was bevorstand; er wollte allein sein in seinem
Sturze."

Georg war totenbleich geworden; sein Auge haftete starr und
angstvoll auf dem Gesichte des glühend erregten Mädchens. Diese
Heftigkeit verriet zu viel, und das Herz des jungen Mannes zog sich
krampfhaft zusammen. Er ahnte den Tod seines Glückes.

„Was ist zwischen dir und dem Freiherrn vorgegangen?"
fragte er. „So verteidigt man nicht einen Vormund, einen Ver=
wandten; so hättest du von mir sprechen müssen, wenn mich eine
Gefahr bedrohte. Was ist geschehen während unsrer Trennung?
Gabriele — nein, es ist unmöglich — du kannst diesen Raven nicht
lieben."

Sie gab keine Antwort, aber sie sank auf den Sessel und brach,
das Gesicht in den Händen verbergend, in lautes Weinen aus.
Einige Minuten lang herrschte ein banges Schweigen, das nur
von dem Schluchzen Gabrielens unterbrochen wurde. Georg stand

regungslos da; er bedurfte keiner andern Antwort, aber die Entdeckung kam zu jäh, zu unerwartet.

„Du liebst ihn also,“ sagte er endlich tonlos. „Und er — jetzt
begreife ich seinen Haß gegen mich, seine wilde Gereiztheit, als er
meine Liebe entdeckte. Darum also riß er uns so unerbittlich voneinander; darum nahm er mir jede Hoffnung auf deinen Besitz.
Daß er mir auch deine Liebe nehmen würde, das — habe ich nicht
geglaubt.“

Gabriele trocknete ihre Thränen und richtete sich empor. „Verzeih mir, Georg! Ich fühle die ganze Schwere meines Unrechts
gegen dich, aber ich kann nicht anders. Ich habe die Liebe nicht gekannt, als ich dir mein Wort gab; ich lernte sie erst kennen, als Arno

mir entgegentrat, und jetzt wäre es Verrat gegen dich, wollte ich dir noch länger die Wahrheit verschweigen. Ich habe gekämpft, so= lange der Kampf überhaupt möglich war; noch gestern schwankte und zweifelte ich, da kam jene Nachricht, und da war es vorbei mit jedem Zweifel. Ich weiß jetzt, wo allein mein Platz ist, und werde ihn behaupten, aber zuvor mußtest du alles wissen. Gib mir mein Wort zurück! Ich bitte dich — ich kann es dir nicht halten."

Der junge Mann stand im heftigsten Kampfe da.

„Hast du mich gerufen, um mir das zu sagen?" fragte er endlich.

„Ja," war die kaum hörbare Antwort.

„Du bist frei in dem Augenblicke, wo du frei sein willst," sagte Georg mit tiefster Bitterkeit. „Ich gelobte dir, daß nichts auf der Welt mich bewegen werde, auf deine Hand zu verzichten, ich müßte denn aus deinem eigenen Munde hören, daß du mich auf= gibst. Ich habe es gehört — lebe wohl!"

Er wandte sich ab und schritt nach der Thür. Gabriele eilte ihm nach und legte die Hand auf seinen Arm.

„Geh nicht so von mir, Georg! Sage, daß du mir verzeihst! Reiße dich nicht in Haß und Bitterkeit von mir los! Ich ertrage es nicht, wenn du mir zürnst."

Das war wieder der alte süße Ton, der so oft seine bestrickende Macht geübt hatte; er hemmte auch jetzt den Schritt des jungen Mannes, und als das holde, thränenfeuchte Antlitz sich so angstvoll flehend zu ihm emporhob, da wollte auch sein tief verletzter Stolz nicht mehr standhalten. Er umfing die noch immer so leidenschaft= lich Geliebte.

„Muß ich dich denn verlieren?" fragte er in bebendem Tone. „Besinne dich, Gabriele! Opfere nicht so schnell unser Glück und unsre Liebe! Die Leidenschaft Ravens hat dich berückt, geblendet; er versteht es, mit dämonischer Gewalt die Herzen an sich zu ketten, aber er wird nie und nimmermehr ein Weib beglücken können. Du mit deiner klaren, sonnigen Natur wirst vergehen an der Seite dieses Mannes. Du kennst ihn noch nicht; er verdient deine Liebe nicht."

Gabriele machte sich sanft aus seinen Armen los. „Suche ich denn Glück an Arnos Seite? Ich will ja nur bei ihm sein, wenn alles ihn verläßt. Ich will sein Schicksal teilen, will mit ihm untergehen, wenn es sein muß. Das ist das einzige Glück, das ich erwarte, und dies eine wenigstens will ich mir nicht nehmen lassen."

Es lag eine hingebende Zärtlichkeit in diesen Worten, und Georgs Blick ruhte mit düsterem Schmerze auf dem jugendlichen Wesen, das so schnell die vollste aufopfernde Hingebung des Weibes gelernt hatte. So, gerade so hatte er sich seine Gabriele geträumt, als er das frohe, übermütige Kind zum Ideale seines Lebens erhob, freilich nur geträumt; er hoffte ja nie, daß sie sich zu jener Höhe emporschwingen werde. Jetzt stand dieses Ideal verkörpert vor ihm, und in demselben Augenblick erfuhr er, daß es ihm auf immer verloren sei.

„So laß uns scheiden!" sagte er, seine ganze Fassung zusammenraffend. „Du hast recht, mit dieser alles überflutenden Leidenschaft für einen andern im Herzen kannst du nicht die Meine werden. Auch ohne deine Bitte hätte ich dich freigegeben nach diesem Geständnis. Weine nicht, Gabriele! Ich habe ja keinen Haß, keinen Vorwurf gegen dich, nur gegen ihn, der dich mir raubte. Du warst das Glück, der Inhalt meines Lebens. Wie ich es tragen werde, wenn du darin fehlst, weiß ich nicht. Leb wohl!"

Er zog sie noch einmal an sich, drückte noch einmal seine Lippen auf die ihrigen und eilte dann fort aus dem Hause, das er mit so frohen Hoffnungen betreten hatte und nun mit einem vernichteten Lebensglücke verließ. Gabriele blieb allein zurück, sie weinte nicht mehr, aber es war ein unnennbares Weh, das jetzt ihr Inneres durchzuckte. Sie fühlte, daß mit der Liebe Georgs das Beste und Edelste aus ihrem Leben geschieden war.

Nun, Gott sei Dank, daß die unselige Geschichte ein so glück= liches Ende genommen hat! Es brachte mich fast zur Verzweiflung, daß ich die Veranlassung dazu sein mußte. Ich gratuliere dir von Herzen zu deiner Befreiung, Papa."

Mit diesen Worten umarmte Max Brunnow herzlich seinen Vater, der mit einem flüchtigen Lächeln erwiderte:

„Die Sache kam mir nicht ganz unerwartet. Ich hatte schon vor einiger Zeit einen ziemlich deutlichen Wink erhalten und zwar vom Polizeidirektor selbst."

„Die Presse hat sich aber auch wacker deiner angenommen," sagte Max. „In allen Zeitungen wurde der Ruf nach Begnadigung laut und das Publikum hatte nun vollends vom ersten Tage an leidenschaftlich Partei für dich genommen."

Das Gespräch fand in der ehemaligen Wohnung des Assessors Winterfeld statt, die dieser bei der schnellen und unerwarteten Ab= reise von R. seinem Freunde überlassen hatte. Max war unmittel= bar nach seiner Genesung wieder dorthin zurückgekehrt und hatte vor einigen Stunden den Vater bei dessen Entlassung aus der Haft abgeholt. Die von allen Seiten erwartete Begnadigung Brunnows war nun wirklich erfolgt und mit allgemeiner Genugthuung begrüßt worden. Man hatte schließlich über den Starrsinn des Doktors hin= weggesehen, der sich zu keiner Bitte und keinem Schritte seinerseits verstehen wollte; er war vollständig begnadigt worden. Trotzdem sah er düster und niedergeschlagen aus. Max dagegen war völlig unverändert. Seine kräftige Natur hatte, wie er vorausgesehen, ungemein rasch die Folgen der Krankheit überwunden, nur die frische Narbe auf der Stirn erinnerte noch daran. Im übrigen aber war das sonst ziemlich rücksichtslose Benehmen des jungen Mannes der rücksichtsvollsten Herzlichkeit dem Vater gegenüber gewichen. Er empfand tief die Aufopferung desselben, und auch Brunnow fühlte jetzt erst, was der Sohn ihm wert war. Jene Stunde am Kranken= bette hatte das einst so gespannte Verhältnis zwischen den beiden in das innigste Einverständnis gewandelt.

„Nun aber zu andern Dingen!" sagte Max abbrechend. „Ich habe dir ein Geständnis zu machen. Sieh mich einmal an, Papa. Bemerkst du gar nichts Außergewöhnliches an mir?"

Brunnow musterte ihn etwas verwundert vom Kopfe bis zu den Füßen. „Nein. Ich finde nur, daß du dich außerordentlich schnell erholt hast; sonst bemerke ich nichts."

Max richtete sich würdevoll empor, trat dicht vor seinen Vater hin und erklärte mit Selbstgefühl:

„Ich bin Bräutigam."

„Bräutigam — du?" wiederholte der Doktor überrascht.

„Schon seit mehreren Wochen. Es stand in der letzten Zeit allzuviel für uns auf dem Spiele, als daß ich dich mit meinen Herzensangelegenheiten hätte behelligen können. Jetzt aber, wo du frei und gerettet bist, bitte ich um deine Zustimmung. Du kennst meine Braut bereits; es ist die Tochter Hofrat Mosers."

„Wie, doch nicht etwa das junge Mädchen, das mir Auskunft über dein Befinden gab? Unmöglich!"

„Weshalb unmöglich? Mißfällt dir Agnes?"

„Das nicht, aber diese zarte, blasse Erscheinung mit den schwärmerisch dunkeln Augen ist doch sicher nicht dein Geschmack. Und dann diese seltsame nonnenhafte Kleidung; ich glaubte eine barmherzige Schwester zu sehen, die man zu deiner Pflege hergerufen hatte."

„Ja, sie will auch ins Kloster gehen," sagte Max. „Ich werde mich wohl noch mit der Frau Aebtissin, dem Herrn Beichtvater und einem halben Dutzend Hochwürdigen herumschlagen müssen, ehe es zur Trauung kommt."

„Aber Max!" fiel der Vater ein.

„Ueberdies ist Agnes ausnehmend zart und auch kränklich," fuhr Max fort, „aber es ist nichts Gefährliches, nur nervöse Ueberreizung. Ich werde sie schon gesund machen, wofür bin ich denn Arzt? Vom Hauswesen versteht sie allerdings leider gar nichts."

„Da du dein Heiratsprogramm so ausgezeichnet inne hältst," spottete Brunnow, „wie steht es denn mit dem ersten und Hauptparagraphen desselben, mit dem Vermögen, das du für unerläßlich erklärtest?"

Der junge Arzt machte ein ziemlich verlegenes Gesicht.

„Pah, ich habe eingesehen, daß es gar nicht darauf ankommt. Traust du mir nicht die Fähigkeit zu, meine Frau und meinen

Hausstand allein zu erhalten? Auf Vermögen kann ich allerdings nicht rechnen."

„Nun, das muß man sagen, du gehst konsequent zu Werke," brach der Vater aus. „Das läuft ja alles auf das direkte Gegenteil deiner früheren Ansichten hinaus. Was ist denn eigentlich mit dir vorgegangen?"

Max seufzte tief auf. „Ich weiß es nicht, aber ich glaube, der Idealismus ist jetzt auch bei mir zum Durchbruche gekommen. Du hast dir dein Leben lang umsonst Mühe gegeben, ihn mir beizubringen. Agnes ist das in wenigen Wochen gelungen, und da du diese Eigenschaft stets bei mir vermißt hast, so hoffe ich, du wirst darüber entzückt sein."

Der Doktor sah nichts weniger als entzückt aus. Er betrachtete den so plötzlich ausgebrochenen Idealismus seines Sohnes mit offenbarem Mißtrauen.

„Aber Max, das geht nimmermehr," sagte er kopfschüttelnd. „Ein junges Mädchen, in Klosterideen erzogen, zur religiösen Schwärmerei geneigt, die Tochter eines Bureaukraten vom reinsten Wasser, willst du in unsre Lebenskreise und Lebensanschauungen verpflanzen? So bedenke doch —"

„Ich bedenke gar nichts, sondern ich heirate," unterbrach ihn Max. „Alles, was du mir da einwirfst, habe ich mir hundertmal selbst vorgehalten, es hat aber nichts geholfen. Ich muß Agnes haben, und sollte ich alle Hindernisse, inklusive den Papa Hofrat und seine weiße Halsbinde, im Sturme nehmen."

„Ja, der Hofrat," fiel Brunnow ein. „Was sagt er denn zu der Sache?"

„Vorläufig noch gar nichts, denn er weiß noch nichts davon. Ich konnte ihn begreiflicherweise nicht um die Hand seiner Tochter bitten, während du als ehemaliger Hochverräter im Gefängnisse saßest, jetzt aber werde ich mit meinem Antrage nicht länger zögern. Er wird mich zur Thür hinauswerfen, wenigstens wird er die freundliche Absicht äußern, es zu thun, aber ich bin nicht so leicht von einem Platze fortzubringen, den ich behaupten will. Ich halte stand. — Sieh nicht so bedenklich aus, Papa. Ich versichere dir, wenn du Agnes erst kennst, so wirst du zugeben, daß diese Verlobung der gescheiteste Streich meines ganzen Lebens war."

Der Doktor mußte wider Willen lächeln. „Wir wollen es abwarten. Wenn du aber, wie vorauszusehen, einen längeren Widerstand bei dem Vater deiner Braut zu überwinden hast, so werde ich)

sie für jetzt kaum sehen und sprechen können. Ich reise ja schon über=
morgen nach Hause."

„So gib doch endlich diese Idee auf!" bat Max. „Weshalb
willst du nicht warten, bis ich dich begleite? Unsre Erbschafts=
angelegenheit ist zwar glücklich beendigt, aber es ist noch so manches
zu erledigen. So hat sich zum Beispiel ein Käufer für das Gut des
Vetters gefunden, und es wäre wohl am besten, wenn er persönlich
mit dir Rücksprache nehmen könnte."

„Nein, nein!" wehrte Brunnow ab. „Du hast ja hinreichende
Vollmacht und erledigst dergleichen praktische Dinge viel besser, als
ich selber. Ich will fort, so bald wie möglich."

„Ich begreife dich wirklich nicht, du hast dich so oft nach dem
Vaterlande gesehnt, und jetzt, wo es dir offen steht, fliehst du es
förmlich."

Brunnow hatte sich niedergesetzt und stützte den Kopf in die
Hand; der schmerzliche, gramvolle Zug in seinem Antlitze trat deut=
licher als je hervor, als er entgegnete:

„Ich bin fremd geworden in meinem Vaterlande! Und glaubst
du, es macht mir Freude, wenn ich bei den Enthüllungen über die
Vergangenheit Ravens als Zeuge aufgerufen werde? Ich muß ant=

worten, wenn man mich fragt, und ich will nicht gefragt sein, wenig=
stens hier nicht."

„Warum nicht?" warf Max ein, „du hast dich stets mit der
größten Erbitterung gegen das unheilvolle Regiment des Freiherrn
ausgesprochen, hast seinen Sturz als eine Notwendigkeit bezeichnet,
und jetzt, wo dieser Sturz allen Anzeichen nach bevorsteht, willst du
nicht die Hand dazu bieten?"

„Laß das, Max," sagte der Doktor finster. „Du weißt nicht,
was es heißt, einen tödlichen Schlag gegen den zu führen, den man
einst geliebt hat mit der ganzen Glut seiner Seele. Ich hoffte,
Winterfeld würde mit seinem Angriffe durchdringen; ich hätte Arno
Raven besser kennen sollen. Er hielt auch diesem Gegner stand —
zu seinem Unglück. Damals hätte er noch weichen, zurücktreten
können, jetzt fällt er, fällt als ehrloser Verräter, gebrandmarkt mit
der Schande der Verachtung, und das ist für eine Natur wie die sei=
nige zehnfacher Tod. Ich" — hier erhob sich Brunnow mit Heftigkeit
— „ich will ihm nicht auch noch den letzten Stoß versetzen. Mögen
die, welche das Werk begonnen haben, es auch vollenden! Es bleibt
dabei: ich reise übermorgen."

Max drang nicht weiter in den Vater. „Ich werde dir wohl
erst in einigen Wochen folgen können," bemerkte er nach einer kurzen
Pause. „Ich verlasse R. nur als erklärter Bräutigam, wenn ich die
Einwilligung des Hofrats und überdies die Gewißheit habe, daß
Agnes vor etwaigen Einflüsterungen und Quälereien der geistlichen
Vormundschaft sicher ist. Aber vor allen Dingen — darf ich auf
deine Zustimmung rechnen?"

Er hielt dem Vater bittend die Hand hin, und dieser legte ohne
Zögern die seinige hinein.

„Ich habe deine Braut nur einmal gesehen," sagte er, „und
gerade weil ihr Anblick mich so sympathisch berührte, glaubte ich nicht,
daß sie im stande wäre, dich zu fesseln. Wir waren bisher sehr
verschieden in unsern Neigungen. Meine Bedenken gelten einzig der
Verschiedenheit Eurer Erziehung und Charaktere; wenn du glaubst,
das überwinden zu können, mein Sohn — ich will dich nur glücklich
wissen."

Ein herzlicher Händedruck besiegelte die Worte, und Max rief
triumphierend: „Jetzt gehe ich stehenden Fußes zu dem Hofrat und
jage den allergetreuesten Unterthan seines allergnädigsten Souve=
räns in Entsetzen mit der Aussicht auf einen demagogischen Schwieger=
sohn. Ich darf dich doch auf eine Stunde allein lassen, Papa? Du

brauchst ohnehin Ruhe nach all den Glückwünschen und Anteil=
bezeigungen, mit denen man dich heute morgen überschüttet hat. Auf
Wiedersehen — ich laufe Sturm auf meinen künftigen Schwieger=
vater." — —

Der Hofrat Moser saß ohne jede Ahnung dessen, was ihm be=
vorstand, in seinem Wohnzimmer und las die Zeitungen; sie ver=
darben ihm seinen Kaffee und seine Ruhe. Der Hofrat las natürlich
nur die Regierungsblätter, aber auch diese vermochten es nicht mehr,
die traurige Thatsache zu verschleiern, daß es rettungslos abwärts
ging mit dem Staate, immer weiter auf der abschüssigen Bahn des
Liberalismus. Und nun vollends die Nachrichten aus R., die jetzt
eine stehende Rubrik in den größten Journalen bildeten! Moser
hatte längst mit Erstaunen und Befremdung bemerkt, daß die ge=
samte Regierungspresse, statt in der nachdrücklichsten Weise für den
Gouverneur der —schen Provinz Partei zu nehmen, sich zu der
ganzen Angelegenheit sehr lau und gleichgültig verhielt, ihr Ver=
halten den letzten Vorgängen gegenüber aber überstieg alle Begriffe.
Keine energische Verteidigung des Freiherrn, keine Empörung über
die schändliche Anklage, nichts von Maßregeln gegen die verleumde=
rische Zeitung! Man sprach von einer „unglaublichen Beschuldigung",
hoffte, daß es dem Gouverneur gelingen werde, sich davon zu reinigen,
und deutete an, daß im andern Falle seine Entlassung unvermeidlich
sei: man gab also doch die Möglichkeit jener Thatsache zu. Und
unmittelbar unter diesem Artikel stand die Nachricht, daß der ehe=
malige Hochverräter Doktor Rudolf Brunnow vollständig begnadigt
und heute aus der Haft entlassen worden sei. — Der Hofrat ver=
sank in finstere Gedanken.

Er ging schon seit längerer Zeit mit dem Entschlusse um, sich
pensionieren zu lassen. Seiner Pflicht gegen den Staat hatte er in
beinahe vierzigjährigen Diensten Genüge geleistet. Seine Tochter,
das einzige Kind einer spät geschlossenen und früh durch den Tod
zerrissenen Ehe, verließ ihn schon im nächsten Monat, um als Novize
in ein Kloster zu treten; er selbst war alt und der Ruhe bedürftig.
Auch seine Stellung, einst sein höchster Stolz, machte ihm keine
Freude mehr. Der neue Geist, der jetzt durch das Land wehte,
drang selbst bis in die geheiligten Räume der Regierungskanzlei.
Noch hielt die eiserne Hand des Freiherrn die Zügel straff, aber
Moser dachte mit Schrecken daran, was geschehen werde, wenn diese
Hand nun wirklich niedersank. Er glaubte kein Wort von den Lügen,
die man überall ausstreute. Der Gouverneur konnte und mußte sie

zu Boden schmettern, aber nach der unerhörten Behandlung, die er von der Regierung selbst erfuhr, entschloß er sich schwerlich zum Bleiben. Der Hofrat fühlte, daß seine Zeit vorbei sei, und war fest entschlossen, dem Beispiele seines Herrn zu folgen, wenn dieser seine Entlassung nahm.

Das Oeffnen der Thür weckte Moser aus seinen Grübeleien. Christine meldete den Herrn Doktor Brunnow, und gleich darauf trat dieser ein. Der Hofrat stand auf und ging dem Gaste mit steifer Höflichkeit entgegen.

„Ich hoffe, Sie werden es nicht mißdeuten, Herr Hofrat, daß ich in den letzten beiden Wochen Ihrem Hause fern geblieben bin," begann Max nach der ersten Begrüßung, indem er den angebotenen Platz einnahm. „Es war nur die Rücksicht auf Sie und Ihre Stellung — — Jetzt, da mein Vater — —"

„Ich weiß bereits von seiner Begnadigung," fiel der Hofrat ein, ohne seine Förmlichkeit fahren zu lassen. „Unser allergnädigster Souverän hat verziehen."

„Ja, und damit ist das Vergangene vollständig ausgeglichen," sagte Max mit Beziehung. „Was meinen Vater betrifft, so wird er allerdings nicht von der Erlaubnis Gebrauch machen, in seinem Vaterlande zu bleiben."

„Nicht?" fragte Moser sichtlich erleichtert. Der Gedanke, daß er dem ehemaligen Hochverräter freundschaftlich die Hand gedrückt hatte, lastete noch immer auf seinem Gewissen.

„Nein, er kehrt nach der Schweiz zurück, die ihm wie mir eine zweite Heimat geworden ist," erklärte der junge Arzt. „Wir werden auch künftig dort leben. Zuvor aber drängt es mich, Ihnen nochmals meinen Dank auszusprechen für alles, was ich in Ihrem Hause empfangen habe. Ich werde es nie vergessen."

Der Hofrat neigte zustimmend das Haupt; er fand diesen Dank ganz in der Ordnung.

„Sie kommen also, um Abschied zu nehmen?" fragte er. „Ich freue mich aufrichtig, Sie wieder so völlig kräftig und lebensfrisch zu sehen, und auch meine Tochter wird erfreut sein, wenn ich es ihr mitteile."

Diese Mitteilung war nun gerade nicht nötig, denn Agnes wußte sehr genau, wie es mit ihrem früheren Patienten stand. Seit er das Haus ihres Vaters verlassen hatte, sah sie ihn regelmäßig bei ihrem beiderseitigen Schützlinge, der Frau des Kopisten. Diese war zwar vollständig wiederhergestellt und bedurfte weder des ärzt-

Er ging mit ausgebreiteten Armen auf den Hofrat los.　(S. 284.)

lichen Beistandes, noch des geistlichen Trostes mehr, aber Arzt und Trösterin setzten mit rührender Ausdauer ihre Besuche fort.

„Dem Fräulein", entgegnete Max, „bin ich noch ganz besonderen Dank schuldig. Sie allein — ihre aufopfernde Pflege hat mich dem Leben zurückgegeben, und Sie gestatten es daher wohl, daß ich in Bezug auf Fräulein Agnes noch eine Bitte ausspreche."

Moser nickte zum zweitenmal; er war geneigt, die Bitte zu gewähren, die jedenfalls auf die Erlaubnis hinausging, sich auch von Agnes verabschieden zu dürfen, statt dessen erhob sich Max und sagte ohne alle Zeremonie: „Ich bitte um die Hand Ihrer Tochter."

Der Hofrat, der eben im Begriff war, zum drittenmal zu nicken, hielt inne und saß mit offenem Munde da. Im ersten Augenblicke faßte er überhaupt nicht, wovon die Rede war, dann erhob er sich gleichfalls, aber nicht stürmisch, sondern langsam, feierlich. Die lange Gestalt wuchs immer höher aus dem Lehnstuhle empor, wurde immer länger und unheimlicher, bis sie endlich in ihrer vollen Größe dastand und über die hohe weiße Halsbinde hinweg vernichtend auf den jungen Arzt herniederschaute, der jedoch dadurch nicht im mindesten aus der Fassung gebracht wurde.

„Ich — ich hörte wohl nicht recht?" sagte der alte Herr endlich. „Sie meinten —?"

„Ich halte um die Hand Ihrer Tochter an," versetzte Max mit Seelenruhe.

„Sind Sie von Sinnen?" fragte Moser, noch immer erstarrt, denn wenn ihm auch das Unglaubliche wiederholt wurde — begreifen konnte er es nicht.

„Durchaus nicht, ich befinde mich in vollkommen normalem Zustande," versicherte Max, und fuhr dann in einem Zuge fort, ohne seinen Zuhörer zur Besinnung kommen zu lassen: „Was nun meinen Antrag betrifft, so gründet er sich auf die innigste gegenseitige Zuneigung. Die Einwilligung Ihrer Tochter habe ich bereits. Agnes hat mir Herz und Hand gegeben, natürlich unter Vorbehalt Ihrer Zustimmung. Ich bitte hiermit darum und gebe mich der frohen Hoffnung hin, daß es mir vergönnt wird, den Vater meiner Braut auch als den meinigen umarmen zu dürfen. Also, mein teurer Schwiegervater —"

Er ging mit ausgebreiteten Armen auf den Hofrat los, aber dieser rettete sich durch einen Sprung vor der beabsichtigten Umarmung. Das schreckliche Wort „Schwiegervater" riß ihn aus seiner

Erstarrung. Mit einer bloßen Ueberrumpelung war der alte Bureau=
krat denn doch nicht zu erobern.

„Sie sprechen in vollem Ernste von einer Heirat?" rief er.
„Von einer Heirat mit meiner Tochter, deren Bestimmung für das
Kloster Sie doch kennen? Und das wagen Sie, der Sohn eines
Staatsverbrechers — — eines Staatsverräters?"

„Mein Gott, ich suche ja keine Staatsanstellung, sondern eine
Frau," verteidigte sich der junge Arzt. „Ich begreife wirklich nicht,
weshalb Sie sich über meinen Antrag so entsetzen."

„Das fragen Sie noch? Ihr Vater hat die Regierung um=
stürzen wollen."

„Nun, ich habe nicht dabei geholfen, und das wäre auch nicht
gut möglich gewesen, da ich damals soeben erst das vierte Lebens=
jahr erreicht hatte. Uebrigens sind das alte, längst vergessene Ge=
schichten; mein Vater ist begnadigt worden."

„Revolutionär bleibt Revolutionär!" erklärte der Hofrat mit
Nachdruck. „Die Begnadigung kann wohl die Strafe abwenden,
aber sie kann niemals die Vergangenheit auslöschen."

Max nahm eine entrüstete Miene an. „Wie, Herr Hofrat —
das muß ich von Ihnen hören? Sie, der sich stets rühmte, der
loyalste Unterthan seines Souveräns zu sein, Sie weigern sich jetzt,
dessen Beschlüsse anzuerkennen? Der allergnädigste Souverän hat
verziehen, sagen Sie selbst; er will, daß das Vergangene vergessen
und ausgelöscht sein soll. Sie wollen das nicht, Sie erlauben sich
einen Eingriff in die allerhöchsten Entschließungen, eine Auflehnung
gegen die Autorität des Landesherrn. Das ist Opposition, Re=
bellion, mit einem Wort — Hochverrat."

Diese wunderbare Beweisführung wurde mit einer solchen Ge=
läufigkeit und Sicherheit gegeben, daß es unmöglich war, ein Wort
dazwischen zu werfen oder darüber nachzudenken. Der Hofrat war
denn auch vollständig verblüfft. Er starrte den Sprechenden ganz
fassungslos an und fragte endlich kleinlaut:

„Meinen Sie das wirklich?"

„Es ist meine unumstößliche Meinung. Um nun aber wieder
auf meinen Heiratsantrag zu kommen —"

„Kein Wort davon!" unterbrach ihn Moser. „Es ist Beleidi=
gung. Meine Tochter ist die Braut des Himmels."

„Ich bitte um Entschuldigung, sie ist meine Braut," be=
hauptete Max. „Der Himmel kann warten, ich aber nicht. Nach
fünfzigjähriger glücklicher Ehe habe ich nichts dagegen, ihm Agnes

abzutreten, bis dahin aber nehme ich sie für mich ganz allein in Anspruch."

„Wollen Sie etwa die heilige Bestimmung meines Kindes verspotten?" rief der Hofrat, von neuem in Wut geratend. „Ich weiß es längst, Sie sind ein Ungläubiger, ein Gottesleugner, ein —" Die Stimme versagte ihm, er rang nach Atem und griff mit beiden Händen nach seiner Halsbinde.

„Regen Sie sich nicht auf!" warnte der junge Arzt. „Solche heftige Erregungen können in Ihrem Alter und bei Ihrer Konstitution gefährlich werden. Sie neigen entschieden zu Schlagflüssen." Die lange, hagere Gestalt Mosers widersprach auf das entschiedenste dieser Annahme, aber das kümmerte den Doktor Brunnow nicht, der ruhig fortfuhr: „Nebenbei gesagt, es ist bei einer solchen Konstitution von unglaublichem Vorteil, einen Schwiegersohn zu haben, der Arzt ist und selbstverständlich mit großer Sorgfalt über das Leben und die Gesundheit seines Schwiegervaters wachen würde. Wie gesagt, Sie dürfen sich nicht aufregen."

„Sie regen mich auf," rief der Hofrat, der bei dieser fortwährenden Betonung des schwiegerväterlichen Verhältnisses ganz wild wurde. „Sie werden mir einen Schlaganfall zuziehen mit

Ihren abscheulichen Behauptungen. Ich fühle mich schon ganz un=
wohl — das Blut steigt mir nach dem Kopfe; ich brauche Luft —"
Damit sank er in den Lehnstuhl zurück und faßte wieder nach seiner
Halsbinde. Max kam ihm freundschaftlich zu Hilfe und löste den
Knoten.

"Wir wollen vor allen Dingen dieses weiße Ungetüm ent=
fernen," sagte er. "Dann wird Ihnen leichter werden. Ich habe
ein unfehlbares Mittel gegen Kongestionen und werde es Ihnen
sogleich verschreiben. Dergleichen Zufälle sind bedenklich, — wir
müssen vorsichtig sein."

Moser sah mit Wehmut seine geliebte Halsbinde in den Händen
des Doktors, der sie säuberlich zusammenfaltete und auf den Tisch
legte. Mit der Entfernung des „weißen Ungetüms" schien aber
wirklich die Heftigkeit von dem alten Herrn gewichen zu sein, und
die Drohung wegen des Schlaganfalls hatte ihn ängstlich gemacht.
Er sah geduldig zu, wie sein Quälgeist an den Schreibtisch ging, ein
Rezept — ein ganz unschädliches nervenstillendes Mittel — ver=
schrieb und mit dem Papier in der Hand zu ihm zurückkehrte.

"Sechs Tropfen in einem Glase Wasser," sagte er mit unge=
meiner Wichtigkeit.

"Wie oft?" brummte der Hofrat.

"Dreimal täglich."

"Ich danke Ihnen."

"Gar keine Ursache."

Der Hofrat glaubte jetzt den unverwüstlichen Freier los zu
werden, aber er irrte sich; der letztere zog, statt zu gehen, einen
Stuhl heran und setzte sich ihm gegenüber.

"Sie willigen also in die Verbindung Ihrer Tochter mit mir?"
begann er wieder.

Moser wollte von neuem auffahren, besann sich aber, daß er
ja sehr zu Schlaganfällen neige und jede Aufregung vermeiden
müsse; er erwiderte daher mit möglichster Ruhe:

"Nein und abermals nein! Ich glaube es nicht, daß Agnes
sich so weit vergessen kann, Sie zu lieben. Sie hat den Klosterberuf
aus freiem Antriebe erwählt; sie ist eine gehorsame Tochter, eine
fromme Katholikin."

"Und wird eine ganz vorzügliche Gattin werden," vollendete
Max. "Uebrigens bin ich auch Katholik."

Moser faltete die Hände. "Ja, aber was für einer!"

"Ich meine nur, die Konfession würde kein Hindernis sein.

Meine Verhältnisse sind für den Augenblick allerdings noch etwas bescheiden, aber sie würden einer Frau mit nicht allzu hohen Ansprüchen genügen. Was endlich meine Persönlichkeit betrifft, so würde mein Schwiegervater — —"

„Hören Sie auf mit Ihrem ewigen Schwiegervater!" stöhnte der Hofrat. „Ich will das nicht hören. Sie sind ein entsetzlicher Mensch."

„Sie werden sich daran gewöhnen," versicherte der junge Arzt. „Ich darf doch morgen wiederkommen, um Sie und meine Braut zu sehen?"

Der alte Herr antwortete nicht, um die Unterredung nicht zu verlängern; er wollte den Plagegeist vor allen Dingen aus dem Hause haben. Morgen wollte er sich einschließen, verriegeln; Max schien auch einzusehen, daß er seinem armen Schwiegervater für heute genug zugesetzt habe, denn er ging wirklich, wandte sich aber an der Thür noch einmal um.

„Herr Hofrat!"

„Was wollen Sie denn noch?" fragte dieser verzweiflungsvoll.

„Wenn Sie mit Agnes die Sache besprechen, vermeiden Sie jede Aufregung dabei! Sie wissen ja, wie gefährlich das ist. Sechs Tropfen von der Arznei in einem Glase Wasser, dreimal täglich, und vor allen Dingen Mäßigung und Ruhe! Ich würde untröstlich sein, wenn meinem lieben Schwiegervater irgend etwas zustieße."

Damit ging er endlich. Der Hofrat sank wie zerbrochen in seinen Lehnstuhl zurück; jetzt, wo er sich allein überlassen war, wurde ihm erst klar, wie unerhört man ihn behandelte, und er durfte sich nicht einmal ärgern, er mußte sich ja vor Schlaganfällen hüten. — —

Doktor Brunnow hatte übrigens keineswegs so schnell die Wohnung verlassen, wie Moser voraussetzte. Er stand noch draußen im Vorzimmer und hatte den Arm um Agnes gelegt, als ob sich das ganz von selbst verstände und er bereits anerkannter Bräutigam sei. Das junge Mädchen forschte ängstlich nach dem Inhalt der Unterredung und wollte wissen, was der Vater geantwortet habe.

„Für jetzt sagt er noch ‚nein'," erklärte Max, „aber sei ohne Sorge! Er wird schon ‚ja' sagen. Ich rechnete auch gar nicht darauf, daß sich die Festung sogleich ergeben würde; sie muß regelrecht belagert werden. Im ganzen bin ich mit dem Ergebnis dieses ersten Sturmlaufes zufrieden; es ist bereits Bresche geschossen, und morgen rücke ich weiter vor."

„Ach, Max," flüsterte Agnes unter Thränen, „was steht uns noch alles bevor! Mir sinkt der Mut im Angesichte all dieser Hindernisse. Ich werde sie nie überwinden."

„Das ist auch nicht nötig; das ist meine Sache," tröstete der junge Arzt. „Ich bleibe hier, bis alles geordnet und unser Hochzeitstag bestimmt ist. Vorläufig hat dein Vater Zeit, sich mit der Sache vertraut zu machen, und inzwischen werde ich der Frau Aebtissin und dem Herrn Beichtvater, die du so sehr fürchtest, hochachtungsvoll und ergebenst unsre Verlobung anzeigen."

Agnes machte eine Bewegung des Schreckens.

„Einen Teil des Sturmes wirst du freilich auch aushalten müssen," fuhr Max fort, „die Hauptsache aber nehme ich auf mich allein. Sei standhaft, meine Agnes! Ich gebe dir mein Wort darauf: dein Vater segnet uns noch höchst eigenhändig." Und mit diesen Worten und einem Kusse nahm er Abschied von seiner Braut.

———

Es war in den Morgenstunden des nächsten Tages. Freiherr von Raven befand sich wie gewöhnlich in seinem Arbeitszimmer, und der Polizeidirektor war bei ihm. Der letztere betrat jetzt nur selten das Regierungsgebäude; einerseits machte die vollständig wiederhergestellte Ruhe in der Stadt die häufigen Meldungen und Besprechungen mit dem Gouverneur überflüssig, andrerseits hatte dieser seit der Verhaftung Brunnows eine so zurückweisende Kälte angenommen, daß der Polizeichef die Begegnung mit ihm möglichst vermied. Heute aber führte ihn eine notwendige Besprechung über amtliche Maßregeln her, und der Gegenstand wurde von beiden Herren so kurz und geschäftsmäßig erledigt, wie es nur möglich war.

Trotzdem hielt der Polizeidirektor seine gewohnte verbindliche Art bei, wenn er auch nach dem Beispiele des Gouverneurs gleichfalls sehr zurückhaltend war. Er erlaubte sich keine einzige Hindeutung auf die Vorgänge der letzten Tage. Die Haltung des Freiherrn war stolzer als je, aber es lag etwas darin, was an das zu Tode gehetzte Wild mahnte, das sein nahes Zusammenbrechen fühlt und, noch einmal seine letzten Kräfte zusammenraffend, sich seinen Verfolgern stellt. Die Energie, welche noch immer ungebrochen aus der ganzen Erscheinung des Mannes leuchtete, war vielleicht nicht mehr die der Kraft, sondern nur der Verzweiflung.

Der Polizeidirektor hatte einen Teil seines Vortrages beendet. Er sprach von den neuesten Verfügungen, die ihm zugegangen waren, und berührte dabei auch die Freilassung des Doktors Brunnow, als der Freiherr ihm in die Rede fiel:

„Seit wann ist Brunnow aus der Haft entlassen?"

„Seit gestern mittag."

„So?" bemerkte Raven einsilbig.

„Wie ich höre, beabsichtigt der Doktor morgen schon unsre Stadt zu verlassen," fuhr der Polizeidirektor fort, „er will sofort nach der Schweiz zurückkehren und gedenkt auch den Rest seines Lebens dort zuzubringen."

„Er thut recht daran," sagte der Freiherr. „Wer so lange Jahre im Exil gelebt hat, findet sich selten oder nie wieder in der Heimat zurecht. Das Adoptivvaterland behauptet schließlich seine Rechte."

Er sprach das gleichgültig, als handelte es sich um einen völlig Fremden, von dessen Begnadigung er zufällig hörte. Der Polizei=direktor ließ sich freilich durch diese Gleichgültigkeit nicht täuschen, aber auch ihm war es, trotz seiner scharfen Beobachtungsgabe, noch nicht gelungen, einen Blick in dieses streng verschlossene Innere zu thun und zu ent=decken, welche Stellung der Freiherr jener Beschuldi=gung gegenüber eigentlich einzunehmen beabsichtigte.

Das Gespräch wurde unterbrochen; man brachte dem Gouverneur eine De=pesche, die soeben aus der Residenz angelangt war, ein großes amtliches Schrei=ben. Er winkte dem Diener, sich wieder zu entfernen und erbrach das Siegel, während er flüchtig sagte:

„Entschuldigen Sie mich nur eine Minute lang!"

„Bitte, Excellenz, legen Sie sich meinetwillen keinen Zwang auf!" entgegnete der Polizeidirektor, aber es war ein ganz eigen=tümlicher Blick, mit dem sein Auge bei diesen Worten erst das Schreiben und dann den Empfänger streifte.

Raven entfaltete die Depesche, aber er hatte kaum einen Blick auf den Inhalt geworfen, als er zusammenzuckte. Sein Antlitz wurde erdfahl und seine Rechte zerknitterte krampfhaft das Papier, während die Linke sich ballte. Ein Beben der Wut oder des Schmerzes erschütterte die ganze mächtige Gestalt, und einen Augenblick schien sie zusammenbrechen zu wollen.

„Sie haben doch nicht unangenehme Nachrichten erhalten?" fragte der Polizeichef im Tone unbefangener Teilnahme.

Der Freiherr sah auf. Sein Auge heftete sich durchbohrend auf das Gesicht des Mannes, dessen Rolle er seit der Verhaftung Brunnows klar durchschaute, und der Ausdruck eines leisen Hohnes in den Zügen seines Gegenübers verriet ihm, daß der Polizeidirektor den Inhalt des Schreibens bereits kannte — das gab ihm Kraft und Besinnung wieder.

„Ueberraschende Nachrichten wenigstens," sagte er, die Depesche beiseite legend. „Doch dafür findet sich noch später Zeit — bitte, fahren Sie fort!"

Der Angeredete zögerte; diese unglaubliche Selbstbeherrschung imponierte ihm doch. Er war Zeuge davon gewesen, wie furchtbar jener Schlag getroffen hatte, aber es wurde ihm nicht gegönnt, die Wunde bluten zu sehen. Der Getroffene drückte die Hand darauf und stand fest wie zuvor. War denn der Trotz und Hochmut dieses Raven nie zu brechen?

„Die Hauptsachen haben wir ja bereits bespr.chen," meinte der Polizeidirektor mit einer gewissen Verlegenheit. „Wenn Sie anderweitig in Anspruch genommen sind — ich möchte nicht stören."

„Ich bitte Sie fortzufahren." Die Stimme des Freiherrn war tonlos, aber fest.

Der Aufgeforderte sah, daß jede Schonung hier als Beleidigung empfunden werde: er sprach also weiter. Die Bemerkungen, die Raven am Schlusse hinwarf, waren vollkommen zutreffend, aber sie klangen rein mechanisch, und ebenso mechanisch erhob er sich, als der Polizeidirektor aufstand, um zu gehen.

„Sonst haben Excellenz keine weiteren Anordnungen zu treffen?"

„Nein," entgegnete der Freiherr kalt. „Ich kann Ihnen nur den Rat geben, Ihren Instruktionen so pünktlich wie bisher nachzukommen. Dann wird Ihnen die Anerkennung sicher nicht fehlen."

Der Polizeidirektor fand für gut, den Erstaunten zu spielen. „Ich verstehe Sie nicht, Excellenz. Welche Instruktionen meinen Sie?"

„Die, welche Sie aus der Residenz mit hierher brachten, als Ihnen mit dem Posten in R. zugleich eine — Ueberwachung anvertraut wurde."

„Die Ueberwachung der Stadt meinen Sie? Ich glaube in dieser Hinsicht meine Schuldigkeit gethan zu haben. Uebrigens sind die Unruhen ja jetzt vorüber, und alles ist zu Ende."

„Jawohl," erwiderte Raven verächtlich, „und auch wir sind zu Ende miteinander. Sie begreifen das wohl."

Er kehrte ihm, ohne ein Wort weiter zu verlieren, den Rücken und trat an das Fenster. Das war eine offenbare Beleidigung, aber der Polizeidirektor wollte jetzt nicht beleidigt scheinen; das konnte zu unangenehmen Verwickelungen führen. Er verabschiedete sich daher mit einem Gruße, der nicht erwidert wurde, und verließ das Zimmer.

Draußen atmete er erleichtert auf. Es war ihm peinlich, daß der Freiherr ihn so vollständig durchschaute, um so peinlicher, als er keine Veranlassung hatte, dessen persönlicher Feind zu sein. Er hatte ja nur im „höheren Auftrage" gehandelt, als er der Vergangenheit Ravens nachspürte und sich des Schlüssels zu dieser Vergangenheit, des Doktors Brunnow, bemächtigte, um das endlich aufgefundene Geheimnis der Welt preiszugeben. Es wurde ihm nicht eben allzu schwer, sich mit einigen Sophismen über die zweideutige Rolle zu trösten, die er von Anfang an dem Freiherrn gegenüber gespielt hatte, und jetzt hatte diese Rolle ja auch ihr Ende erreicht.

Raven war allein geblieben. Er stand am Schreibtische und durchlas noch einmal das verhängnisvolle Schreiben — seine Entlassung. Sie wurde ihm in der schroffsten, beleidigendsten Form erteilt. Man forderte keine Erklärung, keine Verteidigung des so schwer angegriffenen Mannes; man ließ ihm überhaupt nicht Zeit, sich zu erklären oder zu verteidigen. Er wurde verurteilt, ohne auch nur gehört worden zu sein. Nicht einmal den gewöhnlichen Ausweg ließ man ihm offen, seine Entlassung zu nehmen; sie wurde ihm gegeben, in einer Form gegeben, die nur für Schuldige da war und die Welt auch nicht einen Augenblick in Zweifel darüber ließ, daß die Regierung sich auf seiten der Anklage stellte und ihren bisherigen Vertreter für überführt erachtete.

Der Freiherr schleuderte die Depesche von sich und ging in stummem Kampfe im Zimmer auf und nieder. Seine Lippen zuckten; seine Augen flammten.

Auf einmal blieb er, wie von einem plötzlichen Gedanken durchzuckt, stehen und trat dann langsam zu einem Seitentischchen, auf dem ein Kasten von nur geringer Größe stand. Ein Druck an der Feder ließ den Deckel aufspringen und zeigte ein Paar vorzüglich gearbeitete Pistolen. Der Freiherr nahm sie heraus und untersuchte sorgfältig, ob sie sich noch in vollkommener Ordnung befänden. Einige Minuten lang hielt er die Waffen in der Hand und blickte, in düsteres Nachsinnen verloren, darauf nieder; dann legte er sie

wieder an ihren Platz zurück und richtete sich mit einer raschen Bewegung empor.

„Nein!" sagte er halblaut. „Das würde für Feigheit, für
ein Eingeständnis der Schuld gelten. Es wird wohl noch einen
andern Ausweg geben — den Triumph wenigstens sollen sie nicht
haben."

Er warf den Deckel des Kastens zu und wandte sich ab, und
wieder begann die stumme ruhelose Wanderung, das finstere Brüten
über irgend einem Entschlusse. Der Ausweg mußte gefunden
werden. — —

Inzwischen war Doktor Brunnow in der Wohnung seines
Sohnes mit den Vorbereitungen zur Abreise beschäftigt, die auf
morgen festgesetzt war. Max hatte ihn verlassen, um die gestern
begonnene „Belagerung" fortzusetzen. Er befand sich wieder bei
dem Hofrat Moser und führte seinem „lieben Schwiegervater" noch
ausführlicher als gestern zu Gemüte, welchen ausgezeichneten und
ganz unübertrefflichen Schwiegersohn er in dem Doktor Max Brun=
now erhalten werde. Gegen die Beharrlichkeit dieses Freiers half
kein Einschließen und kein Verriegeln.

Der Vater ließ ihn gewähren; er kannte Max und wußte, daß
dieser schließlich seinen Willen durchsetzen werde. Er selbst wäre
am liebsten schon heute abgereist, wenn ihn das dem Sohne gegebene
Versprechen nicht bis morgen gehalten hätte. Ihm brannte wirklich
der Boden unter den Füßen, und alle die Anteilbezeigungen und
Glückwünsche wegen seiner Befreiung schienen ihm den Aufenthalt
nur noch mehr zu verleiden.

Brunnow hatte soeben einen Brief beendigt, der seine bevor=
stehende Ankunft zu Hause anzeigen sollte, und stand im Begriffe,
ihn der Aufwärterin zu übergeben, als diese ungerufen, aber in
größter Eile eintrat und ganz atemlos meldete: „Herr Doktor —
Seine Excellenz!"

„Wer?" fragte Brunnow zerstreut, indem er das Couvert
schloß.

„Seine Excellenz, der Herr Gouverneur!"

Brunnow wendete sich rasch um; sein Blick fiel auf den Frei=
herrn, der bereits eingetreten war und im Nebenzimmer stand. Er
näherte sich jetzt und sagte in völlig fremdem Tone:

„Ich wünsche Sie auf einige Minuten zu sprechen, Herr
Doktor."

„Ich stehe zu Ihrer Verfügung, Excellenz," versetzte Brunnow,

ben das verwunderte Gesicht der Aufwärterin daran mahnte, daß
er seine Ueberraschung nicht zeigen dürfe. Er übergab der Frau
rasch den Brief und sandte sie damit fort. Als sie ohne Zeugen
waren, ließ Raven die angenommene Fremdheit fallen.

„Mein Kommen befremdet dich?" sagte er. „Bist du allein?"

„Ja, mein Sohn ist ausgegangen."

„Das ist mir lieb, denn unsre Unterredung verträgt keinen
Zeugen. Du hast wohl die Güte, die Thür abzuschließen, damit
wir ungestört bleiben."

Der Doktor kam schweigend der Aufforderung nach. Er schob
den Riegel vor die Eingangsthür und kehrte dann in das zweite
Zimmer zurück. Sein unruhiger Blick schien zu fragen, was dieser
seltsame Besuch bedeute. Die beiden Männer standen sich einige
Sekunden lang stumm, aber ebenso feindselig gegenüber, wie neulich
bei ihrer ersten Begegnung.

Der Freiherr nahm zuerst das Wort: „Du hast wohl nicht
erwartet, mich bei dir zu sehen?"

„Ich wüßte in der That nicht, was den Gouverneur von R.
zu mir führen sollte," war die Antwort.

„Ich bin nicht mehr Gouverneur," sagte Raven kalt.

Brunnow richtete einen schnellen, forschenden Blick auf ihn.
„Du hast also deine Entlassung genommen?" fragte er.

„Ich trete von meinem Posten ab. Ehe ich aber die Stadt
verlasse, wünsche ich Auskunft über jenen Zeitungsartikel, der sich
so eingehend mit meiner Vergangenheit beschäftigt. Du kannst mir
diese Auskunft wohl am besten geben, und deshalb komme ich zu dir."

Der Doktor wendete sich ab. „Der Artikel stammt nicht von
mir," sprach er nach einer kurzen Pause.

„Das ist möglich, jedenfalls hast du ihn aber veranlaßt. Du
und ich, wir sind jetzt die einzigen noch lebenden Teilnehmer jener
Katastrophe; die andern sind tot oder verschollen. Nur du warst
im stande, jene Enthüllungen zu geben."

Brunnow schwieg; er erinnerte sich nur zu gut des Tages, wo
das geschickte Manöver des Polizeidirektors ihm die Aeußerungen
abgerungen hatte, die nun in solcher Weise preisgegeben wurden.

„Ich wundere mich nur, weshalb du diese Vorgänge nicht
früher verwertet hast," fuhr Raven fort. „Du oder die andern!"

„Beantworte dir die Frage selbst!" sagte Brunnow finster.
„Uns fehlten die Beweise. Wenn wir die unumstößliche Ueberzeugung deiner Schuld hatten, so war das eben unsre Sache. Die

Welt verlangt Thatsachen, und die konnten wir ihr nicht geben. Weshalb sich nicht früher eine Stimme gegen dich erhob, fragst du? Du weißt doch am besten, daß in der Zeit, die jetzt hoffentlich für immer hinter uns liegt, jede Stimme erstickt wurde, die man nicht hören wollte. Und Arno Raven wurde ja in kürzester Frist der einflußreichste Freund und Günstling des Ministers, den er bald darauf Vater nennen durfte. Der Freiherr von Raven war später die mächtigste Stütze der Regierung, die ihn nicht entbehren konnte. Man hätte keine Anklage gegen dich zugelassen; es wäre Lüge, Verleumdung gewesen und als solche unterdrückt worden. Das wußten wir alle und darum schwiegen die andern. Mich banden diese Rücksichten nicht, aber ich — wollte dich nicht anklagen und habe es auch jetzt nicht gethan. Einige Aeußerungen während meiner Haft, die mir, wie ich fürchte, absichtlich abgelockt wurden, können allein den Anlaß zu den Enthüllungen gegeben haben. Der Polizeidirektor hat jedenfalls die Hand dabei im Spiele. Er ist dein Feind?"

„Nein, nur ein Spion!" sagte Raven verächtlich, „und deshalb verzichte ich darauf, von ihm Rechenschaft zu verlangen. Ueberdies war er nicht verpflichtet, zu verschweigen, was ihm mitgeteilt wurde. Du hast jene Aeußerungen gethan — du wirst mir Genugthuung dafür geben."

Brunnow trat zurück. „Ich dir? Was soll das heißen?"

„Was das heißen soll? Ich dächte, das bedürfte keiner Erklärung. Die Beleidigung, die du mir zugefügt hast, läßt nur eine Sühne zu. Du wirst sie mir doch nicht verweigern?"

Ueber die Lippen des Doktors kam keine Antwort.

„Schon als wir uns das erste Mal wiedersahen," fuhr der andre fort, „an jenem Abende in meinem Arbeitszimmer, sprachst du Worte, die mein Blut sieden machten. Damals warst du ein Flüchtling, warst heimlich an das Krankenlager deines Sohnes geeilt, und jede Stunde des Aufenthalts hier brachte dir Gefahr. Damals war keine Zeit, Erklärung von dir zu fordern. Jetzt bist du frei — bestimme Zeit und Waffen!"

„Ich soll mich mit dir schlagen?" brach Brunnow aus. „Nein, Arno, das kannst, das darfst du nicht verlangen."

„Ich bestehe darauf — du wirst meine Forderung annehmen."

„Nein."

„Rudolf, ich sage dir, du wirst es thun."

„Und ich sage dir nochmals: nein! Mit jedem andern will ich mich schlagen, wenn es sein muß, aber mit dir nicht."

Zwischen den Augen des Freiherrn zeigte sich eine tiefe Falte.
Aber er kannte den einstigen Jugendfreund, der sich trotz seiner
grauen Haare noch den alten Feuerkopf bewahrt hatte und deffen
Leidenschaftlichkeit, einmal gereizt, ihn über alle Besinnung und alle
Schranken hinwegriß. Es galt, den verwundbaren Punkt zu treffen.

„Ich habe nicht geglaubt," sagte er mit unverhaltenem Hohn,
„daß du seit unsrer Trennung zum Feigling geworden."

Das traf — der Doktor fuhr auf und seine Augen begannen
zu funkeln.

„Nimm das Wort zurück!" rief er drohend. „Du weißt es,
daß ich kein Feigling bin; ich brauche es dir nicht erst zu beweisen."

„Ich nehme nichts zurück," erklärte Raven. „Du hast eine
entehrende Anklage gegen mich ausgesprochen, hast sie einem Fremden
gegenüber wiederholt, von dem du wußtest, daß er sie der Welt
preisgeben würde, und willst dich jetzt der Rechenschaft entziehen —
nenne du das, wie du willst — ich nenne es Feigheit."

Es war um Brunnows Fassung geschehen, als ihm abermals das verhängnisvolle Wort entgegengeschleudert wurde.

„Halte ein, Arno!" stieß er hervor. „Ich ertrage das nicht."

Der Freiherr schien völlig unbewegt; nicht eine Muskel seines Gesichtes zuckte. Mit eisiger Ruhe stand er da und reizte seinen Gegner, den er Schritt für Schritt vorwärts trieb, bis zum Aeußersten.

„Das also ist deine Rache!" sagte er im Tone der Verachtung. „Zwanzig Jahre lang hast du den Streich zurückgehalten. Solange ich hoch und mächtig bastand, wagtest du es nicht, mich zu treffen. Freilich, dem Manne, dem der Sturz droht, ist leichter beizukommen. Winterfeld war wenigstens ein ehrlicher Gegner. Er griff mich an, aber er bot mir offen den Kampf und trat mir Auge in Auge gegenüber. Du zogst es vor, mich aus dem Hinterhalte zu verwunden, und brauchtest fremde Hände dazu. Du bedachtest dich nicht, dem Polizeidirektor und den Zeitungen die Waffen gegen mich zu liefern, aber dich meiner Waffe zu stellen, die den Schimpf rächen soll — dazu fehlt dir der Mut. Wahrlich, Rudolf, ich habe dich einer solchen Niedrigkeit und Erbärmlichkeit nicht fähig gehalten —"

„Genug!" unterbrach ihn Brunnow mit halb erstickter Stimme. „Kein Wort weiter! Ich nehme deine Forderung an."

Seine Brust hob sich in kurzen, stürmischen Atemzügen; er war leichenblaß geworden und stützte sich, bebend am ganzen Körper, auf die Lehne des nächsten Stuhles. In dem Auge des Freiherrn schimmerte etwas wie Mitleid mit dem furchtbar erregten Manne, den er vor eine so schreckliche Wahl gestellt hatte, aber seine Stimme verriet auch nicht den leisesten Anklang dieser Empfindung, als er erwiderte:

„Gut. Ich werde Oberst Wilten, den Kommandanten der hiesigen Garnison, ersuchen, mein Sekundant zu sein; er wird mit dem deinigen das Nötige ordnen."

Brunnow machte nur eine zustimmende Bewegung. Der Freiherr nahm seinen Hut vom Tische und trat dann nochmals vor den Doktor hin.

„Noch eins, Rudolf!" sagte er langsam, aber mit Nachdruck. „Die Sache ist mir blutiger Ernst, und ich erwarte, daß du den Zweikampf, der nach dem, was du mir zugefügt hast, auf Tod und Leben gehen muß, nicht etwa zu einer Komödie gestaltest. Du wärst im stande, in die Luft zu schießen. Zwinge mich nicht, das, was ich dir soeben sagte, vor unsern Zeugen zu wiederholen. Mein Wort darauf: ich thue es, wenn dein Schuß absichtlich fehl geht."

Brunnow hatte sich emporgerichtet, und aus seinen Augen flammte jetzt nur wilder, glühender Haß.

„Sei ruhig," antwortete er. „Was du mir vorhin anzuhören gabst, begräbt den letzten Rest der Jugenderinnerungen. Du hast recht, wir beide können uns nur noch auf Tod und Leben gegenüberstehen. Auch ich weiß einen Schimpf zu rächen."

Beide standen einen Moment lang Blick in Blick. Sie redeten eine stumme, aber furchtbare Sprache; dann wandte sich Raven zum Gehen.

„Auf morgen denn! Ich gehe, den Oberst aufzusuchen."

Er schob den Riegel von der Thür zurück und verließ das Zimmer. Draußen atmete er tief, tief auf, als sei eine Last von seiner Brust gesunken, und schlug dann mit raschem Schritte den Weg nach der Wohnung des Oberst Wilten ein.

———

Der Spätherbst war auch diesmal in N. und dessen Umgebung so rauh und unfreundlich gewesen, wie er in der Nähe des Hochgebirges meist zu sein pflegt. Jetzt aber, wo er Abschied nahm, schien sich das schwindende Leben der Natur noch einmal aufzuraffen. Die letzten Tage waren ungewöhnlich klar und mild gewesen, so daß man sich um Monate zurückversetzt glaubte. Die Erde träumte noch einen letzten kurzen Traum von Sonnenglanz und Sommerluft, ehe sie sich den eisigen Banden des Winters gefangen gab.

Es war Nachmittag geworden. Freiherr von Raven saß am Schreibtische, mit der Durchsicht seiner Papiere beschäftigt. Seine testamentarischen Verfügungen waren zwar schon seit längerer Zeit getroffen, aber es gab doch noch so manches zu ordnen. Oberst Wilten hatte sich mit der größten Bereitwilligkeit zur Verfügung gestellt. Wenn ihm auch eine Verbindung seines Sohnes mit der Ravenschen Familie jetzt nicht mehr wünschenswert erschien, so drückte ihn doch das kalte, gezwungene Verhältnis, das seit jener Erklärung zwischen ihm und dem Freiherrn waltete, und er ergriff mit Eifer die Gelegenheit, diesem einen Dienst zu leisten. Er hatte versprochen, alles Nötige abzumachen und selbst die Nachricht über die näheren Bestimmungen des Duells zu bringen, das auf morgen früh festgesetzt war.

Raven hatte soeben einen Brief beendigt und schrieb jetzt die Adresse: Doktor Rudolf Brunnow. Seine düstere Stirn furchte sich noch tiefer, als er mit sicheren und festen Schriftzügen den Namen auf das Papier warf.

„Ich konnte es dir nicht ersparen, Rudolf," sagte er dumpf. „Du wirst nie die unglückselige Stunde verwinden, in der wir uns so gegenüberstehen, aber es gab keinen andern Ausweg."

Er legte den Brief beiseite und ergriff von neuem die Feder, aber diesmal schien sie seiner Hand nicht gehorchen zu wollen. Es dauerte Minuten, ehe er die ersten Zeilen schrieb, dann hielt er plötzlich inne — begann von neuem — stockte wieder und zerriß endlich das Blatt. Wozu denn auch noch ein Lebewohl! Jedes Wort war ja doch in Bitterkeit getaucht. Der Brief konnte nur zu einem ewigen Vorwurf für die werden, an die er gerichtet war.

Der Freiherr warf die Feder von sich und stützte den Kopf in die Hand. Er hatte nicht umsonst den Augenblick gefürchtet, wo die einzige Empfindung, die ihn jemals schwach gesehen und die er tief in den Hintergrund zurückgedrängt hatte, sich wieder Bahn brechen werde. Es war ihm gelungen, während der letzten Stunden ruhig zu erscheinen, obgleich Haß, Empörung und tief gedemütigter Stolz seine Seele tausendfach zerrissen; die gewohnte strenge Pünktlichkeit hatte ihn auch beim Ordnen seiner Angelegenheiten nicht verlassen. Jetzt war alles geordnet, alles beendigt, bis auf eins — jetzt brach dieses eine wieder hervor, mit der alten unwiderstehlichen Gewalt, und mit ihm brach die Fassung des sonst so eisernen Mannes zusammen.

Freilich waren es keine weichen und zärtlichen Regungen, die ihn erfüllten. Die Natur Arno Ravens war nicht danach geartet, zu entsagen oder zu verzeihen, wo er sich verraten glaubte. Sein eigener Wille hatte die Trennung verhängt und Gabriele fortgesandt, und er bereute dies nicht. „Entweder — oder“ war von jeher der Wahlspruch seines Lebens gewesen; auch die Geliebte hatte er entweder ganz und ungeteilt besitzen oder verlieren wollen. Nun wohl, er hatte sie verloren, an einen andern verloren, der das mächtige Recht der Jugend und der ersten Liebe geltend zu machen wußte. Der Freiherr zweifelte nicht daran, daß die Beziehungen zu Winterfeld in der Residenz wieder aufgenommen wurden. Der tyrannische Vormund, der so lange trennend zwischen dem jungen Paare gestanden, trat ja nun zurück und gab ihnen volle Freiheit, sich wieder einander zu nähern, und die Baronin war viel zu charakterlos, um sich dauernd den Wünschen ihrer Tochter zu widersetzen, wenn die Furcht vor dem Schwager sie nicht länger gefesselt hielt. Ueberdies nahm Winterfelds Laufbahn ja jetzt einen so ungeahnten Aufschwung und damit fiel das größte Hindernis dieser Verbindung. Es ging alles seinen natürlichen, längst vorgezeichneten Weg, den eine unsinnige Leidenschaft vergebens zu kreuzen suchte. Wie konnte denn auch ein Wesen wie Gabriele eine solche Leidenschaft verstehen und erwidern! Es mochte sie geblendet und ihrer Eitelkeit geschmeichelt haben, der Gegenstand derselben zu sein. Von tieferen Empfindungen war dabei keine Rede, und als es sich um eine Wahl handelte, da wandte sich das aufblühende Mädchen dem zu, der ihr Jugend und

Glück zu bieten hatte. Dieses holde, sonnige Geschöpf gehörte nicht
in die dunkle Stunde, wo die Ehre und das Leben eines Mannes
zusammenbrachen.

Der schöne, aber kurze Herbsttag neigte sich zu Ende, und die
Strahlen der Abendsonne suchten und fanden ihren Weg in das
Zimmer. Durch das Bogenfenster wogte ein breiter, goldiger Lichtstrom in das Gemach und erfüllte es mit seltsam verklärendem
Schimmer. Ravens Blick haftete düster auf diesem Lichtglanz. So
war der Sonnenstrahl auch in sein Leben gedrungen, hatte eine
kurze Zeit lang alles in Glut und Verklärung getaucht und war
dann erloschen, um ihn in Nacht und Einsamkeit zurückzulassen.
Vergebens suchte er sich von der Erinnerung loszureißen oder sie in
Bitterkeit zu ersticken, es führte ihn ja doch alles wieder auf Gabriele zurück; jeder Gegenstand, jeder Gedanke gewann Bezug auf
sie. Er hatte abgeschlossen mit der Vergangenheit, mit der Welt
und dem Leben, aber die wilde, alles überflutende Sehnsucht nach
dem einzigen Wesen, das er je geliebt, hielt ihn fest an der Schwelle
dieses Lebens. Ein schwerer, qualvoller Atemzug rang sich wie ein
Stöhnen aus seiner Brust empor. Er war ja jetzt allein und
brauchte die Maske stolzer, unnahbarer Ruhe nicht mehr; sie jetzt
noch festzuhalten, ging über Menschenkräfte. Er preßte die Hand
gegen die glühende Stirn und schloß die Augen.

Einige Zeit war so in dumpfem Hinbrüten vergangen; da
wurde leise, fast unhörbar die Thür geöffnet und ebenso leise wieder
geschlossen. Raven bemerkte es nicht, regte sich nicht, bis das
Rauschen eines Frauenkleides ihn aufschreckte. Er wandte sich um
und zuckte zusammen, aber der Aufschrei, der sich seinen Lippen ent-
ringen wollte, erstarb und keines Wortes mächtig starrte er die Erscheinung an, die doch nur ein Gebilde seiner Phantasie sein konnte.
Ihm gegenüber, mitten in dem Lichtstrome, stand Gabriele, so
regungslos, so goldig umwogt von den Strahlen, als sei sie wirklich nur eine Erscheinung, die die glühendste, leidenschaftlichste Sehnsucht herangezwungen hatte, und die in der nächsten Minute so spurlos wieder verschwand, wie sie gekommen war.

Der Freiherr hatte sich erhoben.

„Du — du bist es," sagte er endlich mit stockendem Atem.
„Ich glaubte dich weit entfernt."

„Ich habe heute morgen die Residenz verlassen," erwiderte
das junge Mädchen leise. „Ich bin soeben erst angekommen. Man
sagte mir, du seiest in deinem Zimmer."

Raven antwortete nicht; sein Blick hing noch immer an der zarten, lichten Gestalt, als könne er nicht an die Wirklichkeit ihrer Nähe glauben. Er wußte nur, daß sie da war — wie, warum, danach fragte er im Augenblicke nicht. Gabriele schien dieses Schweigen zu mißdeuten; sie stand scheu und ängstlich da, als wage sie es nicht, ihm zu nahen; endlich faßte sie Mut und kam langsam näher.

„Wirst du mich wieder von dir weisen, Arno, wenn ich dir sage, daß du mir unrecht gethan hast mit deinem Verdachte? Ich hätte es längst thun sollen, aber du stießest mich so rauh, so hart zurück — du wolltest mich nicht einmal anhören. Da regte sich auch mein Trotz; ich wollte nicht um den Glauben bitten, den du mir versagtest. Ich," — sie stand jetzt dicht an seiner Seite und sah bittend zu ihm auf — „ich wußte nichts von jenem Angriff. Erst in der Abschiedsstunde sagte mir Georg, daß er in einen Kampf gegen dich gehe. Ich drang vergebens in ihn; er wollte sich nicht näher erklären, und wenige Minuten darauf mußten wir uns trennen.

Seitdem erfuhr ich kein Wort, keine Silbe weiter, bis zu der Stunde, wo du mir die Schrift vor Augen hieltest. Hätte ich eine Ahnung davon gehabt, du hättest es erfahren. Ich habe dich nicht verraten, Arno — gewiß nicht!"

Ihr Antlitz und ihre Stimme trugen deutlich genug den Stempel der Wahrheit. Raven ergriff mit einer heftigen Bewegung ihre Hand. Noch lag die wilde, forschende Unruhe in seinen Zügen, als er Gabriele an sich zog und, ohne ein Wort zu sprechen, ihr in das Auge sah, das mit feuchtem Schimmer, aber klar und fest dem seinigen begegnete. Einige Sekunden lang dauerte dieses stumme unverwandte Anschauen; dann beugte der Freiherr sich plötzlich nieder und drückte seine Lippen auf die Stirn des jungen Mädchens.

„Nein, du nicht!" sagte er tief aufatmend. „Ich glaube dir."

Seine Hand umschloß fester die ihrige. Er sah erst jetzt, daß Gabriele in voller Reisekleidung war, nur ohne Hut und Mantel, die sie bereits abgelegt hatte. Noch war er weit entfernt, die Wahrheit zu ahnen; das bewies seine nächste Frage.

„Wo ist deine Mutter? Und was veranlaßte euch zu dieser plötzlichen Rückkehr? Ich erwartete euch erst in einigen Wochen."

In dem Gesichte des jungen Mädchens stieg langsam eine tiefe Röte auf. „Mama ist in der Residenz zurückgeblieben. Ich habe mir die Erlaubnis zu dieser Reise von ihr erzwingen müssen. Sie gab erst nach, als sie sah, daß es doch unmöglich war, mich zu halten. Ich bin nur in Begleitung unsres alten Dieners gekommen."

Raven folgte ihren Worten in atemloser Spannung; es überkam ihn wie die Ahnung eines grenzenlosen, unaussprechlichen Glücks, aber in demselben Augenblicke trat auch wieder der alte Schatten dazwischen.

„Und Winterfeld?" fragte er in beinahe schneidendem Tone.

Gabrielens Blick sank zu Boden, und ihre Stimme bebte in schmerzlicher Erregung.

„Ihm habe ich wehe thun müssen, bis in das innerste Herz hinein, aber er mußte die Wahrheit erfahren, ehe ich zu dir ging. Georg weiß jetzt, wem meine Liebe allein gehört. Er hat mir mein Wort zurückgegeben; ich bin frei —"

Sie konnte nicht vollenden. Arno hatte sie bereits an seine Brust gerissen, sie fühlte sich von seinen Armen umfangen, fühlte seine Lippen auf den ihrigen, und alles andre, auch der Gedanke an Georgs Schmerz, ging unter in der Seligkeit dieser Minute.

Endlich richtete sich Raven wieder empor, aber ohne die Geliebte aus seinen Armen zu lassen.

„Und weshalb eiltest du gerade jetzt zu mir?" fragte er. „Du mußtest ja nicht, konntest nicht wissen, was inzwischen geschehen ist."

Gabriele blickte unter Thränen lächelnd zu ihm auf. „Ich wußte nur, daß eine neue, schwere Gefahr dir drohte — und da wollte ich bei dir sein."

Es klang so einfach und selbstverständlich dieses „da wollte ich bei dir sein", aber Raven verstand die ganze unendliche Hingebung, die in den wenigen Worten lag. Er blickte schweigend nieder auf das junge Wesen, das er eben noch so bitter angeklagt, für so schwankend und unselbständig gehalten hatte und das sich jetzt so entschlossen allen Banden entriß, um an seine Seite zu eilen und mit ihm unterzugehen. Mitten durch all die Nacht, die ihn umgab, brach es wie ein strahlender Triumph, sich so geliebt zu wissen.

Der goldene Lichtstrom verschwand allmählich, als die Sonne tiefer sank, nur einzelne Strahlen suchten sich noch ihren Weg durch das Fenster, endlich erloschen auch diese und nur ein matter, rötlicher Schimmer erfüllte das Gemach, der Abglanz der Abendröte. Arno und Gabriele achteten nicht darauf. Er hatte sie an seine Seite gezogen und sprach zu ihr, aber nicht von Gefahr oder Untergang — sie hatten beide vergessen, daß so etwas existierte; sie dachten nicht mehr daran. Zum erstenmal lag kein Schatten, kein Mißverständnis zwischen ihnen; zum erstenmal konnten und durften sie einander angehören. Vergangenheit und Zukunft versanken ihnen in diesem Bewußtsein; sie fühlten nur, daß sie sich liebten und daß sie grenzenlos glücklich waren.

„Herr Oberst Wilten," meldete der eintretende Diener in gewohnter förmlicher Weise.

Raven sah auf, als werde er aus einem Traume geweckt, und fuhr mit der Hand über die Stirn.

„Oberst Wilten?" wiederholte er langsam. „Ja so — das hatte ich vergessen."

Gabriele wurde aufmerksam. „Mußt du den Oberst heute noch sprechen?" fragte sie, wie von einer unbestimmten Ahnung ergriffen. „Deine Empfangsstunden sind ja längst vorüber."

Der Freiherr stand auf. Der eben noch so strahlende Ausdruck seiner Züge war verschwunden.

„Ich habe ihn erwartet; es handelt sich um eine notwenbige
Besprechung. — Ich lasse den Herrn Oberst bitten, mich im Salon
zu erwarten. Ich bin sogleich bei ihm.“

Der Diener entfernte sich. „Ich muß dich verlassen, Gabriele,“
sagte Raven, sich zu ihr wendend, „du weißt nicht, was es mich
kostet, dich jetzt auch nur eine Minute lang von meiner Seite zu
lassen, aber was mir Wilten bringt, muß erledigt werden, wenn
ich für den Abend frei sein will. Dann gehören wir uns allein,
und bann soll niemand uns stören. Komm! Ich geleite dich in
bein Zimmer!“

Er nahm ihren Arm und führte sie durch die Bibliothek und
über den Korridor nach dem andern Flügel hinüber. Wenige Minu=
ten später trat er in den Salon, wo der Oberst ihn erwartete. Die
Unterredung dauerte nur kurze Zeit. Nach kaum einer Viertel=
stunde verließ Wilten wieder das Schloß, und der Freiherr zog sich
in sein Arbeitszimmer zurück, wo er sich von neuem an den Schreib=
tisch setzte. Er hatte die Wahrheit gesagt: es kostete ihn unendlich
viel, Gabriele auch nur auf Minuten zu entbehren, und doch entzog
er sich ihr auf eine volle Stunde. Sie konnte doch nicht an seiner
Seite sein, während er den Abschiedsbrief an sie schrieb. —

Im Schlosse hatte die unerwartete Ankunft der Baroneß
Harder allerdings Befremden erregt, um so mehr, als sie ohne ihre
Mutter eintraf, aber der alte Diener, der sie begleitete, gab die
nötige Auskunft barüber. Der Freiherr hatte seine Schwägerin
und deren Tochter brieflich zu sich gerufen. Die Frau Baronin
war aber leider wieder erkrankt und noch zu angegriffen, um die
Reise zu unternehmen; sie hatte deshalb das Fräulein vorausgesandt
und wollte in einigen Tagen nachkommen. Die Baronin hatte
dieses Auskunftsmittel ergriffen, als sie die Unmöglichkeit einsah,
ihre Tochter zu halten. Sie selbst war in der That nicht wohl,
die Nachrichten des Grafen Seltenec hatten ihr einen erneuten
Nervenanfall zugezogen, der sie hinderte, zu reisen, zur großen Er=
leichterung Gabrielens, die nur zu gut wußte, wie unwillkommen
ihre Mutter dem Freiherrn in solchen Stunden war. Sie fügte
sich gebuldig dem Vorwande, und die einfache, natürliche Erklärung
ihrer Abreise fand bort wie hier Glauben.

Der Abend war inzwischen hereingebrochen. Gabriele befand
sich allein in ihrem Gemache und harrte auf die versprochene Rück=
kehr Arnos. Der Besuch des Oberst Wilten fiel ihr nicht besonders
auf, benn vor ihrer Abreise hatten ja so häufig Besprechungen zwischen

ihm und dem Freiherrn stattgefunden. Sie hatte das Fenster ge=
öffnet. Träumend lehnte sie in der Fensterbrüstung, als endlich
der ersehnte Schritt sich hören ließ. Sie flog dem Kommenden ent=
gegen, und er schloß sie in die Arme, als sei diese Stunde eine end=
lose Trennung gewesen.

„Jetzt bin ich frei!" sagte der Freiherr innig. „Ganz frei,
meine Gabriele. Jetzt gehöre ich dir allein."

Gabriele sah zu ihm auf. Sein Antlitz war bleicher als sonst,
aber es lag eine tiefe, ernste Ruhe darauf.

„Der Oberst hat dir doch nichts Unangenehmes gebracht?"
fragte sie besorgt.

„Nein, nur etwas Notwendiges!" erwiderte Raven mit vollster
Gelassenheit, aber zugleich entzog er sich, wie zufällig, dem hellen
Lichtkreise der Lampe und trat mit dem jungen Mädchen an das
Fenster. Die Luft wogte herein, kühl zwar, aber mild wie an
einem Frühlingsabende, und draußen lag die Gegend im hellsten
Mondlichte.

„Ich habe das Fenster geöffnet," sagte Gabriele. „Es war
so dumpf im Zimmer, und der Abend ist so schön."

„Ja, sehr schön!" wiederholte der Freiherr, in Gedanken ver=
loren hinausblickend, dann wandte er sich plötzlich wieder zu seiner
jungen Gefährtin. „Du hast recht, man fühlt sich heute so beengt
und gedrückt in den geschlossenen Räumen. Es drängt mich förm=
lich, einmal draußen im Freien aufzuatmen. Wollen wir hinunter
in den Schloßgarten?"

Gabriele willigte sofort ein. Der Freiherr nahm ihren Reise=
shawl, der noch auf dem Sofa lag, und hüllte ihn sorgfältig um
die schlanke Gestalt; dann verließen sie beide das Zimmer.

Im Schloßgarten herrschte, wie gewöhnlich, Einsamkeit und
Stille, aber seine Sommerpracht war längst dahingeschwunden.
Das dichte Blätterdach, das ihn sonst in tiefen Schatten hüllte,
hatte sich gelichtet; die mächtigen Linden standen halb entlaubt,
und das Mondlicht lag voll und klar auf den Rasenflächen. Noch
rauschte der Nixenbrunnen und warf unermüdlich die weißen Wasser=
schleier empor, und die beiden, denen sein Rauschen so verhängnis=
voll geworden war, standen jetzt wieder an seinem Rande, umsprüht
von dem fallenden Tropfenregen.

Raven blickte mit einem seltsamen Gemisch von Zärtlichkeit
und Düsterheit auf seine Begleiterin nieder. „Die ‚Nixenrache'
hat mich doch erreicht," sagte er halblaut. „Warum wagte ich es

auch), der Nixen und ihres Zaubers zu spotten! Ich habe den Ort seit jenem Tage nicht wieder betreten, heute aber zog es mich unwiderstehlich hierher. Einmal noch mußte ich doch den Quell sehen."

Gabriele schreckte bei den letzten Worten empor. „Einmal noch? Was heißt das, Arno? Was willst du damit sagen?"

Es lag eine ahnungsvolle Angst in der Frage. Arno lächelte und strich beruhigend mit der Hand über das blonde Haar des jungen Mädchens.

„Sei doch nicht so schreckhaft! Es heißt nur, daß ich das Schloß und die Stadt in den nächsten Tagen verlassen werde. Der Schlag, von dem du meintest, daß er nur drohte, ist bereits gefallen — seit heute morgen habe ich aufgehört, Gouverneur der Provinz zu sein."

„Also haben sie dich doch bis zum Äußersten getrieben," sagte Gabriele leise. „Du hast deine Entlassung genommen?"

„Nein — erhalten!" Die Lippen des Freiherrn zuckten, aber er vermochte es doch jetzt, das Wort auszusprechen, das eine so grenzenlose Demütigung für ihn einschloß.

„Erhalten?" wiederholte Gabriele. „Ohne daß du darum nachsuchtest? Das ist ja —"

„Beleidigung!" vollendete Raven, als sie inne hielt. „Oder Verurteilung, wie du es nehmen willst. Man läßt dem Gestürzten sonst wenigstens der Welt gegenüber den Ausweg, seinen Abschied selbst zu verlangen. Mir ist auch das versagt worden."

„Und was wirst du nun thun?" fragte Gabriele nach einer Pause.

„Nichts!" entgegnete der Freiherr kalt. „Meine öffentliche Laufbahn ist zu Ende. Ich werde auf meine Güter gehen und dort — weiter leben."

„Wirst du es können, Arno? Du selbst sagtest mir einst, daß Wirken und Herrschen Lebensbedingungen für dich seien, daß du ein zweckloses Dasein in dem ruhigen, immer gleichen Kreise des Alltagslebens nicht ertragen würdest."

„Vielleicht lerne ich es. Es lernt sich ja so manches im Leben. Ich muß es wenigstens versuchen."

„Und ich gehe ja mit dir," flüsterte Gabriele mit vollster Innigkeit. „Ich bleibe an deiner Seite für immer."

„Jawohl — für immer!" Raven lächelte, wie vorhin, aber er vermied es, Gabrielens Blicken zu begegnen. Er umfaßte sie sanft und zog sie nach der Bank in der Nähe der Fontäne. Dort warf die größte der Linden, die noch zur Hälfte ihren Blätterschmuck trug, ihren Schatten, und dort verriet das helle Mondlicht nicht jede Bewegung der Züge. Der Freiherr konnte den besorgten, beobachtenden Augen nicht länger standhalten. Sie waren gefährlich, diese Augen, die mit dem Instinkte der Liebe durch alle

Schleier hindurchsahen und denen doch etwas verschleiert werden mußte.

Arno saß eine Zeit lang schweigend an Gabrielens Seite. Er empfand den ganzen Frieden dieser Umgebung nach all den Stür= men der letzten Wochen und Monate. Auch in seinem Innern hatte es ausgestürmt. Solange es noch etwas zu bekämpfen und zu verteidigen gab, hatte er auf dem Kampfplatze gestanden, äußer= lich unbewegt. Wie es in seiner Seele aussah, in dieser furchtbaren Zeit, wo die beiden vorherrschenden Leidenschaften seines Lebens, Stolz und Ehrgeiz, Tag für Tag verwundet, gemartert und durch Tausende von Demütigungen und Quälereien endlich bis zu Tode getroffen wurden — das wußte nur er allein. Jetzt waren Kampf und Qual zu Ende, und die Ruhe eines letzten unabänderlichen Entschlusses nahm auch der Erinnerung ihren schärfsten Stachel.

„Gabriele, du hast noch nicht einmal gefragt, was mich stürzte," begann der Freiherr endlich wieder, „und doch kennst du die An= klage. Glaubst du daran?"

„Wozu sollte ich erst fragen? Ich wußte ja, daß es nur Lüge und Verleumdung war."

„Also du wenigstens glaubst noch an mich!" sagte Raven mit einem tiefen Atemzuge. „Du allein!"

„Ich habe nie auch nur einen Augenblick an dir gezweifelt. Aber weshalb schweigst du zu jener Anklage? Weshalb trittst du ihr nicht mit voller Macht entgegen? Schon um deiner selbst willen mußt du sie niederwerfen."

„Ich habe die Beschuldigung öffentlich für eine Lüge erklärt — du siehst es, welchen Glauben mein Wort gefunden hat, und Beweise stehen mir so wenig zu Gebote, wie denen, die mich an= klagen. Es gab nur einen, welcher mich von dem Verdachte hätte reinigen können, deinen Großvater, und den deckt längst das Grab."

„Meinen Großvater?" fragte Gabriele überrascht. „Er starb, als ich noch ein Kind war, aber ich hörte von meinen Eltern, daß du sein Liebling und Vertrauter gewesen bist."

Raven blickte, in düsteres Nachsinnen verloren, vor sich hin. „Er war eine durchaus ungewöhnliche Natur. Vielleicht war das der Grund, weshalb wir beide uns stets verstanden, denn auch ich habe nie die Alltäglichkeit zur Richtschnur meines Denkens und Handelns gemacht. Er war freilich auf den Höhen des Lebens ge= boren, die ich erst erklimmen mußte. Aristokrat durch und durch, besaß er doch Gerechtigkeit genug, um Begabung und Charakter an=

zuerkennen, auch wenn sie sich außerhalb seiner Sphäre regten, das habe vor allen ich erfahren. Es war keine Kleinigkeit für den reichen stolzen Grafen, für den allmächtigen Minister, die Hand seiner Tochter einem jungen bürgerlichen Beamten zuzusagen, der sich seine Zukunft erst erobern sollte. Dein Großvater wußte es freilich, daß ich sie mir erobern werde, und einem andern meines Standes hätte er nie seine Tochter vermählt. Ihm verdanke ich alles, was ich geworden bin; er ist mir bis zu seinem Tode ein Freund und Vater gewesen, und doch wollte ich, seine Hand hätte damals nicht in mein Leben eingegriffen und mich gewaltsam auf eine andre Bahn gerissen. Sie führte mich empor zu der erträumten Höhe — aber der Preis, den ich dafür zahlen mußte, war zu hoch."

Er schwieg und sah wieder in die duftverschleierte Ferne hinaus. Gabriele legte bittend die Hand auf seinen Arm.

„Arno, ich weiß es längst, daß irgend etwas Dunkles, Schweres in deinem Leben liegt, und ich weiß auch, daß es ein Unglück und keine Schuld ist. Willst du es mir nicht enthüllen? Ich habe jetzt doch wohl ein Recht darauf."

„Du hast es," sagte Raven ernst. „Du sollst es erfahren."

Gabriele blickte in banger Erwartung zu ihm empor. Er legte den Arm um ihre Schulter und zog sie näher zu sich.

„Du weißt, daß ich aus den einfachsten bürgerlichen Verhältnissen hervorgegangen bin. Der frühe Tod meiner Eltern lehrte mich, früh für mich selber einzustehen. Ich war in den Staatsdienst getreten und mußte meine Laufbahn von unten auf beginnen. In jener Zeit, wo der Sturm der Revolution durch das Land tobte und die Hauptstadt sich in offener Empörung, im Kampfe mit der Regierung befand, war ich in eine abgelegene kleine Provinzialstadt festgebannt; und das allein bewahrte mich vor der Teilnahme an jenen Bestrebungen, denen ich aus voller Ueberzeugung anhing. Schon im nächsten Jahre wollte der Zufall, daß ich nach der Residenz versetzt wurde; ich kam in nähere Berührung mit meinem Chef, der damals soeben erst das Ministerium übernommen hatte und die Reaktionsperiode einzuleiten begann. Er mußte wohl entdeckt haben, daß ich mit einem andern Maße gemessen werden durfte, als seine übrigen Beamten, denn er bevorzugte mich entschieden, und ich fühlte, daß er mich und meine Leistungen mit besonderer Aufmerksamkeit verfolgte. Noch fehlte mir freilich jede Gelegenheit, mich auszuzeichnen. In der Residenz fand ich Rudolf

Brunnow, meinen Ju=
gendfreund von der Uni=
versität, wieder. Noch
gärte es überall, wenn
man auch der Bewegung
selbst Herr geworden
war, und all
die gewaltsam
unterdrückten
Elemente, die
sich nicht mehr
offen regen
durften, fan=
den sich im
geheimen zu=
sammen. Auch
ich wurde durch
Brunnow in die
Kreise gezogen,
denen ich längst
durch meine Ueber=
zeugung angehörte. Er
stand an der Spitze einer
geheimen Verbindung, deren
Mitglied auch ich wurde. Wir
glaubten an Ideale, Unmöglichkeiten,
die in der Wirklichkeit nie eine bleibende
Stätte gefunden hätten, aber wir hätten eher unser Leben hin=
gegeben, als davon abgelassen."

Raven schwieg einen Moment lang. Die Erinnerung schien
ihn noch jetzt völlig zu beherrschen.

„Da kam die Katastrophe," fuhr er dann leidenschaftlicher fort,
„wir wurden beargwohnt und beobachtet, ohne daß wir es ahnten,
bis der Minister selbst eingriff. Er mußte voraussetzen, daß ich
irgendwie beteiligt sei, denn er ließ mich eines Tages rufen und stellte
mich zur Rede, aber nicht wie einen Verbrecher, den man überführen
will. Es geschah in gütiger, beinahe väterlicher Weise, und das
entwaffnete mich. Ich kannte ihn damals noch zu wenig, um zu
wissen, welch ein starrer, unversöhnlicher Gegner der Revolution er
war; ich ließ mich, wie so viele, durch die Mäßigung und Vorsicht

täuschen, die er im Anfang zeigte. Ich ließ mich hinreißen, meine politischen Ansichten offen zu bekennen und zu verteidigen — an dieser Stelle zu verteidigen!

„Es war eine schwere Uebereilung, und ich habe sie furchtbar büßen müssen. Zwar fiel kein Wort über das Geheimnis, das ich zu wahren hatte, und der Minister machte auch keinen Versuch, es von mir zu erfahren. Er kannte mich und wußte, daß mir weder Versprechungen noch Drohungen einen Verrat entreißen würden, aber mein leidenschaftliches Aufflammen selbst, meine unvorsichtige Parteinahme für jene Ideen zeigten dem erfahrenen Staatsmanne, wo die längst gesuchte Spur zu finden sei. Er entließ mich scheinbar wohlwollend, aber kaum hatte ich meine Wohnung wieder betreten, so wurde ich verhaftet; meine Papiere wurden mit Beschlag belegt und mir jede Möglichkeit genommen, meinen Freunden eine Nachricht zukommen zu lassen. Das nächste Opfer war Rudolf, den man als meinen Freund und Vertrauten kannte. Bei ihm fand man die Korrespondenzen unsrer Verbindung und damit den Schlüssel zu allem übrigen. Noch vier unsrer Gefährten teilten unser Schicksal; der Schlag kam so unerwartet, daß keiner sich zu retten vermochte.

„Die Anklage lautete auf Hochverrat — wir mußten auf alles gefaßt sein. Da, nach kurzer Zeit, wurde ich wieder zum Minister geführt, der mir ankündigte, daß ich meiner Haft entlassen sei. Er habe sich überzeugt, daß ich nur der Verführte, das Opfer Brunnows und seiner Genossen gewesen sei, und wolle das Geschehene verzeihen, sobald ich mein Ehrenwort gebe, ein für allemal mit den revolutionären Bestrebungen zu brechen. Ich starrte meinen Chef wie betäubt an. Kannte er meine Stellung zu der Sache wirklich nicht, oder wollte er sie nicht kennen? Mein Name war allerdings nirgends genannt worden. Rudolf galt als unser Haupt, aber ein so scharfblickender Mann wie der Minister mußte wissen, daß die passive, unselbständige Rolle eines bloß Verführten meinem ganzen Charakter widersprach. Ich ahnte damals noch nicht, daß er blind sein wollte, um verzeihen zu können. Ich verweigerte entschieden das geforderte Versprechen, weil es Verrat an meiner Ueberzeugung sei, und erklärte, das Schicksal meiner Freunde teilen zu wollen.

„Der Minister behielt seine unerschütterliche Ruhe und wiederholte sein Anerbieten. ‚Ich gebe Ihnen vier Wochen Bedenkzeit‘, sagte er. ‚Ich setze zu viel Hoffnungen auf Sie und Ihre Zukunft, um Sie in diesem wüsten Demagogentreiben zu Grunde gehen zu laffen. Diefer Kopf kann dem Staat beffere Dienfte leiften, als fich auf einer Feftung oder im Exile mit unfruchtbaren Verfchwörungs= plänen abzumühen. Sie find nicht der erfte, der einen begangenen Irrtum einfieht und fpäter zum eifrigften Verfechter der Sache wird, die er einft bekämpfte, und gerade der Trotz, mit dem Sie jetzt die gebotene Rettung von fich ftoßen und die Umkehr verweigern, zeigt mir, daß ich die Verantwortung übernehmen darf, Ihnen wieder den Staatsdienft zu öffnen, wenn Sie wirklich umkehren. Noch hat Sie niemand angeklagt, und es hängt von Ihnen ab, ob die An= klage überhaupt erhoben werden foll. Die wenigen Beweife, welche Sie kompromittieren, find in meinen Händen und werden vernichtet, fobald ich Ihr Wort habe. In vier Wochen erwarte ich Ihre Ent= fcheidung. Vorläufig find Sie frei und haben die Wahl zwifchen einer ehrenvollen, vielleicht glänzenden Laufbahn und dem Unter= gange' — damit entließ er mich.‟

„Und du haft die Wahl getroffen?‟ fragte Gabriele.

„Ich — nein!‟ entgegnete Raven bitter. „Für mich gab es überhaupt keine Wahl mehr; man hatte dafür geforgt, daß fie mir erfpart blieb. Meine erften Schritte galten dem Verfuche, zu er= fahren, wieviel von unfrer Sache verloren, wieviel davon ge= rettet war. Ich fuchte meine Freunde auf und fand einen Empfang, auf den ich nun freilich nicht vorbereitet war. ‚Verrat!‛ fchrie man mir entgegen; ‚Verrat!‛ tönte es von allen Seiten, wo ich mich blicken ließ. Haß, Empörung, Abfcheu wogten mir in allen Ton= arten entgegen. Im erften Augenblicke begriff ich nicht, was das zu bedeuten habe — es wurde mir nur zu bald klar.

„Man hielt mich für den Verräter, der die Entdeckung herbei= geführt hatte. Meine amtliche Stellung, die offenbare Gunft mei= nes Chefs hatten fchon früher Anlaß zum Mißtrauen gegen mich gegeben; jetzt lag es klar am Tage: ich war das Werkzeug, der Spion des Minifters gewefen; ich hatte ihm unfre Geheimniffe preisgegeben und verkauft. Meine eigene Verhaftung war nichts als eine Komödie, ein abgekartetes Spiel, um mich der Rache der Verratenen zu entziehen, und meine Freilaffung bewies ja fonnen= klar, daß ich mit den Feinden im Bunde fei — ich erkannte es jetzt, daß die Großmut meines Chefs keine fo unbedingte war, wie ich glaubte. Er hatte fich gefichert, als er mich freiließ, und mir die Rückkehr in das ‚Demagogentreiben‛ ein für allemal verfchloffen.

„Anfangs ftand ich faffungslos vor der furchtbaren Anklage,

dann erhob ich mich mit vollster Empörung dagegen. Ich gestand offen meine Unvorsichtigkeit ein, die einzige Schuld, die ich mir beimessen konnte. Ich erzählte meine Unterredung mit dem Minister — es war umsonst, man hielt das für leere Ausflüchte. Das Verdammungsurteil über mich war einmal ausgesprochen und wurde nicht zurückgenommen. Ein einziger hätte mir vielleicht geglaubt — Rudolf Brunnow! Ihn traf der Schlag am schwersten, und doch, hätte ich vor ihn hintreten können, Auge in Auge, und ihm sagen: ‚Es ist eine Lüge, Rudolf, ich bin kein Verräter!' er hätte mir die Hand gereicht und mit mir vereint die Verleumdung bekämpft. Aber er war im Gefängnisse. Ich konnte nicht bis zu ihm bringen. Ich gab den übrigen mein Ehrenwort, man antwortete mir, daß ich keine Ehre mehr zu verlieren habe, und verweigerte mir sogar die Genugthuung für diesen Schimpf, denn mit Spionen schlage man sich nicht. — Die verfolgten, gehetzten und bis zum Wahnsinn gereizten Menschen waren keines unbefangenen Urteils fähig, und ich fürchte, ihr Verdacht ist absichtlich auf mich gelenkt worden. Erfahren habe ich es freilich nie, aber meine Begnadigung drückte das Siegel auf den Verdacht.

„Nach vier Wochen stand ich wieder vor dem Minister. Ich hatte alles versucht, mich von dem schändlichen Verdachte zu reinigen, und alles war gescheitert. Ich blieb ausgestoßen, gemieden, verfemt von meinen Parteigenossen, aber auch ich war jetzt fertig mit ihnen. Bis hieher war ich ohne Schuld. Noch lag ein letzter Ausweg vor mir; ich konnte mein Vaterland verlassen und anderswo ein neues Leben beginnen, um meiner Ueberzeugung treu zu bleiben, wie Rudolf es später that, als er frei wurde. Das hätte mich schließlich doch gerechtfertigt, wenn auch erst nach Jahren, aber für den Heroismus des Märtyrertums habe ich nie Verständnis besessen. Auf der einen Seite stand die Verbannung mit all ihren Entsagungen und Bitterkeiten, auf der andern eine Laufbahn, die meinem Ehrgeiz volle Befriedigung verhieß. Ich täuschte mich nach den letzten Vorgängen nicht mehr darüber, was von mir verlangt wurde, wenn ich das Anerbieten meines Chefs annahm, aber alles in mir gärte auf in glühendstem Hasse gegen die, welche mich verurteilten, ohne mich auch nur zu hören. Der erlittene Schimpf, die Ungerechtigkeit der ehemaligen Freunde trieben mich geradeswegs in das Lager der Feinde hinüber. Ich wußte, daß der Preis meiner neuen Laufbahn meine Ueberzeugung war, und — ich brach mit meiner Vergangenheit und leistete das geforderte Versprechen."

Die Stimme des Freiherrn, seine kurzen, heftigen Atemzüge ver=
rieten, wie furchtbar diese Erinnerungen in ihm wühlten. Gabriele
hörte in angstvoller Spannung zu, aber sie wagte es jetzt nicht, ihn
mit einer Frage zu unterbrechen. Er hatte sie aus seinen Armen
gelassen, und sein Ton klang matt und dumpf, als er fortfuhr:

„Von diesem Augenblicke an kennst du und die Welt meine
Laufbahn. Ich wurde der Sekretär des Ministers, wurde sein
Freund und Vertrauter, schließlich sein Schwiegersohn. Sein mäch=
tiger Einfluß räumte all die Hindernisse fort, die dem bürgerlichen
Emporkömmling im Wege standen, und als die Bahn erst einmal
frei war, da brauchte ich nur meine eigenen Kräfte zu regen. Daß
meine ganze Vergangenheit dabei vernichtet und verleugnet werden
mußte, war selbstverständlich; ich hatte es ja gewußt und es lag
nicht in meinem Charakter, irgend etwas halb zu thun. Meine
Natur neigte ohnehin zum Despotischen, Macht und Herrschaft hat=
ten stets für mich einen beinahe dämonischen Reiz gehabt, jetzt lernte
ich sie kennen und eine unglaublich schnelle Laufbahn und glänzende
äußere Erfolge halfen mir schneller, als ich glaubte, über die alten
Erinnerungen hinweg. Der stete Einfluß meines Schwiegervaters,
den ich aufrichtig verehrte, die Kreise, in denen ich fortan lebte,
thaten das übrige. Ich mußte vorwärts, ohne umzublicken, und
ging vorwärts. Der Weg führte freilich über die Trümmer meiner
einstigen Ideale, aber ich erreichte das Ziel — um so zu enden!"

„Aber es ist ja nur eine Verleumdung, eine Lüge, die dich
stürzt!" fiel Gabriele ein. „Das wird und muß doch offenbar
werden."

Raven schüttelte finster das Haupt. „Kann ich die Welt zu
dem Glauben zwingen, den sie mir versagt? Ich habe es ja bereits
aus dem Munde Rudolf Brunnows hören müssen, daß ich das
Recht auf Glauben verwirkt habe. Er freilich kann jeder Anklage
entgegentreten mit seiner reinen Stirn, seine Verteidigung würde
nicht ungehört verhallen, denn seine Vergangenheit, sein ganzes
Leben zeugt für ihn — die meinige verurteilt mich. Wer seine
Ueberzeugung abschwor, der kann ja wohl auch seine Freunde ver=
raten haben. Der Fluch jener unseligen Stunde, in der ich mir
selbst untreu wurde, fällt jetzt auf mich und macht mich ohnmächtig,
der Verleumdung zu begegnen, die mich stürzt."

„Und wer stürzt dich?" rief Gabriele aufwallend. „Die, um
derentwillen du das alles gethan, denen du alles geopfert hast.
O, welche Undankbarkeit!"

„Habe ich denn ein Recht, Dankbarkeit von ihnen zu ver= langen?" fragte Raven mit ruhiger Bitterkeit. „Zwischen uns hat nie irgend ein Band des Vertrauens existiert. Sie brauchten mich zur Ausführung ihrer Pläne, und ich brauchte sie, um emporzustei= gen. Es war ein ewiger Kriegszustand, ein ewiges Abwägen der gegenseitigen Kräfte. Ich habe sie oft genug die Macht des gehaßten Emporkömmlings fühlen lassen; jetzt, da die Macht in ihren Händen ist, stürzen sie mich. Ich konnte und durfte nichts andres erwarten, aber ich fühle jetzt, daß Rudolf recht hat. Es ist doch etwas wert, an sich selber und an seine Ideale zu glauben. Wer mit und für seine Ueberzeugung fällt, der kann auch den Fall ertragen. Wer wie ich die besten Kräfte seines Lebens an eine Sache setzte, der er kein Herz entgegenbrachte und die er im Grunde seiner Seele anklagen und verachten mußte, dem bleibt nichts, woran er sich im Sturze halten kann."

„Und ich?" sagte Gabriele vorwurfsvoll.

„Ja du!" rief der Freiherr mit leidenschaftlicher Zärtlichkeit aufflammend. „Du bist mir noch allein geblieben. Ohne dich hätte ich dieses Ende nicht ertragen."

„Wirst du es denn überhaupt ertragen?" fragte das junge Mädchen beklommen. „Ach, Arno, mir ist, als könnte auch ich dich nicht mit einer Zukunft versöhnen, in der alles fehlt, was dein eigent= liches Leben ausmacht. Du wirst dich verzehren in der Einsamkeit, auch wenn ich an deiner Seite bin."

„Laß das jetzt!" sagte Raven sanft ablenkend. „Davon spre= chen wir später. Ich habe den Schleier von meiner Vergangenheit gezogen; du solltest sie und mich ganz kennen lernen. Jetzt aber ist es genug mit den düsteren Erinnerungen; sie sollen uns nicht länger diese Stunde trüben."

Er richtete sich empor mit einem Ausdruck, als wolle er alles Quälende weit hinter sich werfen. Sie war in der That schön, diese Stunde in der mondbeglänzten Einsamkeit des Gartens. Die halb= entlaubten Bäume, die blumen= und duftlose Erde, all die trauri= gen Zeugen des Herbstes schienen ihren längst verlorenen Reiz zurück= zugewinnen in dem geisterhaften Lichte, das so mild verschleierte, was ihnen die Herbststürme geraubt hatten, und sie in seinen ver= klärenden Glanz tauchte.

In träumender Stille lag der Schloßgarten und die weite Landschaft, auf die er den Blick eröffnete. Jetzt leuchtete sie frei= lich nicht mehr in der goldigen Klarheit des Sommertages; heute

ruhte das Thal halb verborgen im duftigen Schimmer der Mondnacht. Vom Fuße des Schloßberges her blinkten die Lichter der
Stadt herauf, deren Dächer und Türme sich hellbeschienen in die
Nachtluft emporhoben. Deutlich standen die nächsten Berggipfel da;
die zackigen Felshäupter schienen sich von der dunklen Masse des
Gebirges loszulösen, aber weiterhin wurden die Linien zarter, unbe-
stimmter und die ferneren Höhenzüge verschwanden ganz im bläulich
schimmernden Duft. Das bleiche Licht überströmte wie mit unendlichem
Frieden all die Wälder, die Höhen und Ortschaften ringsum. Unten
im Thale, auf den Wiesen und Feldern regte sich geheimnisvolles
Nebelweben, nur hie und da blitzte eine der Windungen des
Flusses auf. Hoch oben wölbte sich der Himmel in seiner Sternenpracht,
und über dem allem lag es wie ein zarter, durchsichtiger Schleier,
aus Mondesstrahlen und Nebelduft gewoben — es war ein Bild
von traumhafter Schönheit und tiefer unaussprechlicher Ruhe.

Auch hier oben schwebte der Nebelduft über dem Rasen, und
der Mondesstrahl webte ringsum seine phantastischen Gebilde. Die
grauen, moosbewachsenen Gestalten des Nixenbrunnens schienen
Leben zu gewinnen in diesen Strahlen; es war als regten sie
sich unter dem feuchten Wasserschleier, der, voll und ganz von dem
weißen Lichte getroffen, wie ein funkelnder Silberregen aufsprühte
und wieder niedersank. In sein Rieseln und Rauschen mischten sich
all die Stimmen, die nur in der Stille der Nacht aufwachen, dunkel
und rätselhaft wie die Nacht selbst. Der Wind ruhte; die Luft
war völlig unbewegt, und doch regte sich oft ein Flüstern und We-
hen, das wie Geisterhauch vorüberzog und dahinstarb.

Der Abend war so mild und klar, daß man sich in den Früh-
ling zurückträumen konnte, und es war auch ein Frühlingstraum,
der jetzt durch die Seele Ravens zog. Freilich ein später, kurzer
Traum, aber für ihn drängte sich darin doch alle Seligkeit zusammen, welche die Erde nur zu geben vermag, und dies Geständnis
strömte jetzt heiß und innig über seine Lippen, während er das holde
junge Wesen in den Armen hielt, das ihn Liebe und Glück kennen
gelehrt hatte. Wer Arno Raven in dieser Stunde sah und hörte,
der begriff es, daß er trotz seiner Jahre und seiner strengen Verschlossenheit, trotz all der Schattenseiten seines Charakters, doch
Sieger bleiben mußte gegen jeden andern, wo er wirklich liebte.
All die lang zurückgehaltene Glut und Zärtlichkeit flammte wieder
in ihm auf, jedes Wort, jeder Blick sprach von einer Leidenschaft,
die in solcher Macht und Tiefe in keiner Jünglingsbrust, sondern

nur in der Seele des Mannes lodern kann. Das fühlte auch Gabriele, als sie, dicht an ihn geschmiegt, das Haupt an seine Schulter ge= lehnt, mit glückseligem Lächeln zu ihm empor sah. Die trüben be= klemmenden Ahnungen hielten nicht stand vor dem Zauber, den die Nähe des Geliebten ausübte, und in seine Worte hinein klang wieder das Rieseln des Quells, die einförmig süße Melodie, unter der die Liebe aufgewacht war. Das „Eden von Glückseligkeit", das einst in der schimmernden Ferne, weit hinter den blauen Bergen zu liegen schien, war jetzt herangeschwebt und umschloß die beiden. Es war eine Stunde so vollen, reinen Glückes, wie sie das Leben nur einmal geben kann — sie wog aber auch ein ganzes Leben auf.

Unten in der Stadt verkündeten die Uhren langsam und deut= lich die elfte Stunde. Der Freiherr zuckte leise zusammen bei dieser Mahnung, dann erhob er sich rasch, wie mit einem gewaltsamen Entschlusse.

„Wir müssen in das Schloß zurückkehren," sagte er. „Die Nacht wird kühl, und du bedarfst der Ruhe nach deiner schnellen und anstrengenden Reise. Komm, Gabriele!"

Sie legte ohne Widerspruch ihren Arm in den seinigen und folgte ihm. Sie schritten an dem Nixenbrunnen vorüber und ver= ließen den Garten. Die Thür schloß sich hinter diesem mondbeglänzten Frieden, hinter dieser Stunde des Glücks — der Frühlingstraum war zu Ende.

Oben im Schlosse, in dem Korridor, der zu den Zimmern der Baronin Harder führte, blieb der Freiherr stehen. Versagte auch ihm die eiserne Kraft? Sein ganzes Wesen bäumte sich auf im wilden Schmerze des Scheidens, aber er hatte nicht umsonst die ahnungsvollen Fragen Gabrielens gehört. Er mußte, daß die ge= ringste Unvorsichtigkeit seinerseits ihr alles verraten und sie einer nutzlosen Todesangst preisgeben würde. Der Schlag mußte nun einmal fallen; besser er traf sie unerwartet.

„Gute Nacht!" sagte Gabriele ahnungslos, ihm die Hand reichend. „Wir sehen uns ja morgen wieder."

„Morgen!" wiederholte Raven schwer. „Ja, gewiß."

Er hob sanft das Haupt des jungen Mädchens empor, so daß es voll von dem Lichte der herabhängenden Lampe beleuchtet wurde, und sah lange in das holde Antlitz, das jetzt wieder von dem rosigen Hauche des Glücks umflossen war, in die klaren, sonnigen Augen — so lange und tief, als wolle er dieses Bild für ewig festhalten. Dann beugte er sich nieder und küßte sie.

„Lebe wohl, meine Gabriele — gute Nacht!"

Gabriele entzog sich leise seinen Armen und ging. Auf der Schwelle ihres Zimmers blieb sie noch einmal stehen und warf einen letzten Gruß zurück; dann schloß sich die Thür hinter ihr. Arno stand regungslos und blickte auf die Stelle, wo sein „Sonnen= strahl" ver= schwunden war. Seine Stimme bebte, als er halblaut sagte:

„Armes Kind, wie wirst du er= wachen!"

Der nächste Tag begann mit einem trüben, dichtverschleierten Nebelmorgen, wie ihn der Spätherbst häufig bringt. Es war noch sehr früh, und draußen war es eben erst hell geworden, als Oberst Wilten das Schloß betrat. Er kam zu Fuße und wurde von einem Diener, der bereits Weisung erhalten hatte, sofort in das Zimmer des Freiherrn geführt. Gleich darauf erschien dieser selbst. Er war bereits fertig, aber in seinen Zügen deutete auch nicht die leiseste Spur auf eine unruhige oder durchwachte Nacht hin. Er hatte in der That tief und fest geschlafen, bis zu dem Augenblicke, wo sein Diener ihn weckte, und begrüßte jetzt mit ruhigem Ernst den Oberst. Man wechselte einige Bemerkungen über den Nebel, über die Fahrt, über Ort und Stunde der verabredeten Zusammenkunft. Dann zog Raven den Schlüssel zu seinem Schreibtische hervor und übergab ihn dem Oberst.

„Ich möchte Sie ersuchen, für den Fall meines Todes die ersten und notwendigsten Anordnungen zu übernehmen," sagte er. „Meine Papiere sind geordnet. Dort in jenem Fache liegt mein Testament nebst einigen persönlichen Verfügungen, die ich gestern noch getroffen habe. Sie werden dort auch einen Brief finden, den ich bitte, unverzüglich an seine Adresse — Doktor Rudolf Brunnow — zu befördern."

„An Ihren Gegner?" fragte Wilten, aufs äußerste befremdet.

„Ja. Es handelt sich um eine Erklärung, die ich ihm schuldig bin, die ich ihm aber unmöglich vor dem Duell geben konnte. Er findet sie in jenem Schreiben. Und nun noch eins! —" Der Freiherr hielt einen Augenblick inne und zog dann langsam einen zweiten Brief aus seiner Brusttasche hervor. „Diese Zeilen sind für mein Mündel, Gabriele von Harder, bestimmt. Ich möchte aber nicht, daß sie den Brief unvorbereitet empfängt oder unvorbereitet von einem — Unglück hört; sie würde töblich erschrecken. Ich bitte Sie daher, den Brief selbst in ihre Hände zu geben, aber dabei mit Vor-

sicht zu Werke zu gehen — mit der äußersten Vorsicht. Ein so zartes
junges Wesen, wie Gabriele, bedarf der Schonung. Wenn die Nach=
richt sie jäh und plötzlich träfe, könnte sie ihr erliegen."

Wilten verbarg mit Mühe seine Ueberraschung bei diesen Worten,
die ein halbes Geständnis enthielten. Es begann ihm jetzt klar zu
werden, weshalb sein Sohn eine Abweisung erhalten hatte.

„Ich habe also Ihr Versprechen?" fragte der Freiherr.

„Für den Fall Ihres Todes wird Baroneß Harder den Brief
nur aus meinen Händen empfangen, und ich selbst werde ihr so
schonend wie möglich die Nachricht überbringen. Mein Wort darauf."

„Ich danke Ihnen," sagte Raven sichtlich erleichtert. „Und
nun werden wir wohl aufbrechen müssen. Mein Wagen hält bereits
unten. Darf ich Sie bitten, allein voraus zu fahren und an der
Rückseite des Schloßberges halten zu lassen? Ich möchte bei diesem
frühen Aufbruche jedes Aufsehen vermeiden und deshalb nicht am
Hauptportal einsteigen. Ich komme durch den Schloßgarten."

Oberst Wilten fand diese Anordnung ein wenig seltsam, fügte
sich aber schweigend. Raven klingelte nach Hut und Mantel, und
nachdem der Diener ihm beides gebracht hatte, verließen die beiden
Herren das Zimmer, um sich erst unten an der Treppe zu trennen.

Als der Freiherr über den Schloßhof schritt, begegnete er dem
Hofrat Moser, der soeben aus seiner Wohnung kam und sehr ver=
wundert aussah, als er seinen Chef zu so ungewohnter Stunde er=
blickte. Raven blieb stehen.

„Sieh da, Herr Hofrat! Wollen Sie so früh schon ausgehen?"

„Ich sah nur nach dem Wetter," erklärte der Hofrat. „Ich
pflege sonst täglich einen Morgenspaziergang zu unternehmen, aber
bei diesem kalten, feuchten Nebel ziehe ich es doch vor, zu Hause zu
bleiben."

„Da thun Sie recht," meinte der Freiherr. „Das Wetter ist
nicht einladend."

„Und Excellenz wollen doch ausgehen?" fragte Moser.

„Ich habe einen notwendigen Gang, der sich nicht aufschieben
läßt. Adieu, lieber Hofrat!"

Damit reichte der Freiherr ihm die Hand, die der alte Herr
bestürzt und ehrfurchtsvoll ergriff. Er hatte zwar von seinem Chef
schon viele Beweise des Wohlwollens, aber noch kein einziges Zeichen
der Vertraulichkeit erhalten. Diese ungewohnte Freundlichkeit er=
mutigte den Hofrat zu einer Aeußerung, die er schon lange auf dem
Herzen hatte.

„Wenn ich mir eine Frage erlauben dürfte," begann er schüchtern.
„Man spricht davon — es war wenigstens gestern abend in der
Stadt das Gerücht verbreitet, Excellenz beabsichtigten Ihren Posten
zu verlassen. Ist das wahr? Wollen Sie wirklich gehen?"

„Ja, ich gehe," sagte Raven mit ruhiger Bestimmtheit, „und
zwar bald."

Der Hofrat senkte traurig den Kopf. „Dann werde auch ich
wohl nicht mehr lange bleiben," entgegnete er leise. „Ich habe
längst daran gedacht, mein Abschiedsgesuch einzureichen."

Der Freiherr blickte ihn schweigend an. Die Anhänglichkeit
des alten Mannes rührte ihn; Moser allein hatte stets treu und fest

zu ihm gehalten und war der einzige gewesen, der sich durch keine der ausgesprengten Verleumdungen beirren ließ.

„Gehen Sie in das Haus zurück, lieber Moser!" sagte Raven freundlich. „Sie werden sich erkälten in der scharfen Morgenluft und in Ihrem leichten Hausanzuge. Nochmals — adieu!"

Er reichte ihm noch einmal die Hand, diesmal mit einem kurzen herzlichen Drucke, und ging dann.

Der Hofrat blieb stehen und sah ihm nach. Er, der sonst so ängstlich jede Erkältung scheute, vergaß jetzt völlig, daß er ohne Ueberrock und Kopfbedeckung war. Der Händedruck hatte ihn ganz verwirrt gemacht und das „Adieu!" hatte ihm so seltsam geklungen. Es war ihm, als müsse er seinem Chef nacheilen und noch irgend eine Frage an ihn richten, nur um noch einmal sein Gesicht zu sehen und seine Stimme zu hören, und nur der Gedanke an das Unpassende eines solchen Benehmens hielt ihn zurück. Erst als jener verschwunden war, ging er wieder nach seiner Wohnung, aber ein schwerer Seufzer entwand sich seiner Brust, als er die Treppe hinaufstieg. Es war also doch geschehen. Der Gouverneur hatte seine Entlassung genommen.

Raven schritt inzwischen langsam durch den Schloßgarten. Er hatte dem Wunsche nicht widerstehen können, ihn noch einmal zu betreten, und eine Verzögerung war das kaum. Der Garten stand durch eine kleine Mauerpforte in direkter Verbindung mit dem Schloß= berge. Von dort führte ein Fußpfad in wenigen Minuten nach der Stadt. Der Gouverneur hatte stets diesen Weg benutzt, wenn er irgendwo durch sein Kommen überraschen, und nicht erst das Haupt= portal und die Militärposten passieren wollte. Er kam wahrschein= lich gleichzeitig mit dem Wagen an, der einen Umweg machen mußte.

Am Nixenbrunnen verweilte der Freiherr einige Minuten lang. Was war aus dem mondbeglänzten Eden von gestern abend ge= worden! Die Morgennebel hielten alles dicht umzogen. Der Rasen schimmerte weiß unter der Reifdecke, die sich darauf gelagert hatte; die mächtigen Linden mit ihrem spärlichen Laub standen dunkel und unheimlich in dem feuchten Dunst, und die fallenden Blätter deckten welk und naß den Boden. Der Quell rauschte noch, aber seine Wasserstrahlen waren jetzt nur ein trüber und farbloser Regen, der sich über graue, halbverwitterte Steinfiguren ergoß, und sein Rieseln klang so unsagbar traurig. Das verklärende Licht, das die ganze Umgebung in seinen Glanz getaucht hatte, war geschwunden, und nur die Wirklichkeit blieb zurück — der Herbst in seiner ganzen trostlosen Oede.

Raven zog den Mantel fester um die Schultern, der Morgen=
wind strich eisig an ihm vorüber. Er wandte sich nach der Mauer=
brüstung, wo sich sonst die weite Landschaft öffnete. Gestern lag
das Thal dort, so zauberhaft schön im duftigen Schleier der Mond=
nacht; heute war alles erfüllt von unruhig wogenden Nebelmassen.
Nur einzelne Türme der Stadt tauchten undeutlich daraus hervor;
das Thal, die Berge und die Ferne waren völlig verhüllt. Der
Blick des Freiherrn streifte über die Stadt hin, die er so lange be=
herrscht hatte, und verlor sich dann in jenem gärenden Nebelmeer.
Was mochte sich dahinter bergen? Ein goldener Sonnentag oder
düsteres Nebelgrauen?

Noch ein letzter Blick flog hinauf zu den Mauern des Schlosses,
aber er blieb dort nicht haften. Gabrielens Zimmer lagen nach der
andern Seite hinaus; man konnte von hier aus ihre Fenster nicht
sehen. Raven öffnete die Mauerpforte und trat ins Freie. Er kam
fast gleichzeitig mit dem Wagen unten an; in der nächsten Minute
saß er an der Seite des Oberst Wilten und bald lag die Stadt
hinter ihnen.

Die Fahrt ging rasch vorwärts, an dampfenden Wiesen vor=
über, an dem brausenden Flusse entlang, dem Gebirge zu. Nach
einer halben Stunde war das Ziel erreicht, die Waldungen, welche
hier begannen. Der Freiherr und sein Begleiter verließen den
Wagen und gingen zu Fuß weiter nach dem Orte der Zusammen=
kunft, der in einiger Entfernung am Rande des Waldes lag. Die
Gegenpartei war schon dort eingetroffen, Doktor Brunnow, mit
seinem Sekundanten und seinem Sohne, welcher der Verabredung
gemäß den ärztlichen Beistand leisten sollte. Die Herren grüßten
sich schweigend, nur die beiden Sekundanten hatten eine kurze Be=
sprechung miteinander und schritten dann sofort zu den Vorbe=
reitungen.

Max stand neben seinem Vater, dessen bleiches Antlitz und
brennende Augen eine durchwachte Nacht verrieten. Er bemühte
sich vergebens, seine fieberhafte Erregung zu verbergen, es wollte
ihm trotz aller Anstrengung nicht gelingen. Seine Lippen waren
fest zusammengepreßt und durch seine Hand, die in der des Sohnes
lag, flog bisweilen ein nervöses Zucken.

„Fassung, Papa!" flüsterte Max ihm zu. „Du mußt dich zur
Ruhe zwingen. Deine Hand ist so unsicher, du wirst kaum abdrücken
können."

„Sei ruhig, ich werde es können," versetzte der Doktor gleich=

falls in gedämpftem Tone, und mit einem Blick auf die Waffen, welche soeben von dem Sekundanten geladen wurden. Max schaute ihn besorgt an, er begriff die furchtbare Aufregung des Vaters in ihrem ganzen Umfange und fühlte doch die Notwendigkeit, ihm die Fassung wiederzugeben.

„Oberst Wilten ist bereits aufmerksam geworden," sagte er bedeutsam. „Er sah vorhin mit dem Ausdrucke der äußersten Befremdung zu dir herüber. Soll er glauben, daß es die Furcht vor der Kugel ist, die dich so erregt?"

Der junge Mann hatte das rechte Mittel ergriffen, Brunnow machte eine heftige Bewegung des Unwillens.

„Du hast recht! Die Fremden können ja nicht ahnen, was in mir wühlt. Sie sollen mich wenigstens nicht für einen Feigling halten."

Er raffte sich zusammen und es gelang ihm auch wirklich, ruhiger zu erscheinen, aber er vermied es, nach der Stelle zu blicken, wo der Freiherr stand in seiner gewohnten stolzen Haltung, mit der kalten Festigkeit in den Zügen und völlig unbewegt von dem Kommenden. Er hatte gleichgültig dem Laden der Waffen zugesehen und schien jetzt die Umgebung zu mustern. Die kleine Wiese war auf drei Seiten von dem Walde begrenzt, an dessen Rande sie lag. Auf der vierten ließ sie den Blick frei nach der Gegend von R. hinüber. Es war allmählich klarer geworden, der Nebel begann zu fallen, schon traten die Berggipfel und die höher gelegenen Ortschaften daraus hervor und die Sonne mußte soeben aufgegangen sein, denn der ganze östliche Horizont schimmerte in rotem Lichte, wenn die Strahlen es auch noch nicht vermochten, sich durchzukämpfen. Die Stadt lag noch in einen weißen Dunstschleier gehüllt, aber das Schloß auf seiner Höhe war bereits zu unterscheiden, zwar noch undeutlich, wie ein Nebelbild, aber es wurde mit jeder Minute klarer und deutlicher. Dort träumte Gabriele ahnungslos und glücklich dem Morgen entgegen und hier fiel indessen die blutige Entscheidung auch über ihr Schicksal.

Oberst Wilten verkündete, daß jetzt alles bereit sei und die beiden Gegner traten auf den Kampfplatz. Die wenigen Sekunden, in denen sie sich gegenüberstanden, schienen sich zu einer Ewigkeit zu dehnen. Raven stand hochaufgerichtet da, das Auge klar und voll aufgeschlagen und die Waffe lag so fest und sicher in seiner Hand, als könne sie ihr Ziel gar nicht verfehlen. Brunnows Fassung war augenscheinlich eine gewaltsam erzwungene. Wenn der Augenblick

Einen Augenblick standen beide Gegner noch fest auf ihrem Platze; dann entfiel
dem einen die Waffe, er trat einen Schritt zurück und stürzte dann
lautlos zusammen. (S. 328.)

der Entscheidung und die Furcht vor Mißdeutungen ihm auch die
Haltung zurückgaben, seine Hand war doch unsicher und bebte leise,
als er das tödliche Geschoß auf die Brust des einst so leidenschaftlich
geliebten Freundes richtete. Vielleicht hätte diese Hand trotz alledem
versagt, wenn nicht Ravens Auge an seine gestrige Drohung gemahnt
und gebieterisch gefordert hätte, daß der Zweikampf „blutiger Ernst"
werde.

Wilten gab das Zeichen. Die beiden Schüsse krachten gleich=
zeitig und einen Augenblick lang standen beide Gegner noch fest auf
ihrem Platze. Dann entfiel dem einen die Waffe, er preßte die Hand
auf die Brust, trat einen Schritt zurück und stürzte dann lautlos zu=
sammen. Arno Raven lag am Boden und der weiße Reif auf dem
Rasen ringsum begann sich dunkel zu färben.

Max überzeugte sich hastig, daß sein Vater unverletzt sei und
eilte dann zu dem Verwundeten, an dessen Seite sich bereits der
Oberst befand. Brunnow stand regungslos da, die Pistole noch krampf=
haft festhaltend, und blickte mit starren Augen zu jener Gruppe hin=
über. Sein Sekundant trat an seine Seite.

„Was soll das bedeuten?" sagte er leise. „War es denn nicht
der Freiherr, der Sie forderte? Er hat in die Luft geschossen."

Das Wort schien die Erstarrung zu lösen, welche Brunnow
gefesselt hielt. Er warf die Pistole weg und stürzte hinüber.

„Arno!" schrie er auf, es war ein Schrei der wildesten Ver=
zweiflung. Max machte soeben den Versuch, das Blut zu stillen,
aber der Vater drängte ihn ungestüm zurück, als habe er allein ein
Recht auf diesen Platz, entriß ihm das Tuch und drückte es auf die
Wunde. Der junge Mann zog sich schweigend zurück, während er
dem Obersten und dem andern Sekundanten, die betreten dieser
Scene zuschauten, einen Wink gab, mit ihm seitwärts zu treten.

„Können Sie dem Freiherrn keine Hilfe leisten?" fragte der
Oberst halblaut. „Ihr Vater ist doch wohl zu erregt dazu und über=
dies ist er der Gegner."

„Eine Hilfe ist nicht mehr möglich," versetzte Max. „Der
erste Blick auf die Wunde zeigte mir, daß sie tödlich ist. Es handelt
sich nur noch um Minuten, und da wird mein Vater das Nötige
thun. Bitte, lassen Sie ihn allein bei dem Sterbenden."

„Es fiel überhaupt nur ein Schuß, der tödlich werden konnte,"
sagte der Sekundant Brunnows bedeutsam!

Der Oberst nickte. „Ich habe es gleichfalls gesehen! Raven
wandte im letzten Moment die Pistole — seltsam!"

Die drei Männer sahen sich schweigend an, sie begannen zu ahnen, weshalb dies Duell provoziert worden war, aber keiner lieh seinen Gedanken Worte. Sie fühlten, daß dort drüben, wo der Gegner an der Seite des Gefallenen kniete, sich etwas vollzog, was von den gewöhnlichen Vorfällen bei einem Duell weit abwich, und die Bitte des jungen Arztes ehrend, blieben sie in einiger Entfernung stehen, ohne die beiden zu stören.

Brunnow hielt mit dem linken Arme den Verwundeten umfaßt, dessen Haupt an seiner Brust ruhte, während er mit der Rechten das Tuch auf die Wunde preßte. War es der Schmerz dieser Berührung oder jener Aufschrei, der den Ohnmächtigen in das Bewußtsein rief, er schlug die Augen auf und machte eine matte, abwehrende Bewegung.

„Laß das," sagte er. „Du hast gut getroffen — ich wußte es."

„Arno, warum hast du mir das gethan!" stöhnte Brunnow. „Warum mußte es gerade meine Hand sein? Ich weiß es jetzt, weshalb du mich gezwungen hast."

Es lag ein so qualvoller Schmerz in diesen Worten, daß sie selbst den tödlich Verwundeten erschütterten, er versuchte es, dem Sprechenden die Hand zu reichen.

„Verzeih, Rudolf," sagte er kaum hörbar. „Mache dir keine Vorwürfe — ich danke dir!"

Die Stimme versagte ihm, aber er richtete sich mit einer letzten Anstrengung halb empor und sein Blick schien in der Ferne irgend etwas zu suchen. Brunnow stützte ihn, er versuchte mit Todesangst, das Blut zu hemmen, den roten Lebensstrom, den seine eigene Hand entfesselt hatte, und der Arzt wußte doch, daß es hier nichts mehr zu hemmen und zu retten gab. Soeben brach die Sonne durch den Nebelschleier, drüben stand das Schloß auf seiner Höhe in leuchtender Morgenglut. Seine Mauern und Türme schimmerten in rotem Lichte und seine Fenster schienen Flammenblitze wie Grüße herüberzuwerfen. Arnos Auge hing unverwandt an diesem einen Punkte, sein letzter Blick wandte sich dem „Sonnenstrahl" zu, der ihn von dorther grüßte. Dann begann es zu dämmern, das leuchtende Bild wich weit und weiter zurück und endlich versank es ganz. Es legte sich um den Sterbenden wie düstere Schatten, wie kühle Wasserschleier, und er wurde fortgezogen weit fort in geheimnisvoll dämmernde Tiefen, wohin kein Laut des Lebens mehr drang, wo alles Ringen und Sehnen, alles Glück und Weh erstarb in einem tiefen Traum, und in den Traum verflocht sich ein fernes Rieseln, das leise geisterhafte Singen eines Quells, das wie aus endloser Ferne herniedertönte. — — —

Brunnow ließ den Körper, den er so lange in den Armen gehalten, niedergleiten. Er wollte sich erheben, wollte den andern sagen, daß alles vorüber sei, aber er vermochte es nicht. Die Kraft versagte ihm und fassungslos brach er an der Leiche des Jugendfreundes zusammen.

Eine neue Zeit war für das Land angebrochen. Die letzten vier Jahre hatten viel, beinahe alles geändert; die einst verfolgte und unterdrückte Partei stand jetzt an der Spitze der Regierung und mit diesem Umschwunge vollzogen sich auch tief eingreifende Veränderungen in allen Kreisen des öffentlichen Lebens. Bestrebungen, die einst gehemmt und bekämpft wurden, durften sich jetzt frei und offen regen, und mit den neuen Verhältnissen traten auch neue Persönlichkeiten auf den Schauplatz.

Unter denen, welche die jetzige politische Richtung ungewöhnlich schnell emportrug, befand sich auch Georg Winterfeld. Er war freilich, wie sein ehemaliger Chef es ausgesprochen hatte, keine von den Naturen, die sich im Sturme ihre Zukunft erobern, er gewann sie mit ruhiger, steter Arbeit und hätte sie vielleicht nicht so schnell gewonnen, wenn nicht sein Auftreten gegen den verstorbenen Gouverneur von R. gewesen wäre. Der mutige Kampf gegen einen der bedeutendsten Vertreter des jetzt gestürzten Systems, zu einer Zeit, wo noch niemand diesen Kampf aufzunehmen wagte, hatte Winterfelds Namen überall bekannt gemacht und ihm eine Rolle in jenem Konflikt erteilt, aus der er nicht wieder in die Dunkelheit zurücktreten konnte. Die in der That ungewöhnliche Begabung des jungen Mannes, seine Kenntnisse und Fähigkeiten hatten sich einmal zur Geltung gebracht und fanden unter dem neuen Ministerium die vollste Gelegenheit zur Entfaltung. Er nahm bereits eine, für seine Jahre sehr bedeutende Stellung ein und hatte nach dem einstimmigen Urteile seiner Vorgesetzen eine noch bedeutendere Zukunft vor sich. Allerdings war er kein Meteor, wie der Freiherr von Raven, der jäh aus der Dunkelheit emporstieg, eine glänzende, stürmische Bahn zog, die aller Blicke fesselte, und dann ebenso jäh wieder verschwand. Winterfeld stieg ruhiger, langsamer, aber um so sicherer empor und verlor nie den festen Boden unter den Füßen.

Der Gouverneur, welcher gegenwärtig an der Spitze der —schen Provinz stand, war in allen Dingen das Gegenteil seines

Vorgängers, liberal nachsichtig und ohne jede Hinneigung zum Despo=
tismus. Dennoch hatte auch er mit manchen Schwierigkeiten zu
kämpfen und fand nicht immer das gehoffte Entgegenkommen. Man
war verwöhnt worden durch die mächtige Thatkraft Ravens, die, so
unheilvoll sie auch in politischer Hinsicht gewesen war, sich auf jedem
andern Felde so glänzend bewährte. Man war es gewohnt, daß der
Gouverneur in allen Fragen durchgriff, alle Schwierigkeiten hob
und die Interessen der Provinz mit der größten Energie vertrat.
Man vermißte die strenge Ordnung und Pünktlichkeit der Verwal=
tung, die eiserne Disziplin, welche der Freiherr eingeführt hatte.
Sein Nachfolger zeigte sich durchaus wohlwollend und nachgiebig,
aber ein energisches Durchgreifen war seine Sache nicht und doch
that dies bisweilen not.

Der jähe Tod Ravens und die näheren Umstände desselben
trugen übrigens viel dazu bei, die allgemeine Erbitterung zu mildern,
um so mehr, als jene Anklage, welche unmittelbar seinen Sturz
veranlaßte, nicht bestehen blieb, denn gerade der Zeuge, den man
für die Beschuldigung aufrief, trat dagegen auf. Brunnow hatte
unmittelbar nach jener Katastrophe die Stadt verlassen. Er gab den
dringenden Bitten seines Sohnes nach, sich nicht einer neuen Haft
auszusetzen, der er nach den Duellgesetzen des Landes verfallen war,
und die der alternde, durch die letzten Vorfälle so schwer gebeugte
Mann wohl kaum ertragen hätte. Der Doktor war ja ohnehin ent=
schlossen, sein Vaterland für immer zu verlassen. Noch ehe das
Duell in der Stadt bekannt geworden war, kehrte er nach der Schweiz
zurück, trat aber von dort aus öffentlich und mit vollem Nachdrucke
für das Andenken des Gefallenen ein. Er erklärte unter dem Ein=
fluß eines Irrtums gestanden zu haben, und durch eine Eröffnung
Ravens darüber aufgeklärt worden zu sein. Jene Beschuldigung
sei unwahr und ein schweres Unrecht gegen den Toten. Dies
Zeugnis des Gegners, von dessen Hand der Freiherr gefallen war,
fiel natürlich schwer ins Gewicht. Die Sache konnte freilich jetzt so
wenig erwiesen werden wie früher, aber der Tod erwies sich auch
hier als der beste Verteidiger. Was man dem Lebenden nie geglaubt
haben würde, das glaubte man dem Toten, der gewissermaßen noch
mit seinem letzten Atemzuge jene Verleumdung für eine Lüge
erklärt hatte. Dieser Makel wenigstens blieb nicht auf seinem An=
denken haften.

Raven hatte seine Dienerschaft mit sehr reichen Legaten bedacht,
im übrigen fiel sein ganzes Vermögen nach dem Testament der

jungen Baroneß Harber zu, die dadurch zu einer der reichsten Erbinnen wurde. Eine Zeit lang schien es freilich, als werde sie die Erbschaft gar nicht antreten, sie war nach dem Tode des Freiherrn lange und schwer krank gewesen und erholte sich nur sehr langsam. Gegenwärtig lebte Gabriele mit ihrer Mutter in der Residenz, wo sie natürlich das Ziel unausgesetzter Bewerbungen war. Es fand sich selten so viel Schönheit und Liebenswürdigkeit mit einem solchen Reichtum vereinigt und unter den Bewerbern waren Namen und Persönlichkeiten, die wohl der Eitelkeit eines zwanzigjährigen Mädchens schmeicheln konnten. Bisher hatte die junge Dame aber alle Anträge ausgeschlagen und schien überhaupt den Gedanken an eine Vermählung weit von sich zu weisen, zur Verzweiflung der Baronin, die oft ihre ganze Beredsamkeit erschöpfte, um die Tochter umzustimmen. Gabriele war vor kurzem mündig und damit freie Herrin ihres Vermögens geworden, es war also nach Ansicht ihrer Mutter die höchste Zeit, eine Wahl zu treffen.

Hofrat Moser hatte schon vor vier Jahren seinen Abschied genommen. Einerseits bestimmte ihn der Tod seines Chefs dazu, diese langgehegte Absicht auszuführen, andrerseits ging es nicht gut an, im Staatsdienst zu bleiben, wenn man sich mit einer Demagogenfamilie verschwägerte, und dies Schicksal hatte den Hofrat nun doch ereilt. Er sträubte sich zwar mit Händen und Füßen dagegen, aber das half ihm nichts, Max Brunnow lief so lange Sturm gegen ihn, bis er sich ergab. Dieser unverwüstliche Freier erschien nämlich Tag für Tag, mit der größten Regelmäßigkeit, um seinem Schwiegervater mitzuteilen, wie sehr er sich darauf freue, sein Schwiegersohn zu werden, und daß ein besserer Schwiegersohn überhaupt gar nicht in der Welt sei. Wenn der alte Herr zornig auffahren wollte, so drohte der gewissenlose Doktor mit Schlaganfällen und verschrieb Beruhigungstropfen. Wenn jener ihm das Haus verbot, so erklärte Max, er könne den Anblick seiner Braut nicht entbehren, und kam am nächsten Tage eine Stunde früher und als Moser einmal das junge Paar bei einer Zärtlichkeit überraschte und seiner Entrüstung darüber Worte leihen wollte, übte Max ein förmliches Attentat gegen ihn aus. Er überfiel ihn ohne weiteres mit einer Umarmung und versicherte feierlichst, er dehne seine Zärtlichkeit nicht auf Agnes allein aus, der Papa Hofrat habe auch Anteil daran. Der letztere ergab sich endlich in sein Schicksal; er gehörte zu den Naturen, die, wenn man ihnen täglich dasselbe sagt, es zuletzt glauben, und da er alle Tage hören mußte, daß dieser Schwiegersohn ebenso unabwendbar wie vortrefflich sei, so glaubte er es schließlich und nahm beides als eine unumstößliche Thatsache hin.

Einen etwas schwereren Stand hatte man mit der „geistlichen Vormundschaft", die natürlich die Verlobung nicht anerkennen wollte und Himmel und Hölle dagegen in Bewegung setzte. Der Beicht= vater des jungen Mädchens erhob einen unendlichen Lärm, aber Max erhob einen noch weit größeren und installierte sich als Zu= hörer bei der ersten donnernden Strafpredigt, die der armen Agnes gehalten wurde. Der Pater befahl ihm wütend, zu gehen, er habe allein mit seinem Beichtkinde zu thun, der junge Arzt behauptete dagegen, er sei als Bräutigam zu der Anwesenheit berechtigt und wolle auch von der Rednergabe Seiner Hochwürden profitieren. Die Aebtissin des Klosters, in welchem das junge Mädchen erzogen war und später eintreten sollte, schrieb Briefe über Briefe an ihren Zögling, aber Max bemächtigte sich der Korrespondenz und schrieb zur höchsten Empörung der frommen Dame selbst die Antworten.

Mit Agnes war nichts anzufangen, sie hielt sich genau an die Vorschrift ihres Bräutigams, weinte bei all den Vorwürfen tapfer darauf los, sagte aber weder ‚ja' noch ‚nein' und ließ sich hinterher von Max trösten. Man drohte auch ihm mit der Hölle, er drohte dagegen mit der Presse und erklärte, er werde die ganze Stadt zur Vertrauten seiner Herzensangelegenheit machen und in sämtlichen Zeitungen Lärm darüber erheben, daß man ihm seine Braut ent= reißen wolle, um sie wider ihren Willen in das Kloster zu sperren. Das erregte denn doch Bedenken. Rudolf Brunnow war durch die letzten Vorfälle eine zu bekannte Persönlichkeit in der Stadt ge= worden, als daß sich nicht auch seinem Sohne das Interesse hätte zuwenden sollen, und man hatte es bei dem Sturze des Gouverneurs gesehen, was Zeitungsartikel anrichten konnten. Es fand noch eine letzte, äußerst dramatische Scene zwischen dem Beichtvater und dem jungen Arzt statt, die einen ähnlichen Verlauf nahm, wie jene erste mit dem Hofrat. Auch der geistliche Herr war vollständig mürbe geworden, als jener Plagegeist ihn endlich verließ. Er faltete die Hände und sagte verzweiflungsvoll:

„Dieser Mensch ist der leibhaftige Gottseibeiuns! Er ist im stande, uns die gesamte Presse auf den Hals zu hetzen, und das ganze Kloster in Verruf zu bringen. Man wird nachgeben müssen."

Man gab wirklich nach. Die feindliche Partei zog sich zurück und Max behauptete triumphierend das Feld. Er war klug genug, die Hochzeit so rasch als möglich zu betreiben, und entführte seine

junge Frau schon nach wenigen Monaten nach der Schweiz. Brun=
now, der durch die Erbschaft seines Vetters völlig unabhängig ge=
worden war, bestand darauf, daß Sohn und Schwiegertochter vor=
läufig in seinem Hause wohnten, da Max bei seiner schnellen Heirat
nicht Zeit gefunden hatte, sich erst eine Praxis zu gründen. Dies
geschah nun zwar in kürzester Frist, trotzdem blieb aber das Zusam=
menleben bestehen. Das Verhältnis zwischen Vater und Sohn war
ein durchaus andres geworden seit jener Scene am Krankenbette
des letzteren, die noch immer ihren nachhaltigen und segensreichen
Einfluß äußerte, und wenn je einmal
eine Differenz vorkam, so trat Agnes
mit ihrer sanften Vermittelung da=
zwischen. Die junge Frau verstand es
ausgezeichnet, den reizbaren Schwie=
gervater zu behandeln, und hatte
in kurzem sein ganzes Herz gewon=
nen. Der Hofrat dagegen lebte nach
wie vor in R. unter dem Zepter der
Frau Christine, aber er befand sich
wohl dabei und kam jeden Sommer,
um seine Kinder zu besuchen. —

Es war wieder Sommer ge=
worden. Der See und die Stadt an
seinem Ufer lagen im hellsten Sonnenschein und das Gebirge erhob
sich duftumhüllt und nur zur Hälfte sichtbar in der Ferne.

Die einst so kleine und bescheidene Besitzung Rudolf Brunnows
zeigte jetzt ein weit stattlicheres Aussehen. Der Garten hatte durch
Ankauf der benachbarten Grundstücke fast das Doppelte an Raum
gewonnen und auch das Wohnhaus war umgebaut und bedeutend
vergrößert worden, da es jetzt Platz für zwei Familien gewähren
mußte. Der junge Doktor Brunnow pflegte sonst stets die Vormittags=
stunden zu Besuchen bei seinen Patienten zu benutzen, heute aber war
die gewohnte Ausfahrt unterblieben und Max befand sich im Garten
mit einem Gaste, der erst vor einer halben Stunde eingetroffen war.

„Jetzt kommst du aber mit mir, Georg, damit ich dich auch ein=
mal für mich allein habe!" sagte er nachdrücklich. „Papa läßt dich
sonst gar nicht aus den Händen und dein Besuch gilt doch vor allen
Dingen mir. Das war eine Ueberraschung. Ich ahnte gar nicht, daß
du in der Schweiz seiest."

„Es war eine Dienstreise," versetzte Georg. „Ich mußte zu

unsrer Gesandtschaft nach B. Der Minister sandte mich dorthin mit
Aufträgen, die schneller erledigt waren, als ich glaubte, und da
konnte ich es mir nicht versagen, auf der Rückreise wenigstens einen
Tag lang hier anzuhalten, und dich zu überraschen."

Winterfeld hatte sich in den letzten vier Jahren kaum ver=
ändert. Er war nur reifer, männlicher geworden und seine Haltung
hatte an ruhiger Sicherheit noch gewonnen. Die frühere durchsichtige
Blässe auf seinen Zügen war längst der Farbe der Gesundheit ge=
wichen, trotzdem er nicht weniger als sonst arbeitete, aber dafür lag
auf der einst so klaren Stirn ein Schatten, und die schönen blauen
Augen, die einst nur ernst blickten, hatten jetzt etwas entschieden
Düsteres. Der kaum zweiunddreißigjährige Mann mit seiner so viel
verheißenden Lebensstellung und seinen reichen Zukunftshoffnungen
schien irgend etwas mit sich herumzutragen, was ihm die Freude am
Leben und an der Zukunft nahm. Max Brunnows Aussehen dagegen
entsprach vollständig seiner Behauptung, daß er sich in dieser nichts=
nutzigen Welt ganz vortrefflich befinde, und war überdies ein glänzen=
des Zeugnis dafür, daß Frau Agnes die Klostererziehung überwunden
und die Hausfrauentugenden gelernt hatte. Ihr Gemahl sah sehr
wohlgepflegt aus.

„Wir haben uns ja seit Jahr und Tag nicht gesehen," nahm
er wieder das Wort. „Mich hält mein Beruf hier gefesselt, in dem
ich, die Wahrheit zu sagen, ein ungewöhnliches Glück habe. Nach eini=
gen erfolgreichen Kuren, die schnell bekannt wurden, strömen mir
die Patienten von allen Seiten zu, so daß ich die Praxis oft kaum
bewältigen kann. Ich habe nicht Zeit zu Vergnügungsreisen und du
mußt ja jetzt beim Regieren helfen. Solche Hauptpersonen können
nicht leicht entbehrt werden. Sage einmal, Georg — wie lange
dauert es denn noch eigentlich, bis du Minister wirst?"

Georg lachte. „Wahrscheinlich noch eine ganze Reihe von Jahren.
Vorläufig bin ich Ministerialrat."

„Und die rechte Hand des Ministers, die Seele der ganzen
Verwaltung. O, wir wissen ganz genau, wie es in eurer Resi=
denz zugeht, und daß du gegründete Aussicht zum Minister oder
Gouverneur hast. Wie wäre es denn mit dem Posten in R.? Die
jetzige Excellenz soll ja dort bisweilen heiße Tage haben."

„Allerdings, die Stellung ist zu hervorragend, als daß sie nicht
ihre Schwierigkeiten haben sollte. Aber woher weißt du denn das?"

„Ich höre oft genug davon durch meinen Schwiegervater.
Die gute Stadt R. muß nun einmal opponieren, das bringt die lange

Gewohnheit so mit sich. Der neue Gouverneur ist die Liberalität und Menschenfreundlichkeit selbst, sie finden eigentlich nichts an ihm auszusetzen und das gerade ärgert sie. Der kleine, freundliche Herr mit seiner Höflichkeit gegen jedermann ist ihnen nicht großartig genug. Ich glaube, sie vermissen in vollem Ernste ihren gebieterischen Despoten, der sie so scharf im Zügel hielt, aber ihnen unbedingt zu imponieren verstand."

„Du thust der Stadt unrecht," sagte Georg. „Sie hat wacker genug für ihre Rechte gekämpft und weiß sie zu behaupten. Was man vermißt, ist die mächtige Persönlichkeit Ravens, die selbst den Feinden Bewunderung abzwang. Der jetzige Gouverneur ist redlich und wohlwollend, aber er ist durchaus keine hervorragende Natur und vielleicht nicht ganz einem so wichtigen und verantwortungsreichen Posten gewachsen. — Der Hofrat lebt also noch immer in R.? Ich glaubte, er würde sich endlich zu einer Uebersiedelung entschließen, um in der Nähe seiner Tochter zu sein."

„Welch beleidigende Idee!" spottete Max. „Mein Schwiegervater, der Inbegriff aller Loyalität, sollte einer schnöden Republik den Besitz seiner Person gönnen? Es ist schon eine große Selbstverleugnung, daß er sich alljährlich zu einem Besuche bei uns entschließt. Er lebt und stirbt unter den Fittichen seines allergnädigsten Souveräns und so ist es auch am besten. Nicht, als ob ich seine Nähe scheute — unter uns gesagt, ich habe den Papa Hofrat vollständig unter meinem Kommando. Er läßt sich ganz geduldig von mir maltraitieren und hält mich nebenbei noch für den vortrefflichsten aller Schwiegersöhne, aber mit meinem Vater würde sich das Zusammenleben doch auf die Dauer sehr unerquicklich gestalten. Sie sind zu schroffe Gegensätze, um je miteinander auszukommen."

Winterfeld warf einen Blick nach dem Hause zurück. „Max, ich habe deinen Vater doch recht gebeugt und gealtert gefunden. Viel mehr als ich glaubte."

Max zuckte die Achseln. „Er kann den Tod Ravens nicht verwinden. Die unglückselige Stunde, in welcher der Jugendfreund von seiner Hand fiel, zehrt an seinem Leben. Ich hoffte, die Zeit würde das mildern, aber es gräbt sich nur immer tiefer ein und so gern ich es mir auch verhehlen möchte, muß ich mir als Arzt doch sagen, daß wir ihn nicht mehr lange besitzen werden. Ich kenne die Symptome."

Er war sehr ernst geworden bei den letzten Worten und der gleiche Ausdruck legte sich auf Georgs Gesicht, als er halblaut erwiderte:

„Er kann sich nicht losreißen von dem Gedanken an das, was er einst geliebt hat, und geht zu Grunde an der Erinnerung — ich verstehe das!"

„Ja, du scheinst mir auch nicht übel Lust zu haben, an solch einem ‚Gedanken‘ zu Grunde zu gehen," fiel der junge Arzt mit aufflammendem Aerger ein. „Als wir uns das letzte Mal sahen, wolltest du mir durchaus nicht Rede stehen, jetzt aber siehst du noch elegischer aus als damals. Jetzt beichte einmal."

Georg machte eine abwehrende Bewegung. „Erlaß mir das. Du weißt es ja, ich bin unverbesserlich und in dem Punkte verstehst auch du mich nicht."

„Natürlich, ich werde als unverbesserlicher Realist gar nicht in dem Heiligtume deiner Gefühle zugelassen. Mein Papa sollte dich einmal vornehmen, dem würdest du eher standhalten. Es war ja von jeher eine Seelenverwandtschaft zwischen euch, und er würde auch deine ‚idealen Beweggründe‘ anerkennen, die ich — nimm es mir nicht übel, Georg — einfach für Unsinn halte."

Winterfeld runzelte die Stirn und wandte sich ab, aber Max fuhr unbekümmert fort:

„Dies ängstliche Zögern und Fliehen vor einem Glücke, das du mit einem kecken Griffe vielleicht noch erreichen könntest, dies zartsinnige Schwanken und Bedenken wird so lange dauern, bis irgend ein andrer, der nicht so zartfühlend ist, dir zuvorkommt, und dann hast du zum zweitenmal das Nachsehen. — Ja, das verletzt dich nun wieder, ich sage dir aber: Alldieweil und sintemal du über diese unvernünftige Liebe nicht hinauskommen kannst, so mußt du heiraten, Punktum!"

„Du sprichst allerdings aus Erfahrung," sagte Georg mit einem gezwungenen Lächeln, es lag ihm augenscheinlich daran, von diesem Thema loszukommen. „Du hast dies Mittel bei dir selbst versucht und mit dem glücklichsten Erfolge. Deine Frau ist eine allerliebste Erscheinung."

„Nicht wahr, sie macht meiner Behandlung Ehre? Von Blässe und Nervosität ist jetzt nichts mehr an ihr zu sehen. Ja, ich habe sie aber auch in die Kur genommen und das gründlich."

„Hattest du nie mit den Einflüssen ihrer Erziehung zu kämpfen? Du warst freilich so vorsichtig, sie möglichst rasch diesen Einflüssen zu entziehen und in ganz andre Lebenskreise zu verpflanzen. Sonst würde man es doch vielleicht versucht haben, jene Fäden wieder anzuknüpfen."

„Ich glaube kaum. Ich habe dem Herrn Beichtvater und der Frau Aebtissin so arg zugesetzt, daß sie einen heillosen Respekt vor mir bekamen, und übrigens zweifelst du doch wohl nicht daran, daß meine Frau sich vollständig meinen Ansichten und meiner Leitung unterordnet? Ich habe Agnes sehr lieb, aber das Zepter gebe ich deshalb doch nicht aus den Händen. Der Mann muß unbedingt Herr in seinem Hause sein und bleiben. Merke dir das, lieber Georg, für vorkommende Fälle, du kannst den Rat brauchen."

Sie hatten inzwischen ihren Rundgang durch den Garten vollendet und näherten sich wieder dem Hause. In der Veranda saß Doktor Brunnow mit seiner Schwiegertochter, die ihm aus der Zeitung vorlas. Der Doktor war freilich sehr gealtert und sein Aussehen zeigte, daß er auch körperlich leidend sei. Auch seine frühere Reizbarkeit war verschwunden und hatte einer matten Teilnahmlosigkeit Platz gemacht, aus der nur selten noch ein Funke der einstigen Leidenschaft emporflammte. Agnes dagegen machte in der That der Behandlung ihres Mannes alle Ehre. Aus dem zarten, blassen und nervösen Mädchen war eine blühende Frau geworden, die mit der früheren Sanftmut jetzt eine gewisse Haltung und Würde vereinigte. Das Zepter ihres Gatten schien nicht eben allzuschwer auf ihr zu lasten. Ein etwa zweijähriger Knabe spielte zu den Füßen der Mutter, er erblickte aber kaum die beiden Kommenden, als er sich aufrichtete, und noch etwas mühsam und unbeholfen versuchte, dem Vater entgegenzulaufen. Mit einem Sprunge war Max die Stufen hinauf und hob den Kleinen empor.

„Sieh dir diesen Jungen an!" rief er, den derben, rotbäckigen Buben mit vollem Vaterstolze seinem Freunde entgegenhaltend. „Wenn wir in R. lebten, so würde ich den Herrn Pater, von dem wir soeben sprachen, ersucht haben, mir meinen Stammhalter zu taufen. Ich glaube, das hätte Seiner Hochwürden einen Anfall von Gelbsucht zugezogen."

„Lieber Max," sagte Agnes in sehr sanftem Tone und es war auch ein sehr sanfter Blick, der die Mahnung begleitete, aber sie wurde doch verstanden. Der Gatte lenkte sofort ein.

„Ja so, ich habe ja versprochen nicht mehr darüber zu spotten. Also — ich würde untröstlich sein, wenn Hochwürden wirklich die Gelbsucht bekämen, und meine ganze Kunst aufbieten, sie wiederherzustellen."

„Sie müssen nicht glauben, Herr Rat, daß Max wirklich so gottlos ist, wie er sich anstellt," wandte sich Agnes jetzt an Winter-

feld. „Er kann nur das Spot=
ten nicht laffen, felbft dann nicht, wenn
er mich in die Kirche begleitet."

„Gehft du denn jetzt zur Kirche?" fragte Georg, fehr erftaunt
feinen Freund anfehend. „Das ift ja etwas ganz Neues!"

Max machte ein etwas verlegenes Geficht. „Bisweilen —
nur fehr felten — es gefchieht kaum einige Male im Jahre. Agnes
weint, wenn ich es nicht thue, und da halte ich zur Not auch einmal
eine Predigt aus."

„Lieber Max," hob Agnes zum zweitenmal an, aber diefer
fchien eine gewiffe Scheu vor den fanften Mahnungen feiner Frau
zu hegen, denn er fiel ihr rafch ins Wort.

„Mein liebes Kind, Georg bleibt vorläufig bei uns. Er muß
leider morgen fchon wieder abreifen, bis dahin aber ift er unfer
Gaft. Du bift wohl fo gut, die nötigen Anordnungen zu treffen."

Jetzt war die junge Frau in der That allerliebst, als sie sich zu dem Freunde ihres Mannes wandte, und ihm auch ihre Freude an dem Besuche aussprach. Dann erhob sie sich um nachzusehen, ob das Gastzimmer in Ordnung sei.

„Ich nehme den Kleinen mit mir," bemerkte sie. „Er ist es gewohnt, vormittags eine Stunde zu schlafen. Du trägst ihn mir wohl nach dem Schlafzimmer hinauf."

Der Ehemann und Vater, an den diese Aufforderung gerichtet war, schien nicht ganz damit einverstanden.

„Ich werde wohl bei Georg bleiben müssen," versetzte er. „Der Junge muß es endlich lernen, die Treppe allein hinaufzugehen, er ist groß genug."

„Wie du willst, lieber Max," erklärte Frau Agnes nachgiebig. „Du weißt ja, ich füge mich immer deinen Wünschen, aber Rudolf ist gewöhnt, von dir getragen zu werden. Er wird weinen, wenn du ihm nicht den Willen thust."

„Das hat er von seiner Mutter!" sagte Max, schien aber durchaus geneigt, dem Freunde zu zeigen, daß er unter allen Umständen seine Oberhoheit behaupte, denn er rührte sich nicht vom Platze.

Die junge Frau beugte sich mit unendlicher Sanftmut nieder und nahm den Kleinen auf den Arm. Es war ein kräftiges Kind, aber doch keine allzu schwere Last, die Mutter schien es jedoch nur sehr mühsam zu tragen, und an der Thür mußte sie sogar stehen bleiben, um Atem zu schöpfen, wobei sie einen halb vorwurfsvollen Blick zurücksandte. Das schlug durch, in der nächsten Sekunde war Max an ihrer Seite.

„Wie oft habe ich dir schon gesagt, daß du dich nicht so anstrengen sollst," sagte er in seinem alten Kommandotone. „Gib das Kind her, ich werde es hinauftragen."

Damit nahm er den Knaben von ihrem Arme und trug ihn wirklich nach dem oberen Stockwerke, wo sich die Wohnung des jungen Paares befand. Frau Agnes neigte gehorsam das Haupt und folgte, sie fügte sich jetzt wie immer dem Willen ihres Mannes.

Georg sah den beiden mit einem gewissen spöttischen Zucken der Lippen nach und wandte sich dann zu dem Doktor Brunnow, der ein schweigsamer Zuschauer der kleinen Scene geblieben war.

„Max hielt mir soeben eine ausführliche Vorlesung darüber, daß der Mann nie das Zepter aus den Händen geben dürfe, und unbedingt Herr im Hause bleiben müsse. Sollte er nicht in einiger Selbsttäuschung befangen sein?"

In Brunnows Zügen dämmerte ein flüchtiges Lächeln auf, als er erwiderte: „Sie haben es ja gesehen, wie er soeben — kommandierte und wie gehorsam sich Agnes diesem Kommando fügte. Sie ist klug genug, ihn an seine unbestrittene Herrschaft glauben zu lassen, dabei hat sie ihn aber vollständig am Gängel= bande. Es heißt bei jeder Gelegenheit: ‚Ganz wie du willst, lieber Max' — und der liebe Max thut ganz geduldig was sie will. Schließlich kommt ja nichts darauf an, wenn er nur glücklich ist, und das ist er im vollsten Maße, aber nehmen Sie sich ein Bei= spiel an meinem unfehlbaren Sohne, Georg, und machen Sie sich für Ihre dereinstige Ehe kein Programm und keine Paragraphen. Die Frau stellt sie doch insgesamt auf den Kopf."

Diese Worte sollten scherzhaft klingen, aber der Blick des Sprechenden weilte dabei forschend, mit tiefem Ernste auf dem jungen Manne, der leise den Kopf schüttelte.

„Meine dereinstige Ehe?" wiederholte er. „Ich werde mich nie vermählen. Sie kennen ja meinen Entschluß."

„Ja, aber ich habe ihn stets bekämpft. In Ihrem Alter schließt man noch nicht für immer mit dem Glücke ab, und Sie ge= rade sind am wenigsten für das Alleinstehen geschaffen. Der Ehr= geiz wird nie Ihr ganzes Leben ausfüllen, Sie brauchen die Familienbande."

Winterfeld antwortete nicht, er stützte sich auf das Gitter der Veranda und sah auf den See hinaus. Der Doktor legte die Hand auf seine Schulter.

„Georg, blutet die alte Wunde noch immer?"

Georg wandte sich um. Er hatte vorhin den Fragen seines Freundes nicht Rede stehen wollen; in dem Blicke, der so düster dem seinigen begegnete, fand er eine verwandte Stimmung und dem hielt er auch stand.

„Es gibt Wunden, die sich niemals schließen," versetzte er. „Ich konnte vielleicht nicht so leidenschaftlich aufflammen wie andre, was ich aber einmal mit ganzer Seele umfasse, das halte ich auch für immer fest. Ich kann mich nicht davon losreißen und ich will es auch nicht."

„Sie haben Gabriele in der letzten Zeit wiedergesehen?" fragte Brunnow nach einer Pause.

„Ja, und viel öfter als für meine Ruhe gut ist. Ich verkehre ja jetzt viel in den Kreisen, wo sie lebt, und in der Residenz läßt sich ein unerwartetes Zusammentreffen gar nicht vermeiden. Oft

steht sie mitten in irgend einem glänzenden Gewühl von Gästen
vor mir und wir müssen beide der Begegnung standhalten, wenn
wir auch fliehen möchten, so weit als möglich. Hätte ich sie nicht
wiedergesehen seit dem Tage, wo ich sie verlor, es wäre besser ge=
wesen. Diese fortwährenden Begegnungen wühlen immer wieder
von neuem die Vergangenheit auf und rauben mir Kraft und Selbst=
beherrschung. Ich leide furchtbar darunter."

„Es war also
doch nur der Zufall,
der Sie herführte?
Ich dachte es."

Winterfeld sah
den Doktor erstaunt
an. „Sie hören ja,
daß ich mich auf
einer Dienstreise be=
finde und Sie und
Max überraschen
wollte."

„So hat Ihnen
Max noch nicht ge=
sagt, daß die Har=
derschen Damen
hier sind?"

„Wer ist hier?"
fuhr Georg auf.
„Gabriele?"

„Mit ihrer Mutter. Sie wohnen schon seit einigen Wochen
drüben in jener Villa. Die Baronin ist etwas leidend und hat sich
der Behandlung eines unsrer berühmtesten Aerzte anvertraut.
Max und Agnes haben die Damen schon verschiedene Male auf
dem Spaziergange begrüßt und gesprochen. Die Anknüpfung eines
näheren Verkehrs ist natürlich unterblieben. Ich brauche Ihnen
wohl nicht zu sagen, welche Erinnerung Gabriele abhält, das Haus
zu betreten, in dem ich weile."

Georg achtete nicht auf den gepreßten Ton der letzten Worte,
er bemühte sich vergebens, seine leidenschaftliche Erregung bei der
Nachricht zu bekämpfen.

„So ist es gut, daß ich morgen schon abreise," brach er endlich
aus. „Vielleicht wäre mir auch hier eine Begegnung nicht erspart

geblieben, und gerade hier, wo meine Liebe und mein Glück begann, hätte ich das nicht ertragen."

„Sie wollen also keine Annäherung versuchen? Bedenken Sie, Georg, es handelt sich um Ihr Lebensglück. Ich an Ihrer Stelle würde dies ungeahnte Zusammentreffen gerade hier, wo Ihre Jugendliebe Wurzel faßte, für einen Wink des Schicksals nehmen und noch einmal die entscheidende Frage stellen. Die Lebensstellung und noch mehr die Zukunft, welche Sie zu bieten haben, bewahrt Sie vor jeder Demütigung, selbst wenn Sie um die Hand einer reichen Erbin werben. Sie hatten einst weniger in die Wagschale zu legen, als Sie der Baroneß Harder Ihre Liebe erklärten."

„Damals war ich geliebt," rief Winterfeld mit aufquellender Bitterkeit, „oder ich glaubte wenigstens, es zu sein. Jetzt liegt die Abschiedsstunde zwischen uns, in der mir jener Traum vernichtet wurde, und Gabriele wird ihn am wenigsten zurückrufen wollen. Ich sah es ja oft genug an ihrem scheuen ängstlichen Ausweichen, wie sehr sie eine Annäherung meinerseits fürchtet! O, sie kann ruhig sein, ich nahe ihr gewiß nicht freiwillig."

„Und gerade diese Scheu sollte Sie ermutigen," warf Brunnow ein. „Nur an dem Gleichgültigen geht man kalt und fremd vor= über. Wagen Sie es wirklich nicht, sich darüber Gewißheit zu ver= schaffen, ob Gabriele —"

„Niemals!" unterbrach ihn Georg ungestüm. „Soll ich wieder vor sie hintreten, um zum zweitenmal aus ihrem Munde zu hören, daß ihre Liebe einem andern gehört, daß sie selbst über das Grab hinaus nichts weiter kennt und liebt als nur ihn allein? Einmal habe ich es ertragen und das ist genug. — Lassen Sie uns ab= brechen, Herr Doktor. Sie sehen es, ich bin nicht ruhig genug, über diesen Gegenstand zu sprechen. Erlassen Sie es mir."

Brunnow schwieg und das Gespräch war ohnedies zu Ende, denn jetzt kam Max zurück, um den Freund wieder in Beschlag zu nehmen. Der Doktor ließ die beiden schon nach kurzer Zeit allein und zog sich in sein Studierzimmer zurück. Wohl eine Viertel= stunde lang ging er dort schweigend, in tiefem Nachdenken auf und nieder, dann nahm er seinen Hut und verließ das Haus. —

Die Villa, welche Frau von Harder und ihre Tochter gegen= wärtig bewohnten, war um vieles prachtvoller und glänzender ein= gerichtet, als das kleine Landhaus, das ihnen bei ihrem ersten Hier= sein zum Aufenthalte diente. Die Baronin hielt es für unumgäng= lich notwendig, jetzt überall das standesmäßige Auftreten zu ent=

falten, das sie einst so schmerzlich vermißt hatte, und Gabriele fügte
sich in allen Aeußerlichkeiten gleichgültig ihren Wünschen. Man
hatte auch hier Equipage und Dienerschaft mitgebracht und Frau
von Harder war soeben zur Stadt gefahren, während ihre Tochter
sich allein zu Hause befand.

Gabriele stand auf der Terrasse, die nach dem See hinausging. Die schlanke Gestalt mit dem blonden Haar und der hellen
Kleidung lehnte leicht an der Brüstung. Die zarte knospenhafte
Erscheinung des jungen Mädchens hatte sich in den vier Jahren
zur vollsten Blüte entfaltet. Es war noch das rosige Antlitz mit
seinem bestrickenden Reiz, aber dieser Reiz war ein andrer geworden.
Man suchte vergebens den neckischen Uebermut, die strahlende
Heiterkeit, sie waren verschwunden, wie das sorglose Kinderglück,
das einst aus den sonnigen braunen Augen lachte, aber dafür hatte
dies Antlitz gewonnen, was ihm einst fehlte, das Seelenvolle! Ob
es in dem leisen Schmerzenszuge lag, der selbst bei dem Lächeln
nicht weichen wollte, oder in dem Schatten, der tief im Auge weilte
— genug, er war da und lieh der ganzen Erscheinung erst den
vollen Zauber, aber das Glück hatte es nicht gegeben.

Die junge Dame blickte wie in Träume oder Erinnerungen
verloren in die Landschaft hinaus und wandte sich halb unwillig
um, als der Diener erschien und ihr eine Karte überreichte, die sie
gleichgültig nahm; aber kaum war ihr Blick auf den Namen gefallen, so erbleichte sie, und ihre Hand, die die Karte hielt, zitterte.

„Der Herr bittet, die gnädige Baroneß in einer dringenden
Angelegenheit sprechen zu dürfen," berichtete der Diener.

Gabriele faßte sich. „Führen Sie den Herrn in den Salon," befahl sie, während sie gleichzeitig die Terrasse verließ, um den Besuch
zu empfangen. Gleich darauf trat Doktor Brunnow in den Salon.

Einige Sekunden lang standen sich beide schweigend gegenüber. Sie sahen sich zum erstenmal im Leben und wußten doch
mehr voneinander, als wenn sie sich jahrelang gekannt hätten.
Der alternde gebeugte Mann und das junge, blühende Mädchen
waren sich bis zu dieser Stunde fremd gewesen, und doch knüpfte
ein Name — der Name eines Toten — ein unsichtbares Band
zwischen ihnen.

Der Doktor verneigte sich und trat näher. Gabriele wich unwillkürlich vor ihm zurück. Er bemerkte es und blieb stehen.

„Sie erwarteten wohl nicht, daß ich Ihnen nahen würde,
mein Fräulein," begann er. „Ich that es auf die Gefahr, zurück-

gewiesen zu werden. Mein Name hat eine unheilvolle Bedeutung für Sie gewonnen."

Gabriele stand mit mühsam erzwungener Fassung da, die Farbe war noch nicht wieder in ihre Wangen zurückgekehrt und ihre Stimme schwankte, als sie erwiderte:

„Ihr Kommen überrascht mich allerdings, Herr Doktor. Ich glaubte nicht, daß mich der Mann aufsuchen würde —" Sie hielt inne, das Wort wollte nicht über ihre Lippen, aber Brunnow vollendete an ihrer Statt.

„Von dessen Hand Arno Raven fiel! — Sie haben recht, wenn Sie vor dem zurückweichen, der ihm den Tod gab, aber glauben Sie mir, mein Fräulein, dieser Tod hat mich selbst am härtesten getroffen. Ich hätte lieber das tödliche Geschoß auf meine eigene Brust gerichtet, als ihn fallen sehen."

„Er hat Sie zu dem Duell gezwungen?" fragte das junge Mädchen leise. „Ich ahnte es längst."

„Ja, und in einer Weise gezwungen, die mir keine Wahl ließ. Hätte ich gewußt, daß es Absicht war, ich hätte mich dennoch geweigert, doch ich glaubte, er wolle Genugthuung für eine Beleibigung, die ich veranlaßt, aber nicht gewollt hatte. Noch im letzten Augenblicke, als wir uns gegenüberstanden, wähnte ich, es gelte unser beider Leben. Seine Waffe war so fest auf mich gerichtet, ich konnte ja nicht ahnen, daß er sie im entscheidenden Moment wenden würde. Meine Hand bebte und suchte unsicher den Ort, wo sie nur verwunden konnte, und dies Beben wurde zum Verhängnis — ich traf mitten in das Herz!"

Gabriele zuckte zusammen, aber der dumpfe Schmerz, der in jenen Worten zitterte, entwaffnete sie.

„Arno hat keinen Haß gegen Sie getragen," entgegnete sie. „Als er mir wenige Stunden vor seinem Tode seine ganze Vergangenheit enthüllte, da erfuhr ich auch, was Sie ihm gewesen sind. Vielleicht ebensoviel, als er Ihnen war."

„Und doch hat er mir das gethan!" sagte Brunnow mit der tiefsten Bitterkeit. „Er wollte ja sterben. Ich hörte einst selbst aus seinem Munde, er könne sich wohl im Sturze zerschmettern, das Sinken ertrage er nicht — aber warum wählte er denn gerade die Hand des Jugendfreundes, warum zwang er mich dazu. Das war hart, viel härter als mein Mißtrauen es verdient hat. Er mußte es wissen, welch eine Last er damit auf den Rest meines Lebens wälzte. Ich erliege ihr."

Gabriele blickte in das bleiche, gramburchfurchte Antlitz des Sprechenden, das deutlicher als alle Worte verriet, was es gelitten hatte und noch litt. Sie fühlte, wie tief und heiß der Verlorene hier geliebt worden war und das riß alle Schranken nieder; in ausbrechender Empfindung streckte sie dem Doktor ihre Hand entgegen.

„Ich wußte es, daß ich hier verstanden würde," sagte er, die Hand in die seinige schließend. „Arno hat Sie ja geliebt, das war mir genug."

Auch sein Auge hing fest an den holden Zügen des jungen Mädchens, als suche er darin die Spuren des Vergangenen. Die Jugend überwindet freilich leichter und schneller als das Alter, aber hier hatte sie doch noch nicht überwunden. Brunnow sah mitten in dieser rosigen Jugendfrische jenen Schmerzenszug, er sah den Schatten im Auge und wußte, woher sie stammten.

„Ich komme mit einer Bitte zu Ihnen," nahm er nach einem kurzen Schweigen wieder das Wort. „Mit einer Bitte, die vielleicht kein andrer aussprechen dürfte, ohne Sie zu verletzen. Ich habe Ihnen soeben bekannt, was mir Arno war, und ebendeshalb werden Sie es nicht mißdeuten, wenn ich Ihnen sage, was mich herführt. Mein Sohn besitzt einen Freund."

Gabriele erbebte bei dieser Hindeutung, sie zog die Hand zurück, aber der Doktor sprach weiter.

„Einen Freund, den auch Sie kennen. Er hat Sie einst geliebt und durfte auf Ihren Besitz hoffen, da trat Raven dazwischen und da war es vorbei mit jenen Hoffnungen. Für mich bedarf das keiner Erklärung oder Rechtfertigung. Ich weiß am besten, wie mächtig Arno zu fesseln verstand, wo er fesseln wollte, und begreife es, daß die Jugendliebe erbleichen und vergehen mußte vor den Flammenblitzen seiner Leidenschaft. Jetzt ist er tot — und Sie sind frei, Gabriele! Soll sich ein edles, reiches Leben verbluten um Ihretwillen? Spricht in Ihrer Seele keine einzige Stimme mehr für den Jugendgeliebten?"

„Sie hat nie aufgehört, für ihn zu sprechen, selbst da nicht, als ich mich von ihm losriß, und doch opferte ich ihn und sein Glück, mußte es opfern, weil eine andre Stimme noch lauter sprach. — Ich kann Arno nicht vergessen."

„Vergessen?" wiederholte Brunnow mit schwerer Betonung. „Nein, das können Sie nicht, und so wie ihn, können Sie auch keinen andern lieben. Ich glaube es Ihnen."

„Nein," sagte Gabriele fest. „Und ebendeshalb kann ich nicht Georgs Gattin werden."

„Muß man denn immer selbst glücklich sein?" fragte Brunnow düster. „Es ist ja auch etwas wert, glücklich zu machen. Winterfeld ist bei meinem Sohne. Ein Zufall führte ihn her, er ahnte nichts von Ihrer Nähe, bis ich ihm Nachricht davon gab. Da brach sein Schweigen und seine Zurückhaltung und ich habe einen Blick gethan in die Tiefe seiner Liebe, die Ihnen noch immer so heiß und voll entgegenströmt wie einst. Er wird nie in andern Banden Ersatz finden, ich kenne ihn. Er wird einsam durch das Leben gehen und mitten in all den Erfolgen, die seiner warten, nur die Leere fühlen, welche jene Abschiedsstunde zurückließ. Sie sind noch so jung, Gabriele, Sie haben noch ein ganzes Leben einzusetzen. Setzen Sie es für ihn ein, er verdient es."

Das junge Mädchen wandte sich heftig ab. „Nicht weiter, Herr Doktor! Verschonen Sie mich mit diesen Erinnerungen. Wenn Sie in Georgs Namen sprechen —"

„Er weiß nichts von meinem Hiersein," unterbrach sie der Doktor. „Er würde mich im Gegenteil zurückgehalten haben. Glauben Sie nicht, daß Georg Ihnen je wieder freiwillig nahen wird. Er wies den Gedanken daran mit vollster Heftigkeit zurück und er hat recht. Sie haben ihn damals gehen heißen, Sie müssen ihn auch wieder zurückrufen."

Gabriele preßte im heftigsten Kampfe beide Hände gegen die Brust, als müsse sie dort etwas niederzwingen. „Ich kann nicht, kann nicht! — Und Georg wird die Liebe nicht wollen, die ich ihm jetzt noch bieten kann."

„Er wird es, denn er ist einer von den selbstlosen Charakteren, die stets mehr geben als sie empfangen, und sein Herz hängt nun einmal an Ihnen allein."

Gabriele hob das Auge zu dem Sprechenden empor, es stand ein ernster, trauriger Vorwurf darin.

„Und das alles sagen Sie mir? Sie, der Freund Arnos, wollen einen andern an seine Stelle setzen?"

„Nein, beim Himmel, das will ich nicht!" rief Brunnow auflodernd. „Die Stelle bleibt ihm und die kann ihm kein Winterfeld rauben. Jene edlen idealen Menschen, die so ruhig ihre Bahnen gehen, denen kein Schatten und kein Makel anhaftet, die bewundert man und stellt man hoch. Naturen, wie die Arno Ravens, können kein Glück geben, sie bedrohen selbst das Geliebte mit dem Schatten, der auf ihnen liegt, und doch ist es mehr wert, mit ihnen und für sie zu leiden, mit ihnen unterzugehen, als an der Seite jener andern glücklich zu sein. Nicht wahr, Gabriele, das haben Sie auch erfahren?"

Die alte Glut loderte wieder empor aus der Asche. Die gebeugte Gestalt Brunnows hatte sich aufgerichtet, als er leidenschaftlich die Worte herausschleuderte, und in seinen Augen flammte einen Moment lang wieder das alte Feuer. Gabriele hatte den Kopf an seine Schulter gelehnt und weinte — weinte, als ob ihr das Herz brechen sollte.

"Und nun lassen Sie mich nicht ohne Antwort fort," sagte der Doktor nach einer Pause. "Ich habe so selten in meinem Leben Glück bringen können, ich möchte es noch einmal thun, ehe ich — gehe und ich werde bald  gehen! Darf ich Georg eine Hoffnung bringen? Wollen Sie ihn wiedersehen?"

Gabriele hatte sich emporgerichtet. Die Thränen brachen wieder heiß aus ihren Augen, aber sie zwang sie zurück, und dem Fragenden die Hand reichend, sagte sie leise:

"Ich will es versuchen!" —

In dem Brunnowschen Hause ging es am Nachmittage ein wenig wunderlich zu. Zuerst hatte der Doktor in seinem Studierzimmer eine Unterredung unter vier Augen mit seinem Sohne, die jedenfalls auf Max einen ganz überwältigenden Eindruck machte, denn er überfiel seinen Vater mit einer ebenso stürmischen Umarmung, wie einst den Papa Hofrat. Darauf hatte der junge Arzt in seinem Wohnzimmer ein Gespräch, ebenfalls unter vier Augen, mit seiner Frau, von dem beide etwas erregt zurückkamen. Dann verschwand Frau Agnes und kam vorläufig nicht wieder zum Vorschein, während Max sich seines Freundes bemächtigte, dem er jetzt überhaupt nicht mehr von der Seite ging. Unter andern Umständen würde Georg wohl erraten haben, daß irgend etwas Ungewöhn-

liches vorgehe, aber die Nachricht von heute morgen raubte ihm
alle Unbefangenheit, er hatte Mühe, seine Fassung zu behaupten.
Leider trug Max dieser „elegischen Stimmung" durchaus keine
Rechnung, obgleich er den Grund derselben kannte. Er war im
Gegenteil vollständig rücksichtslos, plagte den Freund mit allen
möglichen Fragen und Einfällen und schleppte ihn endlich unter
allerlei Vorwänden wieder in den Garten.

„Aber was soll ich denn eigentlich in dem Gartenhause?"
sagte Georg beinahe unwillig. „Ich war ja schon heute morgen
dort und habe die Aussicht bewundert."

„Diesmal sollst du ein Arrangement meines Papas bewundern,"
erklärte Max. „Ein Arrangement, das er eigens dir zu Ehren getroffen hat. Papa ist ausnahmsweise einmal praktisch gewesen.
Komm nur mit, du wirst erstaunen."

Das Gartenhaus, ein kleiner Pavillon, lag dicht am See und
bot allerdings eine herrliche Aussicht. Als sich die beiden Herren
näherten, bemerkte Winterfeld mit einem Blick durch das Fenster:
„Es sind ja Damen dort."

„Jawohl," versetzte Max gleichgültig. „Agnes hat Besuch
bekommen. Ah, da ist sie ja."

Frau Agnes erschien jetzt wirklich und wechselte einen schnellen
Blick des Einverständnisses mit ihrem Manne, der in demselben
Augenblick ein ebenso hinterlistiges wie geschicktes Manöver aus-
führte. Er ließ den arglosen Freund vorantreten, schob ihn dann
ohne weiteres über die Schwelle und schlug die Thür hinter ihm
zu. Dann wandte er sich triumphierend zu seiner Frau.

„So, jetzt sitzen sie in der Falle! Und gnade Gott dem
Georg, wenn er nicht als Bräutigam wieder zum Vorschein kommt!
Nun gilt es aber vor allen Dingen, eine etwaige Störung fernzu-
halten. Es schickt sich zwar durchaus nicht mehr für einen Ehemann
und Vater, bei einer Liebeserklärung Schildwache zu stehen, aber
in Anbetracht der ganz besonderen Umstände will ich mich noch einmal dazu herablassen. Geh in das Haus, Agnes, und sage dem
Papa, es wäre ausgezeichnet geglückt. Sie säßen alle beide im
Gartenhause und ich stände als Schutzengel davor, ließe aber ab-
solut nur ein Brautpaar passieren!"

Während Frau Agnes der Weisung ihres Gatten nachkam,
spielte drinnen im Pavillon eine kurze, aber inhaltreiche Scene.
Georg war ahnungslos über die Schwelle getreten, doch er bemerkte
es nicht, daß die Thür hinter ihm geschlossen wurde, daß Max

zurückblieb, er bemerkte überhaupt nichts von dem ganzen heim=
tückischen Manöver seines Freundes. Er stand wie an den Boden
gewurzelt und blickte auf die Dame, die dort am Fenster lehnte und
sich jetzt zögernd, beinahe scheu umwandte. Erst als er ihr Antlitz
sah, kehrte ihm die Besinnung zurück.

„Gabriele!" rief er und machte eine Bewegung, ihr entgegen=
zustürzen, besann sich aber und blieb stehen. „Baroneß Harder!"

„Georg," sagte Gabriele mit sanftem Vorwurf.

Sein Name in ihrem Munde übte noch immer die alte Ge=
walt über ihn aus, er gab die fremde Zurückhaltung auf und trat
langsam näher.

„Verzeih — ich wußte nicht — ahnte nicht. — Wie kommst
du hierher?"

Gabriele senkte die Augen, ohne zu antworten, aber gerade
in diesem Schweigen lag eine Verheißung und sie wurde verstanden.

„Wie kommst du hierher?" wiederholte Winterfeld mit leiden=
schaftlichem Drängen. „Gabriele, sprich — wußtest du, daß ich
hier sei?"

„Ja," war die leise, aber feste Antwort.

Georg stand jetzt neben der Geliebten, aber er hatte noch
nicht einmal ihre Hand erfaßt. In seiner Stimme lag ein Gemisch
von forschender Unruhe und aufquellender Zärtlichkeit, als er fragte:

„Wie soll ich das deuten? Es ist ja nicht unser erstes Wieder=
sehen seit dem Tage, wo wir uns fremd wurden, aber deine Augen
haben mir stets gesagt, daß wir uns auch fremd bleiben mußten.
Darf ich jetzt endlich etwas andres darin lesen?"

Er las es in der That in diesen Augen, die sich ihm voll und
bittend zuwendeten. „Georg," sagte Gabriele innig. „Ich habe dir
einst wehe gethan. Du weißt, was uns trennte, was noch jahrelang
zwischen uns lag. Ich vernichtete dir damals dein ganzes Lebens=
glück, du littest so schwer darunter. Ich möchte dir jetzt so gern das
Verlorene zurückgeben. Habe ich denn noch die Macht dazu?"

Es hätte dieser Frage nicht bedurft und die glühende Innig=
keit, mit der Georg die Geliebte an sein Herz schloß, gab ihr die
Antwort, noch ehe seine Lippen sie aussprachen. Sie lag wieder
in seinen Armen und hörte das Geständnis seiner Liebe, wie einst
vor Jahren. Damals freilich kannte sie noch nicht die stürmische,
alles überflutende Seligkeit, die sie einst in Arnos Armen bis zur
Sonnenhöhe des Daseins emporzutragen schien, und ihr in wenigen
kurzen Stunden das Glück eines ganzen Lebens gab, um sie dann

auch den ganzen Schmerz des Lebens auskoſten zu laſſen — aber es ſtrömte doch wieder warm und hell wie Sonnenſchein durch ihre Seele. Gabriele hätte ja kein Weib ſein müſſen, um nicht freudig zu erbeben bei dem Gedanken, ſo treu und feſt geliebt zu ſein, und es iſt ja auch ein Glück, andern das Glück zu geben.

Draußen lag die Landſchaft im Sonnenglanze, der weite ſchimmernde See, die reichumkränzten Ufer und das blaue Gebirge in der Ferne, und von den beiden, die jetzt den Bund für das Leben ſchloſſen, lag auch dies Leben ſo weit und offen da, mit ſeinen reichen Hoffnungen, ſeiner lichten Zukunft, mit einer langen Reihe froher, glücklicher Tage. Es war ringsum alles ſo klar, ſo ſonnig und hell und doch umwehte es die junge Braut wie Geiſterhauch, wie das leiſe Grüßen einer Mondnacht und das ferne Rieſeln eines Quells, und einen Moment lang verſchwand all das goldene Sonnen= licht vor ihren Augen, verdunkelt von einer Thräne. Gabriele fühlte es ja, daß ſie dem Leben und der Liebe zurückgegeben war, aber — um hohen Preis!